FIDELIO Y EL DON DIVINO

RODOLFO J. WALSS

ola
PUBLISHING
INTERNACIONAL

ISBN: 978-1-63765-286-2
LCCN: 2022913831

Hola Publishing Internacional
www.holapublishing.com

Impreso y encuadernado en los Estados Unidos de América

CAPÍTULO I

Las gotas de lluvia rebotaron sobre los adoquines que cubrían las estrechas calles de Guanajuato; brillaron al rebotar y levantar el polvo de la plata que cayó de los vagones que, por siglos, han acarreado el mineral.

La tenue luz temblorosa de una humilde lámpara de keroseno se movía temblorosa, creando sombras que, caprichosas, bailaron con el movimiento de la lámpara que buscaba, ansiosa, las paredes de los callejones. Finalmente, se detuvo al encontrar una placa con un nombre escrito en ella: Dr. Fulgencio Campos. Mujeres y niños.

El sonido de las gotas al caer, el silbido del viento, el murmullo del torrente del agua al descender los estrechos callejones, el trueno de los relámpagos, aunado al golpeteo sobre la gruesa puerta de cedro, crearon una sinfonía que pudo ser placentera para quien la escuchara. Pero a los dos hombres que casi desesperados golpeaban la puerta, sus sombreros de paja escurriendo, sus pantalones y camisas de manta empapados, sus huaraches llenos de lodo plateado, no les importó. Golpearon la puerta con mayor violencia. El ritmo de los golpes reflejaba ansiedad, desesperación.

—Ya voy, ya voy —una voz de mujer gritó del interior—. No tienen que golpear tan fuerte, ya los escuché.

Con un chirrido la pesada puerta se abrió.

—Bien, ¿qué es lo que quieren en medio de esta tormenta? —la mujer preguntó tan pronto como abrió la puerta.

—Buscamos al doctor, queremos hablar con el doctor. Por favor, es una emergencia —uno de los hombres contestó con actitud humilde, sosteniendo su sombrero con ambas manos frente a su pecho.

La mujer, de mediana edad —alrededor de cuarenta, obesa, baja de estatura, con su cabello negro trenzado y adornado con listones de colores—, limpió sus manos en el delantal, mirándolos con desprecio de arriba abajo. Frunció el entrecejo y tomó la puerta con intención de cerrarla. Al notarlo, Socorro Serna, el hombre que había hablado, comprendió que la mujer se dio cuenta de que ellos eran humildes campesinos recién llegados para trabajar en las minas. Antes de que la mujer cerrara la puerta, él sacó dos grandes monedas de plata de su sombrero y las mostró a la mujer. Ella se detuvo, miró las monedas, resopló y los miró de nuevo, aún dudando.

—Esperen aquí, llamaré al doctor —finalmente dijo.

—Bueno, ¿de qué se trata? ¿Cuál es la urgencia que los ha traído en medio de esta horrible tormenta? —el doctor Campos, bajo de estatura, regordete, casi calvo, alrededor de cincuenta, les preguntó.

—Doctor, se trata de mi mujer —Socorro le respondió—; está con parto. Antier comenzó con dolores, la fuente se reventó hoy en la madrugada, pero el parto no progresa —el tono de voz era triste, humilde—. Las mujeres y la partera que le asisten me han dicho que ellas han hecho todo lo que pueden para ayudarla. La partera dice que el bebé ha muerto y necesita ser extraído, de lo contrario María Teresa, mi esposa, corre peligro de morir —Socorro dijo manteniendo el tono humilde y sosteniendo el sombrero frente a su pecho—. Hemos venido a suplicar su ayuda. Por favor venga con nosotros —su voz ahora temblorosa—. Aunque pobres, pagaremos por sus servicios —añadió sacudiendo el llanto y la lluvia de su rostro.

El doctor los miró con desconfianza; el trueno y brillo de un relámpago casi lo hizo saltar.

—Es una noche infernal —dijo sobándose el mentón, dudando. Concentró su atención en ellos de nuevo. Respiró profundo, resopló—. Esperen un momento, necesito tomar mi paraguas y lo que pueda necesitar. Iré con ustedes —finalmente les dijo, encaminándose hacia el interior de la casa, dejando la puerta abierta.

Socorro y Candelario, su hermano, guiaron al doctor a través del laberinto de callejones estrechos con quijadas apretadas y el gesto adusto. El doctor parecía disgustado, caminaba con dificultad al combatir el fuerte viento, la lluvia, las calles lodosas, la oscuridad. Socorro, preocupado, lo observaba, pero tan pronto como llegaron, Socorro notó cómo el rostro severo del doctor se transformó; las arrugas de disgusto desaparecieron, su rostro se iluminó al analizar con atención el lugar. La casa, las paredes de piedra, como lo eran la mayoría de las casas de la población, estaba sorprendentemente limpia. Socorro y Candelario guiaron al Doctor a través de la primera habitación, amplia, combinación de cocina, comedor, sala de estar y dormitorio; apenas iluminada por dos lámparas de aceite y una veladora de cera. Alrededor de una mesa mujeres rezaban el rosario en un ritmo monótono; niños dormían en un rincón. En otro rincón hombres fumaban, bebiendo café con tequila, murmurando algo entre ellos. En la semioscuridad del lugar todos tenían un aspecto fantasmagórico.

Socorro recorrió la cortina que separaba la habitación interior en donde María Teresa estaba en trabajo de parto. Teresa, su cuerpo empapado en sudor, lucía cansada. Su rostro, aunque pálido por el prolongado parto, mostraba calma y determinación. Teresa gesticuló al decir: "Otro dolor empieza". Tomó sus piernas y pujó con fuerza. Las sábanas de algodón que la cubrían mostraban manchas de sudor, orina, excremento y otros fluidos. Una mujer le limpiaba el sudor de la frente, otra oraba tratando de alentarla.

—Aquí está el doctor —dijo una de las mujeres con tono de alivio y esperanza.

El doctor colocó su paraguas y el maletín con los necesarios instrumentos en un rincón, se quitó el impermeable y el saco, se arremangó, caminó hacia la cama y se sentó en el borde. Levantó las sábanas apenas lo suficiente para permitir el paso de su brazo.

—Vas a sentir un poco de presión, un poco de molestia —le dijo a Teresa con un suave, tranquilo, relajante, tono de voz.

Mientras la examinaba se mantuvo murmurando, como hablando consigo mismo. Al terminar el examen se levantó, tomó una toalla de su maletín y limpió su brazo; todo en su actitud reflejaba una profunda concentración. Buscó en su maletín y sacó algo que, para Socorro, parecía una pequeña trompeta. Caminó de nuevo hacia el borde de cama, palpó con suavidad el vientre de Teresa, colocó el instrumento semejante a una trompeta en el vientre de Teresa, se inclinó y colocó su oído sobre el instrumento, escuchando con atención. Al cabo de un momento sonrió, sacó el reloj de bolsillo y continúo escuchando durante casi un minuto.

—El corazón de este bebé es fuerte —le dijo a Socorro, sonriendo.

Las mujeres suspiraron aliviadas. Una de ellas, contenta, aplaudió al decir: "Alabado sea el Señor".

—Por favor traigan abundante agua limpia, jabón y pedazos de tela limpios —el doctor le dijo a Socorro y Candelario, luego se volvió hacia las mujeres que rodeaban la cama de la paciente—. Ustedes dos me ayudarán —les dijo—. Primero ayúdenle a colocarse al borde de la cama con las piernas de fuera. Cada una de ustedes sostendrá una de las piernas, manteniéndolas separadas, de tal manera que me permita maniobrar para lograr que la cabeza del bebé gire y mire hacia abajo. Si lo consigo, el bebé no tendrá problema en salir —se volvió hacia otra de las mujeres—. También necesitaremos mejor iluminación, por favor mantenga la lámpara cerca, lo suficiente para que me permita ver con claridad.

Socorro y Candelario trajeron cubetas con agua limpia. Mientras el doctor se lavaba las manos, las mujeres ayudaron a María Teresa a colocarse en posición, manteniendo las piernas separadas, tal y como se les había pedido. El doctor lavó con agua y jabón la parte expuesta; al hacerlo, tranquilizó a Teresa.

—Lo has hecho muy bien. Mantente así, relajada y tranquila. Date permiso de sentir, sentir un poco de presión y molestia. En cuanto sientas la presión y deseo de pujar hazlo con fuerza, tal y como lo has estado haciendo. Te ayudaré guiando al bebé en su camino —le dijo con el mismo tono tierno, suave, tranquilo, relajante.

Una de las mujeres pidió a Socorro y Candelario que esperaran en la otra habitación.

—Doctor, si no le importa, quisiera quedarme —dijo Socorro.

El doctor movió la cabeza en sentido afirmativo. Candelario salió y Socorro caminó hacia un rincón.

Desde su rincón, Socorro observó cómo el doctor lavó de nuevo sus manos con agua y jabón, para luego, sin secar, deslizar su mano izquierda, pequeña y rechoncha, dentro de las partes privadas de Teresa, para luego girar su cuerpo de tal manera que dio la espalda a Teresa, dejando la mano dentro de ella. María Teresa hizo un gesto.

—Viene el dolor —dijo.

—¡Puja ahora! ¡Con fuerza! —el doctor le respondió con firmeza.

Ella obedeció y pujó tan fuerte como pudo. Al hacerlo, el doctor giró y quedó de frente a ella; con el movimiento, su mano también giró. El doctor sonrió, seguro de sí.

—El bebé ha girado, ahora vendrá —dijo sonriendo a Teresa—. Puja de nuevo, hijita, puja fuerte; tu bebé nacerá ahora si haces como te digo.

Una vez más, ella obedeció. Socorro observó cómo un pequeño círculo de cabello oscuro apareció entre las piernas de su mujer. Su corazón golpeteó con fuerza en su pecho.

—Ahora viene, ya viene, está aquí —la partera casi gritó de alegría, saltando y aplaudiendo al mismo tiempo—. Sigue pujando, María, puja fuerte. El bebé está en camino —le dijo.

María Teresa pujó de nuevo y la cabeza del bebé empezó a salir. Socorro, hipnotizado por lo que ocurría, mantuvo su mirada fija en las manos del doctor, quien hábil y suavemente guio el nacimiento, sosteniendo al bebé todo el tiempo.

—¡Es un hombre! —dijo el doctor en cuanto el cuerpo del bebé estuvo fuera.

El doctor, con una mano, sostuvo al bebé de los pies y golpeó suavemente las nalgas del bebé. No hubo respuesta. Flácido, el cuerpo del bebé con los brazos colgando permanecía inerte. El doctor golpeó una y otra vez sin respuesta. Lo golpeó con un poco más de fuerza y, finalmente, el bebé respondió moviendo todo el cuerpo y chillando, un grito vigoroso que rebotó en las paredes de piedra. Las piernas de Socorro flaquearon; tuvo que apoyarse en la pared. Emocionado, lloró.

Las mujeres rieron contentas y nerviosas aplaudieron. María Teresa también rio, feliz, y lágrimas corrieron por sus mejillas. Las mujeres en la habitación contigua, tan pronto como escucharon el llanto del bebé, entonaron un himno religioso.

Afuera, la sinfonía de la naturaleza alcanzó su clímax. Relámpagos iluminaron el cielo, las nubes vaciaron su contenido, el silbido del viento, el golpeteo de las gotas de lluvia, el rumor del agua al descender, los relámpagos, todos juntos entonaron un himno de gloria y alabanza.

—Doctor, no sé cómo pagarle y agradecerle por sus servicios —Socorro le dijo al doctor Campos cuando éste se preparaba para salir—. Por favor acepte estas dos monedas. Ojalá tuviera mejor manera de mostrarle lo agradecido que estoy, pero, como puede ver, somos pobres.

El doctor tomó las monedas, guardó una en el bolsillo de su chaleco y regresó la otra a Socorro.

—Con una basta. Sé lo duro que has tenido que trabajar para conseguir ahorrarlas —sonrió—. Ayudar a los que necesitan es siempre un buen pago. Usa la otra moneda para comprar lo que tu familia necesite. Por cierto, ¿han escogido nombre para el recién nacido?

—María Teresa escogió el nombre de Fidelio en caso de que fuese varón —Socorro respondió.

—Ese es el nombre de un santo que dedicó su vida al servicio de los demás. Debe de haber una buena razón por la cual nuestro Señor decidió preservar la vida de este bebé —el doctor dijo al levantar su maletín y su paraguas—. Enséñale a ser un buen católico y a ayudar a quienes lo necesiten —añadió al despedirse; abrió su paraguas y se adentró en la tormenta.

CAPÍTULO II

Ocho años después, Socorro y su mujer se encontraban en la habitación acondicionada como cocina, comedor y dormitorio para los niños, preparándose para cenar. Después de quince horas de jornada, él disfrutaba de estos momentos. Los niños ya habían cenado frijoles con tortillas de maíz y dormían plácidamente sobre las cobijas de lana extendidas sobre el suelo.

—Socorro, tengo que decirte algo que hace tiempo me preocupa —María Teresa le dijo mientras añadía otro leño a la estufa, en donde calentaba la cena de frijoles con puerco y salsa picante, además de tortillas de maíz y café.

—¿De qué se trata? —Socorro preguntó lavándose la cara y las manos en la jofaina. Aunque cansado, estaba feliz de estar en casa, aun cuando fuese sólo por unas horas.

María Teresa sirvió el guisado en un plato de barro.

—Tal vez sea sólo mi imaginación, pero… —le dijo dudando y poniendo el plato sobre la mesa.

—Caramba, me estás poniendo nervioso —Socorro dijo mientras se secaba las manos y la cara con un trapo limpio—. Dime, ¿qué es lo que te inquieta?

—Se trata de Fidelio. Los dos sabemos que es un niño amoroso y obediente, en pocas palabras lo que llamamos un buen niño. Estoy orgullosa de él —se encogió de hombros e hizo un gesto de preocupación, tratando de poner en orden sus ideas—. Pero hay algo que me preocupa —hizo una pausa, dudando, y respiró profundo para continuar—. Bien, para decirlo en pocas palabras, él es diferente que cualquier otro niño de su edad.

—No entiendo. ¿En qué forma es diferente? —le preguntó Socorro, sentándose a la mesa.

María Teresa pensó por un por momento.

—Bueno, por ejemplo, casi todo el tiempo juega solo, pero él siempre actúa como si hubiera alguien más jugando con él y… —se detuvo, mirando a Socorro con preocupación— él siempre parece saber cuándo deseo pedirle algo, lo hace antes de que se lo pida. Comprendo que es una idea tonta, pero parece que pudiera leer mi mente.

—Ja, ja, ja —Socorro se rio—. Vamos, mujer, estoy de acuerdo con que es una idea tonta. La mayoría de los niños juegan solos; sabemos que tienen una gran imaginación y Fidelio no es la excepción, sólo la usa —le dijo, encogiéndose de hombros—. Además, Fidelio siempre te sigue, sabes bien cuánto te ama. Todo el tiempo trata de complacerte y es por eso por lo que piensas que puede leer tu mente —hizo pausa para tomar una tortilla, cortar un pedazo y usarla como cuchara para tomar un poco del guisado y llevárselo a la boca. Masticó despacio, pensando—. Aunque todavía es muy niño aprende rápido y en sus actos alaba al Señor —añadió luego de tragar el alimento.

María tomó un trapo y levantó la jarra con el café caliente.

—Es curioso que lo menciones, porque, como lo sabes, he estado enseñando el catecismo a los niños. Aunque Fidelio es el menor ha adelantado a todos y ahora es él quien les explica el significado de las enseñanzas a sus hermanos —llenó la taza de barro con café fresco y se la alcanzó a Socorro, luego se sentó en la silla junto a él—. Y hay algo más —continuó— Fidelio pasa la mayor parte del tiempo observando sapos, pájaros, ardillas y cuanto animal pasa cerca de él; se enoja cuando los otros niños tiran piedras a los animales, y cuando una rana o un pájaro es golpeado él trata de curarlos. Les da nombres y lo extraño es que parecen entenderle.

Al oírla, Socorro se preocupó. Tomó otro bocado y masticó lentamente. La salsa picante le hizo sudar; se limpió el sudor con el reverso de su mano.

—¿Lastima a los animales de alguna manera? —preguntó después de pasar el bocado.

—No, pero se pasa mucho tiempo observándolos; pareciera que los estudia. Y hay otra cosa: cuando encuentra a un animal muerto lo abre con un pedazo de vidrio. Lo hace de una manera metódica, examinando sus órganos internos. Pareciera que sabe lo que busca. Realmente me preocupa. Es apenas un niño, pero no actúa como tal —lágrimas corrieron por sus mejillas.

—Vamos, ten calma, mujer —le dijo Socorro, haciendo un esfuerzo para tranquilizarse a sí mismo—. No es más que un niño con curiosidad. No hay razón para preocuparse —extendió su brazo para tomar la mano de ella—. Pronto asistirá a la escuela, aprendiendo y jugando con los otros niños. Estoy seguro de que crecerá para ser algo más que un simple minero o un campesino más, como lo somos nosotros.

—Que Dios te escuche —respondió María acariciándole la mano.

—Fidelio, ¿estás prestando atención? —la monja María Magdalena, profesora de la escuela primaria anexa a la iglesia dedicada a San Francisco, preguntó.

—Siempre está distraído mirando a las ranas —uno de los niños dijo con un tono sarcástico—. De tanto hacerlo se convertirá en rana —todos los niños rieron.

—Sí la estaba escuchando, profesora. Estaba usted explicando cómo Dios creó a Eva quitando una costilla de Adán —Fidelio respondió a la maestra, sin prestar atención a las burlas de su compañero.

—Así está bien, Fidelio. Eres un buen niño y tomas en serio la palabra de Dios —la hermana María Magdalena le dijo—. Y me gustaría ver que todos ustedes pusieran la atención que Fidelio presta a la palabra del Señor —añadió dirigiéndose al resto de la clase.

—Fidelio es muy raro —otro de los niños dijo—. Nunca juega con nosotros y, como Donaciano dijo, prefiere pasársela observando a las ranas, los pájaros o cualquier otro animal. Prefiere a los animales que a nosotros.

—Eso es cierto —otro niño intervino—. Habla con las ranas y si apedreamos a un pájaro, él trata de curarlo. En verdad es muy raro. Un día de estos las pedradas serán para él, así es como entenderá.

—Fidelio es un buen muchacho; ama y alaba la creación de Dios —dijo Enrique Sánchez de la Fuente, el mayor de la clase—. Si alguno de ustedes trata de lastimarlo se las verá conmigo —se puso de pie como retando a sus compañeros—. ¿Les queda claro? —añadió.

Fidelio volteó a verlo, agradecido.

—Basta de todo eso, niños. Nadie va a lastimar a otro —la hermana María Magdalena dijo—. Es todo por hoy, mañana continuaremos con la historia de Adán y Eva. Vayan a casa en paz, estudien su tarea y pórtense bien. Que Dios los bendiga.

—Gracias por apoyarme en el salón —Fidelio le dijo a Enrique al salir de la escuela—, pero no hay necesidad, puedo defenderme solo."

—Sé bien que puedes defenderte solo. Me he fijado que eres tan fuerte como cualquiera de nosotros, así que no hay nada de que agradecerme, pero me agrada que ames a Dios, nuestro Señor, tanto como yo —Enrique le respondió, sonriendo y palmeando a Fidelio en la espalda—. Pero admito que yo también tengo curiosidad, ¿por qué te preocupas tanto por los animales?

Fidelio se sonrojó un poco.

—Me agradan y aprendo mucho de ellos. Eso es todo —respondió encogiéndose de hombros; resistió la tentación de admitir que él tampoco comprendía por qué lo hacía.

—Bueno, en realidad no me importa. Es sólo que tú te comportas diferente a todos nosotros. No juegas al balero ni bailas el trompo como todos; ni siquiera tienes una onda o una resortera. Admito que eres un poco raro. Siento decírtelo.

Fidelio sonrió.

—Me doy cuenta de que aparentemente soy raro —le dijo—, pero admiro la forma en que ustedes bailan al trompo y disfruto viéndolos hacerlo; me agrada la habilidad que muestran al controlar el balero. De mi parte lo que sucede es que disfruto observando y aprendiendo de la conducta de los animales, eso es todo —su voz tembló ligeramente. No le agradaba hablar de lo que él mismo no entendía.

—Bueno, te repito que no tiene importancia —dijo Enrique palmeando de nuevo, amigablemente, la espalda de Fidelio.

—Por alguna razón para mí sí la tiene —Fidelio replicó sonriendo—. Y sí me gustaría aprender a ser monaguillo con el padre Segura.

Sorprendido, Enrique se detuvo.

—Estaba a punto de proponértelo. ¿Cómo supiste que te lo iba a pedir?

—¿No lo hiciste? Me pareció que lo habías hecho —Fidelio respondió, sintiéndose un poco nervioso.

De algún tiempo atrás se había vuelto consciente de que podía escuchar los pensamientos de la gente. Ello le asustaba y, dado que apreciaba la amistad de Enrique, en esa ocasión le molestó.

—Pensándolo bien, como tú sabes, el padre Segura es mi tío, y, dado que te dije que apreciaba tu amor y respeto por nuestro Señor, dedujiste que te iba a pedir que te unieras para aprender a ser monaguillo —le dijo Enrique.

—Sí, así es —Fidelio replicó, sintiéndose aliviado.

—Las clases para los nuevos monaguillos empiezan este sábado. Asegúrate de llegar a tiempo, a mi tío no le gustan los impuntuales ni los flojos —le dijo Enrique sonriendo de nuevo—. Hemos llegado a las escaleras que conducen a tu casa —añadió apuntando hacia la estrecha, larga, inclinada e improvisada escalera en la roca que conducía a un grupo de casas—. Descansa y apréndete la lección de mañana. Estoy seguro de que la madre María Magdalena te la preguntará. Te veo en la clase —le dijo caminando cuesta abajo.

Fidelio empezó a subir la escalera, pero habiendo caminado unos cuantos escalones se detuvo. Una gran cantidad de ranas ocupaba la escalera, croando; el croar parecía prevenirlo de algún inminente peligro. Mirando en todas direcciones notó que, tras una de las esquinas que flanqueaban la estrecha escalera, algunos de sus compañeros de clase le tendían una emboscada. Estaba a punto de volverse cuando, repentinamente, sufrió un dolor intenso en la frente. Todo se volvió borroso. Al caer vio cómo Donaciano y otros niños corrían hacia él. No había nada que pudiera hacer.

Como envuelto en nubes Fidelio notó que, de repente, Enrique apareció y peleó contra los niños. Siendo Enrique de mayor edad y fuerza, los niños no tuvieron otro remedio que huir. Habiendo asustado a los atacantes, Enrique ayudó a Fidelio, quien tenía un intenso dolor de cabeza, a ponerse pie. Cuando Fidelio se llevó mano a la frente notó que sangraba. Enrique le envolvió la cabeza con su pañuelo.

—Eres afortunado de que haya vuelto —Enrique le dijo.

Fidelio aún se sentía mareado.

—Pájaros volando en círculos y las ranas parecían mirar en esta dirección, así que decidí volver para ver qué era lo que pasaba —apuntó hacia la cabeza de Fidelio—. Tienes suerte de que apenas haya sido un rozón; te da de lleno y te mata.

—Tienes razón. Soy afortunado. Te agradezco que hayas vuelto. No es la primera vez que peleamos —poniendo su mano sobre el golpe sonrío—. Cuando me vea mamá se va a enojar; va a pensar que he vuelto a pelear.

—Y por esta vez estará en lo correcto —Enrique dijo riendo—. Ten cuidado. Te veo mañana y no olvides que el sábado empiezas como monaguillo.

Algunos meses después, Fidelio, quien había aprendido las obligaciones de un monaguillo, le ayudaba al padre Segura a ponerse los ornamentos para la celebración de la misa vespertina.

—Fidelio, me da gusto ver lo rápido que has aprendido las obligaciones de un monaguillo, pero no es sólo eso. Desde que llegaste la asistencia ha aumentado, así como la colecta, en particular cuando tú eres quien pasa la canasta —le dijo el padre Segura mientras Fidelio le pasaba los ornamentos—. Tienes algo especial y estoy seguro de que nunca lo perderás. Te interesas por el bienestar de la gente común y, aunque aún eres un niño, te esfuerzas por vivir acorde a las enseñanzas de Jesús, nuestro Señor."

—Gracias, padre —Fidelio respondió—. Usted y Enrique se han esforzado por enseñarme y yo se los agradezco.

—Eres humilde, otra de tus cualidades —le dijo el padre Segura sonriendo—. Dios te ha dotado de un don especial, talento, un talento único; algún día saldrá a relucir. Rezo para que, cuando eso suceda, estés listo, porque el don que has recibido sorprenderá a todos, tú incluido —se detuvo, pensativo, y suspiró—. Bueno, basta de conversación. El pueblo espera por la celebración de la santa misa. Hagamos nuestro trabajo.

Poco tiempo después de la celebración de la misa, Fidelio se preparaba para regresar a casa, cuando Antonia, una de sus hermanas mayores, llegó casi falta de aliento, con llanto corriendo por sus mejillas. Al verla, Fidelio se preocupó. Antonia era una muchacha fuerte, de carácter firme; algo grave ocurrió.

—Fidelio, ¿en dónde puedo encontrar al padre Segura? —Antonia le preguntó tan pronto como llegó, aún respirando con dificultad.

—Está en el atrio hablando con alguien —Fidelio le respondió—. Pero, dime, ¿qué es lo que pasa? ¿Por qué vienes corriendo y llorando? —le peguntó preocupado.

—¡Se trata de mamá! Se resbaló en la escalera y se ha fracturado un brazo —Antonia le respondió—. El Dr. Campos está fuera del pueblo y el Dr. Urbina le ha dicho a papá que no hará nada hasta que le hayamos pagado. Le dijimos que no tenemos el dinero que nos pide, pero le aseguramos que le pagaremos, que somos gente honesta y pagamos nuestras deudas. Aun así, insiste en que debemos de pagarle por adelantado. Por eso he venido, para pedir ayuda al padre, de tal manera que podamos pagarle al doctor.

—Sé muy bien que nos ayudaría si pudiera —Fidelio le dijo—, pero ya el obispo ha enviado por la colecta de la semana y lo poco que quedó, el padre se lo ha dado a los pobres.

—Dios mío, Dios mío, ¿qué vamos a hacer ahora? —Antonia preguntó y volvió a llorar.

—No sé, pero hablaré con el padre Segura. Estoy seguro de que por lo menos nos dará un buen consejo; por lo pronto regresa a casa y haz lo posible para que mamá sufra lo menos posible.

Unos minutos después, Fidelio habló con el padre Segura.

—Por el momento es poco lo que puedo hacer para ayudarles —el padre Segura le dijo—. Ahora, lo único que puedo ofrecer es rezar por la salud de tu mama. Sé bien que es poco, pero eso es todo lo que puedo ofrecerles.

—Eso es bastante —Fidelio replicó—. Por favor hágalo, rece por la salud de mamá. Sé bien que Dios le escuchará. Ahora, si no me necesita, me gustaría ir a casa.

—Tienes razón, hijo mío, Dios siempre escucha. Ve a casa, que el Señor te acompañe.

Fidelio caminó ascendiendo la colina. Estaba triste y preocupado, pensando en lo que podría hacer para ayudar a su mamá. Al aproximarse a la escalera vio a un hombre sentado en el primer escalón. Era un hombre mayor, alto, delgado y fuerte, de piel oscura, cabello y barba blancos, pantalón y camisa de manta y calzado con huaraches. Parecía juguetear con las mariposas que le rodeaban.

—Fidelio —el hombre le dijo y Fidelio sintió como si fuese alguien conocido, amigo de siempre; no se sorprendió de que el hombre le llamara por su nombre—. Te ves triste, preocupado. Dime, ¿qué es lo que te pasa?

—Mi mamá se ha roto un brazo; como somos pobres y no podemos pagar, el doctor se niega a darle tratamiento. No sé qué hacer —Fidelio le respondió, llorando.

El viejo sonrió. Fidelio se sorprendió al ver la blancura y limpieza de sus dientes.

—Te diré lo que tienes que hacer —le dijo.

Cuando Fidelio llegó a casa notó que todos estaban consternados, abrumados por la pena, sentados sin saber qué hacer. Fidelio fue directo a su mamá; su brazo izquierdo estaba amoratado e hinchado como consecuencia del hueso roto. Sin decir palabra, seguro de sí mismo, Fidelio le tomó la mano y empezó a acariciarla. La miró directo a los ojos y empezó a hablar en un suave, seguro y tranquilo tono de voz mientras continuaba acariciando el brazo de su madre.

—Descansa ahora, mamá —le dijo—. Descansa, en paz y calma, deja que tu cuerpo se relaje, siente paz y tranquilidad. Tu brazo va a sanar, cierra los ojos y descansa —ella obedeció—. Vas a sentir un ligero, suave, tirón del brazo, algo así como cuando lavas la ropa con agua fría y tu brazo se adormece. El agua fría adormece los brazos, con los brazos adormecidos tienes que cargar el bote de agua y al hacerlo sientes cómo el brazo adormecido se estira —Fidelio tiró del brazo y emparejó el brazo; lo entablilló envolviéndolo con un trozo de tela y finalmente le colocó un cabestrillo para sujetar el brazo—. Ahora, mamá, deja que tu brazo descanse, sanará pronto. Ya lo verás.

Tanto su padre como sus hermanos sólo lo miraron. Ninguno dudo de él, ninguno le preguntó algo.

Tres semanas después, María Teresa movía y usaba su brazo como si nada hubiese pasado.

CAPÍTULO III

—Esta cuaresma nos ha mantenido ocupados como nunca —el padre Segura le dijo a Fidelio mientras se quitaba los ornamentos de la misa recién celebrada; se volvió a verle y le sonrió—. Tú y Enrique han sido una gran ayuda. La procesión del Viernes Santo será dentro de dos días. Los organizadores me han asegurado que este año será especial. ¿Alguna vez has visto la procesión?

—No he tenido oportunidad, padre —Fidelio le respondió—, pero espero poder hacerlo esta vez.

—Es algo que no debes de perderte. Ya tienes diez años y estoy seguro de que a esta edad comprenderás de lo que se trata. Dado que Enrique y tú han trabajado duró todos estos días, ambos tienen el día libre este viernes.

—Gracias, padre —Fidelio dijo entusiasmado.

Dos días después, Fidelio y Enrique se arremolinaban junto a la multitud que presenciaba la procesión en memoria de la Pasión de Jesús. Fidelio sintió que le oprimían el pecho cuando vio a Jesús cargando la pesada cruz; dando tumbos avanzaba, con el cuerpo encorvado bajo el peso del tronco. Al aproximarse, el dolor en el pecho de Fidelio se acrecentó cuando miró la frente ensangrentada de Jesús, su cabeza coronada por espinas.

Encorajinado, con los músculos tensos, un sentimiento de ira se acrecentó. «¿Por qué le hacen esto?», se preguntó. Sintiendo rabia, ira, impotencia, observó cómo Jesús, exhausto, se derrumbó. La pesada cruz le cayó encima. Aunque la mañana era fría, Fidelio notó cómo Jesús sudaba profusamente; con dificultad trataba de levantar la cruz. Las lágrimas corrieron por las mejillas de Fidelio, quien sentía tanta rabia que se mordió los labios.

—¡Vamos, levántate y sigue adelante! —el soldado romano le gritó a Jesús, golpeándolo con el látigo un par de veces.

Fidelio casi brincó al sentir el dolor en su espalda; el retumbo de sus propios latidos le ensordecía. Fidelio sentía la cabeza pesada, sudaba profusamente y el sudor empanaba su visión; tenía los puños apretados, temblaba y la rabia continuaba acumulándose.

Con dificultad, Jesús se levantó, puso la cruz sobre sus hombros y continuó con su dolorosa, triste, caminata. Cuando el soldado romano golpeó a Jesús una vez más, Fidelio ya no pudo contenerse. Con un rápido movimiento sacó la honda del bolsillo de Enrique, tomó una piedra, dio vuelo a la honda y dejó el proyectil volar. La piedra golpeó al sodado en el pecho, quien gritó adolorido y cayó al suelo. La expresión de su rostro reflejaba sorpresa, dolor y coraje.

Irritados y sorprendidos, los hombres que rodeaban a Fidelio y Enrique arrebataron la honda de la mano de Fidelio; uno de ellos lo sujetó con fuerza.

—¿Por qué has hecho eso? —le gritaron los hombres a Fidelio, levantando la mano, listos para abofetearlo.

—¡Porque le pega sin haber razón! —Fidelio contestó enfurecido, desafiante, listo para pelear, si fuese necesario—. No le ha hecho ningún mal —agregó.

Los hombres, confundidos, se miraban los unos a los otros, sin saber qué hacer. En eso el padre Segura se aproximó.

—No se preocupen —les dijo—. Yo me hago cargo de los niños. Gracias.

Tomó a Fidelio del brazo, guiándolo, junto a Enrique, en dirección a la iglesia.

—Fidelio, era sólo una representación para recordarnos lo que Jesús sufrió —el padre le dijo una vez que estuvieron lejos.

—A mí me pareció real —Fidelio replicó, aún enojado.

El padre Segura lo miró cariñosamente, suspiró profundo y luego sonrió.

—Dios te ha hecho especial —le dijo abrazándolo—. Vamos a la sacristía, tomaremos chocolate con pan de dulce. Creo que nos vendrá bien a todos.

Unos días después, al llegar a la escuela, Fidelio fue recibido por Donaciano y algunos de sus compañeros de clase; los mismos que lo atacaron en el pasado reciente.

—Fidelio, necesitamos hablar contigo —Donaciano le dijo con un tono firme de voz; mirando la expresión del rostro de Donaciano, Fidelio se dio cuenta de que se trataba de algo serio e importante para ellos.

—Seguro, hablemos —Fidelio respondió.

—Hemos estado comentando lo que pasó durante la procesión del viernes —Donaciano empezó y sus compañeros movieron la cabeza afirmativamente—. Y queremos decirte que nos gustaría tener los cojones para hacer lo que tú hiciste —pausó por un momento, mirando al suelo y pateando nervioso el polvo—. Bueno, en pocas palabras, queremos ser tus amigos —finalmente dijo, extendiendo su mano hacia Fidelio.

—¡Claro que sí! —Fidelio contestó, sonriendo, feliz. Tomó la mano de Donaciano y la sacudió con firmeza—. Me alegra saber que ahora somos amigos —agregó mirando y sonriendo a los otros niños.

—¿¡Quién de ustedes es Fidelio!? —un hombre, bajo de estatura y fornido, preguntó.

—¿Por qué lo pregunta? —Enrique, que se había acercado para escuchar la conversación, le preguntó al hombre.

—Es algo personal, se lo diré sólo a él —el hombre replicó.

—Yo soy, Fidelio —Fidelio dijo antes de que Enrique u otro de los niños dijera algo más.

El hombre lo miró y frunció el entrecejo.

—Así que tú eres el niño que me golpeó con la piedra durante la procesión —le dijo.

Enrique, Donaciano y los otros niños se pusieron delante de Fidelio.

—Sí, yo soy quien lo hizo —Fidelio dijo adelantándose para quedar frente al hombre—. Siento mucho haberlo lastimado.

El hombre lo miró y sonrió.

—De ninguna manera. Al contrario, he venido a darte las gracias.

Enrique, Donaciano, los niños, se miraron entre sí, sorprendidos.

—¿Cómo es eso? —Donaciano preguntó.

—He sido minero desde que tenía su edad —el hombre respondió—. Casi toda mi vida la he pasado en los túneles de la mina. Hace ya algunos años que comencé a respirar con dificultad. Poco a poco, cada día, la dificultad empeoró, hasta llegar al punto de que ya no pude trabajar —miró a cada uno de los niños—. No debí de participar en la procesión, fue difícil, batallaba para respirar y descargué mi frustración en el pobre hombre que cargaba la cruz —hizo una pausa, mirando a los niños, respiró profundo—. Fue entonces que la piedra me golpeó en el pecho —continuó—. Por supuesto que el golpe fue doloroso, pero, para mi sorpresa, después de eso ya no tengo problema respirando, ya respiro sin problema, y eso te lo debo a ti. Es por lo que he venido a agradecerte.

—Agradezca a Dios, no a mí —Fidelio dijo—. La verdad es que sí quería lastimarlo —agregó, como disculpándose.

El hombre, riendo, extendió los brazos.

—Deja que te diga que también eso lo hiciste bien, me dolió y aún me duele. Mira: aún tengo un moretón. Por supuesto que agradezco a Dios, pero, al mismo tiempo, le agradezco que te haya dado ese don maravilloso y por hacerme el recipiente de su bendición.

Fidelio no supo que contestar, sintió como si un enorme peso hubiese sido puesto sobre sus hombros. Lo que él en realidad deseaba era ser como todos los otros niños.

Algunos meses después, Fidelio, sentado fuera de la casa de sus padres, observaba el movimiento de las ranas sobre las escaleras y el vuelo de las aves, tal como lo hacía cada vez que tenía oportunidad. Temprano por la tarde, el Sol brillaba en las alturas, el cielo de un azul brillante, limpio, sin nubes; los pájaros cantaban alegremente. Todo era calma, tranquilidad, una tarde placentera. Feliz, Fidelio miró a su alrededor y dio gracias a Dios por sus bendiciones cuando, de repente, escuchó un estruendo, seguido casi de inmediato por otro. Después, la tierra se sacudió bajo sus pies. Asustadas, las aves volaron y las ranas se ocultaron bajo las piedras.

—¡Ha ocurrido una explosión! ¡Una explosión en la mina! —Fidelio escuchó que alguien gritó.

Fidelio se levantó y, preocupado, miró a su alrededor. La escena era de frenesí. Gente saliendo de sus casas y corriendo hacia la entrada de la mina; su madre María Teresa entre ellos, con los ojos desorbitados, la angustia reflejada en su rostro. Ella corrió hacia la escalera, pero apenas en el primer escalón tropezó y rodó hacia abajo, dejando un rastro de sangre en su caída. Asustado, Fidelio corrió tras su madre. Cuando finalmente llegó al final de la escalera, ella yacía inmóvil; su rostro estaba amoratado, cubierto de sangre y lodo. Fidelio se arrodilló, levantó su cabeza y amorosamente acarició su rostro. Al correr las lágrimas por su rostro, él tomó su pañuelo, el mismo que ella siempre ponía en el bolsillo de su camisa, y usó sus lágrimas para, con cuidado, limpiar el rostro de su madre.

Respetuosamente algunos hombres se acercaron. Uno de ellos, con cariño, tocó a Fidelio en el hombro.

—Fidelio, debemos de llevarla a casa para que las mujeres limpien su cuerpo y la vistan —Fidelio lo escuchó como si fuese un murmullo distante.

Fidelio se movió, dejando que los hombres cargaran el cuerpo inerte de su madre. Una vez en casa, las mujeres limpiaron el cuerpo y la vistieron con sus mejores ropas. Mientras trabajaban, rezaban el rosario con voz monótona. Como en sueños, Fidelio vio cómo Antonia limpiaba la casa y preparaba café para ofrecer a quienes asistieran al funeral.

Poco tiempo después, Buenaventura, Joaquín y Socorro, sus hermanos mayores, quienes también trabajaban en las minas, llegaron. Aunque aparentemente sus rostros no mostraban emoción, Fidelio, quien los conocía bien, notó la humedad en sus ojos.

—Aún no hemos escuchado con respecto a papá —Buenaventura le dijo a Fidelio—. Él trabajaba en el túnel en donde la explosión ocurrió —añadió.

—Roguemos a Dios y esperemos por buenas noticias —Joaquín intervino y Socorro asintió moviendo la cabeza.

—Dios te salve María, llena eres de gracia. El Señor es contigo… —una mujer inició el rosario, el resto de las mujeres la siguió.

El cuerpo de María Teresa, limpio, estaba cubierto por su mejor vestido, el mismo que usaba para ir a misa los domingos, y yacía en el centro de la habitación. Alguien había colocado cuatro candelabros alrededor de su cuerpo. La noche llegó. Antonia, ayudada por varios vecinos, se mantenía ocupada repartiendo café con piquete de tequila entre los presentes. El ritmo monótono del rezo del rosario por las mujeres, el repiqueteo de las tazas de barro, el murmullo de las voces, las sombras creadas por las veladoras sobre los candelabros... Le pareció a Fidelio como si estuviese en un túnel. El espíritu de su madre estaba encaminándose al cielo. Por alguna razón, Fidelio se sentía en paz.

Casi a la medianoche, el padre Segura y un grupo de hombres llegaron; sus ropas estaban sucias de lodo; sus rostros cubiertos por una máscara de polvo tan claro que les hacía aparecer fantasmagóricos; sus manos de por sí encallecidas mostraban rastros de polvo de plata mezclado con sangre. Lucían serios, tristes, consternados, con los hombros y brazos colgando de sus cuerpos. Al mirarlos, el rezo del rosario se detuvo, todos voltearon hacia ellos. Al mirarlos, Fidelio sintió un nudo en su vientre; aunque aún era un niño comprendía el significado de la actitud de los recién llegados.

—Escuchen, por favor —el padre Segura dijo, limpiando el sudor de su frente y mirando sus zapatos, meciéndose como si buscara encontrar las palabras adecuadas—. Bien —dijo finalmente—, no hay manera de decirlo con suavidad. Así que se los diré tal y como es. No hay sobrevivientes. Estos hombres —apuntó hacia el grupo de mineros que le acompañaba— han trabajado duro tratando de rescatarlos, todo su esfuerzo ha sido en vano, todos los que estaban en el túnel de la explosión han fallecido. Lo siento y rezo por la salvación de sus almas —terminó llorando, tomó su pañuelo y sacudió su nariz.

Al oírlo, las mujeres gritaron alzando los brazos. Todos lloraron, inclusive los hombres, que trataron, sin éxito, de contener el llanto. Fidelio, llorando, corrió hacia Antonia, su hermana, y la abrazó. Ella respondió de igual manera. Sus hermanos se unieron a ellos, todos envueltos en la tristeza.

De repente, el taconeo de botas entrando llamó su atención. El capataz de las minas, un hombre rubio y robusto, entró escoltado por soldados armados. Caminó directo al centro de la habitación, miró con indiferencia el cuerpo inerte de María Teresa y se volvió paseando la mirada entre todos los presentes; era bizco y con el resplandor de los candiles sus ojos de un color verde oscuro se veían siniestros. Fidelio sintió un escalofrió correr por su espalda.

—Yo y los dueños de las minas sentimos mucho la pérdida que han sufrido. Es una tragedia, lo comprendemos, pero eso no es motivo para detener el trabajo que hay que hacer. Las minas abrirán mañana a la misma hora, todos deben de presentarse, de lo contrario pueden despedirse de su trabajo. ¡Espero que lo entiendan! —terminó y salió seguido por los soldados.

CAPÍTULO IV

—Fidelio, han pasado más de cinco años desde que empezaste a trabajar para mi tío en la iglesia —Enrique le dijo—. Él está feliz con tu trabajo; no solamente le asistes durante la celebración de la misa, enseñas a los nuevos monaguillos, haces el aseo, pero, además, has aprendido a cocinar y has continuado aprendiendo en la escuela —sonrió momentáneamente para, casi de inmediato, fruncir el ceño—. Mientras tanto, durante los últimos dieciocho meses, gracias a la revolución, el negocio de las minas casi ha desaparecido y, como consecuencia de ello, ahora estoy desempleado. Probablemente tendré que dejar Guanajuato.

Fidelio, sorprendido, volteó a verlo.

—Siento mucho escuchar lo que dices. ¿Hay algo que pudiera hacer para ayudar?

—No, no te preocupes, no he venido en busca de ayuda. Como bien lo sabes, aún vivo con mis padres —Enrique contestó sacudiendo su mano derecha, sin embargo, su rostro se puso serio—. De hecho, ya he conseguido trabajo, como contador en una hacienda.

—Me da gusto saberlo, aunque al mismo tiempo me entristece. Después de la muerte de mis padres, Antonia se marchó al norte y mis hermanos se han ido a trabajar a las minas de

Real de Catorce y Pachuca. Más que un buen amigo, tú has sido como un segundo padre para mí.

—No exageres, sólo somos buenos amigos; el hecho de que soy varios años mayor que tú no significa nada entre nosotros, pero precisamente he venido a invitarte a venir conmigo. Ya he hablado con mi tío y me dice que depende de ti; aunque me dice que, en su opinión, conocer otros lugares que serán benéficos para ti.

Fidelio, pensó por un momento, como dudando.

—No sé, en realidad soy feliz aquí. Tu tío ha sido bueno conmigo y me ha enseñado mucho de lo que ahora sé —pausó, suspiró, pensativo—. ¿A dónde vas? —finalmente preguntó.

—No es lejos, a Morelia. Tengo parientes allí y estoy seguro de que podré convencerlos de que te contraten ayudando en la cocina y la limpieza; además, en Morelia podrías continuar yendo a la escuela —Enrique le dijo sonriendo—. Así es que, ¿cuál es tu decisión?

Fidelio no supo qué responder. Trabajar para el padre Segura le hacía feliz, le hacía sentirse seguro y útil; pero, al mismo tiempo, le atraía la idea de conocer otros lugares, otra gente, aprender algo diferente y, sobre todo, la idea de acompañar a su mejor amigo.

—¿Dices que podría trabajar para tus familiares y al mismo tiempo asistir a la escuela? —Fidelio le preguntó a Enrique.

—De eso puedes estar seguro —respondió Enrique.

—Y dices que ya has hablado con tu tío y él está de acuerdo —Fidelio dijo, aún dudando.

—Así es y, de hecho, recuerda que él mismo me ha dicho que piensa que sería benéfico para ti, pero la decisión final te pertenece a ti, a nadie más.

Fidelio aspiró profundamente mirando hacia el techo, con el ceño fruncido. Aún dudaba. Temía el cambio, pero, al mismo tiempo, el cambio le parecía atractivo.

—No estoy seguro —dijo finalmente—. ¿Podría pensarlo por unos días?

—Por supuesto —Enrique contestó—. Planeo salir dentro de dos semanas, espero que ese tiempo sea suficiente.

—Más que suficiente, te lo prometo. Te haré conocer mi decisión antes que eso.

Esa misma noche, después de haber asistido al padre Segura en la misa vespertina, Fidelio se encontraba detrás del altar cuando escuchó voces provenientes de la oficina del padre Segura. La puerta de la oficina estaba abierta y Fidelio pudo ver al obispo, vestido con su sotana de color púrpura, hablando con el padre Segura, quien escuchaba con la cabeza gacha.

—¡Esta es la última vez que te lo digo! Todo el dinero de la colecta debe de ser enviado inmediatamente al obispado. Ya me cansé de que me digas que usas parte de ese dinero para repartirlo entre los necesitados —Fidelio escuchó al obispo hablar, su tono de voz reflejaba enojo, casi gritaba—. Además, ¿quién puede necesitar más que la Santa Madre Iglesia? Así que te lo digo una vez más: todo el dinero de la colecta debe ser enviado de inmediato. Yo decidiré cuál es la mejor manera de darle uso. ¿¡Está claro!?

—Me queda claro, su eminencia —el padre Segura replicó con un tono de voz casi dulce.

—Espero que obedezcas. Has hecho un buen trabajo en esta parroquia; no me obligues a transferirte.

—Se hará como lo ordena su eminencia —el padre Segura replicó mirando hacia el piso, aunque el tono de su voz sonaba triste.

Desde su lugar, Fidelio notó cómo los músculos del padre estaban tensos. Fidelio sintió en carne propia el abatimiento, el dolor, la vergüenza, el deseo sin esperanza de oponerse a una orden injusta que el padre Segura procuraba no demostrar. Últimamente, Fidelio había sido el encargado de llevar la colecta al palacio episcopal; conocía la ostentosa decoración, el costoso mobiliario y el arte por todas partes. Una vez había tenido oportunidad de entrar a las habitaciones del obispo y se había sorprendido de lo lujosa que era. Cuando había invitados importantes en el obispado la ayuda de Fidelio en la cocina había sido requerida. En esas ocasiones Fidelio había ayudado a preparar suculentos platillos, que, con frecuencia, no eran ni siquiera probados para ser después arrojados a los perros. Fidelio comparó todo ese desperdicio con la humildad de las costumbres del padre Segura. Tuvo que hacer un esfuerzo para no intervenir y echar al obispo fuera.

—Bien. Eres un buen sacerdote, hijo, estoy seguro de que harás como te lo he pedido. Debes de comprender que tenemos que enviar parte de eso a Roma —el obispo dijo con un tono más suave y tranquilo de voz.

—Lo comprendo, su eminencia —el padre Segura respondió.

—Bueno, ha llegado el momento de marchar. Recibe mis bendiciones, hijo —dijo el obispo extendiendo su mano derecha para que el padre Segura pudiera besar el anillo episcopal.

—Padre, le pido disculpas, pero no pude evitar el escuchar su conversación con el señor obispo. No sé cómo pudo usted controlarse —Fidelio le dijo al padre Segura después de que el obispo hubo salido—. No es justo lo que le hacen. Es cierto que usted usa una pequeña cantidad de la colecta para ayudar a los pobres y a quienes acuden a usted por ayuda, pero sé muy bien que, por lo demás, usted envía toda la colecta sin guardar algo para usted o la parroquia.

—Gracias, Fidelio. Has crecido para convertirte en un joven inteligente; por lo que espero que comprendas que debemos de obedecer las órdenes del señor obispo. Recuerda que también hay alguien arriba de él —el padre Segura le respondió sonriendo—. Pero olvidemos eso. ¿Has hablado con Enrique sobre acompañarlo a Morelia?

—Sí, pero aún no puedo decidir. Soy feliz aquí trabajando para usted. Sin embargo, también es cierto que la idea de conocer otros lugares, otra gente, me atrae. Además, como usted lo sabe muy bien, Enrique es mi mejor amigo.

—Tu ayuda es apreciada, además, disfruto platicando contigo. Aunque apenas has pasado la infancia te has convertido en un hombre serio y sensato; conozco a pocos que puedan explicar el evangelio tan bien como tú lo haces —pausó por un momento—. Eres lo suficientemente inteligente para comprender que pretender no serlo te da cierta ventaja —sonrió amigablemente y tocó el hombro de Fidelio—. Sé bien que te voy a extrañar cuando te vayas —el padre Segura agregó con un leve temblor de voz.

—Padre, no he decidido que me voy, de hecho, ahora mismo he decidido que me quedo a hacerle compañía —dijo Fidelio con un tono firme de voz.

—No, Fidelio. Debes de continuar con tu vida. El cambio te hará bien. Además, lo que hoy escuchaste es sólo el principio, el señor obispo ya ha decidido enviarme a otra parroquia, sólo espera una excusa. Ve y que Dios te acompañe.

Fidelio encontró diferencias importantes entre Morelia y Guanajuato. Aunque los edificios públicos no le parecieron tan impresionantes como los de Guanajuato, los jardines públicos y la catedral de Morelia le parecieron hermosos. Le agradó que las calles en Morelia eran rectas y que los jardines y los paseos estaban mejor atendidos. Lo que más le agrado fue que, tanto en la primavera como en el otoño, la ciudad se veía inundada por diferentes clases de aves y mariposas; pasaba horas, en ocasiones días enteros, observándolas. Observando la naturaleza aprendió a distinguir los cambios sutiles en el ambiente que presagiaban la proximidad de tormentas o un cambio en el clima; también aprendió sobre las cualidades curativas o venenosas de diferentes plantas. Para su sorpresa, también aprendió que en ocasiones tanto la naturaleza como el comportamiento de los animales pueden ser violentos, brutales.

En Morelia se volvió consciente de la tremenda, aguda, frecuentemente dolorosa, diferencia entre unas cuantas familias opulentas y el resto de la población. Ya en Guanajuato había observado cómo junto a una lujosa mansión, con jardines bien cuidados y abundancia de todo, había jacales miserables con escasez de lo más indispensable. Probablemente debido a que en Morelia las calles eran planas y más anchas, el contraste se hizo evidente a los ojos de Fidelio. Fue en ese tiempo que también, por vez primera, prestó atención a la situación política del país en que se encontraba. El general Díaz, quien había sido presidente durante varias décadas, había sido forzado, por una rebelión en el estado de Chihuahua, en el norte del país, a renunciar y exiliarse. Aunque el nuevo presidente, un hombre rico, también del norte, había traído consigo esperanza de cambio, Fidelio observó que para muchos el cambio era indeseable. Pero, para su sorpresa, observó que no sólo quienes se habían beneficiado por el sistema anterior se oponían, sino que también muchos de los que habían sido oprimidos también estaban en contra del nuevo presidente.

Gracias a que el padre Segura le dio una carta de introducción dirigida a algunos de los sacerdotes en la catedral de Morelia, Fidelio hizo amistad con ellos. Se ofreció como voluntario para enseñar el catecismo a los niños y cocinar para los pobres los fines de semana; además, gracias al conocimiento que para entonces había adquirido de los efectos medicinales de algunas hierbas, también ayudó brindando auxilio a quienes no podían pagar los honorarios médicos. Fidelio causó una buena impresión en el padre rector, quien había sido compañero en el seminario del padre Segura y en ocasiones lo invitaba a disfrutar de una taza de chocolate y participar en conversaciones con el resto de los sacerdotes. Para entonces el principal tema de discusión eran los acontecimientos políticos en el país.

—Creo que las circunstancias en el país son favorables para volver a lo que Vasco de Quiroga hizo aquí cerca, en Pátzcuaro, dos siglos atrás. El país está listo para poner en práctica las ideas que santo Tomás Moro expresó en su libro *Utopía* —el padre Casimiro, un sacerdote joven recién egresado del seminario, dijo en una de esas reuniones.

—¿Qué ideas son esas? ¿Y quiénes fueron Tomás Moro y Vasco de Quiroga? ¿Qué fue lo que este último hizo en Pátzcuaro? —Fidelio preguntó.

—Santo Tomás Moro fue un filósofo inglés, quien fue ejecutado por obedecer a su consciencia. Escribió un libro titulado *Utopía* en el que describe que si una comunidad trabaja en conjunto, en armonía para el bienestar común, todos saldrán beneficiados. Fray Vasco de Quiroga puso en práctica esas ideas en Janitzio y Pátzcuaro, en este mismo estado, y ha sido un éxito hasta hoy. Las ideas liberales, que favorecen individuos en lugar de comunidades, han puesto trabas a este plan de acción. Ahora el tiempo es favorable para volver a intentarlo —el padre Casimiro le respondió.

—Bah, ahora las circunstancias son diferentes y debemos de admitir que Vasco de Quiroga fue un iluso soñador; lo que él hizo sólo da resultado en una comunidad pequeña de indios semisalvajes, como lo son los lugares en donde lo puso en práctica. Lo que es ahora necesario es que la Iglesia recupere la influencia que alguna vez tuvo sobre el gobierno, influencia que casi se perdió con la derrota del partido conservador, pero que se recuperó durante el gobierno del presidente Díaz, lo cual se logró gracias a un tremendo esfuerzo por parte de la jerarquía. Pero con este nuevo presidente, de quien se dice que es espiritista, se ha perdido —intervino el padre Toribio, un sacerdote gordo y rubicundo.

Durante estas reuniones, la mayor parte del tiempo, Fidelio se limitaba a escuchar. Le agradaba la idea de lograr que todos trabajaran en un esfuerzo común para lograr que la mayoría, si no es que todos, salieran del estado de sumisión y pobreza en que se encontraban. Al mismo tiempo, le intrigaba el saber cómo sería posible que la gente común se beneficiara si la jerarquía católica tuviese influencia sobre el gobierno.

Un atardecer en casa de los familiares de Enrique, en donde Fidelio estaba empleado como asistente de cocina, Fidelio ayudaba a servir la cena.

—He recibido noticias de la capital. Madero ha muerto y el general Huerta es el nuevo presidente de México —don Tomás de la Fuente, tío de Enrique, dijo con voz sombría.

—Me alegro —doña Marina, esposa de don Tomás, dijo—. Espero que ahora vuelva el respeto al orden. Ese Madero era un iluso, un soñador. Lo que este país necesita es alguien con mano dura y firme, alguien que controle a ese montón de sucios campesinos, la gente de clase baja, que pretenden igualdad y derecho a la tierra. ¿Como podrían ser iguales que nosotros? No sólo son sucios, sino que, sobre todo, son un montón de flojos; en cuanto alguien les da unos cuantos centavos lo gastan en pulque. Sus hijos están llenos de liendres y piojos y sus mujeres, bueno, no merecen siquiera que hable de ellas.

—Tienes razón cuando dices que Madero era un soñador —Enrique intervino en voz alta y firme; Fidelio comprendió que Enrique estaba disgustado por lo que había escuchado—, pero qué maravilloso sueño: dar a todos la oportunidad de prosperar y subir en la escalera social, incluso esos que tú, tía, pareces despreciar. Abrir escuelas para que todos tengan la oportunidad de recibir educación, y la parte más importante de ese sueño es que todos los que trabajan se beneficien de su trabajo. Creo que nos compete a todos hacer ese sueño una realidad, esa es la única esperanza de que haya un progreso real.

—Hay rumores de que Madero y el vicepresidente Pino Suárez fueron cobardemente asesinados —dijo don Tomás—. Eso sí que son malas noticias. Aunque Madero estaba teniendo problemas tenía muchos simpatizantes; me temo que se avecinan tiempos que serán aún más difíciles. Una tormenta social podría estarse formando.

—Tienes razón. He escuchado que los gobernadores de los estados de Coahuila, Chihuahua y Sonora han declarado que no reconocen el gobierno de Huerta y están en rebelión —Enrique intervino—. Parece que una guerra civil está a punto de comenzar. La esperanza que la revolución en contra de Díaz nos trajo no debe de morir.

—Enrique, me sorprende que hables de esa manera. No esperaba que estuvieses en contra de los de tu propia clase —le dijo doña Marina.

—¿Mi propia clase? ¿A qué te refieres, tía? —Enrique replicó—. El hecho de que tuve la fortuna de haber nacido en el seno de una familia acomodada, el que haya tenido la oportunidad de recibir una educación, no me hace superior ni mejor que los campesinos, los que trabajan y se esfuerzan por ganar el sustento diario. De hecho, nosotros necesitamos más de ellos que ellos de nosotros; es gracias a su trabajo que disfrutamos de comodidad. Si ellos tuviesen la oportunidad muchos llegarían a convertirse en gobernadores, generales, líderes y estoy convencido de que serían mucho más honestos que los que hemos tenido hasta ahora.

—Marina, mi amor, tú bien sabes que yo apoyé a Madero y que estuve en contra de la reelección de Díaz —don Tomás intervino con un tono firme de voz—. Por todos es conocido que Huerta tiene una reputación de beber en exceso y abusar de la marihuana. Creo que su régimen pondrá al país en una situación de peligro y violencia. Díaz por lo menos se preocupaba por el progreso de México, pero este hombre sólo se preocupa por sí mismo; cuando mucho continuará protegiendo a los que ya son extremadamente ricos. La riqueza del país continuará acumulándose en unos cuantos bolsillos. Con Madero tuvimos la esperanza de una transición pacífica, pero ahora me temo que la mecha que ha estado por mucho tiempo en la dinamita social ha sido encendida.

—Tomás, me asusta lo que dices —dijo doña Marina.

—Mi amor, ahora todos debemos de temer. Nadie sabe qué es lo que nos espera.

Fidelio escuchaba con atención. Todo eso era novedad para él. El hombre que trajo consigo la esperanza de un cambio en la sociedad había sido asesinado y su asesino era ahora el presidente. Aunque sabía poco sobre política y menos sobre Madero, sentía que éste había inyectado esperanza en un segmento de la población. Durante los últimos meses, Fidelio había descubierto la tremenda desigualdad social existente en el país, pero también se había dado cuenta de que muchos querían mantener la situación como estaba, y ahora estos últimos tenían ventaja.

Durante los días siguientes, todos en las calles hablaban de los recientes acontecimientos. La mayoría de los ricos apoyaron al general Huerta, esto no sorprendía a Fidelio, pero lo que sí fue una agradable sorpresa fue que, durante la misa dominical en la catedral, el obispo denunció el asesinato de Madero y Pino Suarez como un crimen. Aunque el obispo estaba consciente de que cuando Huerta se declaró a sí mismo como el nuevo presidente las campanas de la catedral metropolitana habían repicado, la Iglesia como tal no podía, ni lo hacía, condonar lo que era a todas luces un crimen. Muchos de los presentes, al escucharlo, se levantaron y salieron, obviamente disgustados por el sermón del obispo. El obispo terminó pidiendo calma y que oraran por la paz.

Unos días después, Enrique y Fidelio se encontraban en la cocina. Fidelio había preparado chocolate para acompañar con pan de dulce. Era el mes de octubre y hacía frío, la fuerza del viento afuera presagiaba tormenta. Enrique, quien usualmente disfrutaba del chocolate con pan de dulce, ni siquiera lo miraba; estaba tenso, sus ojos oscuros brillaban, pareciera que había llorado. Fidelio se dio cuenta de que una tormenta interior, un conflicto emocional, se debatía en la mente de su amigo, así que se sentó en silencio, bebió de su chocolate y esperó.

—Lo que sucedió ayer me ha hecho tomar una decisión, una decisión importante —Enrique dijo después de un lapso de silencio. Su rostro era serio, su voz, metálica.

—¿De qué se trata? —Fidelio preguntó, aunque ya se había dado cuenta que su amigo se reprochaba por algo.

Enrique puso sus codos sobre la mesa, restregó sus dedos sobre su frente, con las mandíbulas apretadas, y sus ojos miraban a la distancia.

—Lo que hicieron fue horrible —dijo volteando a ver a Fidelio—. Y no hubo nada que yo pudiera hacer o decir para detenerlos o evitar que hicieran lo que hicieron —Fidelio puso su taza sobre la mesa y escuchó con atención—. El capataz del rancho llevó a dos peones, dos humildes peones indígenas, "al amo", como el capataz le llama —Enrique continuó—. El patrón, después de escuchar las acusaciones del capataz en contra de los peones, ordenó que los hombres fuesen azotados. Fue algo horrible de presenciar y yo sólo me quedé allí parado, sin hacer ni decir nada —fijó su mirada en Fidelio, sus ojos brillaban, con fuego en ellos—. Usaron látigos con balines de acero en las puntas. Cada latigazo cortaba la piel de los peones, la sangre borboteaba de sus espaldas. Con cada latigazo los peones aullaban de dolor, un aullido horrible, pero eso sólo excitaba a las bestias con los látigos. Los azotaron hasta que se cansaron. Los peones, con sus espaldas ensangrentadas, fueron dejados allí. Las moscas atraídas por la sangre zumbaban a su alrededor —conmovido por el recuerdo, Enrique lloró—. Y yo no dije nada, sólo me quedé allí parado.

—¿Por qué razón el patrón ordenó que los castigaran? —Fidelio preguntó al tiempo que le ofrecía un pañuelo a Enrique. A Fidelio, que no tenía dificultad en ver y disfrutar las maravillas y bondades de la vida, le era difícil aceptar que alguien fuese cruel.

—Esos pobres hombres, se atrevieron, "se atrevieron" —repitió haciendo un gesto semejante a sonrisa sarcástica— a pedir el quedarse con una pequeña parte de la cosecha, cosecha que fue cultivada en tierras que solían ser de ellos, ¡cosecha que es el producto de su esfuerzo! —furioso, Enrique golpeó la mesa, haciendo que las tazas y platos saltaran; el chocolate en la taza de Fidelio se derramó—. Cosechadas en tierras que antes de las leyes liberales eran tierras comunales, tierra destinada para el beneficio común, tierra que les fue legalmente arrebatada, tierra que se han visto obligados a trabajar sin recibir prácticamente pago alguno. El esfuerzo comunitario ahora sólo beneficia al patrón. Para fines prácticos, los campesinos se han convertido en esclavos.

—¿Cómo es eso? —Fidelio preguntó—. Me dices que cultivan terrenos que debieran de ser propiedad comunitaria, pero ahora, por lo que dices, pertenecen al patrón. ¿Cómo ha sido eso posible?

—La respuesta a esa pregunta es larga y compleja, Fidelio. Pero trataré de resumir —Enrique contestó con una sonrisa triste en su rostro—. Tradicionalmente, los pueblos, a la vez que tenían propiedad privada, tenían tierra comunal, tierra que todos en la comunidad podrían trabajar para luego compartir el beneficio de la cosecha con todo el pueblo. Al mismo tiempo ya existían las haciendas. Solían respetarse las unas a las otras. Debo de admitir, sin embargo, que hubo muchos dueños de propiedad privada que al morir heredaron sus tierras a la iglesia, o simplemente no la trabajaron. Debo de admitir que una buena parte de esa tierra era improductiva. Con las leyes de Reforma, con la idea de mejorar la productividad, se permitió que los hacendados se apoderaran no sólo de la tierra improductiva, sino también de la propiedad comunitaria. Así, legalmente, y en contra de la voluntad de los pueblos, la tierra comunal pasó a ser parte de las haciendas; al mismo tiempo, las pequeñas propiedades fueron literalmente tragadas por los grandes hacendados. Así unos pocos pasaron a ser dueños de casi toda la tierra, y ello forzó a los pequeños propietarios y los pueblos a buscar trabajo en las grandes haciendas. Eso y el hecho de que en realidad no son realmente pagados por su trabajo, sino que se les dan vales que sólo son válidos en las tiendas que son propiedad del hacendado. Ha resultado que los campesinos adquieren deudas impagables y ellos, junto con toda su familia, son condenados a una vida de servidumbre, sin esperanza de salir de ese estado. Es por eso por lo que llaman al hacendado "el amo".

—Lo has explicado muy bien, ahora entiendo por qué reaccionas como lo has hecho. Pero dijiste que te ha llevado a tomar una decisión. ¿Cuál es tu decisión?

—Fidelio, los tiempos que vivimos son tiempos de cambio. En estas circunstancias tenemos la alternativa de mirar la injusticia cometida y pretender que es algo que no es de nuestra incumbencia, mirar hacia otra parte, o podemos rebelarnos en contra de la injusticia. De hecho, ya hay gente que lo ha hecho y se han levantado en armas —Enrique respiró profundo, exhaló y miró directamente a Fidelio—. No puedo ser un observador pasivo y dejar que otros peleen por lo que creo. Deseo tomar parte en la lucha, pelear por lo que creo que es justo; me uno a la rebelión.

Fidelio, al observar el entusiasmo de Enrique, sintió lo mismo. Él tampoco deseaba quedarse pasivo, deseaba tomar parte en la lucha; pero, al mismo tiempo, estaba consciente de que eso significaba entrar en combate, usar armas, matar o morir. Sabía que Enrique tenía razón en pensar de esa manera, no podían permitir que la injusticia prevaleciera. Se requería un cambio y para lograrlo era necesario pelear por ello. Manteniendo su mirada en Enrique, Fidelio mantuvo silencio por un momento.

—Iré contigo —finalmente dijo.

Enrique, sonriendo, lo miró con ternura de amigos.

—Aunque apenas has salido de la infancia y eres un poco ingenuo comprendes todo mucho mejor que la mayoría de nosotros. Cierto, eres alto y fuerte, de hecho, pareces ser mayor que la edad que tienes. Pero aborreces la violencia, eres incapaz de lastimar, desde que te conozco siempre tratas de sanar y no sabes cómo usar un arma. No, Fidelio, agradezco tu intención de acompañarme, pero esta lucha no es para ti. Siento decírtelo, pero inclusive te podrías convertir en una carga.

—Tienes razón cuando dices que aborrezco la violencia, pero he aprendido que es parte de la vida. También es cierto que no sé usar un arma y reconozco que ni siquiera tengo interés en aprender —Fidelio le devolvió la sonrisa a Enrique—, pero tú lo has dicho, sé cómo sanar las heridas y conozco el uso de las hierbas medicinales. Te puedo asegurar que, aunque no sé cómo usar un arma, no seré una carga. Estoy seguro de que mis habilidades serán útiles a la causa.

—Yo no estoy tan seguro de eso, pero, si estás seguro de tu decisión, estoy feliz de tenerte a mi lado —Enrique le contestó sonriendo, ahora feliz. Mordió un pan de dulce y bebió del chocolate.

CAPÍTULO V

Era otoño cuando Fidelio y Enrique arribaron a Torreón, ciudad situada en el centro del norte de México con apenas poco más de veinte años de haber sido fundada. Gracias al cultivo del algodón, Torreón se convirtió en un importante emporio agrícola, y también gracias a su situación geográfica y por disponer de transporte ferroviario. Su control tenía un importante valor estratégico tanto para el gobierno como para los rebeldes. Cuando Fidelio y Enrique llegaron, la ciudad estaba bajo control de los rebeldes. Era allí donde esperaban poder unirse a las fuerzas de lo que era la "División del Norte", al mando del general Francisco Villa.

—No sé cómo te sientas tú, pero yo tengo un hambre canija, busquemos algún lugar para comer —Enrique le dijo a Fidelio en cuanto salieron de la estación ferroviaria.

Fidelio miró a su alrededor.

—Mira, allá hay lo que parece ser un mercado al aire libre, está a unas cuantas cuadras de aquí; estoy seguro de que allí encontraremos un lugar agradable y limpio en donde comer —respondió apuntando en dirección del mercado.

De hecho, a varias cuadras de distancia podían distinguir la intensa actividad en el mercado. Contentos observaron varios lugares en donde servían comida caliente.

—Tienes razón, parece ser el lugar adecuado para calmar el hambre —Enrique contestó.

Se encaminaron en dirección al mercado. Viajaban ligeros, cada uno sólo llevaba un morral con algún cambio de ropa.

—Esta es una ciudad moderna, diferente a las que conocemos, observa lo ancho de las calles, y las banquetas también son espaciosas, aún hay suficiente espacio para permitir el paso de otras personas con comodidad, y aun así hay espacio para los árboles en la orilla de las banquetas y palmeras en el centro de la calle —Enrique comentó.

—Así es, y los árboles no sólo adornan, sino que además nos brindan sombra placentera —Fidelio le contestó.

Al llegar a la esquina de la calle se detuvo para leer la placa con el nombre de la calle en la que se encontraban.

—Es curioso, mira cómo se llama esta calle —le dijo a Enrique señalando hacia la placa en la que se leía: "Avenida General Porfirio Díaz."

Enrique lo leyó y sonrió.

—La revolución se inició en contra de esta persona, probablemente no han tenido tiempo de cambiar el nombre de esta calle, o tal vez sea que no les importa.

—Yo pienso que no les importa —Fidelio replicó.

Al aproximarse al mercado, Fidelio apuntó hacia donde estaba una mujer atendiendo a clientes sentados en una mesa larga y ancha.

—Ese pozole que disfrutan huele delicioso.

—Puede ser que sea el hambre —Enrique dijo—, pero así es como pienso que huele en el paraíso —su vientre gruñó—. Dos platos de pozole con abundante rábano y lechuga —Enrique dijo después de sentarse a la mesa.

—¿Grandes o chicos? —preguntó la joven mujer que los atendió; su voz era dulce, suave, como música a los oídos de Fidelio.

—Grandes —Fidelio respondió sonriendo, repentinamente sintiéndose feliz; la joven lo miró y le sonrió.

Al mirar las facciones de su rostro una corriente eléctrica recorrió el cuerpo de Fidelio, una sensación extraña, diferente a todo lo que hasta ahora había sentido. Repentinamente sintió que temblaba, las manos sudorosas, saliva en su boca. Frente a sí tenía a una adolescente de cabello de un color azul oscuro con trenzas adornadas por listones multicolores; sus grandes ojos eran brillantes y negros, con tintes de violeta; su piel morena parecía suave; sus mejillas tenían un color rosáceo, y sus dientes blancos estaban bien alineados. Fidelio pensó que miraba a un ser angelical, a sus ojos todo en ella brillaba.

Después de un rato, ella volvió con dos grandes platos de pozole y los colocó frente a ellos.

—He puesto un poco más de carne en el tuyo —le dijo a Fidelio sonriéndole—. ¿De dónde vienen? ¿Cuál es tu nombre? —le preguntó. Sus grandes ojos parecían lanzar chispas amistosas.

—Mi nombre es Fidelio, él es Enrique. Venimos desde Morelia —Fidelio le respondió haciendo un esfuerzo para sobreponerse a la emoción que ella le producía.

Mirando a esos ojos, Fidelio sintió que miraba a las estrellas en una noche clara, pero, al mismo tiempo, se sorprendió al notar en ellos una esperanza, una esperanza que prometía algo nuevo, diferente. Fidelio no tenía idea de lo que pudiera ser, pero sentía que sería algo hermoso, placentero. Al notar que algo crecía entre sus piernas, sus mejillas enrojecieron.

—Morelia me suena como que es un lugar lejano —ella dijo sonriendo y mirando directamente a Fidelio—. Eres joven, fuerte, alto, ¿vienes buscando trabajo? En estos tiempos es difícil encontrarlo —en eso uno de los comensales la llamó—. Ahora regreso, me gustaría que siguiéramos conversando. Si no tienes en dónde quedarte yo sé de un lugar barato, honesto y limpio.

Enrique presionó a Fidelio en el brazo e hizo un movimiento con la cabeza hacia otro de los comensales, uno con insignia militar sobre los hombros. En eso el hombre se volvió a verlos.

—Ustedes dos —les gritó apuntándolos con su mano— se ven sanos y fuertes, la revolución necesita de ustedes. No se muevan de allí porque hoy se enlistan en la División del Norte.

Aunque esa era la razón de haber viajado hasta allí Fidelio se sintió incomodo. No le agradaba que le obligaran a algo.

—Capitán, esa es precisamente la razón por la que hemos venido. Somos voluntarios —Enrique le replicó sonriéndole.

—Ah, eso cambia las cosas. Sean bienvenidos. Por un momento pensé que ustedes eran federales tratando de pasar por civiles. Terminen de comer en paz, después los llevaré con el general Contreras, él les asignará su regimiento —el hombre contestó, ahora sonriendo amigablemente.

Al escucharlo, la joven se volvió a mirar a Fidelio; una sombra de preocupación se mostró en su rostro. Se apresuró con lo que tenía que hacer y volvió a donde Fidelio.

—Por lo que he oído, parece que te irás pronto —le dijo a Fidelio—. No te conozco, pero causas una sensación extraña en mi alma; me agradas. Hay algo en ti que me hace sentir algo diferente, algo que jamás antes había sentido —se sonrojó y nerviosa miró al suelo, como avergonzada—. Me gustaría conocerte mejor, regresa en cuanto tengas oportunidad —levantó la cabeza y miró a Fidelio directamente.

Al sentir esa mirada, Fidelio, una vez más, sintió una corriente eléctrica recorrer todo su cuerpo, se sintió feliz de saber que ella también sentía algo por él.

—Dices que sabes de un lugar en donde puedo quedarme —Fidelio le respondió, haciendo un esfuerzo para que no se notara que temblaba—. Creo que lo voy a necesitar, regresaré después de que me haya enlistado.

Ella sonrió, contenta.

—Estaré esperando.

—Pero aún no sé tu nombre —Fidelio le dijo.

—Candelaria —ella contestó sonriendo, luego se volvió para atender al llamado de un nuevo cliente.

—Bueno, muchachitos, vámonos —el militar les dijo después de pagar. Él era un hombre bajo de estatura, robusto, zambo, con una cicatriz en su mejilla derecha—. Los voy a presentar al general Contreras, él es quien está a cargo. Él es quien los asignará al regimiento en donde puedan ser útiles para la causa — caminó hacia ellos y se detuvo una vez que los tuvo enfrente, luego los miró de arriba hacia abajo—. Son muy jóvenes, déjenme prevenirles. En ocasiones, con gente joven como ustedes, los asusta a propósito y los pone frente al pelotón de fusilamiento; lo hace con el propósito de conocer si tienen huevos —se rio, divertido por sus propias palabras—. Ha sucedido que el pelotón les dispara antes de que ordene detenerse. De cualquier manera, si los novatos se amedrentan, deja que el pelotón les dispare —se detuvo, riendo a carcajadas; divertido, se golpeó el muslo con la palma de la mano, le gustaba contar la historia—. Por cierto, mi nombre es Toribio Rentería, capitán en la recién formada artillería. Tal vez les gustaría unirse a este regimiento.

—Yo me llamo Enrique Sánchez de la Fuente —Enrique le respondió— y este es mi buen amigo, Fidelio Serna. Yo prefiero montar a caballo y soy mejor con el rifle; Fidelio es un experto en el cuidado de las heridas.

—Estoy seguro de que el general Contreras los asignará a donde serán útiles para la causa —el capitán Rentería dijo.

Después de haber cruzado varias calles, Fidelio, quien aún estaba bajo la mágica influencia de Candelaria y sentía como que caminaba sobre nubes, estaba lo suficientemente consciente como para darse cuenta del diseño de la ciudad. Las calles eran rectas y ordenadas, cada cuadra media exactamente cien metros de largo. Finalmente llegaron a una plaza limpia con una gran variedad de árboles, una hermosa fuente en cada una de las esquinas y un kiosco en el centro. Alrededor de la plaza había varios edificios construidos con piedra de un color rosáceo.

—La comandancia está en ese edificio —les dijo el capitán Rentería apuntando hacia el más atractivo de los edificios, situado en la mitad de la calle; en grandes letras de cobre sobre la puerta de entrada se leía "Casino de la Laguna".

Subieron una corta escalinata hecha de mármol y cruzaron una pesada puerta de cristal; había plantas de algodón cinceladas en ellas. Al final de un pasillo se encontraba un general junto a otros militares alrededor de una mesa. Estudiaban un mapa. Un hombre con la insignia de capitán en el sombrero les detuvo apenas entraron.

—¿Cuál es su asunto, capitán Rentería, y quiénes son estos jóvenes? —preguntó.

—Ellos son voluntarios. Quieren pelear por la causa, capitán Michelena —Rentería le contestó.

—Esperen aquí. Se lo haré saber al general Contreras.

El capitán Michelena caminó hacia la mesa, dijo algo a los hombres que allí estaban y estos voltearon a ver hacia donde Rentería, Enrique y Fidelio se encontraban. Michelena les hizo una señal para que se aproximaran. El general Contreras se adelantó para recibirlos. Era un hombre de mediana estatura, esbelto, todavía joven, alrededor de treinta y cinco años; tenía el cabello de un color café claro y un delgado bigote sobre el labio. Vestía camisa, pantalón de kaki, una funda con pistola colgaba sobre su pierna derecha y portaba botas militares de cuero.

—Buen día, capitán Rentería; siempre es bueno saludar a un buen soldado —saludó al capitán y luego volteó a ver los dos jóvenes que le acompañaban; sus ojos eran de un color verde olivo, brillantes. Fidelio se dio cuenta de que, aunque el general parecía estar en plan juguetón, podía ser duro, hasta cruel, pero también podía ser compasivo—. Veo que ha traído nuevos reclutas —el general añadió caminando alrededor de ellos, sacudiéndoles los hombros con fuerza—. Son fuertes, pero ¿cómo se comportarán ante el enemigo? ¿Cuándo estén en combate serán valientes o cobardes? —hizo una pausa, frunciendo las cejas—. ¿De dónde vienen? ¿Han venido por voluntad propia? ¿Por qué quieren unirse a la revolución?"

—Somos originarios de Guanajuato, pero venimos desde Morelia. Allí fue que decidimos participar en la revolución; lo decidimos porque no estamos de acuerdo con el asesinato del presidente Madero y el vicepresidente Pino Suarez, también porque deseamos un cambio radical, justicia para todos, no sólo para los ricos —Enrique contestó.

—Es un camino largo desde Morelia hasta Torreón. ¿Por qué no se unieron a Zapata en el sur?

—Porque si lo hiciéramos tendríamos que cruzar a través del territorio controlado por Huerta. Es más fácil y rápido venir aquí —Enrique dijo.

Tiene sentido. ¿Saben montar a caballo, disparar un arma? ¿Entienden que tendrán que matar o que ustedes pueden morir? ¿Están dispuestos a sacrificar su vida por esta causa?

—Yo puedo cabalgar y sé cómo usar un arma. Entendemos que podríamos morir y sí estamos dispuestos a sacrificar nuestras vidas por esta causa, si eso se hace necesario —contestó Enrique y Fidelio movió su cabeza asintiendo.

Contreras se volvió a mirar a Fidelio, se le acercó y clavó su mirada en él.

—Eres alto y fornido, pero aún tienes cara de niño. ¿Qué edad tienes? ¿Puedes cabalgar, disparar un arma, estás dispuesto a sacrificar tu juventud, tu vida, por la causa? —le preguntó golpeando a Fidelio en el pecho con el dedo índice de la mano derecha.

Fidelio conservó la calma y miró hacia abajo sosteniendo la mirada de Contreras.

—Tengo diecisiete años. No, no sé cabalgar; nunca he disparado un arma; mataría a un hombre sólo si ello fuese absolutamente necesario; sí, sí estoy dispuesto a dar mi vida por esta causa.

Disgustado, Contreras miró a Fidelio directamente en los ojos.

—¿Me tomas por tonto? ¿Cómo te atreves a venir aquí y decirme que quieres unirte a la revolución cuando no sabes montar a caballo ni disparar un arma? —le gritó—. Me parece que eres un marica, te voy a matar aquí mismo —agregó sacando su pistola de su funda y la puso bajo la mandíbula de Fidelio.

Fidelio no se inmutó. Siendo de mayor estatura que el general Contreras, tranquilo miró hacia abajo, directamente a los ojos del general.

—No sé cómo usar un arma, pero sí sé cómo cuidar de los heridos; conozco el uso de plantas medicinales. No sólo matando se puede ser útil a la causa —le dijo.

Aunque su voz era aguda, era tranquila, firme, segura. Sin embargo, Fidelio estaba sorprendido de mantenerse tranquilo sin problemas. Era una sensación extraña. Estaba asustado por el arma bajo su barbilla, pero, al mismo tiempo, se sentía sereno. Era como si alguien se hubiese posesionado de su cuerpo y pusiese palabras en su boca.

—El general Villa ha ordenado al doctor Villareal la creación de una brigada sanitaria, probablemente este muchacho pudiese ser útil allí —uno de los oficiales dijo.

Mirándose fijamente a los ojos uno a otro, Contreras mantuvo su pistola bajo la mandíbula de Fidelio.

—Si de verdad cree que soy marica, como usted dice, dispare, apriete el gatillo. Yo sólo tengo temor de Dios —Fidelio le dijo hablando despacio, con un tono de voz a la vez firme y tranquilo. «¿Quién es este que habla por mí?», se preguntó.

El general empezó a respirar profundo, su frente cubierta por gruesas gotas de sudor. Después de un corto lapso no pudo sostener la mirada de Fidelio; bajó la vista al mismo tiempo que ponía la pistola de vuelta en su funda. Nervioso sonrió, mirando a su alrededor antes de volver a mirar a Fidelio. Ya relajado su mirada era amigable.

—No cabe duda, eres valiente. Y tienes razón, la revolución es algo que busca crear algo nuevo y que la justicia sea igual para todos. Seguro que puedes ser útil a la causa. Capitán Rentería —dijo volviéndose hacia donde el capitán se encontraba—, enlístelos y lleve a este muchacho donde el doctor Villarreal, estoy seguro de que le encontrara lugar en la brigada sanitaria —apuntó luego con el dedo a Enrique—. Denle un caballo, un rifle y suficiente munición. Dentro de dos días salimos, por ahora tenemos que dejar Torreón en manos de los federales.

—Estoy orgulloso de ti —dijo Enrique golpeando en una forma amigable la espalda de Fidelio—. No sólo mostraste coraje, sino que, sobre todo, mostraste control de ti mismo, estuviste tranquilo, cualquier otro, incluso yo mismo, se habría asustado con una pistola bajo la barbilla.

—Así es —intervino el capitán Rentería—. Estoy seguro de que el mayor Villarreal estará contento de tenerte en su grupo; y dado que el general Villa ha ordenado que un vagón de tren sea preparado para uso de la brigada médica no será necesario que sepas montar a caballo —miró luego en dirección de Enrique—. En cuanto a ti, te unirás al batallón de caballería bajo el mando de Maclovio Herrera, un valiente y honesto revolucionario. Después de que recibas tu caballo, fusil y munición y ambos se hayan enlistado pueden hacer lo que deseen. Pero recuerden que en dos días salimos hacia Chihuahua para unirnos con el general Villa.

Fidelio apenas los escuchaba, sorprendido por la forma en que respondió cuando vio su vida amenazada. ¿Cómo fue que se mantuvo tranquilo? Las palabras que dijo, ¿quién hablo por él? Le quedaba claro que el general Contreras por un momento estuvo convencido de que él era marica y estaba a punto de jalar del gatillo antes de escucharlo. Una fuerza extraña que aún no comprendía le había salvado.

—Fidelio, alcancé a escuchar que prometiste volver al puesto de pozole —Enrique le dijo después de que ambos se habían enlistado y el capitán Rentería le había dejado solos—. Te dejo, en estos asuntos es mejor que tú y ella estén solos. No te preocupes por mí, el capitán Rentería me ha recomendado un lugar en el que puedo hospedarme. Ojalá que nos veamos de nuevo dentro de dos días cuando salgamos con rumbo a Chihuahua —se abrazaron—. Ten cuidado, no tienes experiencia con mujeres —Enrique agregó sonriendo, golpeó amistosamente a Fidelio en el hombro y cruzó la calle.

Caminando de regreso al mercado en donde habían desayunado, el recuerdo de Candelaria volvió a causarle la misma emoción dulce que sintió cuando la vio por primera vez, cuando escuchó su voz. Veía su sonrisa, sus labios, sus mejillas, su figura, pero, sobre todo, sus negros ojos con tintes violáceos. Fidelio veía esos ojos por doquier y esa sensación le hizo sentir feliz y entusiasta; tan feliz que parecía bailar al caminar. Los que cruzaban por su paso notaban su felicidad y, contagiados, sonreían.

Al aproximarse Fidelio al mercado, Candelaria, quien al parecer le esperaba, dejó el puesto de comida y salió a recibirlo casi corriendo, feliz de verlo de nuevo; radiaba alegría. Al verla, Fidelio pensó que un ángel, como esos que había visto en las pinturas de las iglesias en Guanajuato y Morelia, salía a recibirlo.

—Estoy feliz de que hayas vuelto. Tuve miedo de que te hubieses olvidado —ella le dijo en cuanto estuvo cerca; le tomó de las manos y le miró con ternura.

Sus ojos, el contacto con sus manos, hicieron que una corriente eléctrica recorriera el cuerpo de Fidelio. Su sonrisa y sobre todo el brillo de sus ojos hicieron que de nuevo Fidelio sintiera las mismas emociones de esa mañana, emociones que eran nuevas, nunca sentidas. El resto del mercado, la multitud alrededor de ellos, todo desapareció, para Fidelio sólo ella existía, estaba envuelto en nubes, sin palabras.

—Di algo —ella le dijo preocupada—. ¿Estás enojado porque corrí a recibirte? Tal vez tenías otra razón para regresar y te estoy avergonzando; si es así, lo siento. Es sólo que me sentí tan feliz de verte regresar que no pude contenerme y corrí a recibirte. Lo siento, de verdad, lo siento mucho —le soltó las manos y miró hacia el suelo avergonzada, triste, a punto de llorar.

—No, no, por favor no te apenes. Tú eres la única razón de mi regreso; y, por supuesto, estoy feliz de que hayas salido a recibirme —le dijo Fidelio tocando suavemente el hombro de Candelaria para luego, con ternura, levantar su barbilla—. Por favor sonríe de nuevo, me hace tan feliz el verte sonreír.

Ella sonrió y extendió su mano para acariciar la mejilla de Fidelio.

—Eres muy alto, pero aún no crece la barba —le dijo y bajando el brazo hizo un gesto de preocupación, luego le miró a los ojos antes de preguntar—. ¿Te has enlistado? No sé por qué, pero tengo miedo. Acabo de conocerte, pero ya me preocupo por ti. Escuché que los federales se aproximan y tal vez tengas que irte.

—Es cierto, me he enlistado. Salimos en dos días. Me alegra que te preocupes por mí porque yo también me preocupo por ti —Fidelio le respondió sonriendo contento—. Dijiste que sabes de un lugar en donde puedo hospedarme. Estoy cansado y me gustaría descansar.

—Sí, el lugar está a sólo dos cuadras de aquí —Candelaria dijo apuntando en dirección de la estación del tren—. La dirección es general Díaz número veintitrés. No tendrás problema en encontrarlo, tiene un letrero que claramente dice "casa de huéspedes". Dile a la hospedera que vas de mi parte —titubeó por un momento—. Me gustaría verte de nuevo después de que cierre el puesto de comida. Me gustaría tomar un baño y luego ir a encontrarte, pero eso es sólo si tú lo deseas —le miró con ternura. Su mirada, el fuego proveniente de esos ojos, hizo que Fidelio sintiera de nuevo una corriente eléctrica recorrer su columna vertebral.

—Por supuesto que deseo verte de nuevo, tú eres la razón de que esté ahora aquí. Dime en dónde te encuentro y allí estaré —Fidelio le contestó, sonrojándose.

—Será mucho más sencillo para los dos si voy a buscarte en la casa de huéspedes esta noche —ella le dijo sonriendo feliz. Desde el puesto de comida una mujer llamó a Candelaria—. Me tengo que ir, pero te veré esta noche —le dijo poniéndose de punta y besando a Fidelio en la mejilla antes de irse a toda prisa—. Espérame —le gritó volviéndose.

Fidelio, acariciando su mejilla, se quedó mirándola hasta que ella entró en el puesto. Luego se volvió y se encaminó en dirección de la casa de huéspedes. Al caminar flotaba entre nubes.

No tuvo dificultad en encontrar la casa de huéspedes. Una mujer robusta y de baja estatura le recibió. Cuando Fidelio le informó que Candelaria era quien le había enviado, la mujer le sonrió amistosamente.

—Cualquiera que es amigo de Candelaria es bienvenido aquí —le dijo—. ¿De dónde vienes?

—De Morelia —Fidelio contestó devolviendo la sonrisa—. Ha sido un viaje largo y cansado. ¿Hay alguna manera de que pueda tomar un baño?

—Calentaré agua y prepararé el baño para ti. Te costará treinta centavos —la mujer dijo extendiendo su mano derecha.

Después del baño, Fidelio, sintiéndose relajado y cansado después del largo viaje y las fuertes emociones del día, fue a su habitación y, dejando la lámpara de keroseno encendida, durmió. Un par de horas después el sonido de suaves golpes en la puerta lo despertó.

—Espere un momento, tengo que vestirme —Fidelio gritó. Saltó de la cama, se vistió a toda prisa y corrió a abrir la puerta. Al hacerlo se detuvo sorprendido. Pensó que un ángel lo visitaba.

Candelaria se rio suavemente.

—¿Qué pasa? —le preguntó—. ¿Esperabas a alguien más? Pareces estar sorprendido —su piel relumbrante, su negra cabellera brillante, sus negros ojos chispeantes, la blancura de su vestido bordado con flores de múltiples colores resaltaba el color cobrizo de su piel—. Por favor di algo y permíteme pasar, está haciendo frío.

—Sí, sí, entra por favor —Fidelio contestó moviéndose para permitirle entrar.

A un lado de la cama, la habitación tenía una mesa y dos sillas. Candelaria caminó directo a la mesa y, abriendo la canasta que llevaba, extendió un mantel de color blanco adornado con flores y mariposas bordadas. Colocó una olla con comida, platos, tenedores, cuchillos, cucharas y dos vasos. Sirvió la comida y llenó los vasos con vino moscatel.

Fidelio, quien no había notado la canasta con viandas y comida, la observaba boquiabierto. Ahora estaba convencido de que verdaderamente un ángel había bajado del cielo.

—Espero que tengas hambre —ella le dijo mostrando sus bien alineados dientes.

El vientre de Fidelio gruñó.

—Esa es la respuesta, tengo mucha hambre —le contestó riendo.

Se sentaron a la mesa. Desde esa mañana Fidelio no había probado bocado y no sólo estaba hambriento, sino también sediento. Tomó el vaso de vino y lo vació de un solo trago. Candelaria, feliz, llenó el vaso de nuevo. Contentos, ambos comieron y bebieron. Fidelio estaba agradablemente sorprendió de lo fácil que era conversar con ella. Se contaron las historias de sus vidas. Al enterarse de que ella también había perdido a sus padres y tuvo que aprender a valerse por sí misma, Fidelio la escuchaba embelesado. Habiendo encontrado quien le escuchase con atención, ella hablaba sin cesar.

—Fidelio, es tan agradable conversar contigo. No puedo explicármelo, pero desde el momento en que ti vi, sentí que tú eras a quien yo esperaba. Lo curioso es que no sabía que esperaba a alguien sino hasta el momento en que nos encontramos —se rio nerviosa; a los oídos de Fidelio su risa sonaba a música celestial.

Después de beber el cuarto vaso de vino, Fidelio encontró a Candelaria mucho más atractiva, sólo que esta vez no era como si ella fuese un ser ángel bajado del cielo, sino como lo que era, una mujer, una bella mujer. Su piel radiante, su sonrisa, sus labios, todo en ella tenía ahora un atractivo diferente, desconocido para Fidelio hasta entonces, pero que le llenaba de vigor. Cada vez que respiraba, reía, o simplemente se movía, Fidelio percibía el movimiento de sus senos bajo la blanca blusa. Tenía un intenso deseo de tocarla, fundirse en ella y convertirse en uno solo.

—Voy a lavar los cubiertos —dijo ella, levantándose y acercándose a Fidelio para tomar su plato.

Al sentirla tan cerca, sin siquiera pensarlo, Fidelio extendió su brazo y lo pasó alrededor de su cintura; sintió lo firme de su cuerpo, como una roca tibia.

Al sentir su brazo alrededor de su cintura, Candelaria se volvió a mirarlo y le sonrío. Fidelio, suavemente, la sentó sobre sus piernas. Ella se lo permitió. Al sentir el peso de su cuerpo, Fidelio empezó a acariciar su espalda, su cuello, para luego poner la mano detrás de su cabeza y con suavidad aproximar su rostro al suyo. Ella le dejó hacerlo y al estar cerca de sus labios lo besó. Para Fidelio era su primer beso, un beso dulce, húmedo, tibio. Ella le acarició la mejilla y continuó besándolo. Fidelio sentía la sangre hirviendo, levantó su falda y acarició sus firmes, redondos, muslos y caderas. Cargándola se levantó y la recostó en la cama. Continúo acariciándola. Sus movimientos eran, sin embargo, bruscos, torpes.

—Ssshh, tranquilo, Fidelio. Ve despacio, no me voy a ninguna parte —Candelaria le dijo al tiempo que le tomaba de las manos y le sonreía con ternura—. Sé gentil, disfrutemos de estos momentos juntos. Deseo que esta noche sea especial para los dos, que sea el momento más hermoso de mi vida. Deseo conservar por siempre el sabor de tus besos, mantener el recuerdo de nuestra unión por la eternidad.

Fidelio le devolvió la sonrisa y asintió con un leve movimiento de su cabeza, para luego, despacio, con cuidado, empezar a desnudarla. Ella correspondió haciendo lo mismo. Compartieron caricias, exploraron sus cuerpos hasta que, exhaustos, durmieron para comenzar de nuevo tan pronto como despertaron. Tenían sed y hambre sólo por sus cuerpos y continuaron así durante toda esa noche y el día siguiente, deteniendo el intercambio de caricias sólo cuando se vieron forzados por el llamado de la naturaleza.

—Creo que se acerca la hora de que tenga que partir —Fidelio dijo a las cuatro de la segunda madrugada.

—Lo sé —Candelaria respondió con tristeza—. Lleva contigo el recuerdo de este tiempo que hemos pasado juntos. Te llevo dentro de mí y permanecerás en mí para siempre. Si alguna vez decides volver te estaré esperando. Eres el primer y último hombre en mi vida, nadie más tocará mi cuerpo, te pertenece a ti y sólo a ti. Esa es la razón por la que te dejo en libertad.

—¿De qué hablas? No me voy a ningún lado, permaneceré contigo para siempre —Fidelio le dijo aproximándose a ella y abrazándola.

—No permitiré que te conviertas en desertor. Además, presiento que hay algo especial en ti. Quizá tú mismo no lo sepas todavía, pero me doy cuenta de que eres único, diferente al resto de los hombres. Siento que por alguna razón no puedes pertenecer a nadie en particular, incluso si tú lo desearas. Yo sé que te pertenezco, pero tú debes de continuar por tu camino. Y, una vez más, si algún día decides regresar, me encontrarás amándote como lo hago ahora. Soy tuya, pero no puedes ser para mí. Así que ve y sigue tu camino —ella le dijo, empujándolo suavemente para levantarse—. Te ayudaré a vestir —añadió.

—No sé cuándo, pero volveré —Fidelio le dijo al mismo tiempo que permitía que ella le ayudara a ponerse la camisa y el pantalón.

—Te preparare café —Candelaria dijo al tiempo que ella se vestía—. Te espero en la cocina.

Una vez solo, Fidelio se sentó en la cama, puso los codos sobre las rodillas y se restregó. Se sentía confundido y no sabía qué hacer. Por un lado deseaba quedarse al lado de Candelaria, pero, al mismo tiempo, algo le impulsaba a marchar. ¿Por qué, si la amaba profundamente, tenía este intenso deseo de partir? Sentía que había algo más, algo que no comprendía. Algo que le decía que él no podía pertenecer a ella ni a nadie. Tenía la extraña sensación de que él estaba al servicio de los demás, pero ¿cómo? Aún había muchas cosas que le faltaba por aprender y comprender antes de que se estableciera en algún lugar. Se levantó y empacó lo poco que tenía. Ahora estaba seguro de que ella tenía razón y debía de marchar. Dejó la habitación y se dirigió a la cocina para pasar unos momentos más junto a Candelaria.

Más tarde, caminando con rumbo a la estación del ferrocarril para unirse a la brigada sanitaria, la frescura de ese amanecer otoñal, la brillantez del Sol que aparecía tras los cerros, le hizo sentirse feliz. Mirando a su alrededor apreció por primera vez los altos cerros que rodean a la ciudad, cerros sólo de roca, sin árboles. Cientos de aves, volando hacia el sur, cubrían el cielo. Respirando profundo, Fidelio aspiró la maravilla de la naturaleza y dio gracias a Dios por permitirle ser parte de ella.

CAPÍTULO VI

Kilómetros y kilómetros de un terreno plano y árido; sólo unos cuantos mezquites, zabila y otras variedades de cactus crecían en aquel desierto. A lo lejos, Fidelio miraba los grises cerros de piedra sólida, unos cuantos arbustos y plantas de gobernadora les daban un poco de verdor. Acostumbrado al paisaje de Guanajuato y los alrededores de Morelia, el escenario que contemplaba le parecía diferente, extraño, misterioso, mágico, pero con un raro atractivo que era, al mismo tiempo, cruel y amenazador.

—¿Qué te parece? —el Dr. Villarreal le preguntó sentándose al lado de Fidelio—. ¿Este desierto te atrae o te desagrada? El desierto no acepta nada intermedio. La gente, como puede aceptarlo y amarlo, puede rechazarlo y odiarlo.

—Me agrada —Fidelio contestó—, pero no podría decir que le amo porque apenas lo veo por primera vez. Es completamente diferente al paisaje que he conocido hasta ahora.

—Una respuesta honesta, eso me agrada —dijo el Dr. Villarreal—. Este desierto es noble con los que están dispuestos a luchar y trabajar duro, a ellos les provee en abundancia; sin embargo, no tolera a los flojos y haraganes, a esos los destruye para luego tragárselos.

—Eso es diferente de lo que hasta ahora conozco.

—Yo nací y crecí aquí. Antes de partir para estudiar medicina solía aventurarme en el desierto; hice amistad con muchos rancheros y algunos tarahumaras. Ellos me enseñaron de las casi mágicas propiedades de las plantas del desierto —el Dr. Villarreal sonrió, pensativo. Luego se volvió a mirar el equipo y mobiliario en el vagón en el que viajaban—. Mira todo esto, casi un hospital móvil. Para mí es como un sueño vuelto realidad. Debido a su pasado y origen humilde muchos consideran al general Villa como un personaje casi salvaje y primitivo, pero en realidad es un hombre de clara inteligencia y noble; entiende a la gente común y se preocupa por ellos. Comprende que la guerra es brutal y sangrienta, que habrá muchos heridos en batalla, esa es la razón por la que ha ordenado equipar a este vagón, para atender a los que lo necesiten. De todos los jefes militares en esta lucha, Villa es el único que ha pensado en ello. Este equipo es caro; podría haber usado el dinero en provecho propio, pero prefirió ponerlo al servicio de los que resulten heridos. Es por eso por lo que debemos ser dignos de la confianza puesta en nosotros —hizo una pausa y se volvió a mirar a Fidelio—. ¿Entiendes lo que eso significa, jovencito?

—Creo que sí —Fidelio contestó.

—Bien, me han dicho que conoces el efecto de muchas plantas y otros productos de la naturaleza —el Dr. Villarreal comentó—. Y también que tienes experiencia en el cuidado de los enfermos —se quedó mirando a Fidelio, sonriendo burlonamente—. ¿Cómo es eso? ¿Dónde y cómo fue que aprendiste?

Fidelio estaba ya acostumbrado a que, dada su corta edad y lo limitado de su educación, dudaran de que pudiera tener conocimiento de los efectos medicinales encontrados en la naturaleza, así que no le molestó que el Dr. Villarreal también lo pusiera en duda.

—Aprendí observando a las aves, ranas, mariposas y, por supuesto, a las plantas. Poniendo atención a la naturaleza fue como aprendí. Los animales, las plantas, la naturaleza tienen mucho que enseñar. Los animales saben qué plantas son peligrosas, cuáles son nutritivas, cuáles son curativas. Siempre que tuve oportunidad estudié los órganos tanto de los animales como de las plantas —devolvió la sonrisa al Dr. Villarreal. Evitó añadir que una voz interior, que a la fecha le asustaba, le guiaba—. Pero aún tengo mucho por aprender. Me gustaría aprender a usar todo lo que hay aquí. Deseo escuchar y aprender de usted. Seguiré sus instrucciones tal y como me lo pida. Aunque no sé cómo disparar un rifle sé que puedo contribuir a esta causa.

Al escucharlo, el Dr. Villarreal se rio, contento.

—Esa es la actitud correcta, mi amigo. Sí, ten por seguro que te enseñaré, y lo haré porque sé que aprenderás. Ahora sabes más que algunos de mis colegas; has aprendido no leyendo libros, pero de lo que es la fuente importante del conocimiento: la naturaleza. Nunca cambies, mi joven amigo, nunca cambies —miró por la ventana—. Nos aproximamos a Camargo. Sé de buena fuente que el general Villa planea una batalla importante; estaremos listos. Cuando lleguemos a la ciudad mézclate con la tropa, platica con ellos, hay muchos jóvenes de tu edad. Trata de averiguar las razones por las que se unieron al movimiento, ese conocimiento pudiera ayudarte si después alguno de ellos necesita de tu auxilio —se quedó mirando a Fidelio con una expresión de preocupación en su rostro—. Pero no te alejes demasiado, repórtate todos los días al caer la tarde y siempre mantente listo porque pudiéramos recibir órdenes de movilizarnos en cualquier momento. Como te he dicho, entraremos en combate pronto, muy pronto. Tú nunca has estado en combate. Te advierto que es terrible, incluso para los que no estamos directo en la línea de fuego no es fácil; se requiere tener las pelotas muy bien puestas —pausó por un momento, se levantó y clavó su mirada en Fidelio; extendió su brazo, tomando a Fidelio del antebrazo—. Deja que te aconseje: cuando empiece la batalla, incluso si no estás en el frente, sentirás miedo, estarás asustado; es la reacción natural en todos, incluso los veteranos.

Pero, si permites que el miedo te domine, estarás perdido. El miedo puede, sin embargo, convertirse en fuente de energía, es la fuente del valor. Si lo logras, entonces serás capaz de hacer lo que te toca hacer —sonriendo soltó el antebrazo de Fidelio—. No sé por qué, pero estoy seguro de que cuando llegue el momento sabrás cómo controlar el miedo.

Poco tiempo después Fidelio caminaba por las calles de Camargo. Observó que era un pueblo pequeño, por lo menos comparado con Torreón, Morelia y Guanajuato, pero le gustó que, como en Torreón, las calles eran amplias y, además, le llamó la atención lo limpias que estaban. Acostumbrado a la gran cantidad de pulquerías en las calles de los pueblos del centro de México, siempre abarrotadas, el hecho de en Camargo, todas las cantinas y bares estuviesen cerradas, llamó su atención.

—¡Fidelio, hey, Fidelio! —alguien le gritó.

Al volverse, Fidelio se sorprendió al ver que le llamaban sus amigos de la infancia, sus compañeros de escuela, cargando rifles y con cartucheras cruzando sus pechos.

—Donaciano, Pantaleón, Casimiro, mis buenos amigos, que gusto me da verlos de nuevo —Fidelio dijo contento y sorprendido.

Fidelio observó que, a pesar de ser adolescentes, como lo era él, había algo diferente en ellos. Se veían contentos de saludarlo y felices le sonreían, pero su sonrisa no era la sonrisa infantil, inocente, que Fidelio recordaba. Mirando a sus rostros sin rasurar, con los dientes amarillentos, la imagen de un coyote que recién se ha comido a las gallinas llegó a la mente de Fidelio. Aunque la sonrisa de sus amigos era amistosa, era la sonrisa de alguien que ha estado cercano a la muerte, la sonrisa de hombres que saben lo que es matar a otro ser humano.

—Fidelio, ¿qué es lo que haces aquí? —Donaciano le preguntó aproximándose y abrazándolo cariñosamente; Fidelio le abrazó también para luego abrazar al resto de sus amigos, feliz de encontrarlos.

—¿Estás tratando de huir de la violencia de la revolución? —Pantaleón insistió, sonriendo, un poco preocupado—. Porque, si es así, estás en la ruta equivocada. Chihuahua es el lugar en donde la lucha es más intensa.

—No, no intento huir de nada —Fidelio le respondió, devolviendo la sonrisa—. Al contrario, he venido para tomar parte de la lucha —miró a todos y cada uno—. Me parece que ustedes se unieron a la bola desde hace ya algún tiempo.

—Así es, nosotros nos unimos a Villa casi desde el principio —le contestó Casimiro—. Venimos a Chihuahua para trabajar en las minas, pero cuando supimos del asesinato de Madero y que Villa estaba luchando cerca buscamos la forma de unirnos. Cuando Villa llegó a Temosachic nos unimos junto con casi todos nuestros compañeros de trabajo; desde entonces hemos participado en un buen número de combates —añadió, mostrando sus dientes amarillentos, orgulloso.

—Sí, hemos tomado parte en buenos combates y habrá muchos más —Donaciano intervino, también mostrando sus dientes multicolores, para luego mirar a Fidelio con aire preocupado—. Fidelio, cuando entras en combate se hace necesario matar al enemigo para que no te mate a ti. Todos sabemos de tu valentía, pero también sabemos que no te gustan las armas, ni siquiera sabes usarlas —exhaló aire para luego respirar profundo, sin dejar de mirar a Fidelio—. Mi buen amigo, ¿cómo le vas a hacer cuando entres en combate?

Fidelio le devolvió la sonrisa.

—Estoy aquí para cuidar de los heridos; si por alguna razón me veo obligado a participar en el combate, Dios me dirá qué hacer.

—¡Eso está muy bien! —dijo Pantaleón—. Te quedas en la retaguardia listo para ayudar a los heridos y todos los que necesiten de tu ayuda. Te aseguro que serán muchos —hizo una pausa para mirar, contento, a sus amigos y compañeros—. Todos hemos sido testigos de cómo Fidelio ayuda a la gente a sanar; por lo menos para mí es tranquilizante el saber que alguien como Fidelio estará allí para ayudarme en caso de que resulte herido —se detuvo de nuevo para tomar aire, sonriendo, verdaderamente contento—. He escuchado que mi general Villa ha traído médicos y he visto el vagón de ferrocarril que ha acondicionado para recibir a los heridos, me han dicho que está muy bien equipado —añadió.

—Es cierto, todos nosotros sabemos lo que puedes hacer por los enfermos y heridos. Aunque preferiría nunca necesitar de tus servicios, admito que me siento seguro sabiendo que un hombre de Dios, como lo eres tú, mi buen amigo, está allí en caso de que yo resulte herido —Donaciano intervino, los demás asintieron.

Donaciano repentinamente frunció la frente, con un gesto de disgusto.

—Hablando de hombres de Dios, me disgusta la forma en que algunos de nuestros compañeros de armas tratan a los sacerdotes y monjas —Donaciano agregó—. Muchos de ellos no respetan la casa del Señor, cabalgan dentro de las iglesias y he visto cómo algunos de ellos escupen u orinan dentro del recinto sagrado.

—Ahora que lo mencionas, vi a uno hacer eso mismo en Torreón —Pantaleón dijo—. Por supuesto no me gustó, así que lo maté allí mismo.

—Hiciste bien. Todos debemos de respetar a nuestra Santa Madre, la Iglesia —dijo Donaciano, quien estaba a punto de agregar algo más cuando escucharon un grito cercano.

—No me toques, ¡indio asqueroso! —un hombre alto y fornido, un hombre blanco, vestido con elegancia le gritó a una pareja de rarámuri que mendigaban en la esquina próxima a ellos.

Los rarámuris eran un hombre y una mujer. Su piel de un color café claro, su cabello oscuro con tonos azules al reflejar los rayos del Sol. Ambos eran jóvenes. Ella lucía un vestido verde de algodón con mariposas y flores bordadas; su abdomen redondo, prominente. Fidelio notó de inmediato que estaba embarazada. Tímida, como asustada, miraba hacia el suelo. El varón era alto, delgado, vestido con pantalón y camisa de manta blanca, calzaba huaraches y un pañuelo de algodón alrededor de su cabeza, su cabello era largo. Miraba al hombre blanco sin mostrar miedo, se mantenía quieto, inmóvil, parecía de piedra.

El hombre blanco, acompañado por otros dos, también jóvenes y elegantemente vestidos, miraba al rarámuri con desprecio.

—Aprenderás a respetar a tus amos, miserable salvaje —le gritó mientras los otros dos, divertidos, reían.

El hombre blanco levantó su mano con evidente intención de abofetear al rarámuri, que se mantenía inmóvil, sin pronunciar palabra. Fidelio tomó la amenazante mano con firmeza.

—Eres tú quien necesita aprender a respetar a tus semejantes —Fidelio le dijo en un tono de voz tranquilo, pero firme a la vez.

—Y ustedes tres les van a dar todo lo que traen en sus bolsillos —Donaciano añadió, también con tono de voz tranquilo.

Los tres hombres miraron a Fidelio, quien aún sostenía la mano del primero de ellos, y luego a quienes le acompañaban. Donaciano, Pantaleón y Casimiro les apuntaban con sus rifles.

—¿Todo? —preguntó uno de los tres con voz temblorosa.

—Todo —Donaciano le respondió.

Los tres vaciaron sus bolsillos y les entregaron los contenidos a la pareja rarámuri. El varón lo tomó, miró a Fidelio y sus compañeros, abrazó con gentileza a la mujer y ambos caminaron, alejándose sin pronunciar palabra.

—Por esta vez tienen suerte —Candelario se dirigió a los tres hombres luego de que la pareja se alejó—. Si los vuelvo a ver abusando y maltratando a uno de estos les aseguro que los mato.

—Espero que hayan aprendido su lección —Fidelio les dijo—. Vayan en paz.

El hombre elegante los miró con rencor.

—Si tenemos otra oportunidad les aseguro que será diferente; yo seré quien les dé una lección que ustedes nunca olvidarán —les dijo con rabia mal contenida, escupió y se fue acompañado de sus dos amigos.

—¿Saben quién es ese? —Donaciano les preguntó una vez que los tres jóvenes elegantes se perdieron de vista.

—Por supuesto que no —Fidelio respondió.

—Ese es el hijo de Luis Terrazas, la persona más rica del estado de Chihuahua. Hasta hace poco también era no sólo el más influyente, sino quien manejaba a su antojo todo lo que ocurre en el estado —Donaciano les dijo sonriendo—. Si esto hubiese ocurrido hace unos cuantos meses estaríamos en serios problemas —continuó sonriendo—, pero ahora es de los que tiemblan cuando escuchan el nombre de mi general Villa —añadió.

—Durante estos meses nos hemos encontrado con muchos como ellos; porque tienen dinero tratan a todos como si fuesen basura —Pantaleón intervino, escupiendo disgustado—. ¿Recuerdan cómo después de la explosión de la mina en Guanajuato, la explosión en la que muchos murieron, nuestros padres fueron forzados a volver a las minas al día siguiente? —escupió de nuevo y, disgustado, pateó el suelo, levantando una nube de polvo—. Ahora ha llegado nuestro turno, les haremos pagar caro lo que han hecho con los nuestros —mostró sus dientes amarillentos, contento con ese pensamiento.

—Nunca podré olvidar el día en el que murieron mis padres —dijo Fidelio—. Fue duro, muy duro, pero no debemos de permitir que sea el rencor el que nos guie, siempre debemos de recordar la enseñanza de Jesús, nuestro guía y modelo de vida, y, sin aceptar ni rendirse ante las injusticias, perdonar a quienes nos ofenden.

—Quizá tú puedas hacerlo, pero, por lo que a mí se refiere, siempre los odiaré y me alegra ver cómo pierden lo que tenían. Entonces se comportan como ovejitas, como lo hicieron a los que les quitamos todo en Gómez Palacio —Pantaleón dijo y se rio mostrando sus dientes cariados, con excepción de Fidelio, los demás también se rieron.

—Bueno, Fidelio, tenemos que volver al batallón. Nos ha dado gusto volver a verte. No sé si nos encontraremos de nuevo, pero espero que, si es así, no sea porque alguno de nosotros resultó herido —Donaciano dijo sonriendo a Fidelio.

—Cuídate y no te expongas sin necesidad, mi buen amigo —Casimiro, quien se había mantenido callado hasta entonces, intervino—. Dicho sea de paso, si quieres escuchar misa ve a la misa de seis. La oficia el obispo de Chihuahua; me recuerda al padre Segura.

Se despidieron de Fidelio y siguieron su camino. Fidelio los vio alejarse sintiendo una mezcla de tristeza y alegría por haberlos encontrado de nuevo. Al verlos recordó su niñez en Guanajuato, pero lo que en verdad le impresionó fue cómo habían cambiado; aunque eran de su misma edad, en ellos se notaba que habían estado en riesgo de muerte, que habían tenido que luchar por su vida, que habían matado para evitar la muerte, aunque por edad aún eran casi niños habían perdido la inocencia de la infancia. Fidelio sintió un escalofrío recorrer su espina dorsal. «¿Cómo me comportaré cuando me vea en una batalla?», se preguntó.

Caminó unas cuantas cuadras hasta llegar a la plaza principal, se sentó en una de las bancas del parque. Al mirar a su alrededor vio a la pareja rarámuri salir de una tienda de abarrotes. El hombre cargaba un costal de harina en un brazo y un costal con provisiones en el otro. Ambos caminaban erectos, despacio, con dignidad. Aunque habían venido al pueblo a mendigar mostraban orgullo.

—Así es, son un pueblo orgulloso —dijo un hombre sentado en la misma banca que Fidelio.

Sorprendido, Fidelio volteó a verlo. Era un hombre alto y delgado vestido con elegancia. Su cabello y barba eran blancos y su cara mostraba arrugas alrededor de los ojos. A pesar de eso había algo de juvenil, casi infantil en su apariencia. Aunque no lo conocía, Fidelio tuvo la sensación de haberlo visto antes.

—Noté que admirabas a esa pareja —le dijo el hombre apuntando hacia la pareja rarámuri.

Fidelio sintió que había escuchado esa voz con anterioridad.

—Así es, y exactamente lo que usted dijo fue lo que me impresionó —Fidelio le contestó—. De donde yo vengo, los indios son humildes y sumisos, con temor del hombre blanco, pero esta gente es diferente. Me pregunto por qué son diferentes.

—Humildes y sumisos, temerosos del hombre blanco —el hombre repitió las palabras de Fidelio con un tono irónico en su voz; sonrió, al hacerlo, y mostró que le faltaban algunos dientes—. Eso es exactamente lo ellos quieren que crean. Estos, sin embargo, como tú lo dices, son diferentes. No se molestan en ocultar lo que sienten por nosotros. Aunque nosotros los llamamos Tarahumaras, ellos se denominan rarámuri, gente que corre largas distancias. Son un pueblo orgulloso. Aunque ahora son pacíficos combatieron con fiereza a los primeros españoles que llegaron —el hombre hizo una pausa mirando a la pareja que se alejaba—. Nunca se rindieron, pero fueron lo suficientemente listos como para darse cuenta de que tenemos armas más potentes, así que ahora aceptan nuestra presencia. Los jesuitas son quienes mejor los han comprendido y, aunque los rarámuris mataron a los primeros misioneros, ahora confían en ellos; han aceptado la misión y su enseñanza. Son gente trabajadora, pero como los hemos apretado tan duro se han visto obligados a vivir en las montañas, en el cañón del cobre, en donde ahora viven en orgullosa pobreza. Aunque durante el invierno se ven forzados a venir a los poblados a mendigar, mantienen su aire de dignidad, lo que molesta a muchos de los que, por tener piel menos oscura, se sienten superiores —suspiró—. Aún tenemos mucho que aprender —añadió.

—Así es, aún tenemos mucho que aprender —Fidelio respondió, haciendo eco de las palabras del desconocido.

—Son las seis —dijo el hombre poniéndose de pie—. Las campanas llaman a misa, ve. Dentro de muy poco será peligroso para la gente de este país asistir a misa —con ternura, como un padre mira a su hijo consentido, el hombre miró a Fidelio—. Recuerda: no te asustes ni te arrepientas del don que te ha sido concedido, úsalo para beneficio de los demás, en particular de los que tienen menos; nunca trates de sacar provecho propio —alzó la mano en señal de despedida y se alejó.

Fidelio se quedó sentado en la banca por algunos segundos, observando al hombre alejarse; admiraba la agilidad de aquel hombre viejo. «¿Qué significa lo que dijo al despedirse?», se preguntó. Aunque el hombre ya no era visible, Fidelio aún lo sentía como si estuviese a su lado; de hecho, sentía que, de alguna manera, había estado siempre allí, a su lado. Era una sensación extraña, pero al mismo tiempo le hacía sentirse tranquilo y seguro. El sonido de las campanas parecía llamarle. Se levantó y caminó en dirección de la iglesia.

La iglesia era austera comparada con las que había visto en Morelia y Guanajuato. Al entrar, Fidelio observo que sólo imágenes de la pasión de Jesús se veían en las paredes. No había imágenes ni estatuas de santo alguno. Le agradó eso. «En la casa de Dios se debe de rezar a Dios», pensó. De hecho, tuvo la sensación de ser bien recibido, como cuando niño entraba al hogar de sus padres. Tal y como Casimiro le dijo, la misa fue oficiada por el obispo de Chihuahua. El obispo era un hombre de alrededor de cincuenta, delgado. Fidelio observó que el ropaje del obispo era simple: todo de algodón, humilde, no usaba sedas ni alguna otra tela cara. El obispo irradiaba una poderosa fuerza interior.

—Hermanos, el momento histórico en el que vivimos es no sólo difícil, sino que también es doloroso, como siempre lo ha sido cuando se avecina un cambio —empezó el obispo su sermón—. Durante décadas, el poder y la riqueza se han acumulado en manos de unos pocos; ellos disfrutan de una vida de confort y abundancia. Porque son ricos han sentido que pueden oprimir y humillar a los que tienen menos. Han usado la ley para su propio beneficio, abusando de la ley se han apoderado de tierras que solían ser comunales. Han oprimido a los pequeños propietarios de tal manera que les han obligado a vender su propiedad a cambio de caca-huates, forzándolos a convertirse en simples peones y, en lugar de pagarles salarios justos y dignos, abusan del sistema de tiendas de raya para crear un adeudo casi impagable de parte de los peones y campesinos, por lo que prácticamente se convierten en propiedad del hacendado. Pero ahora el silencioso llanto y dolor de los oprimidos ha llegado hasta oídos de Dios y ha sido Él quien ha permitido que la presión social se libere con violencia. Aunque el presidente Madero pertenecía a una de las familias beneficiadas por el sistema fue uno de los pocos que comprendió que hay necesidad de un cambio radical. Trató de conseguirlo por la vía pacífica, sin embargo, la mayoría de los que se han beneficiado por el sistema se opusieron a cualquier cambio, y no sólo eso, sino que conspiraron en su contra y, finalmente, lo asesi-naron. Muchos se han sometido al nuevo opresor, pero hay otros que con razón se han rebelado, y es por eso por lo que ahora nos encontramos envueltos en esta lucha entre dos fuerzas diferentes. Independientemente de cuál sea el bando triunfador, esta lucha va a provocar un cambio, pero lo que debe de preocuparnos es cuál es el rumbo que este cambio conlleva. ¿Será un cambio que beneficie a la mayoría? ¿Un cambio que proporcione oportunidad para todos de ascender y mejorar en la escala social? ¿O será un cambio en el que pocos se beneficien a expensas de la mayoría? Esto último es el peligro que corremos, que las cosas cambien para quedar como estaban. Roguemos para que el cambio sea real y beneficie a las mayorías, que el cambio que ocurra justifique el dolor y sufrimiento que ahora padece nuestro pueblo.

El sermón impresionó profundamente a Fidelio. Lo que escuchó era diferente a todos los sermones que hasta entonces había escuchado. Al terminar a la misa pidió entrevistarse con el obispo. Un sacerdote joven lo miró con sospecha y le preguntó la razón de su petición. Fidelio le explicó que recién había llegado de Morelia y esta era la primera vez que escuchaba un sermón en favor de la revolución. Al escucharlo, el sacerdote sonrió amistosamente.

—Sígueme, tendrá gusto en aclarar todas tus dudas —le dijo.

El sacerdote guio a Fidelio a través de un corredor que conectaba la iglesia con las habitaciones del obispo. Al llegar, Fidelio de nuevo se impresionó favorablemente con la austeridad de la oficina del obispo. El mobiliario era simple, rústico; un crucifijo de madera en la pared era toda la decoración.

—Su eminencia, este joven tiene varias preguntas con respecto al sermón de hoy —el sacerdote dijo al llegar.

El obispo, quien en ese momento hablaba con otro sacerdote, se volvió a mirar Fidelio; tenía una mirada tranquila, amistosa.

—¿En qué puedo ayudarte, hijo mío? —le preguntó al mismo tiempo que apuntaba a una silla, invitando a Fidelio a sentarse.

—Su eminencia, no hace mucho escuché al obispo de Morelia denunciar al general Huerta como un criminal, pero, al mismo tiempo, nos pidió rezar por la paz; no aprobó la rebelión armada. Sin embargo, su sermón del día de hoy parecía estar a favor —le dijo Fidelio.

—Comprendo tu confusión. Como el obispo de Morelia, estoy a favor de la paz, sin embargo, la ley liberal ha permitido que unos pocos opriman a la inmensa mayoría. Cierto, la idea era lograr que la tierra fuese productiva, y también es cierto que así ha sido, pero lo ha sido para beneficio de muy pocos. La gran mayoría ha sido sumida en la miseria. El sistema ha favorecido a unas pocas familias, estas familias son inmensamente ricas y viven en la opulencia, mientras que la inmensa mayoría apenas subsiste. Y lo que es peor es que este sistema ha hecho casi imposible el movimiento en la escala social; en este sistema los hijos de campesinos están condenados a permanecer como simples peones. La mejoría en la productividad sólo favorece al hacendado, los peones son quienes hacen a la tierra productiva, pero, aun así, el sistema los mantiene en la miseria. Al hacendado le conviene mantener a los peones ignorantes para que ellos y sus hijos sigan siendo peones, mano de obra barata. Por esa razón, la mayoría de los hacendados se oponen a los maestros o a los sacerdotes que enseñan que todos tienen derechos y que a través de la educación pudieran mejorar su situación y avanzar en la escala social. Admito que aquí en Chihuahua las circunstancias han sido diferentes que en otras partes del país. Aquí, como en casi todo lo que es ahora el norte, para colonizar y establecer rancherías hubo que mantener una defensa constante en contra de las invasiones por apaches y comanches, así que se acostumbraron a pelear, manteniendo independencia al mismo tiempo que mantenían una sensación de comunidad y dependencia unos de los otros; pero, una vez más, las leyes liberales les obligaron a vender sus propiedades, los robaron y los forzaron a convertirse en peones. Esa es probablemente la razón de que la rebelión haya comenzado aquí. Madero comprendió que la situación social estaba a punto de explotar y que era necesario canalizar toda esa tensión; trató de hacerlo por la vía democrática, un poco ingenuo en mi opinión, pero bien intencionada. Aunque en realidad no le dieron oportunidad. Con todo lo que ha ocurrido no veo manera de prevenir la violencia que se ha desencadenado. Me preguntas: ¿cómo es que predico en favor de la revolución? Creo que hay ocasiones en las que se hace necesario usar la fuerza; vivimos en una de ellas. La revolución brinda esperanza para los pobres, para los de abajo, ahora ellos tienen oportunidad de mejorar su situación.

—Pero, su eminencia, usted también habló del riesgo de que las cosas cambien sólo para quedar como estaban. ¿Cómo es eso posible? —Fidelio le preguntó.

—Esa es una buena pregunta. Sí pudiera parecer confuso, sin embargo, la historia nos muestra muchos ejemplos en los que precisamente eso es lo que sucedió; lo único que cambió fue quién es el opresor, para la mayoría, las cosas quedaron como estaban. Algunos ejemplos: los liberales que luchan en contra de la aristocracia en realidad sólo han creado una aristocracia diferente, la aristocracia del dinero. Ese es precisamente el peligro que se corre en estos tiempos. De hecho, algunos generales ya han tomado posesión de algunas de las haciendas más productivas, sólo para convertirse en los nuevos explotadores. Ningún cambio en eso. Aunque no puedo decir que el general Villa es un hombre de principios religiosos es carismático y, hasta ahora, cuando menos, ha demostrado que es honesto. Se preocupa por los de abajo y ha logrado cosas buenas para ellos aquí en Chihuahua. Desafortunadamente, hay otros líderes; muchos de ellos culpan a la Iglesia de los males del país e incitan el odio. Si estos últimos llegaran a tener el control sólo sería cambio de opresor, beneficiaría a pocos, lo único que se obtendría serían nuevos patrones. Es por eso por lo que debemos de rezar por un cambio real, un cambio que beneficie a todos, sobre todo que dé a todos la oportunidad de mejorar su situación.

—Ahora lo comprendo, su eminencia —Fidelio le dijo—, pero, cambiando de tema, otra cosa que me ha llamado la atención es que en las paredes de la iglesia y aquí no hay imágenes de santos.

El obispo sonrió.

—Me alegra que los notaras. Los santos nos proporcionan un maravilloso ejemplo de vida, ejemplo que debemos de imitar. Los admiro, respeto y, como la mayoría, hay uno o dos que son mis favoritos; San francisco y San Ignacio, si te interesa saber. Pero debemos de entender que la iglesia es el lugar en el que adoramos a Dios.

—Así es —Fidelio replicó inclinando la cabeza.

—Ahora, hijo mío —le dijo el obispo poniéndose de pie—, espero haber aclarado tus dudas. Si me lo permites, tengo otros asuntos que atender.

—Su eminencia, permítame una sola pregunta más —Fidelio dijo.

—Por supuesto. ¿Cuál es?

—Usted es el obispo de Chihuahua, pero esta no es la capital, ni esta iglesia la catedral. ¿Cómo es eso?

Una vez más, el obispo sonrió, comprensivo.

—Es verdad. No estoy en la ciudad de Chihuahua porque ahora está ocupada por los federales y, como te puedes imaginar, no les agrada la postura que he tomado. Ahora discúlpame, pero tengo que irme.

—Sí, por supuesto. Muchas gracias por su paciencia —le dijo Fidelio poniéndose de pie y luego besó el anillo episcopal.

La noche había caído para cuando Fidelio finalmente llegó a la estación de ferrocarril. Encontró al Dr. Villarreal en el vagón acondicionado como enfermería; estaba ocupado en acomodar el instrumental médico.

—Qué bueno que regresaste —el Dr. Villarreal le dijo como bienvenida—. Me puedes ayudar a acomodar todo en su lugar. Tenemos orden de partir con rumbo a Chihuahua mañana; parece ser que tendrás tu bautizo de sangre muy pronto. Hazme el favor de alcanzarme esos vendajes a tu izquierda.

Fidelio le dio los vendajes y le ayudó a acomodar el instrumental y el material de curación. Mientras lo hacían, el Dr. Villarreal aprovechó para explicarle cómo usar el instrumental y, en particular, acerca de la atención a las heridas.

—Al atender una herida después de detener el sangrado lo prioritario es prevenir la infección, para lograrlo debemos de mantener la herida limpia —repitió estas instrucciones una y otra vez para asegurarse que Fidelio entendía.

Fidelio no dijo que ya sabía eso, pero prestó atención cuando el Dr. Villarreal le explicó sobre el uso de la miel de abeja y las propiedades de algunas plantas del desierto, como el aloe, para lograr el propósito de mantener la herida limpia y prevenir la infección.

—Gracias, Fidelio, tu ayuda ha facilitado el trabajo —el Dr. Villarreal le dijo sonriendo y limpiando el sudor de su frente con la manga de su camisa—. No sólo me ayudaste, sino que también pusiste atención a la explicación que te di. Ahora cuéntame, ¿cómo te fue en tu visita al pueblo? ¿Encontraste algo que te interesara o algo que sea diferente a lo que has visto hasta ahora?"

—Bueno, sí hay mucho que contar —Fidelio le respondió—. Me encontré con varios de mis compañeros de infancia en Guanajuato; también se han unido a la causa —Fidelio se detuvo dubitativo—. Han cambiado —agregó después de una breve pausa.

—¿A qué te refieres? —el Dr. Villarreal preguntó.

—No estoy seguro, sólo sé que no son los niños que yo recuerdo.

El Dr. Villarreal esbozó una sonrisa.

—Por supuesto que no lo son. Dices que se han unido al movimiento revolucionario, de seguro para ahora ya han tomado parte en varios combates; han aprendido lo que es eso. En combate, para evitar ser asesinado se tiene que matar. Los instintos más primitivos afloran cuando se encuentran en batalla. Nadie es el mismo después de haber participado en combate. Así que no puedes esperar que sean los mismos niños inocentes que conociste.

—Lo comprendo, pero hay algo más, algo que, por ejemplo, no he observado en usted. Comprendo que cuando se ha participado en una batalla, en donde el riesgo de muerte es alto, la persona cambia, pero en el caso de usted, usted no tiene la apariencia amenazante que mis amigos de la infancia tienen.

—Me parece que entiendo lo que quieres decir. La guerra y el hecho de tener que matar para sobrevivir tienen un efecto diferente en cada uno de nosotros. Algunos, como supongo es mi caso, comprendemos que es un mal necesario, pero pasajero; hay otros que no sólo aprenden a hacerlo bien, sino que además lo disfrutan. Para ellos se convierte en algo divertido, entretenido, como si fuese un juego. Te encontrarás con toda clase de ellos. Me pregunto cómo responderás.

Fidelio lo miró con un gesto de preocupación.

—Me lo he preguntado muchas veces y las posibilidades me aterran.

El Dr. Villarreal le sonrió y con afecto lo tomó del hombro.

—Muchachito, tú eres fuerte. Hay algo en ti que te hace diferente, aunque no puedo precisar lo que es. Definitivamente participar, o inclusive sólo observar, en una batalla tendrá un efecto en ti; de eso podemos estar seguros. Pero algo me dice que el efecto en ti será para bien —hizo una pausa y soltó el hombro de Fidelio—. Agradezco la confianza que has puesto en mí. Aunque hay una diferencia importante de edades sé que nos vamos a llevar muy, pero muy bien.

Ahora dime: ¿hubo alguna otra cosa de interés durante tu visita al pueblo?

Fidelio le contó sobre su experiencia con la pareja rarámuri y su conversación con el obispo.

—Sí, los rarámuris, o tarahumara, como les llamamos nosotros, son un pueblo orgulloso. En lo que a mí respecta he aprendido mucho de ellos. Comprenden mejor que nosotros el concepto de salud y enfermedad; en ese sentido hay mucho que nosotros apenas empezamos a entender. Con respecto a tu conversación con el obispo puedo decirte que es un hombre noble y bueno; me agrada, pero hay muchos en Chihuahua que odian sus ideas progresistas y el apoyo que ha dado al movimiento revolucionario. Quizá algún día tengamos oportunidad de charlar sobre religión, pero, por ahora, necesitamos descansar. Mañana partimos a liberar Chihuahua de los federales —se puso de pie—. Que descanses, mi joven amigo —le dijo antes de salir.

CAPÍTULO VII

Era una noche fría cuando arribaron a la estación Consuelo, cercana a la ciudad de Chihuahua. Un viento helado corría a través del terreno semidesértico alrededor de la ciudad. Fidelio, acostumbrado al constante clima primaveral de Guanajuato y Morelia, al salir del vagón sintió el viento helado como si fuesen agujas penetrando hasta los huesos; se frotó los brazos y brincó tratando de entrar en calor. Al hacerlo miró hacia arriba y se maravilló al notar el límpido y brillante cielo azul y las parvadas de patos y gansos formando perfectos triángulos al volar hacia el sur. Los observó y conoció que su destino final era el centro de México; temblando, saltando, casi bailando para aliviar el frío, les envidió.

—¿Qué es lo que te pasa, Fidelio? —el Dr. Villarreal, quien había desembarcado antes, le preguntó riéndose, divertido—. ¿Este viento helado te molesta? Toma, bebe un poco de esto, te ayudará a entrar en calor —añadió, ofreciéndole una botella.

—¿Qué es esto? —Fidelio le preguntó, tomando la botella.

—Sotol —el Dr. Villarreal le respondió.

—¿Sotol? Nunca había oído de esta bebida.

—Es el producto de la destilación del agave que crece en esta región. Esta es nuestra versión del tequila.

Fidelio bebió un trago. Al pasarlo hizo un gesto, tosió y casi brincó.

—Guau, ¡esto sí que raspa duro! —dijo devolviendo la botella al doctor.

—Lo sé, pero ¿entraste en calor?

—Sí y, además, ha terminado de despertarme.

—Bien, aunque ya sabes sobre los efectos de muchas plantas pronto tendrás oportunidad de aprender   los efectos de las plantas del desierto —el Dr. Villarreal le dijo; la sonrisa de su rostro desapareció al mirar a la distancia—. La ciudad de Chihuahua está a unos cuantos kilómetros de distancia. Desde aquí, el general Villa dirigirá el ataque —frunció las cejas en un gesto de preocupación—. No será fácil, la ciudad está muy bien fortificada y, además, Orozco y su gente han llegado a reforzarlos. Esos son bravos y odian a Villa y sus seguidores. El odio es recíproco, aunque alguna vez Orozco y Villa lucharon juntos.

—¿Y quién es Orozco? —Fidelio, intrigado, preguntó.

—Pascual Orozco fue uno de los primeros en apoyar la causa de Madero. Fue pieza clave en la victoria conseguida en Ciudad Juárez y la consiguiente renuncia del general Díaz. Gracias a él, la revolución triunfó. Pudo llegar a ser un gran líder, uno de los grandes héroes de la patria, pero le tentó la adulación, el dinero y el poder, y cayó fácilmente en las redes del grupo de Terrazas. Lo convencieron y financiaron su rebelión en contra del presidente Madero. Después del asesinato de Madero tomó el bocado que Huerta le ofreció y se ha vuelto en contra de la revolución. A pesar de ello, hay muchos aquí en Chihuahua que creen en él y lo siguen ciegamente. En cierto modo me da pena. Pudo haber ocupado un lugar importante en la historia y, en cambio, será recordado como un traidor a la causa que él mismo apoyó —disgustado, el doctor escupió, se ajustó los pantalones y miró al vagón acondicionado como hospital ambulante—. Concentrémonos en la batalla que está por venir. Este vagón se quedará aquí, listo para recibir a los heridos. Lo que necesitamos es planear la forma de transportar a los heridos hasta aquí. ¿Tienes alguna idea?

Fidelio notó que una manada de mulas estaba en el corral de la estación.

—Si conseguimos vagones podríamos hacer uso de esas mulas para transportar a los heridos desde el campo de batalla hasta aquí.

—¡Excelente idea! Yo me encargo de conseguir los vagones —el Dr. Villarreal miró hacia el campamento. Mujeres y niños recogían leños secos, otras mujeres rostizaban cabritos o calentaban café, mientras que otras tenían una olla con frijoles; algunas preparaban tortillas y el rítmico golpear de las manos al aplanar la masa daba un tono de alegría—. Mira a esas mujeres y sus niños, dudo que haya otro lugar en el planeta en donde familias enteras participen en la guerra. Al general Villa no le agrada mucho eso, pero comprende que si no lo permite, muchos de los hombres no vendrían; recuerda que son voluntarios. De cualquier manera, esas mujeres y niños han demostrado ser un beneficio. Por ejemplo, ellas son quienes preparan el alimento para la tropa, incluso Villa ha tomado ventaja de ello: todos los días come lo que alguna de ellas prepara —sonrió y se volvió hacia Fidelio—. Te encargarás de organizar a las mujeres y niños para ayudar en el transporte de heridos.

—Bien, no creo que haya problema —Fidelio contestó.

—El general Villa ha planeado iniciar las hostilidades en dos días. Entiendo que es poco tiempo, pero espero que estén listos para entonces. Por lo pronto me aseguraré de que tenemos suficientes carromatos.

—Llegado el momento estaremos listos —dijo Fidelio.

Fidelio caminó en dirección del campamento. Los hombres se encargaban de rostizar los cabritos o las gallinas, mientras que las mujeres y los niños mantenían encendidas las fogatas.

—El café y los frijoles huelen muy bien y el cabrito luce sabroso —les dijo Fidelio al aproximarse a una de ellas—. ¿Compartirían algo conmigo? —preguntó al hombre y la mujer que preparaban la comida.

—Claro que sí —contestó el hombre, apuntando hacia una montura en el suelo, invitando a Fidelio a sentarse—. Probablemente tú no me conoces, pero yo te conozco —el hombre continuó—. Tú eres el monaguillo que ayudaba al padre Segura en Guanajuato —contento se rio y volteó a ver a su mujer—. Mira, vieja, este es el muchacho que apedreó al compadre Benito.

La mujer se volvió y miró a Fidelio con respeto, sus ojos bien abiertos, amigables, y se santiguó.

—Y con eso el compadre se curó de la tos y la ronquera —dijo casi en un murmullo.

—Sabemos que eres un hombre de paz —el hombre le dijo a Fidelio—. ¿Por qué te has venido con la bola?

Fidelio simplemente se encogió de hombros.

—Como ustedes, yo también quiero ayudar a que haya justicia para todos —le contestó.

—Eso lo comprendo, pero sabemos que no te gustan las armas; esto es una guerra. ¿Cómo puedes ayudar?

—Cuidando a los heridos.

—¡Alabado sea el Señor! —la mujer, jubilosa, casi gritó. Miró a su marido—. ¿Te acuerdas, viejo, lo que te dije cuando me dijiste que te venías con la bola? Te dije que los niños y yo te seguiríamos a donde quiera que tú fueses. Tú me dijiste: "pero ¿qué pasará si tú o los niños son heridos?". Yo dije: "la virgen de Guadalupe nos cuidará" —contenta sonrió con aire de triunfo—. Ahora ves que ella nos ha enviado a este niño de Dios —terminó de decir, apuntando a Fidelio.

Las mejillas de Fidelio se colorearon al escucharla; sintió un peso sobre sus hombros. Por un instante consideró irse, pero recordó el motivo de su visita.

—Sólo espero que pueda ayudar a los que me necesiten, tal y como usted y el resto de las mujeres y niños lo hacen —dijo dirigiéndose a la mujer.

—La mayoría de las mujeres y niños no pelea, ¿cómo es que ayudamos? —la mujer preguntó, intrigada y sorprendida por lo que Fidelio dijo.

—No sé si se han dado cuenta, mas el mero hecho de estar aquí, preparar la comida y atender a los hombres cuando regresan o se preparan para el combate ha sido de gran ayuda. Pero hay otra manera en la que pudieran ayudar aún más.

—¿Y cuál es esa manera? —el hombre preguntó.

—Ayudando en el transporte de los heridos —Fidelio le respondió.

—Esa es muy buena idea, ¡me gusta! —dijo la mujer—. Estoy segura de que todas las compañeras estarán contentas de ayudar. Nomás déjanos saber qué es lo que tenemos que hacer.

—Con su ayuda lograremos que los heridos puedan ser transportados desde el campo de batalla hasta el vagón de auxilio. Junten a las mujeres y los niños y yo les explicaré lo que tienen que hacer —le dijo Fidelio.

—Niños —gritó la mujer, llamando a sus hijos—, junten a todos sus amigos. Yo me encargo de las mujeres —se volvió hacia Fidelio—. Espera aquí, volveremos pronto —cubrió su cabeza con rebozo y corrió hacia donde estaban otras mujeres, llamándolas a gritos.

Dos días después guiaban los vagones, acondicionados como ambulancias, hacia el lugar en donde el grueso de la tropa se preparaba para atacar a la ciudad de Chihuahua.

—No sé cómo lo hiciste, pero me alegra ver que tanto las mujeres como los niños se ven entusiasmados y contentos en ayudar con el transporte de los heridos —el Dr. Villarreal le dijo a Fidelio mientras estaban sentados en uno de los vagones—. Ya sabía que tanto las mujeres como los niños conocen cómo manejar a las mulas y cómo guiar los vagones, pero por lo que veo ahora están, además, preparados para acarrear a los heridos.

—Son humildes campesinos sumidos en la pobreza, pero son inteligentes. La mayoría de ellos ya tiene algún conocimiento sobre el cuidado de las heridas. Todo lo que tuve que hacer fue explicarles qué es lo que se espera de ellos —Fidelio contestó sonriente, detuvo el vagón y miró en dirección de la ciudad—. Luce tranquila y pacífica —agregó.

—Sólo en apariencia, te puedo asegurar que están listos para repeler el ataque —el Dr. Villarreal replicó—. Sabemos que han fortificado a la ciudad y han colocado sus cañones en esas montañas; además, tienen mayor número de combatientes que nosotros. Les hemos cortado el suministro de agua. Hoy a las cinco de la tarde atacaremos tanto por el lado oeste como el sur —se volvió hacia Fidelio—. En una guerra los combates no sólo son crueles y violentos, sino que los hombres se convierten en bestias salvajes. No dejes que eso te afecte, debes de estar listo para ayudar a tantos como puedas. Espero que entiendas lo que te digo.

—Así lo espero yo también.

A las cinco de la tarde, Fidelio y el Dr. Villarreal, parados sobre un vagón colocado encima de una elevación del terreno, observaban cómo cuatro mil hombres de infantería avanzaban. A la distancia, el movimiento de la tropa semejaba el de hormigas. El plan era que la infantería lograse avanzar hasta las faldas de las montañas, en donde los defensores de la ciudad habían colocado su artillería. Desde la distancia, Fidelio notó que, al aproximarse a la meta, la infantería repentinamente se detuvo. Los que se encontraban al frente parecían atrapados en una invisible telaraña. Muchos de ellos convulsionaban violentamente.

—¿Qué es lo que los ha detenido? ¿Por qué convulsionan de esa manera? —Fidelio se preguntó a sí mismo.

Fidelio, con dolor, notó que la tropa ahora se había convertido en blanco fácil para la artillería enemiga. Le impresionó el coraje y valor de la tropa, que, a pesar de ser blanco fácil, continuó, intentando avanzar. Con cada estallido de las bombas enemigas sobre la tropa, pedazos de cuerpos humanos volaban en todas direcciones. Esa imagen provocó escalofríos en Fidelio; nauseado, aterrorizado, no podía, sin embargo, dejar de mirar al horrible espectáculo. La lucha continuó hasta el anochecer, sin daño a la resistencia.

—Me doy cuenta de que el presenciar una batalla te ha impresionado profundamente. Ahora imagina cómo es para lo que están allí en medio de la lucha. A pesar del miedo, del terror, hay algo que, sin embargo, hace que los hombres ignoren el inmediato peligro y continúen peleando —el Dr. Villarreal le dijo a Fidelio—. Ahora, aunque las artillerías aún bombardean, nosotros debemos de ir a recoger a los heridos —hizo una pausa mirando fijamente a Fidelio—. Recuerda, sin embargo, que no hay nada que, por el momento, podamos hacer por los que han muerto. Si piensas que lo que has visto hasta ahora es terrible, prepárate para lo que estás a punto de presenciar. Entre otras cosas no te sorprendas de notar que habrá otros hombres, mujeres y hasta niños tomando lo que puedan de los caídos —sonrió irónicamente—. Si puedes escuchar la bomba explotar eso significa que no cayó sobre ti —el Dr. Villarreal se rio de su mala broma y golpeó amigablemente a Fidelio en el hombro—. Anda y haz tu trabajo, nosotros estaremos listos cuando regreses.

—¿Usted sabe cuál es la razón de que los hombres al frente se hayan detenido tan repentinamente? ¿Y por qué convulsionaban de esa manera? —Fidelio le preguntó.

—Es porque llegaron al alambre electrificado —el doctor contestó.

Ya avanzada la noche, Fidelio, acompañado por las mujeres y niños, llevó los vagones acondicionados como ambulancias al campo de batalla. La Luna llena iluminaba la escena con colores púrpura, y junto con los colores amarillo, rojo y azul de las hogueras espontáneamente encendidas como consecuencia del bombardeo, produjeron en Fidelio la impresión de estar a las puertas del infierno. Cientos de cuerpos yacían en el campo. El monótono lamento doloroso de los heridos pidiendo ayuda o agua trajeron a su memoria el ritmo, también monótono, de mujeres rezando el rosario. El olor combinado de pólvora, excremento, orina, sudor y carne en descomposición penetró en sus fosas nasales, forzándole a toser. La náusea le provocó vómito. Por un momento se sintió abrumado. Había tantos cuerpos en el campo, ¿por dónde comenzar? Hombres con las extremidades separadas de su cuerpo sangraban profusamente, otros con las vísceras fuera del abdomen, muchos con el cerebro aplastado cubriéndoles el rostro, algunos con un ojo colgando cerca de los labios. La terrible escena paralizó a Fidelio.

—Démonos prisa y ayudemos a los que pueden caminar a los vagones —una de las mujeres le dijo al tiempo que le palmeaba la espalda y lo empujaba.

Fidelio reaccionó y avanzó. En ese momento se dio cuenta de que, además de los que estaban allí para ayudar a los heridos, había otros tomando cualquier objeto de valor de los caídos, tal y como el Dr. Villarreal le había prevenido. Cientos de zopilotes volaban en círculos. «No sólo los zopilotes se alimentan de carroña», Fidelio pensó.

Como la mujer le dijo, empezaron ayudando a los heridos capaces de caminar a abordar las ambulancias. Tan pronto como un carromato estuvo lleno fue llevado hasta el vagón acondicionado para atender a los heridos, en donde los médicos estaban listos para tratarlos. Fidelio se sorprendió cuando notó que las mujeres les pedían a los niños que orinaran en quienes tenían heridas abiertas en las extremidades.

—¿Por qué hacen eso? —le preguntó a una de las mujeres.

—Es importante mantener las heridas limpias. Como no tenemos agua le hemos pedido a los niños que orinen sobre las heridas —la mujer le explicó.

Al continuar atendiendo a los heridos, Fidelio recuperó la confianza. Alineó, sin problemas, huesos fracturados y estabilizó las fracturas; además, usando trozos de madera y trapos, fabricó apoyos para los que tenían dificultad en caminar. Con el paso de las horas, en lugar de sentirse cansado, ganaba energía.

—Tendremos que parar, el ataque se reinicia en unas pocas horas —el Dr. Villarreal le dijo a Fidelio casi al amanecer.

Durante cinco días de violentos ataques la ciudad resistió. La pérdida de vidas en ambos bandos era grande, pero peor en las tropas villistas. Todas las noches, al ir a ayudar a los heridos, Fidelio temía encontrar a alguno de sus amigos. Fue un alivio el no encontrarlos. Era evidente para todos que habían sido derrotados y al recibir la orden de retirada lo hicieron en orden.

—No sólo nos han derrotado aquí, sino que Torreón está de nuevo en manos de los federales —el Dr. Villarreal le comentó a Fidelio mientras descansaban en el vagón del tren—. Ahora estamos prácticamente rodeados. El general Villa se encuentra ahora mismo planeando cómo escapar; es evidente que la situación es seria para nosotros —suspiró—. Esto podría ser el final de la División del Norte; sin embargo, aunque nuestra situación es difícil, yo tengo plena confianza en el general Villa. Sé que ahora se siente como un zorro atrapado y rodeado por los perros —aliviado sonrió y miró a Fidelio—, pero tengo absoluta confianza de que él encontrará la manera de sacarnos de esta situación.

CAPÍTULO VIII

Todos estaban tensos, preocupados, algunos asustados. Se encontraban en la mitad del desierto de Chihuahua. Estaban prácticamente rodeados por las tropas enemigas, excepto en Parral, en donde Villa instaló su cuartel general desde antes del ataque a la ciudad de Chihuahua. No había otro lugar hacia dónde ir. Fidelio, junto con el resto de los voluntarios, se mantuvo ocupado cuidando de los heridos, que eran muchos. Sin embargo, todos estaban conscientes de que, a menos que algo extraordinario ocurriese, pronto no habría lugar seguro. Fidelio sentía el temor presente dondequiera que iba, él mismo estaba preocupado. ¿Hasta aquí había llegado su participación en esta lucha? Si es que iba a continuar, estaba consciente de que tendría que aprender a montar y, probablemente, incluso a usar un arma. «Dios me guiará cuando llegue el momento, me dejará saber qué es lo que debo de hacer. Por el momento me concentraré en ayudar a los que pueda», se dijo a sí mismo.

—Buenos días, Fidelio —le dijo el Dr. Villarreal, quien llegaba sonriente, alegre, y palmoteó amigablemente la espalda de Fidelio—. Me alegra verte, mis colegas me dicen cuán impresionados están contigo y el grupo que has preparado. ¡Buen trabajo, muchacho!

—Gracias, aunque no creo que en realidad lo merezca. Ellos ya sabían casi todo de lo que es necesario hacer; ha sido lo difícil de su vida lo que les ha enseñado cómo cuidarse a ellos y su familia. Todo lo que hice fue dejarles poner en práctica lo que ellos saben y enseñarles cómo trabajar en equipo.

—Puede ser que sea así, pero lo que es extraordinario es que, a pesar de que apenas has salido de la infancia, te respetan y siguen tus órdenes; eso demuestra que eres un líder por naturaleza —el Dr. Villarreal replicó, aún sonriendo—. Estoy seguro de que algún día llegarás a ser alguien importante, pero, por el momento, le doy gracias a tu Dios de que contribuyas a esta causa; estoy feliz por ello —agregó aún sonriente.

Fidelio se dio cuenta de que el doctor Villarreal estaba a punto de decirle algo importante, sabía que era algo relacionado con lo que el general Villa había decidido hacer. Pero, considerando las circunstancias adversas en las que se encontraban, ¿por qué el doctor tenía tan buen ánimo?

—Bien, amigo mío, he recibido noticias del cuartel general —le dijo el Dr. Villarreal, aún sonriente—. Como te dije, el general Villa se ha dado cuenta de que estamos prácticamente atrapados y, como un zorro en peligro, ha decidido hacer algo inesperado, sobre todo por el enemigo. Es un plan tan peligroso como audaz; pero, si tiene éxito, no sólo nos sacará del atolladero en el que nos encontramos, sino que nos abrirá las puertas para obtener equipo y material que necesitamos de los Estados Unidos —el doctor se rio y, contento, dando un salto, palmoteó el muslo; parecía estar a punto de bailar.

—¿De qué se trata? —Fidelio, intrigado, preguntó.

—Los federales creen que prácticamente nos han destrozado; así que esperan que nos retiremos hacia el sur o que nos dispersemos por la sierra. Están en camino y tienen el propósito de terminar con nosotros. Piensan que estamos asustados, desmoralizados, y, dado que no hay en dónde podamos escondernos, que correremos hacia nuestra derrota.

Lo último que esperan es que cambiemos los roles, que nos convirtamos en el agresor, que vayamos hacia el norte y ataquemos. El general Villa ha decidido marchar con rumbo a Ciudad Juárez, en la frontera, y capturarla.

Fidelio hizo un gesto de perplejidad, ahora aún más intrigado.

—Desconozco esta parte del país. ¿Qué tan lejos esta Ciudad Juárez de aquí?

El Dr. Villarreal se encogió de hombros, aún sonriendo.

—Más o menos entre 300 o 400 kilómetros de aquí.

—¿Dos mil hombres cabalgando cruzarán esa distancia a través de desierto y no serán vistos por el enemigo? Soy ignorante en estrategia militar. ¿Cómo será eso posible?

—Ya te he dicho que Villa es como un zorro acorralado, él encontrará la manera; conoce mejor que nadie este desierto y la sierra que lo rodea —el Dr. Villarreal replicó—. En lo que a nosotros concierne, debemos de prepararnos porque nos vamos con el general Chao con rumbo a Parral, en donde esperaremos por instrucciones. Así que tenemos que buscar la manera de transportar a los heridos; no perdamos tiempo. Los que no puedan moverse los llevaremos en el vagón del tren. Tú y tu gente transportarán el resto en los carromatos con mulas. El general Villa y sus hombres ya han partido. Nosotros saldremos al atardecer.

Fidelio encontró que Parral era un poblado casi idéntico a lo que había observado en Camargo. Aunque no era aficionado a la bebida le llamó la atención que, como en Camargo, todos los bares y cantinas estaban cerrados. Nadie vendía bebidas alcohólicas en ambos poblados. Caminando con rumbo al hospital recordó que había observado lo mismo en Torreón, pero, debido a que la mayor parte del tiempo de su estancia en esa ciudad lo pasó en la compañía de Candelaria, no le prestó atención. «¿Candelaria me recordará como yo la recuerdo a ella?», se preguntó y suspiró.

—Fidelio, hey, Fidelio, deja de soñar despierto —el Dr. Villarreal le dijo; casi había chocado con él al caminar distraído—. ¿Qué es lo estás pensando, mi buen amigo?

—En nada importante, sólo algo que me ha llamado la atención —Fidelio contestó.

—¿De qué se trata?

—He notado que aquí, como en Camargo y en Torreón, todos los bares y cantinas están cerrados. No hay venta de bebidas alcohólicas.

El Dr. Villarreal sonrió.

—Así es, y eso mismo ha llamado la atención de muchos otros. Al general Villa no le gustan los efectos que el alcohol tiene, y en donde quiera que él tiene el control, la venta de bebidas alcohólicas está prohibida. Aunque, por supuesto, puede obtenerse, y es un hecho que la mayoría de los que rodean al general beben, pero Villa ha ordenado que ningún militar puede beber en público, estando en servicio o uniformado. La pena es la muerte. En Torreón, los militares del ejército federal que decidieron cambiar de bando fueron aceptados. Villa encontró a dos de ellos bebiendo uniformados en un restaurante y él los mató allí mismo.

—Guau, debe de ser un hombre duro —dijo Fidelio.

—Así es, pero miremos a su lado positivo; no olvidemos que es alguien que se preocupa por los que menos tienen. Nosotros somos parte del equipo que ha ensamblado para atender a los heridos, e insisto en decir que es el único general que ha hecho algo al respecto. Dondequiera que está en control permite que la mayoría de los negocios permanezcan abiertos, pero no tolera que se oculten las provisiones con el propósito de encarecerlas. Se asegura de que la educación de los niños continúe, que las escuelas estén abiertas y que los maestros sean bien pagados. Sobre todo ha demostrado que no busca su beneficio, como muchos otros ya lo han hecho; al contrario, siempre piensa en cómo puede ayudar a otros. Es difícil describir a alguien como él; en pocas palabras: nobleza y brutalidad en la misma persona. Probablemente esa sea la razón por la que es carismático. Todos vemos algo de nosotros reflejado en su persona.

—Me parece que entiendo lo que trata de decir —le dijo Fidelio.

—Bien, basta de charla, preocupémonos por lo que a nosotros nos toca —dijo el Dr. Villarreal—. Muchos de los heridos a nuestro cargo sufren de dolor casi insoportable. Hoy tú y yo vamos a recolectar medicina para ayudarles. Vamos a buscar plantas que les ayudarán a sanar sus heridas y aliviar el dolor —miró a Fidelio sonriendo—, y, al mismo tiempo, tus lecciones para montar a caballo comienzan. Te he conseguido un caballo que está bien entrenado y es obediente.

Fidelio, sorprendido, sonrió.

—Espero no defraudarle.

—Sé bien que no lo harás, de hecho, estoy seguro de que lo harás con facilidad; también estoy seguro de que ambos aprenderemos con respecto al uso medicinal de las plantas —se encaminaron en dirección del establo.

Fidelio se sorprendió al encontrar que no tuvo dificultad alguna en cabalgar, de hecho, lo disfrutó y se sintió cómodo sentado en la montura. Siendo un hombre alto, agradeció al Dr. Villarreal el asignarle una cabalgadura adecuada para él. La mañana era clara, el Sol brillaba en todo su esplendor y el viento frío lo hizo sentir entusiasmado. Además de los caballos, el Dr. Villarreal había preparado dos mulas cargadas con canastas grandes y dos cántaros de barro llenos de agua fresca.

—La mayoría de esos pequeños cactos allá son sábila; cortaremos tantos como podamos. Si los cortamos en la forma debida, cuando los apliquemos sobre las heridas acelerarán la cicatrización y, al mismo tiempo, mantendrán la herida limpia —el Dr. Villarreal dijo apuntando hacia el lugar en el que los cactos crecían.

Fidelio asintió y, mirando un poco a la distancia apuntó:

—Allá hay peyote. Al igual que la sábila requiere ser cortado en la forma adecuada. Lo podemos usar para aliviar el dolor de los heridos.

El Dr. Villarreal sonrió.

—Sabía que aprenderíamos tanto del uno como del otro —dijo al tiempo que detenía su caballo y desmontaba—. Los rarámuris me aconsejaron que para que las plantas surtan el efecto deseado se necesita caminar hacia ellas en una forma cuidadosa y respetuosa —suspiró y sonrió—. En realidad no estoy seguro de que haga alguna diferencia, pero no hace ningún daño seguir su consejo.

Fidelio desmontó y juntos miraron hacia donde estaban las plantas de sábila y peyote.

—Mire, allá hay panales. La miel nos ayudará a limpiar y acelerar la cicatrización de las heridas infectadas —Fidelio dijo apuntando a la distancia.

—Eso es cierto, los rarámuris también la usan con ese propósito, pero ¿cómo la vas a conseguir sin alborotar a las abejas?

Fidelio le sonrió.

—Me dejarán hacerlo.

El Dr. Villarreal miró a Fidelio e intrigado encogió las cejas.

—Puede ser que así sea, pero, antes de que lo intentes, juntemos tanta sábila y peyote como podamos —le dijo aún sonriente—. Puede ser que te suene ridículo, pero recuerda agradecer a la planta por el servicio que habrá de proporcionar antes de cortarla.

Fidelio también le sonrió.

—Descuide, así lo haré.

—Magnífico, tomemos las canastas que están sobre las mulas y llenémoslas —el Dr. Villarreal dijo caminando hacia las mulas—. Excelente, hemos llenado todas las canastas que traje —el Dr. Villarreal dijo limpiando el sudor de su frente después de haber trabajado por varias horas—. ¿Estás seguro de que quieres intentar sacar la miel de esos panales?

—Por supuesto, debemos de aceptar los dones que Dios nos brinda —Fidelio respondió, tomó los cántaros de barro, bebió un poco, dio agua a los caballos y las mulas, y después de vaciarlos caminó hacia donde estaban los pañales.

Alarmado, el Dr. Villarreal lo detuvo.

—¿Qué haces? Te diriges hacia enjambre de abejas sin ninguna protección. Lo que conseguirás será alborotarlas; la picadura de tantas pudiera inclusive matarte.

Fidelio le sonrió.

No se preocupe, me dejarán tomar la miel.

El Dr. Villarreal observó cómo Fidelio caminó directo hacia el enjambre. Tan pronto como se aproximó, cientos de abejas lo rodearon. Fidelio ya no era visible, sólo se escuchaba el zumbido de miles de abejas. Después de un tiempo, que al doctor le pareció interminable, Fidelio surgió del círculo de abejas cargando los cántaros de barro llenos de miel.

—Hay algo extraño en ti —el Dr. Villarreal le dijo tan pronto como Fidelio se acercó y suspiró aliviado—. Sea lo que sea, me alegra que estés de nuestro lado. Regresemos.

—Fidelio, Fidelio, mi amor, esta separación me ha parecido interminable; te he extrañado tanto. Tuve miedo de que encontraras otra mujer y te olvidaras de mí —Candelaria le murmuró al oído y tiernamente lo besó en la mejilla.

—¿Cómo podría olvidarte? Estás en mi mente a cada instante —Fidelio le respondió, acariciándola.

—Ay, Fidelio, estoy tan contenta de que estemos de nuevo juntos —abrazándolo, puso su cabeza sobre su pecho—. De ahora en adelante iré a dondequiera que sea que tú vayas —agregó, apretándolo.

—Nunca volveremos a separarnos —Fidelio dijo, levantando su mejilla y uniendo sus labios a los de ella.

Repentinamente, Fidelio temblaba. Abrió los ojos y Candelaria no estaba a su lado.

—Despierta, Fidelio, despierta —le dijo el Dr. Villarreal al mismo tiempo que lo zarandeaba—. ¿Con quién soñabas? Sonreías dormido, parecías feliz. Apuesto a que era algo agradable —añadió apuntando a la elevación de la sábana que cubría la parte intermedia del cuerpo de Fidelio.

—Sí era algo agradable —Fidelio respondió con acento de tristeza. Se sentó en la cama, puso los codos sobre las rodillas, las manos cubrieron su cara y sollozó.

El Dr. Villarreal puso su mano sobre el hombro de Fidelio.

—No te avergüences de tus emociones, mi buen amigo. Comprendo tus sentimientos, también he estado enamorado alguna vez. Si deseas hablar de ello estoy listo para escucharte. ¿Cómo se llama? ¿En dónde la conociste? Háblame de ello, estoy seguro de que te hará bien.

Fidelio levantó su cabeza, limpió las lágrimas de su rostro y sonrió.

—Se llama Candelaria, nos conocimos en Torreón. Como usted sabe, fue allí donde me enlisté. Ella es el primer y último amor de mi vida. Siempre está presente en mis sueños —encogió los hombros con tristeza, miró al suelo—. Me pareció ser real, sentí que ella estaba aquí, a mi lado.

—Es obvio que deseas volver a verla. Si es así te tengo buenas noticias. Creo que estamos más cerca de hacerlo realidad de lo que crees —le dijo el Dr. Villarreal sonriendo.

—¿Cómo es eso posible? —Fidelio le preguntó mirándolo fijamente—. Estamos casi atrapados, mi única oportunidad sería si de alguna manera sobreviviera a nuestra derrota y encontrase el camino de vuelta a Torreón.

—No, mi amigo. Ya no estamos en esa situación, todo ha cambiado —le dijo el doctor sonriendo alegremente.

Fidelio esbozó una sonrisa de sorpresa y duda.

—¿Quiere usted decir que el general Villa ha encontrado una salida?

—Algo mucho mejor que eso —el doctor replicó—. Ha capturado Ciudad Juárez. Ahora somos nosotros quienes tenemos la mejor carta. Podremos comprar armamento y estoy seguro de que el general ya está planeando recuperar no sólo Chihuahua, sino, aún más importante, Torreón.

—Le creo, pero no comprendo. ¿Cómo ha sido eso posible?

Contento, el Dr. Villarreal se rio.

—Te dije que es igual que un zorro y, como todo buen zorro, encontró la salida. ¿Alguna vez escuchaste la historia del caballo de Troya?

—No, pero me gustaría conocerla.

—Es la historia de un poderoso ejército tratando de capturar una ciudad llamada Troya. A pesar de ser superiores en número, armamento y tácticas de guerra no podían quebrar la resistencia de la ciudad. No sólo los muros de la ciudad, sino también el espíritu de los defensores parecía ser inquebrantable. Los líderes del ejército atacante pretendieron desistir del asedio y se retiraron, dejando sólo un enorme caballo de madera. Los defensores de la ciudad, creyendo que habían triunfado, llevaron al caballo dentro de los muros. Pero era una trampa; ocultos dentro del caballo estaban los mejores hombres de los atacantes. Durante la noche salieron y capturaron la ciudad.

—¿Me quiere decir que Villa usó el mismo truco? —Fidelio preguntó con un gesto de incredulidad—. Para lograrlo primero tuvo que recorrer cientos de kilómetros sin ser descubierto;

segundo, aunque desconozco las tácticas de combate, por lo que usted me dice, tendría que haber sitiado la ciudad, y eso toma tiempo. ¿Cómo es que lo hizo en tan corto tiempo?

Feliz, disfrutando del gesto de incredulidad de Fidelio, el Dr. Villarreal continuó sonriendo.

—Por supuesto que no pienso que Villa siquiera conozca esa historia, pero lo que ha pasado me hizo recordarla. Villa hizo algo similar para lograr recorrer cientos de kilómetros sin ser descubierto y capturó la ciudad casi sin derramar sangre.

—Originalmente, para prevenir ser detectado, Villa planeó capturar las estaciones del ferrocarril en el camino desde aquí a Cd. Juárez. La primera estación que capturaron fue la estación de "El Cobre", muy cerca de aquí. Una vez allí tomaron el telégrafo, y cuando un tren cargado con carbón trató de pasar fue detenido y capturado. Alguien le propuso a Villa la idea de reemplazar el cargamento de carbón con hombres, notificar a Ciudad Juárez que la vía fue removida y que, por lo tanto, no podían continuar. Les ordenaron regresar a Juárez. A la una de la mañana el tren arribó en Juárez. La sorpresa fue total, en menos de tres horas la ciudad fue capturada y, lo más importante, también el armamento. Nuestra artillería ahora ha mejorado. Villa ha ordenado vender el algodón que capturamos en Torreón y utilizar el dinero para comprar aún más armamento. Pronto empezará a planear el recuperar Chihuahua y, lo más importante, Torreón. Así que, mi buen amigo, si todo continúa como hasta ahora, pronto, muy pronto, estarás de nuevo al lado de tu amor. ¿Qué dices de eso?

—Impresionante. Como usted dice, ese hombre es como un zorro, un zorro astuto e inteligente. En realidad no sé qué decir.

—Pues no digas nada y prepárate. Nos reunimos con Villa en Ciudad Juárez; mañana salimos —le dijo el Dr. Villarreal dándole una palmada en el hombro.

CAPÍTULO IX

Fidelio, de pie a orillas del Río Bravo, se frotó las manos tratando de entrar en calor. El murmullo musical de la corriente, los cambiantes colores del agua al correr, los pájaros revoloteando sobre la superficie del río, todo se combinaba para hacer el río atractivo; sin embargo, su turbulencia, su profundidad, su anchura, lo hacían lucir peligroso. Fidelio nunca había visto un río semejante y, mirándolo, con el viento frío penetrando en su cuerpo, lo hizo sentirse extrañamente excitado. Sentía sus músculos tensos, aunque hacía frío, mucho frío, sintió calor, se sentía poderoso. Sorprendido por esta sensación respiró profundo, erguido, retador. Esta sensación le hizo sentirse perplejo, se sentía vigoroso, poderoso, pero, al mismo tiempo, era como si estuviese envuelto en tinieblas, algo similar a la ocasión en que bebió varias copas de vino. Comenzó a escuchar voces mezcladas con el murmullo del fluir del agua y el viento helado también parecía hablarle; el mensaje de estas voces era, sin embargo, contradictorio. Las voces provenientes del río eran tentadoras, seductoras, atractivas: "Fidelio, Fidelio, tu habilidad para sanar y tu conocimiento del poder curativo de las hierbas puede enriquecerte. Riqueza, lujo, confort, todo lo que desees está a tu alcance. Entra al río y deja que la corriente te lleve a la otra orilla, en donde hay muchos que pagarán lo que pidas. Una vida lujosa te espera, ven y hazla tuya". Los colores del agua al fluir formaban atractivas imágenes, imágenes de mansiones lujosas con jardines bien cuidados. Figuras de mujeres bellas, seductoras, le llamaban con los brazos extendidos: "ven, tómame, soy tuya", le decían. La voz era semejante a la de Candelaria. Fidelio, tentado, como si algo lo empujase, se encaminó en dirección al río.

Una repentina y violenta corriente de viento forzó a Fidelio a detenerse. Le fue necesario dar un paso hacia atrás para sostenerse.

—¡Fidelio! ¡Fidelio! ¡Fidelio, escucha Fidelio, y escucha bien! —el viento parecía gritarle, la voz era profunda, poderosa, disgustada—. Has recibido un don, el don es tuyo, puedes darle el uso que te plazca; puedes usarlo para tu beneficio si así lo deseas. Cierto, pudiera hacerte rico, poderoso, te puede dar una vida rodeada de lujo y abundancia. Quizá desees usarla para beneficio de los que lo necesitan, puedes usarla para beneficio de todos; desde el rico hasta el mendigo que carece de lo más elemental. Si decides usarlo para tu beneficio propio obtendrás riqueza, abundancia, prosperidad, lujos. Eso es cierto, pero a cambio de ello tu vida será amarga y solitaria; rodeado de riquezas te sentirás vacío, miserable. Perderás los placeres simples de la vida, como respirar aire fresco y puro. El canto de las aves, el croar de las ranas, significarán nada para ti. Incluso las abejas, tan amigables hacia ti hasta ahora, te atacarán si vuelves a cruzarte en su camino. Tendrás que pretender, fingir, que entiendes a la naturaleza, pero habrás perdido la conexión para siempre. Rodeado de riquezas te sentirás vacío. Tu vida malgastada, ese será el precio que pagarás.

Confuso, Fidelio se quedó inmóvil. "Fidelio, Fidelio, ven y tómame, te he esperado con ansia, soy tuya," las sensuales imágenes en el río continuaban llamándole con voz seductora. "Todo depende de ti, debes de elegir," la voz del viento le decía. Abrumado, sintiendo un peso enorme sobre su espalda, Fidelio cayó de rodillas.

—¿Por qué? ¿Por qué? —preguntó dando un fuerte grito—. Nunca he pedido nada, todo lo que deseo es ser como los demás y vivir una vida normal.

Las voces del río continuaron llamándole, el viento continuó pidiéndole que eligiera. Fidelio apretó su cabeza y, aullando, lloró.

—Fidelio, Fidelio, amigo mío, ¿qué es lo que haces aquí? —un jinete le llamó.

Sorprendió, Fidelio casi brincó y miró hacia atrás. Para entonces el hombre había desmontado y caminaba sonriente en dirección de Fidelio. Al aproximarse, Fidelio le reconoció, sonrió, se levantó y caminó hacia el hombre que se aproximaba.

—Enrique, qué sorpresa; no esperaba verte por acá. ¿Cómo estás? ¿Cuándo y cómo fue que llegaste aquí?

—Formé parte de la tropa que capturó la ciudad —Enrique le contestó—. Ahora es tu turno. ¿Qué es lo haces aquí?

—Caminaba admirando el río. Como sabes, no hay ríos como este en Guanajuato —Fidelio le contestó.

—Fidelio, al pasar escuché que gritabas. ¿Por qué? ¿Por qué? Me detuve y fue cuando te vi arrodillado y apretando tu cabeza. Soy tu amigo, dime qué es lo que te pasa. ¿Por qué gritabas?

Avergonzado, Fidelio comprendió la preocupación de Enrique.

—Nada importante, es sólo que, viendo la corriente del río, de repente extrañé Guanajuato; me sentí triste y no pude evitar el gritar y cuestionar por qué me pasa esto. No pensé que alguien pudiese escucharme —Fidelio le dijo sonriendo.

Enrique extendió su brazo para tomar a Fidelio del hombro.

—Comprendo. Para cualquiera, el ser testigo de la violencia de la guerra es algo terrible, pero para alguien con un espíritu como el tuyo es aún más difícil. Sin embargo, debemos de estar conscientes de que es un mal necesario para alcanzar la meta de justicia para todos.

—Tienes razón —le dijo Fidelio habiendo recobrado la calma.

—Ciudad Juárez es una población diferente a todas las que hemos conocido hasta ahora. ¿La has recorrido?

—No, no he tenido oportunidad.

—Y también está El Paso, igualmente diferente, pero para eso ya tendrás oportunidad. Ahora tengo hambre, busquemos algún lugar para comer. Yo invito. ¿Tienes algo que hacer?

—No, tengo la noche libre. Acepto la invitación.

—Bien, voy por mi caballo. Caminaremos al pueblo —Enrique le dijo, dirigiéndose a donde su caballo pastaba.

Fidelio miró hacia el río. Ninguna imagen. Sólo se escuchaba el fluir del río. El viento soplaba suave, casi como una caricia.

El centro de Ciudad Juárez rebullía de actividad, iluminado por lámparas de keroseno. Los bares y las cantinas repletos; juegos de azar y música ruidosa; gritos, aullidos provenientes del palenque, alentando al gallo favorito. Borrachos por doquier con la botella en la mano, algunos balbuceaban palabras casi ininteligibles en castellano, otros en un idioma desconocido para Fidelio. Desde su estancia en Torreón, Fidelio observó que el español hablado en el norte del país sonaba brusco; el lenguaje que ahora escuchaba por vez primera le pareció áspero, gutural. Acostumbrado al sonido casi musical del español hablado en el centro de México, tanto el tono brusco del español como la aspereza del nuevo lenguaje le hicieron sentir incómodo. Había mujeres con sonrisas provocativas sentadas en frente de algunos de los bares; el exceso de maquillaje en sus rostros le recordó a Fidelio a los payasos del circo de Morelia.

—Este parece ser un buen lugar para comer —le dijo Enrique deteniéndose en frente de un local que lucía limpio;

las mesas estaban cubiertas por manteles decorados con flores y pájaros zurcidos—. Se me antojan unas enchiladas. ¿A ti qué se te antoja?

—Creo que pediré lo mismo. Estoy intrigado —Fidelio dijo una vez que estuvieron sentados a la mesa—. Me han dicho que el general Villa no aprueba beber ni los juegos de azar y observé que ambos estaban prohibidos en los poblados en los que hemos estado con anterioridad; inclusive me dijeron que mató a dos oficiales cuando los encontró bebiendo uniformados. Sin embargo, aquí veo gente emborrachándose en la calle, el alcohol se vende por doquier y hay juegos de azar por todas partes. ¿Por qué aquí es diferente?

Enrique sonrió al escuchar a Fidelio.

—Comprendo tu confusión. Yo me hice la misma pregunta, pero hay una razón práctica, avariciosa para algunos, por lo que se permite.

—¿Y cuál es esa razón? —Fidelio preguntó, extendiendo los brazos en duda.

—La respuesta es un poco vergonzosa —Enrique contestó—. Ciudad Juárez es el lugar en donde se divierten los adultos que viven al otro lado del río. Allá los juegos de azar están prohibidos; no se emborrachan allá, sino que vienen a hacerlo aquí, y al hacerlo gastan buenas cantidades de dinero. El general Villa comprendió que es una manera sencilla de obtener dinero para la causa. De hecho, el palenque es manejado por su hermano. El dinero que se gana de esa manera es usado para comprar armamento.

—Tienes razón cuando dices que la razón es un poco vergonzosa —Fidelio dijo.

—Creo que es importante dejar claro que la mayoría de la población, en ambos lados del río, es honesta y trabajadora —Enrique agregó mientras se hacía a un lado para permitir que la mesera colocara los platos con enchiladas sobre la mesa.

La muchacha miró a Fidelio y le sonrió. Era una joven rubia, alta, atractiva y con grandes ojos verdes. Al ver esos ojos, Fidelio sintió la misma sensación que tuvo en Torreón. Esto le sorprendió y le puso un poco ansioso. La muchacha, sin dejar de mirarlo y sonriéndole, colocó el plato delante de Fidelio.

—Espero que lo disfrutes —le dijo con un tono sensual de voz.

La muchacha se volvió y caminó, alejándose lentamente. Después de haber dado unos cuantos pasos se volvió y de nuevo sonrió. Fidelio, fuertemente atraído por la muchacha, se molestó consigo mismo. Al mismo tiempo estaba confundido, sorprendido. Después de Candelaria había pensado que nunca se interesaría por otra mujer. Enrique, quien notó lo que pasaba, sonrió.

—Parece que atraes a cuanta chica atractiva nos encontramos. ¿Cómo es que lo haces? —riendo tomó el cuchillo y el tenedor, cortó un trozo de enchilada y lo llevó a su boca; masticó despacio, sonriendo irónicamente.

—No sé de qué me hablas, no hay nada de lo que dices —Fidelio le contestó molesto; su rostro enrojeció.

—Parece que has adquirido el tono de voz del norte. ¿Qué es lo que te molesta? Tienes algo que atrae a las chicas, las bonitas en especial, así que dime, ¿qué es lo que te molesta? De hecho, es obvio que la atracción es recíproca.

El rostro de Fidelio enrojeció aún más; nervioso, miró hacia el piso.

—Tienes razón, pero no comprendo por qué me siento atraído.

—Fidelio, lo que sientes es una reacción natural, es algo que nos pasa a todos. Entiendo que hay algo en ti que te hace diferente a los demás, pero en estos asuntos eres como cualquier otro. Te sientes atraído por una chica hermosa, eso sólo significa que, como todos, tienes sentimientos.

—Pero no quiero sentirme atraído por nadie. Amo a Candelaria y pienso que sólo ella debiera de ocupar mi atención.

—Mi buen amigo, eres muy joven. Apenas has sobrepasado la infancia y ahora empiezas a vivir las tentaciones que el mundo ofrece. De hecho, porque hay algo en ti que te hace diferente, tendrás muchas más tentaciones que la mayoría. Debes de reconocerlo y aprender a manejarlo, de lo contrario caerás en el camino equivocado.

Fidelio estaba a punto de responder cuando la muchacha se aproximó y colocó dos copas sobre la mesa.

—Sotol, añejo —les dijo—. Mi abuelo lo prepara en barriles de madera de roble. Sólo se lo ofrecemos a algunos clientes, pero para ustedes es gratis. Disfrútenlo —sonrió, miró a Fidelio y se alejó.

Enrique tomó el vaso, sorbió un poco y, al probarlo, sonrió, sorprendido.

—Es suave. Toma un poco, te va a gustar —le dijo a Fidelio.

Fidelio tomó la copa, bebió y al probarlo también sonrió, también sorprendido.

—Tienes razón, éste es mucho más suave que el que había probado antes.

—¿Les ha gustado? —la muchacha preguntó al acercarse.

—Sí, esta es una buena bebida —Fidelio le respondió.

Otro de los comensales la llamó, pidiéndole la cuenta.

—Ahora se la llevo —ella dijo encaminándose en dirección a la mesa de donde le llamaban, al mismo tiempo que dos sujetos borrachos entraban al restaurante. Uno de ellos tropezó con ella.

—Corazón, tú sí que estás buena. Me gustaría pasar la noche contigo —el borracho le dijo acariciándole el trasero. El otro hombre también comenzó a manosearla.

—¡Déjenme en paz! —les gritó, empujándolos.

—¿Quién te crees? ¡No te hagas la inocente! Todas son iguales. Si estás aquí es porque te vendes como todas —uno de los hombres le dijo disgustado, gritándole, sujetándole por los hombros para luego abofetearla. Un hilo de sangre corrió por la boca de la muchacha.

El hombre, sujetándola, impidió que cayera y levantó el brazo para golpearla de nuevo, pero Fidelio, como impulsado por un resorte, le sujetó el brazo y lo arrojó al suelo.

Una vez en el suelo, Fidelio brincó sobre él, golpeándole el rostro con furia. Lo golpeó tantas veces y con tal violencia que el chasquido de huesos podía escucharse a distancia. El otro hombre sacó su revolver y apuntó a Fidelio, pero antes de que pudiese apretar el gatillo, el hombre cayó; estaba herido en el hombro.

—Fidelio, ¡deja de golpearlo! ¡Lo vas a matar! —Enrique, quien le había disparado al segundo hombre, le gritó a Fidelio, al tiempo que enfundaba su pistola.

Fidelio se detuvo. Miró el rostro hinchado y enrojecido y la sangre corriendo por las narices y la boca del cuerpo inconsciente.

—¡Dios mío! ¿Qué es lo que he hecho? —dijo, levantándose.

—Gracias por ayudarme —la rubia le dijo tomándole de las manos; se puso de puntillas y besó a Fidelio en la mejilla. Fidelio enrojeció.

—¿Qué es lo que ha pasado aquí? —preguntó uno de los guardias rurales que llegaron, pistola en mano.

—Estos cabrones trataron de abusar de esta muchacha —Enrique le contestó.

El rural miró a los dos hombres tirados en el suelo, ensangrentados, uno de ellos con el rostro hinchado y amoratado.

—Me parece que estos dos necesitan de la ayuda de la brigada sanitaria, allí es donde irán antes de ir a la cárcel —dijo con una sonrisa irónica; luego se volvió a mirar a Fidelio y Enrique—. Pero ustedes dos se van derecho a la prisión.

—Pero, capitán, ellos sólo defendieron a la muchacha del abuso de estos dos —intervino uno de los parroquianos.

—Eso es cierto —dijo la rubia apuntando hacia los dos caídos—. Estos empezaron todo, yo no les di ningún motivo para que se comportaran como lo hicieron.

El rural la miró de arriba abajo y silbó, admirándola.

—Chiquita, con ese cuerpo y esa cara tientas a cualquiera.

—Yo no tengo la culpa de que Dios me haya hecho como me hizo —dijo ella apenada—. Pero estos dos caballeros sólo me defendieron.

—Sea como sea, van a prisión —dijo el rural y apuntó hacia Enrique—. Tomen su pistola y vámonos.

—Vámonos —dijo uno de los rurales tomando la pistola de Enrique y empujándolo; otro empujó a Fidelio.

—Teniente, como usted es oficial irá con los oficiales —el sargento a cargo de la cárcel le dijo a Enrique—. Y tú vas con los demás —añadió mirando a Fidelio.

—¿Puede ponernos juntos? —Enrique preguntó señalando a Fidelio.

—¡Silencio! Puede que usted sea teniente, pero aquí yo soy el que ordena. ¿Le queda claro? —el sargento, gritando enfurecido, le respondió.

—Se hará como usted lo ordene mi sargento —le dijo Fidelio con voz suave, pero firme, mirando al sargento directo a los ojos.

El sargento, siendo de corta estatura, repentinamente empezó a sudar, estaba nervioso. Se frotó las manos y miró a todos lados tratando de esquivar la mirada penetrante de Fidelio.

—¡Llévenselos! ¡Hagan como he ordenado! —gritó, pateando una silla.

Fidelio fue empujado hacia una celda oscura y húmeda. Al entrar y respirar el penetrante aroma a orina y excremento, Fidelio se sintió nauseado. Entrecerró los ojos para poder acostumbrarse a la oscuridad y mirar a su alrededor. Algunos de los prisioneros estaban en cuclillas al centro de la celda, otros descansaban sentados, apoyados contra de la pared de adobe, mientras que otros conversaban de pie. La celda era grande y tenía bancas, una de ellas desocupada. Fidelio se sentó y reflexionó sobre lo ocurrido. A medida que se acostumbró a la oscuridad pudo ver bien. En un rincón un hombre orinaba hacia la pared mientras otro, que recién había vaciado su intestino, se limpiaba el trasero con un trapo sucio. En otra esquina, más oscura que el resto de la celda, dos siluetas se movían. Intrigado, Fidelio fijó su atención en ellas. Casi brincó cuando finalmente se percató de lo que hacían: se besaban y acariciaban mutuamente. Como en trance, Fidelio clavó su mirada en ellos.

—Están gozando —le dijo un hombre, sentándose a su lado y poniendo su mano sobre el muslo de Fidelio y acariciándolo.

Fidelio, sorprendido, se movió y volteó a verlo. Era un hombre esbelto, alto, rubio, de grandes ojos azules con largas pestañas, piel tersa bronceada por el Sol, cabello largo y una barba bien cuidada. Su boca era pequeña, con labios sensuales y sonrisa seductora. Nervioso, Fidelio sudó. Se sintió fuertemente atraído por el hombre sentado a su lado, de hecho, deseaba besarlo y acariciarlo. Casi asustado por la poderosa atracción, se separó aún más. El hombre continuó sonriéndole; sus grandes ojos brillantes parecían tocar el cuerpo de Fidelio con fuego.

—No huyas de ti mismo —se dirigió a Fidelio con una voz suave, melodiosa, seductora.

Fidelio quedó inmóvil, respiraba agitado, su cuerpo parecía derretirse. El hombre se aproximó y de nuevo puso su mano sobre el muslo de Fidelio. Con el toque de aquella mano hirviente recorrió el cuerpo de Fidelio; ardiendo de pasión y de lujuria se volvió para besarlo, pero, antes de que lo hiciera, una mano tocó el hombro de Fidelio, una mano agradablemente fría. Al sentirla, Fidelio recobró la calma. La prisión repentinamente pareció iluminarse. Fidelio entonces comprendió que estuvo a punto de ceder a la tentación. Miró de nuevo al hombre sentado a su lado, atractivo, bello, sensual, pero esta vez, además de la belleza exterior, Fidelio observó perversidad, crueldad, maldad. Un escalofrió recorrió su cuerpo.

—Hay dos hombres malheridos que necesitan de tu ayuda —le dijo el hombre que posó su mano sobre su hombro.

Fidelio se volvió a verlo. Era un hombre de baja estatura, regordete, moreno, de edad media, sonrisa agradable y amistosa (aunque le faltaban dos dientes del frente). El hombre devolvió la mirada de Fidelio.

—Desde que entraste me di cuenta de que tú eres aquel que me han contado que ha ayudado a muchos a recuperar su salud —le dijo con voz suave y tranquila.

A Fidelio la voz le pareció familiar. El tono de esa voz le hizo sentir en paz, tranquilo, pero también intrigado. «¿En dónde he escuchado esa voz?», se preguntó.

—Las heridas ya apestan. Yo sé que puedes ayudarles —el hombre le dijo.

—Deben de pagar por tus servicios. Hay pocos, muy pocos, que tienen el don de sanar. Mereces sacar provecho del conocimiento que tienes —el hombre rubio le dijo, tomándolo suavemente de la mano.

Fidelio sintió el calor de esa mano; esta vez, sin embargo, esa sensación le desagradó. Con fuerza liberó su mano y se levantó.

—Dígame en dónde están esos hombres —le dijo al hombre regordete, bajito y moreno.

—Gracias, te llevo a donde ellos —el hombre le contestó.

Caminaron hacia uno de los rincones más apartados de la celda. Para entonces, Fidelio pudo darse cuenta de lo abarrotada que estaba la celda. La mayoría eran hombres jóvenes, morenos, casi todos cubiertos, apenas, por harapos. Al pasar, todos los miraban con respeto y les abrían paso.

Dos hombres cubiertos de llagas yacían en el suelo. Algunas manos caritativas improvisaron camas para ellos con trapos viejos y paja. Ambos temblaban y sudaban profusamente. Fidelio se acercó para examinarlos; al tocarlos casi brincó.

—Están ardiendo de fiebre —dijo preocupado.

Al mover los trapos que les cubrían, observó que no sólo estaban sucios. Ambos tenían múltiples heridas de las cuales fluía un líquido espeso, multicolor y maloliente; la mayoría de las heridas eran sobre el abdomen, afortunadamente, ninguna de ellas penetraba por completo.

—Lo primero es bañarlos, pero no hay agua —Fidelio dijo.

—No te preocupes, tenemos bastante —el hombre bajito, moreno y regordete le dijo—. Tráeme los garrafones con agua —agregó, dirigiéndose a uno de los jóvenes espectadores.

—Pero esa es el agua bendita —el joven objetó.

—Si, hombre, el agua. ¡Apúrate!

—¿Agua bendita? ¿Quién eres tú? —Fidelio preguntó.

—Mi nombre es Aurelio Gómez, sacristán de la iglesia de Santa María —el hombre le contestó con un tono de voz casi musical y sonriendo.

—Estoy seguro de que también tendrás jabón —dijo Fidelio, devolviendo la sonrisa.

—Por supuesto, mi padre es el jabonero del pueblo.

—Eres un paquete de sorpresas —Fidelio le dijo riendo—. ¿Puedes ayudarme a lavar las heridas?

—Claro que sí, sólo dime lo que tengo que hacer.

Con ayuda de algunos de los presentes descubrieron por completo el cuerpo de los heridos.

—Necesitan de limpieza profunda, usa abundante agua y jabón —Fidelio dijo tomando una barra de jabón y, humedeciéndola, comenzó a lavar las heridas de uno de los heridos. Imitando los movimientos de Fidelio, Aurelio lavó las llagas del otro de los heridos.

—Ahora que están limpias las heridas es necesario drenar los abscesos y eliminar tanto tejido infectado como sea posible —dijo Fidelio al terminar de lavar y secar a los dos hombres. Miró a su alrededor—. Dame esa botella —dijo apuntando a una botella de tequila que colgaba del cinturón de uno de los curiosos.

—¿Qué? ¿Darte mi tequila? Debes de estar loco —el espectador replicó enojado.

Fidelio clavó su mirada directamente en los ojos del que había hablado.

—Dame la botella —le dijo con voz tranquila y firme, extendiendo el brazo y sin dejar de mirarlo.

Nervioso, el hombre dio un paso atrás, miró al suelo, miró a su alrededor, abrió los brazos y, finalmente, tomó la botella y la puso en la mano de Fidelio.

—Tómala, es tuya —le dijo.

Fidelio sacó el corcho de la botella.

—Bebe un poco —le dijo.

El hombre bebió un buen trago y devolvió la botella a Fidelio, quien la estrelló contra la pared, escogió un trozo de vidrio y caminó hacia uno de los heridos; puso su mano en su frente.

—Descansa, descansa, deja que la paz te invada. Descansa, sólo descansa en paz. Imagina tu infancia, las caricias amorosas de tu madre, descansa en su regazo —mientras hablaba, suave y monótono, Fidelio lavó sus manos para después tomar un poco de agua y verterla sobre las heridas—. Al sentir el agua fría todo se enfría, sólo sentirás frío. Descansa sobre el regazo de tu madre.

Usando el filo del vidrio, Fidelio abrió los abscesos. Permitió que el pus corriera libremente y con cuidado extirpó tejido infectado. Lavó aún más cuidadosamente cada una de las heridas, dejándolas abiertas. Mientras tanto, el herido permaneció en calma, sonriendo. El otro de los heridos también cerró los ojos y sonrió, en paz. Fidelio repitió el mismo procedimiento con él. Los espectadores, impresionados, no sólo miraban en respetuoso silencio, sino que algunos, con los ojos húmedos, se pusieron de rodillas, mientras que otros murmuraban una plegaria.

Al terminar, Fidelio conversó con el sacristán.

—Aurelio, si tú eres el sacristán de la iglesia, ¿cómo es que terminaste en la cárcel?

—El sacerdote era partidario de Porfirio Díaz y Villa, al enterarse, lo expulsó del pueblo y me puso a mí en la prisión, aunque yo apoyo la revolución —Aurelio le explicó, encogiéndose de hombros.

—Me dijiste que me reconociste. Nunca te he visto antes, sin embargo, siento que como si te conociese de tiempo atrás.

—La tropa habla de ti aún aquí en la prisión. Hablan de uno que es más alto que la mayoría, joven, muy joven, casi un niño, con habilidad para sanar. Te conocen como "el niño". Así es como te reconocí —el sacristán clavó su mirada en Fidelio, quien percibió dulzura y ternura aunadas con firmeza en los ojos negros del sacristán—. Eres un hombre santo —el sacristán agregó.

—¡No! ¡No lo soy! —Fidelio casi gritó—. Soy uno más del montón. Mi espíritu es débil; caigo en tentación como cualquier otro.

—En eso tienes razón; me di cuenta hace apenas unos momentos —el sacristán dijo sonriendo.

Fidelio enrojeció, avergonzado.

—Me salvaste cuando estaba a punto de caer.

—De una manera u otra todos somos tentados; pocos se resisten. De hecho, la mayoría busca las tentaciones, esa es la naturaleza humana —el sacristán dijo—. Ese hombre es hermoso, ¿no es así?

—Sí, lo es.

—El pecado es, por naturaleza, atractivo y hermoso, es por eso por lo que nos atrae y la mayoría cae en sus redes. Si el pecado fuese horrible sería fácil resistirlo.

—¡Fidelio Serna! ¡Tienes visita! —gritó el guardia.

Fidelio caminó hacia la puerta de la celda. La muchacha rubia del restaurante, cargando un cesto con comida, sonriendo, le esperaba.

—¿Cómo estás? —le preguntó enrojeciendo un poco, nerviosa—. Te he traído un poco de comida. Siento mucho que estés aquí por mi culpa —agregó, pasando la canasta a través de un espacio abierto con ese propósito—. Algunos amigos del teniente y otros han preguntado por ustedes. Entiendo que están tratando de liberarlos; es por eso por lo que espero que los dejen libres pronto. Mientras tanto, ¿hay algo que pueda hacer?

—De hecho, sí hay algo que me gustaría pedirte que me consigas —Fidelio le contestó.

—¿De qué se trata? Tendré mucho gusto en ayudarte a hacer tu estancia en este lugar más llevadera.

—Necesito dos jarros llenos de miel de abeja y tanta sábila fresca como puedas conseguir.

—¿Eso es todo? —la rubia preguntó intrigada y sorprendida.

—Sí, por favor. Tráelo tan pronto como puedas, es importante.

—Volveré con eso —la rubia dijo, dando un paso para retirarse.

—Espera, aún no me has dicho tu nombre —Fidelio le dijo antes de que se fuera.

—Aurora —ella contestó sonriendo—. Volveré pronto.

Fidelio tomó la canasta con comida y repartió los alimentos entre el resto de los presos.

Tan pronto como Aurora trajo la miel y la sábila, Fidelio llamó a Aurelio.

—Aunque no sé cómo te las arreglas, es una bendición que haya suficiente agua y jabón aquí. En una herida infectada mantener las heridas limpias es lo primero y el paso más importante, pero no es suficiente. Debemos de buscar la manera de apoyar a la naturaleza a combatir la infección, si lo logramos, las heridas cicatrizarán más rápido. Con ese propósito usaremos la combinación de miel y sábila. Ven ayúdame. Te enseñaré cómo hacerlo.

Ambos se encaminaron hacia donde estaban los heridos. Fidelio se dirigió a ellos como anteriormente lo hizo. Escuchándolo se mantuvieron relajados y en paz mientras que Fidelio y Aurelio procedieron a limpiar y desbridar las heridas, para luego llenarlas con la miel y, finalmente, cubrirlas con trozos de sábila.

—De ahora en adelante, cada vez que escuchen a Aurelio decir "descansen", ustedes volverán al estado en el que ahora se encuentran, en calma y relajados, mientras él limpia sus heridas —se volvió a Aurelio—. ¿Crees que puedes hacerlo? —le preguntó.

—Creo que sí —Aurelio respondió.

—¡Fidelio Serna! ¡Quedas en libertad! —uno de los guardias gritó.

—Apenas empezaba a darme cuenta del propósito de haber venido aquí —Fidelio le dijo a Aurelio, abrazándolo—. Gracias por todo, nunca olvidaré la lección que he aprendido aquí.

—Ve sin cuidado, seguiré tus instrucciones al pie de la letra —Aurelio dijo, devolviendo el abrazo.

Al aproximarse a la salida, Fidelio vio al hombre rubio que, recargado contra el muro, parecía esperarlo, sonriente. El hombre recorrió con la mirada todo el cuerpo de Fidelio, sus ojos verdes brillantes, sus dientes bien alineados.

—Hasta luego, querido. Nos veremos luego —le dijo; un escalofrió recorrió la espalda de Fidelio.

Al salir encontró a Aurora, Enrique y el Dr. Villarreal esperándolo.

—El dueño del restaurante, quien es el padre de esta muchacha, es amigo del general Villa. Tanto él como el general Raúl Madero hablaron con Villa en favor de ustedes —el Dr. Villarreal le dijo, contento de verlo—. Demostraste que puedes pelear si se hace necesario, pero ten cuidado, eres más fuerte de lo que piensas; el hombre al que golpeaste está en mal estado, pero descuida, se recuperará.

—Gracias por intervenir por mi causa —Aurora le dijo, se puso de puntillas y lo besó.

Sorprendido, Fidelio enrojeció. El Dr. Villarreal y Enrique intercambiaron miradas.

—Fidelio, ahora que sé en dónde encontrarte, me despido. Estoy cansado y necesito reposo. Te veo luego —Enrique le dijo, antes de alejarse.

—Yo también tengo que irme. Te espero en la brigada —le dijo el Dr. Villarreal.

—Te encamino hasta tu casa —Fidelio le dijo a Aurora al quedarse solos.

—Gracias, encantada. Mi padre y yo vivimos en la parte trasera del restaurante. Por cierto, él también te está agradecido por haberme defendido. A veces es difícil controlar a los borrachos, últimamente eso ha empeorado —Aurora le dijo, tomándolo del brazo.

La mañana era fresca y brillante, sin nubes. Los pájaros cantaban alegremente. Mujeres atareadas barrían el frente de sus casas. Contento, Fidelio respiró profundo; se sentía en paz y agradecido por la belleza de la naturaleza. Al caminar se escuchó un gruñido proveniente de su abdomen.

—¿Tienes hambre? Te preparo el desayuno en cuanto lleguemos a la casa —Aurora le dijo—. Hay algo que tengo que decirte, algo que yo misma no comprendo —continuó—. Sé que soy bonita. Desde antes de cumplir los quince años muchos hombres han tratado de acercarse a mí, hombres de ambos lados de la frontera. Me han ofrecido riqueza, lujos, matrimonio más de una vez, pero a mí nunca me ha importado; he sido feliz sin estar atada a nadie. Hay algunos que han sido constantes en su pretensión y continúan tratando, y te confieso que me halaga ser objeto de su atención, pero nunca ninguno ha obtenido algo de mí. Esto es lo que me intriga: desde que te vi, incluso antes de cruzar palabra, algo sucedió dentro de mí. No sé cómo fue que pasó, pero de ti me enamoré.

Al escucharlo, Fidelio, en lugar de sentirse halagado, una profunda tristeza le invadió. Sus palabras fueron como dardos para su alma. Cierto, la encontraba atractiva, incluso bella, y él también la amaba, pero no de la manera que ella esperaba. La amaba de la misma manera en que amaba a las mariposas, como amaba la belleza de la naturaleza. Comprendió que a ella no le interesaba esa clase de amor.

—Hemos llegado. Por favor, pasa. Te preparo el desayuno y te presento con mi padre —Aurora le dijo mirándolo sonriente; lucía angelical—. Por cierto, tú sabes cómo me llamo. En la prisión escuché que tu nombre es Fidelio. ¿Es ese tu nombre?

—Así es. ¿Por qué lo preguntas?

—Nunca lo había escuchado. Es un hermoso nombre, te sienta bien. Pero pasa, desayunemos.

Fidelio no se movió. Sentía un nudo en su garganta, le era difícil hablar.

—Gracias, pero creo que debo de irme —finalmente dijo.

—¿Por qué? ¿Hay algo malo? ¿Dije algo que te molestara?

—Al contrario, te has comportado de maravilla. Me gusta charlar contigo, pero no quiero mentirte. Te amo, pero no de la forma que tú quisieras. Hay algo en mí mucho más fuerte, algo que yo mismo no comprendo. No puedo darte lo que ya he dado. No espero que lo entiendas, pues yo mismo no lo entiendo.

Ella le miró con ternura, extendió su mano y acarició su mejilla.

—Lo entiendo, mi amor. Créeme que lo entiendo. Te amo de cualquier manera. Sé muy bien que seguiré sintiendo lo mismo. Espero que algún día, no sé cómo, nuestras almas estén juntas, aunque tenga que compartir tu cariño con el resto del mundo.

Fidelio tomó la mano que le acariciaba y la besó.

—Gracias. Me gustaría darte algo más que amistad sincera, pero eso es todo lo que puedo ofrecer —le dijo.

—Eso es más que suficiente para mí. Ahora, ¿aceptas el desayuno?

El vientre de Fidelio gruñó.

Ahí tienes la respuesta —le contestó riendo.

Riendo, contentos, entraron al restaurante.

Fidelio regresó al vagón de la brigada sanitaria. Encontró un camastro y, exhausto, durmió tan pronto como puso la cabeza sobre la almohada.

En su sueño se encontró caminado en medio de un lugar desconocido. La oscuridad del lugar le impedía ver. Ningún sendero visible. Una fuerte brisa helada le penetraba hasta los huesos. Se sentía perdido, inquieto. Nubes oscuras presagiaban una tormenta. A la distancia escuchaba voces. Aunque no entendía lo que decían, era evidente que pedían ayuda.

Las imágenes del sacristán y del bello rubio aparecían de manera intermitente, parecían luchar entre sí. Entremezcladas las imágenes de Candelaria y Aurora, sonrientes le llamaban. Además, una multitud de señales apuntando en diferentes direcciones aparecían por doquier. Todo era confuso. Al mirar a su alrededor: imágenes de guerra, hombres, mujeres y niños peleando cuerpo a cuerpo, gente sufriendo, gente aullando de dolor, su piel cubierta de llagas; limosneros apenas cubiertos con harapos suplicando por un mendrugo a gente rica que les ignoraba. Súbitamente, la imagen de un hombre joven apareció. Era una imagen luminosa iluminada por llamas que parecían salir de su cuerpo; pero ese fuego, al extenderse, no lastimaba a los que lo recibían, sino que les daba calma y las llagas desaparecían. Los que peleaban dejaron de hacerlo; se volvieron sonrientes los hombres, agradecidos, se abrazaban entre sí sonrientes y en paz. Fidelio extendió su mano para tocar al hombre envuelto en llamas, pero éste desapareció. Abrumado, Fidelio cayó de rodillas y lloró.

—Fidelio, despierta. Despierta, Fidelio —una voz le llamaba, a la vez que lo sacudió con fuerza.

Fidelio abrió los ojos, los frotó, sintió las lágrimas y se sintió avergonzado.

—¿Qué pasa? —preguntó, abriendo los ojos. El Dr. Villarreal fue quien le sacudió.

—Soñabas, amigo mío —el doctor le dijo—. Viéndote el rostro no estoy seguro de si era una pesadilla o un sueño agradable, pero me quedó claro que debió de ser algo importante. De cualquier manera, disculpa que te haya despertado, pero debemos partir. Se está fraguando una nueva batalla.

—¿Cómo es eso?

—Un ejército ha salido de Chihuahua en esta dirección. Villa no quiere pelear tan cerca de la frontera, así que nos vamos a Tierra Blanca. Alla será el combate.

CAPÍTULO X

Un océano de agua salada lo cubría todo. Millones de años atrás, el mar se secó, dejando sólo arena, kilómetros y kilómetros de arena. Arena blanca por doquier. Con el silbar del viento, alegre, la arena baila. En una fría mañana invernal la brigada sanitaria arribó a Tierra Blanca, Fidelio con ellos. La tropa arribó el día anterior. Al desembarcar, Fidelio observó que ocupaban el terreno elevado, terreno firme. Los federales podían verse a la distancia; ellos ocupaban un terreno en donde la tierra era floja, abundante arena les dificultaba inclusive el caminar.

Niños, niños flacos, la mayoría apenas cubiertos con harapos, pero cargando cartucheras casi vacías que les cruzaban el pecho y con largos fusiles sobre el hombro. Su mirada era ardiente, estaban listos para entrar en combate. Uno de ellos cruz cerca del vagón de la brigada sanitaria en donde Fidelio observaba el panorama. El niño parecía hambriento. Fidelio tenía algunos tacos de frijoles refritos consigo.

—¿Tienes hambre? —Fidelio le preguntó—. Toma estos tacos —agregó, extendiendo su brazo y ofreciéndole los tacos.

El niño, sin decir nada, los tomó y empezó a tragarlos casi sin masticarlos.

—Toma un poco de agua. ¿Como te llamas? —Fidelio le dijo dándole una bolsa de cuero con agua.

—Jacinto Sánchez —el niño respondió después de tomar un trago de agua. Mordió uno de los tacos y masticó mirando a Fidelio.

—¿De dónde vienes? ¿En dónde están tus padres?

—Vivía con mis padres en lago Guzmán. Mi padre fue muerto cuando se resistió a la leva; mataron a mi madre cuando trató de intervenir en su favor —el niño respondió. Su rostro palideció, su cuerpo se tensó y sus ojos brillaron con rabia al recordar. El coraje le hizo casi atragantarse, obligándole a escupir el bocado.

—Pero eres apenas un niño. ¿Tienes hermanos? ¿En dónde están?

El niño hizo una mueca semejante a una sonrisa.

—Dos hermanos y una hermana. Ellos también están aquí. También quieren matar a tantos de esos miserables cabrones como puedan.

—¿Cuantos años tienes? ¿Cuántos tienen tus hermanos?

—Creo que tengo once; mi hermana creo que catorce y mis dos hermanos… Uno tiene doce y el otro trece —contestó el niño; bebió otro trago de agua y devolvió la bolsa a Fidelio.

—¿Cómo es que saben usar los rifles? ¿Pueden montar a caballo? ¿Desde cuándo se unieron a la revolución?

—Aprendimos a montar antes que caminar. Mi padre fue quien nos enseñó a usar las armas y a defendernos. Después de la muerte de nuestros padres nos unimos con todos a los que les pasó lo mismo que a nosotros. Al principio éramos pocos, pero ahora somos parte de la División del Norte. Esperamos que pronto entremos en combate; si podemos, los cortaremos en pedazos —el niño replicó con un tono firme de voz y la trompeta llamó a reunión—. Gracias por los tacos. Debo de ir por mi caballo para estar listo.

—Cuídate mucho y que Dios te bendiga —Fidelio le dijo.

—La Virgen de Guadalupe me cuida —el niño replicó quitándose el sombrero y sacando una imagen de la Virgen.

—Son niños, pero valerosos soldados. Los cañones, ametralladoras, las balas no los asustan. Van al combate como si fuese un juego, sin temor alguno —Enrique, quien había escuchado la conversación, le dijo.

—Pero aún son niños —Fidelio replicó con tristeza—. Ahora me doy cuenta de la suerte que tuve trabajando para tu tío, el padre Segura.

—Tienes razón, tuvimos suerte. Las únicas batallas en las que participamos fueron en contra de otros niños, nuestros compañeros de la escuela, con quienes ahora somos amigos. Aunque tus padres tuvieron una muerte trágica, eso es diferente a ser balaceados por resistirse a abandonar a sus familias. La violencia y una vida dura y difícil les han enseñado a ser feroces muy temprano en sus vidas.

—Es triste no poder disfrutar de la infancia —Fidelio dijo, pensativo—. Aquí viene el Dr. Villarreal.

—Tengan buenos días —el Dr. Villarreal les dijo al acercarse—. Espero que estén ustedes listos para la batalla —dijo dirigiéndose a Enrique—. El general Villa planea atacar esta noche. Como ustedes probablemente ya saben, estamos cortos en cartuchos de municiones. El enemigo cuenta con diez cañones, mientras que nosotros sólo tenemos dos; ellos también tienen más y mejores ametralladoras que nosotros. La mayoría de ellos son soldados experimentados, muchos de los nuestros son niños y mujeres. Nuestra ventaja es que tenemos una mejor posición; ellos se encuentran en la parte en donde la arena es floja. Aunque será una batalla cruenta debemos de ganarla.

Con el transcurso del día las tropas de ambos bandos tomaron posiciones. Un cargamento con municiones llegó.

—Esa nueva provisión de municiones es un alivio —el Dr. Villarreal le dijo a Fidelio—. Preparémonos, será una batalla sangrienta. Estaremos muy ocupados.

Mientras todos se alistaban para entrar en combate, el viento silbaba una triste melodía en los oídos de Fidelio. En el cielo claro y sin nubes, parvadas de patos y gansos volando en perfecta armonía formaban figuras de "V". La naturaleza lucía plácida, serena, tranquila y pacífica.

Era una noche oscura. Nubes negras cubrían la Luna. El viento era helado. Con las hogueras apagadas, Fidelio, como todos, se frotaba las manos, temblando de frío. Un hombre caminaba repartiendo sarapes.

—Toma y caliéntate un poco. No fumen. El enemigo está cerca —el hombre les decía.

Al verlo de cerca, el Dr. Villarreal se levantó.

—No se levante, doctor. Descanse. Mañana temprano empieza la batalla —el hombre le dijo, cuyo tono de voz parecía ordenar.

—Ese es el general Villa —el Dr. Villarreal le dijo a Fidelio una vez que el hombre se marchó.

La batalla empezó a las cinco de la madrugada. La caballería federal atacó el flanco derecho de los villistas. Siendo la mayoría de los atacantes veteranos acostumbrados al combate, el ataque fue brutal. Fidelio observaba el desarrollo del combate desde un sitio elevado. Conocedor de que un gran número de los combatientes entre los villistas eran mujeres y niños, él observaba con preocupación. Se sintió aliviado cuando notó que combatían bien y mantenían la posición. Pronto, la batalla se generalizó. Los federales atacaron el flanco izquierdo y por un tiempo pareció que ese lado cedía, pero, gracias al heroísmo de las mujeres, contuvieron el ataque. El plan de los jefes federales era claro: trataban de rodear al ejército villista. El general Villa, a caballo, estaba en todas partes dando órdenes y animando a los soldados. "¡Denles duro! ¡Vamos a ganar!", les gritaba.

Los federales trataron de mover sus cañones, pero se atascaron. Después de seis horas de combate hubo una breve pausa. Los federales de nuevo concentraron su ataque en el flaco derecho. Su artillería bombardeó ese lado y, apoyados por sus ametralladoras, la infantería avanzó. Aunque los villistas contuvieron el ataque, muchos cayeron. Villa ordenó reforzar el flanco y sus cañones respondieron. Esto contuvo el ataque. Cuando los federales repitieron el ataque a ambos flancos, Villa respondió ordenando atacar el centro del enemigo; ello obligó a los federales a suspender el ataque y reforzar su centro. Al finalizar el día, ambos bandos conservaban la misma posición.

Al caer la noche, clara gracias a la Luna llena y las brillantes estrellas, Fidelio y su grupo salieron para socorrer y transportar a los heridos. Una vez más, el putrefacto hedor estaba presente. Olor a orina, excremento, sangre, carroña, todos combinados. Una vez más, Fidelio sintió náusea, pero esta vez la controló sin dificultad y se concentró en su trabajo. Abundantes heridos, muchos de ellos sangrando; muchos con las extremidades separadas del cuerpo, cabezas sin cuerpo, cuerpos sin cabeza por doquier. Quejidos, murmullos pidiendo ayuda, una sinfonía triste, sinfonía del dolor. Buitres volando en círculos, docenas de perros y ratas por doquier. Debido a la arena suelta, que aún hacía difícil el caminar, Fidelio y su grupo tuvieron dificultad en transportar los heridos hasta los carromatos, que por fuerza tenían que estar en el terreno firme. Buscando a alguien que requiriera de su ayuda entre los caídos, Fidelio reconoció a uno de ellos. Era Prudencio, uno de sus compañeros de escuela en Guanajuato. Al verlo, una multitud de recuerdos fluyó en su mente. Recordó a Prudencio sentado en su banca, callado, tímido, un niño con una sonrisa dulce y plácida. Ahora su cuerpo yacía inerte, con un agujero de bala en su pecho. Llorando, Fidelio cayó de rodillas, barbilla al pecho. «¿Por qué tiene que ser así?», se preguntó. Al levantar su cabeza notó, de nuevo, a un grupo de hombres y mujeres esculcando los cuerpos y tomando cualquier cosa de valor que encontraran. Fidelio sintió que la rabia le invadía, rabia y odio. El rifle de Prudencio estaba a un lado de su cuerpo. Fidelio lo tomó y se levantó.

—¡Zopilotes! ¡Peor que zopilotes! ¡Malditos! ¡Váyanse al infierno! —les gritó al tiempo que disparaba. Dos cuerpos cayeron al suelo.

—¡Nino Fidelio! ¿Qué es lo que haces? —una de las mujeres de su grupo le gritó, aproximándose y tomando el arma de Fidelio, quien, rígido, sudaba profusamente a pesar del viento helado.

Fidelio vio los buitres, las ratas, los perros a los que recién había disparado en el suelo. El hedor del lugar le causó náusea de nuevo.

—Mi niño, ¿por qué hiciste eso? —la mujer le preguntó.

Fidelio no respondió, sólo volteó a verla y se alejó con los hombros caídos, los brazos colgando a los lados de su cuerpo, barbilla al pecho, llorando.

Fidelio caminó de regreso al vagón del ferrocarril con su mente en blanco, aturdido. Se tumbó en el camastro y casi de inmediato, durmió. En su sueño, Fidelio se vio en medio de una tormenta de arena, arena oscura; el fuerte viento la arrojaba sobre de él, oscureciéndolo todo. Era de noche y, a pesar de la tormenta de arena, la Luna llena iluminaba todo a su alrededor. Caballos, burros, vacas, cerdos volando sin dirección; parecían danzar impulsados por el viento. También había mujeres, hombres y niños volando, todos tristes, con la boca abierta, sangre fluyendo por sus ojos. Cabezas goteando sangre buscaban sus cuerpos. En medio de todo ello algo brillaba, alguien en medio del brillo. Con dificultad, batallando contra el viento, Fidelio se acercó. Prudencio, en medio del brillo, le sonreía.

—Fidelio —Prudencio le dijo—. Mi buen amigo, me da gusto encontrarte de nuevo. ¿Te acuerdas de la escuela en Guanajuato? Al principio, cuando los otros niños te atacaban, no hice nada por defenderte. Me dio gusto cuando al final todos fuimos amigos; pero siempre me sentí mal por haber guardado silencio; deseaba tener el coraje para defenderte. Fue la vergüenza de ese silencio lo que me hizo unirme a la revolución y pelear por lo que considero una causa justa.

Fidelio le miraba intrigado.

—Pero he visto tu cuerpo inerte. ¿Cómo es que ahora estás aquí hablándome?

Prudencio continuó sonriéndole, con mirada dulce.

—Cierto, mi cuerpo está muerto, pero yo estoy vivo. Y estoy aquí para decirte que hay un mensaje de paz y concordia que deberás de transmitir a través del don que has recibido, el don de sanar. La violencia continuará, de hecho, empeorará. Muchos serán perseguidos y castigados a causa de sus creencias. Hogares e iglesias serán quemadas, destruidas o convertidas en establos. Los sacerdotes serán muertos por el delito de oficiar misa, los monasterios, cerrados, y las monjas, violadas. Todo esto pasará. Habrá lucha, pero tú debes de abstenerte de participar en ella. Tu misión es sanar. Recuérdalo siempre, amigo mío, tu misión es sanar.

La tormenta de arena cesó. De repente todo quedó en calma, una calma opresiva. La imagen de Prudencio se desvaneció. Fidelio, nervioso, sudaba profusamente.

—¿Por qué yo? —gritó Fidelio mirando al cielo—. Todo lo que quiero es ser como cualquier otro.

—Recuerda, Fidelio, recuerda —la voz de Prudencio se escuchó de nuevo.

—¡Pero he matado! —Fidelio gritó, cayendo de rodillas, temblando y llorando.

—¡Fidelio! Fidelio! ¡Despierta! —Enrique le sacudía con fuerza—. ¡Vamos, Fidelio, despierta!

Fidelio abrió los ojos. Estaba tembloroso y sudado. Se frotó los ojos y miró a su alrededor. Enrique y el Dr. Villarreal estaban, preocupados, a su lado.

—Fidelio, estamos enterados de lo que ha sucedido —el Dr. Villarreal le dijo—. Comprendo lo que hiciste. Esa gente roba sin misericordia, son zopilotes humanos. Más de una vez me he sentido tentado de hacer lo que tú hiciste. Recibieron su merecido.

—Estoy de acuerdo. Créeme que yo también he deseado hacerlo —Enrique le dijo frotándole el hombro afectuosamente.

—Lo que hice no tiene justificación —Fidelio les respondió con tristeza—. Al hacerlo me convertí en uno de ellos.

—Oímos que gritabas dormido —el Dr. Villarreal le dijo—. ¿Es por lo mismo que gritaste?

—Sí, por esa razón —Fidelio contestó, sintiéndose avergonzado y molesto consigo mismo.

—Todo lo que necesitas es descansar un poco. Quizá sea buena idea que regreses a Ciudad Juárez; puedes ayudar cuidando a los heridos allá —le dijo el Dr. Villarreal, preocupado.

—Gracias, pero, si no hay inconveniente, prefiero quedarme aquí y ayudar en lo que pueda. Lo que hice hoy no volverá a suceder —Fidelio le contestó mirándolo directamente a los ojos y con firmeza en la voz.

—Como desees, Fidelio. Esto es guerra y recuerda que en la guerra suceden cosas desagradables —le dijo el Dr. Villarreal.

—Lo recordaré.

—Espero que ahora puedas descansar en paz. Debemos de estar listos mañana temprano. Mientras tanto déjame decirte que el equipo que preparaste ha hecho un trabajo excelente. Han ayudado a salvar a muchos de los heridos. Debieras de sentirte orgulloso de ello —el Dr. Villarreal le dijo sonriente.

—Son gente maravillosa. Ciertamente, estoy orgulloso de ellos.

—Descansa, amigo mío. Mañana la pelea continúa. Todos debemos de estar listos —Enrique le dijo.

—Descuida. Estaré listo —Fidelio replicó.

Tan pronto como sus amigos salieron, Fidelio durmió profundamente y despertó antes de la madrugada sintiéndose fresco, tranquilo, con energía. Salió y se lavó la cara con agua fría.

Era una mañana helada; el Sol apenas se asomaba en el horizonte, dando un brillo amarillo-anaranjado a la arena; los pájaros danzaban en el aire, cantando alegremente. Por un momento, Fidelio olvidó que se preparaban para el combate. El recuerdo de Candelaria le invadió y con esa memoria se sintió feliz y empezó a cantar una canción de amor.

La batalla comenzó al poco tiempo. Desde su punto de observación, Fidelio observaba los eventos a medida que se desarrollaban. Durante todo el día, los federales atacaron los flancos villistas, tal y como lo habían hecho el día anterior. Los villistas mantuvieron sus posiciones. Sabedor de que un gran número de los combatientes del lado de los villistas eran mujeres y niños, Fidelio se impresionó por la fiereza con que se combatía. Recordó a Jacinto, el niño con quien se encontró el día anterior. «Espero que él y sus hermanos estén bien», pensó. Al caer la noche ambas partes conservaban sus posiciones.

—Estamos en una situación difícil, de hecho, al borde de la derrota —el Dr. Villarreal le comentó antes de que Fidelio saliera a socorrer a los heridos—. Apenas tenemos munición para un día más. Ahora mismo, el general Villa está planeando lo que haremos mañana. Estoy seguro de que, una vez más, nos sorprenderá a todos.

—Lo sé, él es un zorro a punto de ser atrapado, ¿no es así? —Fidelio respondió.

El Dr. Villarreal sólo sonrió.

—Anda, ve y haz tu trabajo, y recuerda: no dejes que las emociones te dominen.

Fidelio se unió a su grupo. Se sorprendió al notar que la pestilencia no le molestaba como en ocasiones anteriores. Felizmente ayudó a tantos heridos como pudo. Al hacerlo no le importó de cual lado peleaba a quien ayudaba. Al terminar durmió tranquila y profundamente.

Fidelio despertó temprano. La imagen de Candelaria permanecía con él todo el tempo. Sentía su presencia cerca, tan cerca que pensaba que en cualquier momento la abrazaría de nuevo. Tan pronto como brilló. el Sol, la artillería federal empezó el bombardeo y su infantería atacó violentamente. Con dificultad, los villistas lograron mantener sus posiciones. La batalla prosiguió durante toda la mañana; parecía que la lucha se inclinaba a favor de los federales.

—Todos a caballo. Prepárense para atacar —el general Villa ordenó.

La señal para iniciar el ataque sería dos descargas de cañón, una inmediatamente detrás de la otra. Alrededor de las dos de la tarde la señal se escuchó y una masiva carga de caballería le siguió. Sorprendidos, los federales se detuvieron y trataron de defenderse. La carga fue sobre el centro del enemigo, un ataque violento y poderoso, reforzado por descargas de ametralladora y fusilería en los flancos. Los federales intentaron defenderse, lo hicieron por corto tiempo; el pánico cundió por sus filas y se dispersaron en completo desorden, abandonando sus armas. La victoria de los villistas fue total. Al caer la noche todo estaba quieto; la pestilencia era peor y los zopilotes volaban en círculos, atraídos por el olor. Perros y cerdos salvajes llegaban por decenas.

—No sólo los hemos derrotado, además, hemos obtenido armas, cañones, ametralladoras, trenes y abundante munición —Enrique le dijo a Fidelio poco después de la batalla.

Se escucharon disparos.

—¿Quién dispara? —Fidelio preguntó intrigado.

Enrique se encogió de hombros.

—No sé, quizá alguien celebrando el triunfo —replicó.

—El general Villa ha ordenado que todos "los colorados" sean fusilados —el Dr. Villarreal les dijo, habiendo escuchado la pregunta de Fidelio al aproximarse.

Al escucharlo, Fidelio miró al suelo, disgustado.

—¿Quiénes son "los colorados"? —preguntó.

—Esos son la gente que apoya a Pascual Orozco —el Dr. Villarreal le contestó—. Bueno, finalmente esta batalla ha terminado a nuestro favor. Ha sido una gran victoria, pero hay muchos heridos. Estaremos ocupados por un tiempo, será mejor que empecemos cuanto antes.

—Así es, empecemos ahora —dijo Fidelio y se encaminó hacia el campo de batalla.

En cuanto llegó, Fidelio empezó a ayudar a los heridos cuando, de repente, vio a Jacinto. El niño estaba malherido, sangraba profusamente de una herida en su brazo derecho y se encontraba inconsciente. Tratando de controlar el sangrado, Fidelio presionó primero sobre la herida y, cuando esto no funcionó, aplicó un torniquete, pero, aun así, el sangrado continuó. La herida era profunda y se extendía hasta la axila. La respiración de Jacinto era superficial y rápida, su piel estaba pálida. Súbitamente, Jacinto abrió los ojos y al ver a Fidelio le sonrió, una sonrisa de agradecimiento; con su brazo izquierdo sacó algo del bolsillo y, aún sonriendo, dijo:

—Mi madre me lo dio. Por favor cuídalo. Gracias por todo —cerró los ojos.

Fidelio miró lo que Jacinto le había dado: una brillante moneda americana. La guardó en el bolsillo de su pantalón y abrazó el cuerpo de Jacinto, arrullándolo. Unos minutos después cargó el cuerpo y lo llevó al campamento.

Al verlo cargando del cuerpo inerte de Jacinto muchos de la tropa lo siguieron y le ayudaron a cavar la tumba para Jacinto. Al colocar el cuerpo del niño, Fidelio se hincó y comenzó a rezar.

—Padre nuestro que estás en los cielos, santificado sea tu nombre. Venga a nosotros tu reino. Hágase tu voluntad en el cielo como en la tierra. Danos nuestro pan de cada día. Perdona nuestras ofensas como nosotros perdonamos a los que nos ofenden. No nos dejes caer en tentación y libranos del mal. Tuyo es el reino, el poder y la gloria. Amén.

La plegaria fue repetida por la tropa. Al levantarse, Fidelio se sorprendió al ver al general Villa de pie a su lado, con lágrimas en los ojos. A la distancia, gansos volaban en prefecta formación.

CAPÍTULO XI

—Despúes de nuestra victoria en Tierra Blanca los federales han salido de Chihuahua; ahora controlamos casi todo el estado. Villa está en la ciudad de Chihuahua, él es ahora el gobernador. Nosotros nos hemos quedado en Juárez para cuidar de los heridos —el Dr. Villarreal le dijo a Fidelio mientras caminaban en dirección al hospital—. Habrá calma por algún tiempo, me gustaría aprovechar la oportunidad para conversar y compartir ideas contigo. Eres un joven inteligente, prudente y razonable para alguien de tu edad. En verdad hay muchas cosas de las que me gustaría intercambiar ideas contigo. Pero déjame advertirte que quizá discutamos.

—Me agrada la idea, tengo mucho que aprender de usted —respondió Fidelio, aunque un poco sorprendido por la advertencia; sabía cuál era el tema de la conversación.

—Excelente, por ahora concentrémonos en nuestro trabajo. Al terminar cenaremos en el restaurante de Aurora, yo invito.

—Me parece bien. Por supuesto que acepto la invitación.

—Me ayudarás con las cirugías de hoy, casi todas serán amputaciones. Un procedimiento triste, pero necesario para salvar la vida de esos hombres. Por cierto, has hecho un gran trabajo ayudándoles a aceptarlo y recuperarse.

—La mayoría son jóvenes; tienen una larga vida por delante. Necesitan de apoyo para aceptar la pérdida de sus extremidades. Es un trabajo que vale la pena desempeñar. Debo de añadir que quienes merecen ser felicitados son las mujeres y jóvenes, casi niños, quienes se esfuerzan por ayudarles. Yo sólo les he mostrado lo que hay que hacer —dijo Fidelio, adelantándose para abrir la puerta del hospital y permitir que el doctor entrara.

Esa noche, Fidelio y el doctor Villarreal, sentados a la mesa del restaurante, se disponían a disfrutar de la cena. Afuera la noche era oscura, fría y tranquila.

—Aunque estuvimos ocupados ha sido un día productivo —el Dr. Villarreal empezó la conversación; se veía satisfecho y feliz—. Siete cirugías. Estoy sorprendido de lo rápido que has aprendido. De hecho, gracias a los cambios que sugeriste en el cuidado de las heridas y fracturas fuimos capaces de evitar la amputación en tres de los casos. Estoy orgulloso de ti. Aunque eres joven, y nunca has pisado una escuela de medicina, prestas atención a cada detalle, observas y piensas en lo que has observado y aprendido. A tu manera estudias muy duro, más que cualquier estudiante de medicina que yo haya conocido, incluyéndome. Aprendes de lo que hacemos y, en el proceso, hemos aprendido de ti.

—Gracias. La naturaleza es la que me enseñó mucho de lo que sé. Ahora, gracias a usted y el resto del equipo, he continuado aprendiendo —Fidelio respondió.

—Bien, pero en realidad no es de medicina de lo que deseo conversar. Hay muchas cosas sobre las que he deseado discutir e intercambiar ideas, pero hasta ahora no he encontrado a la persona adecuada, esto es, hasta que te conocí y tuvimos la oportunidad de trabajar juntos.

—¿De qué se trata? —Fidelio preguntó.

—Allí viene Aurora, ordenemos la cena. ¿Qué te apetece? —el Dr. Villarreal dijo, viendo en dirección de Aurora, quien, sonriente, se aproximaba.

—Aurora, qué gusto verte de nuevo —Fidelio le dijo.

—Me alegra ver que ambos están sanos y salvos —Aurora les dijo al llegar—. ¿Qué les servimos?

—Hace frío. Se me antoja algo caliente. ¿Tienen pozole? —Fidelio le dijo.

—Por supuesto. Presumimos de nuestro pozole.

—A mí también se me antoja el pozole —el Dr. Villarreal intervino sonriendo—. He escuchado del excelente zotol que ustedes sirven, por favor trae dos vasos.

—Con gusto. El zotol es cortesía de la casa para ustedes.

—Muchas gracias, pero sólo la primera ronda. Si pedimos algo más, esas serán por mi cuenta —replicó el Dr. Villarreal.

—Como gusten. Regreso en un momento con su orden. Una vez más, estoy muy contenta de verlos de regreso, sanos y salvos —Aurora dijo sonriendo.

—Conversemos —el Dr. Villarreal le dijo a Fidelio con expresión seria.

Fidelio guardó silencio y esperó.

—Hay algo que para mí es importante, de hecho, pocos saben algo de lo que te voy a contar —el Dr. Villarreal se detuvo y respiró profundo, concentrado, explorando sus memorias—. Mis padres fueron católicos fervorosos. Durante mi niñez asistí a misa casi a diario. Después de mi primera comunión, todos los sábados me confesaba para recibir los sacramentos en la misa del domingo —el Dr. Villarreal continuó, manteniendo su expresión seria—. Quizá te sorprenda saber que hubo un tiempo en el que pensé tener vocación para el sacerdocio e inclusive asistí al seminario.

—De hecho, me sorprende. Nunca le he visto acudir a la iglesia ni le he escuchado orar.

El doctor sonrió.

—Empezamos bien. Probablemente te preguntas qué fue lo me hizo cambiar.

—Sí. ¿Cómo fue que cambió?

—No es fácil de explicar, pero primero déjame decirte algo que quizá te sorprenda aún más: las enseñanzas de Jesús aún guían mis acciones. Eso es algo que nunca cambiará.

—Aun así no va a la iglesia ni reza.

—Caballeros, aquí tienen su pozole y su zotol, tal y como lo ordenaron. Disfruten. ¿Hay algo más que deseen ordenar? —Aurora les dijo acomodando los platos, copas y cubiertos sobre la mesa.

—No por ahora. Muchas gracias, Aurora —el Dr. Villarreal respondió, sonriéndole.

—Los he visto muy envueltos en su conversación; los dejo solos. Pero si me necesitan me llaman —Aurora dijo antes de retirarse.

—Continuaremos nuestra conversación después de cenar —el Dr. Villarreal le dijo a Fidelio mientras enrollaba una tortilla. Llenó su cuchara con pozole y lo sorbió—. Delicioso. Aurora tiene razón de estar orgullosa de esto. Pruébalo, te va a gustar.

Fidelio probó el pozole.

—Está delicioso —dijo sonriendo.

El pozole le hizo sentirse feliz. Fidelio disfrutaba de la comida y de la compañía. Deseaba que el doctor continuara con la conversación; el tema no sólo era interesante, sino importante.

Al terminar el pozole, el doctor Villarreal levantó el vaso con zotol.

—A tu salud —dijo.

—A su salud —Fidelio contestó, levantando su vaso. Ambos bebieron.

—Excelente. Buena comida como esta, acompañada de una buena bebida, hace que uno se sienta relajado y feliz de estar vivo —dijo el doctor Villarreal—. Dijiste que nunca me has visto rezar ni en la iglesia, aunque he dicho que amo y trato de seguir las enseñanzas de Jesús.

—Así es. Me gustaría saber más —Fidelio dijo.

—Te confieso que es un poco difícil para mí hablar de esto. Es algo que nunca discutí con alguien. ¿Qué fue lo que me hizo cambiar? —el doctor frunció las cejas, con expresión seria—. Encontré difícil aceptar algunas historias relatadas en la biblia, especialmente del libro del Génesis. No puedo creer que el Universo, todo lo que nos rodea, fue creado con la simplicidad con la que se cuenta en ese libro. Luego todo eso de Dios comunicándose sólo con algunos cuantos escogidos... Me cuesta trabajo creer que Dios habla con alguien. La idea de que yo tendría que enseñar algo de lo que dudo no me pareció posible. Si lo explicase como si fuese una metáfora no era problema, pero me dijeron que tendría que aceptarlo y enseñarlo tal y como está escrito.

Fidelio, preocupado, puso sus codos sobre la mesa y apoyó su frente sobre las manos, mirando hacia el suelo. Tenso, Fidelio se dio cuenta de que, desde tiempo atrás, él tenía las mismas dudas.

—Estoy consciente de que al hablar de todo esto quizá te desconcierte, tal vez inclusive te moleste. Tal vez no debí tocar el tema. Si lo deseas hablemos de otra cosa —el Dr. Villarreal dijo al notar la inquietud en Fidelio.

—No, de ninguna manera, esto también es importante para mí —Fidelio replicó con seriedad, mirando fijamente al doctor.

—Es aún más complicado —el doctor continuó—. Lo que te he contado no es lo importante. En realidad, lo que se describe en el Génesis es una manera sencilla de explicar el Universo tal y como lo vemos. Como ya te he dicho, no tengo problema con eso, pero hay otra cosa. No creo que haya existido, alguna vez, ahora ni nunca, quien conozca el plan de Dios. Cualquier intento de explicarlo es una pérdida de tiempo; esa es la razón por la que dejé el seminario. Pero permite que te cuente lo que creo es lo importante. Te he dicho que amo a Jesús y sigo sus enseñanzas. Sin embargo, no me preocupa si María, su madre, fue en realidad virgen. No me interesa si Jesús es el Mesías que los judíos esperan. No sé si Jesús es el Hijo de Dios. No acepto la idea de que, si Jesús algún día regresa, su retorno será triunfal. Eso es algo que nadie puede saber y esa es la razón por la cual no acudo a la iglesia. Sería hipócrita de mi parte si lo hiciera. Sin embargo, déjame decirte que rezo tal y como Él nos lo pidió. Lo hago en silencio y en privado, tal y como Él dijo que deberíamos de hacerlo. Amo a Jesús por sus enseñanzas. Eso es todo —respiró profundo, llamó la atención de Aurora y ordenó dos copas más.

—Ahora sé que hay un lado oscuro, violento y cruel en mí —Fidelio dijo mirando al doctor—, una parte de mí que hasta hace poco desconocía. Lo que usted me ha dicho me ha hecho consciente no sólo de mis dudas e inquietudes. Hay muchas cosas sobre mí que yo mismo no entiendo. Usted por lo menos conoce las razones que justifican su cambio, por mi parte sólo tengo dudas. Aprecio su confianza, pero no veo cómo pueda ayudarle. Desde el incidente en Tierra Blanca todo ha cambiado.

Aurora se aproximó y en silencio colocó las copas con zotol sobre la mesa.

El Dr. Villarreal, mirando a Fidelio amistosamente, sorbió un poco de zotol.

—Créeme que comprendo cómo te sientes; de hecho, tuve una experiencia semejante. Es obvio que todo lo que ha ocurrido ha provocado un cambio dentro de ti —se detuvo, pareció dudar por un momento—. También para mí fue una sorpresa desagradable el conocer que hay un lado oscuro y siniestro en mi ser. Eso es algo que debemos de aceptar —sonrió irónicamente—.Cuando nos conocimos me di cuenta de que hay algo diferente en ti, pero nunca pensé que podríamos llegar a tener una conversación como esta.

Te confieso que hubo ocasiones en las que estuve tentado a burlarme de tus creencias; admito que me he vuelto cínico al respecto. Sin embargo, me detuve no sólo porque respeto las creencias de otros, pero también porque demostraste ser alguien que merece respeto —se detuvo y sonrió a Fidelio—. Vamos, hombre, lo que te ha pasado sólo demuestra de que eres como todos. Hay un lado positivo, brillante, en ti, y hay otro lado oscuro, siniestro, maligno. Ambos están dentro de ti, eso es algo que debes conocer y admitir que existe. Saber de lo que eres capaz te ayudará.

Fidelio lo miró fijamente y devolvió la sonrisa.

—Gracias por sus palabras. Esta es la segunda vez que alguien me dice que yo soy como los demás, nada especial, y eso me hace sentir mejor. Tiene usted razón; el conocernos es un paso importante para poder mejorar. Agradezco la oportunidad de tener esta conversación.

—Yo soy quien debe de agradecer, me ha hecho bien hablar con alguien que comprende estas inquietudes. ¡A tu salud! —el Dr. Villarreal dijo, levantando su copa.

—A su salud —Fidelio respondió, levantando su vaso y bebiendo el contenido de la copa de un golpe, lo que le obligó a encogerse de hombros—. Guau; aunque suave, cuando apenas tomas un sorbo es fuerte cuando lo pasas de golpe.

—Una experiencia más. Ha sido una noche excelente, espero que tengamos otra oportunidad de intercambiar ideas. ¿Qué te parece?

—De acuerdo. Espero que tengamos oportunidad con frecuencia. La conversación de hoy ha aclarado muchas cosas; creo que comprendo un poco mejor. En lo que a mí respecta, creo que es Dios quien le ha puesto en mi camino y le doy gracias por ello.

—Ahí tienes otro tema para discusión —el Dr. Villarreal dijo, riendo.

—Vaya, me da gusto verlos tan contentos. A la distancia los veía conversar y hubo un momento en el que me preocupé; los veía tan serios, como disgustados —Aurora dijo, aproximándose y limpiando la mesa—. ¿Les sirvo otra copa? —añadió, sonriente.

—No. Muchas gracias, Aurora. Mañana será un día ocupado —el doctor Villarreal le respondió—. Toma, cobra lo que sea —añadió, dándole un par de billetes.

—Bien, gracias a ustedes —Aurora dijo y miró a Fidelio—. Mañana voy a El Paso; me gustaría que pudieras acompañarme.

—Claro que puede, mañana tiene el día libre —el doctor respondió por Fidelio, quien, sorprendido, le miró.

—Excelente. Recógeme mañana a las diez —Aurora abrazó a Fidelio y sonrió, agradecida, al doctor.

A las diez del día siguiente, Fidelio tocó a la puerta de la casa donde Aurora y su padre vivían.

—Exactamente a tiempo. Pasa y por favor ponte cómodo. Tengo un par de cosas que hacer para estar lista. Mi papa te preparará una taza de café. Regreso pronto —Aurora le dijo al recibirlo.

—¿Te gusta con canela y miel? —don Prudencio, padre de Aurora, le preguntó desde una habitación próxima.

—Sí, gracias. Pero no se moleste por mi causa —Fidelio le contestó.

—No es ninguna molestia, el café está listo, sólo le tengo que agregar un poco de canela y miel —don Prudencio replicó—. Es café fresco —don Prudencio agregó, aproximándose y cargando dos tazas de humeante café—. Ten cuidado porque está caliente —le dijo, dándole una de las tazas.

—Gracias, pero está a punto —Fidelio dijo después de tomar un sorbo del café.

—Primero que nada deseo agradecerte el que hayas defendido a mi hija. Lo que hiciste fue valeroso —don Prudencio le dijo, sentándose en una mecedora—. Aurora te aprecia —agregó y frunció el ceño, preocupado. Clavó su mirada en Fidelio—. Como su padre necesito preguntarte, ¿cuáles son tus intenciones? ¿Qué es lo que sientes por ella?

—Le aseguro que mis intenciones son honestas; todo lo que busco es sincera amistad. No ofrezco ni deseo algo más.

—Por la forma en que habla de ti y lo feliz que es cada vez que te ve, me temo que ella ambiciona algo más que eso —Don Prudencio dijo con un dejo de tristeza en su voz—. Anda, tómate el café. Por favor no te inquietes por esta conversación. Aunque aún muy joven, casi una niña, Aurora es una mujer fuerte y razonable. Además, me doy cuenta de que eres un joven honesto y eso me agrada —añadió, sonriendo a Fidelio, y bebió de su café.

—Agradezco su comprensión —Fidelio dijo y después de beber de su café sonrió, contento—. Este café está delicioso. Le aseguro que nunca había probado café tan bueno como este. La cantidad de canela y miel que le agregó hace resaltar su sabor. Gracias —tomó otro trago y cerró los ojos, disfrutando el sabor del café, mientras que don Prudencio sonreía, satisfecho.

—Estoy lista. Me doy cuenta de que han tenido una charla amigable —Aurora dijo al entrar a la habitación—. Nos iremos en cuanto tu digas —agregó, dirigiéndose a Fidelio.

—También estoy listo —dijo Fidelio, poniéndose de pie—. Ha sido agradable conversar con usted, don Prudencio, y gracias por el sabroso café —añadió mirando hacia don Prudencio.

—No hay de qué. Espero que pronto nos veamos de nuevo —respondió don Prudencio—. No tardes mucho; creo que tendremos un día ocupado —dijo, dirigiéndose a Aurora.

—No tardaremos, te lo prometo —Aurora dijo besando a su padre en la mejilla. Fidelio abrió la puerta y ambos salieron en dirección a El Paso.

Fidelio encontró que la ciudad de El Paso no era como ninguna de las ciudades que conocía. La encontró limpia, bien planeada, con muchas tiendas ofreciendo toda clase de artículos. Recordó que las ciudades que conoció en México le parecieron más alegres. Aunque la mayoría se mostraba indiferente, le inquietó el hecho de que algunos los miraban con disgusto. Comprendió que lo que les molestaba era que alguien con piel morena caminase junto a una mujer rubia.

—Me parece que les molesta vernos caminar juntos —le dijo a Aurora.

—La gente de aquí es tolerante, pero sólo un poco más al norte no nos permitirían caminar juntos. Allá inclusive pudieran lincharnos; te matarían y me violarían por caminar junto a ti. Aquí a la mayoría no le importa, a los que les disgusta son una minoría. Hay una sociedad secreta llamada Ku Klux Klan que hace atrocidades en contra de la gente de piel negra, o cualquiera cuyo color de piel sea un poco oscuro. Lo que me parece absurdo es que presumen de ser cristianos, pretenden actuar en nombre de Jesús y queman una cruz como su símbolo.

—Eso suena peor que la manera en que los Rarámuri y otros son tratados en México —dijo Fidelio.

Aurora esbozó una sonrisa.

—No te he pedido que me acompañes para hablar de estas cosas; tenemos suficiente con la revolución. He venido a comprar utensilios para el restaurante, no para hablar de política —le dijo tomándolo del brazo—. Me siento bien a tu lado. Allí está la tienda a la que vamos. Entremos y ayúdame a escoger una vajilla.

"Olson, Marcus and Co. Hardware and Lumber" se leía en el anuncio de la entrada de la tienda. Aurora cruzó la puerta de entrada, pero, al entrar Fidelio, un gigante rubio se le interpuso.

—Esa es la puerta de entrada para ustedes —el hombre le dijo, apuntando hacia una puerta sobre la cual se leía "Colored and Mexicans".

—Pero él viene conmigo —Aurora protestó.

Fidelio, casi de la misma estatura que el hombre rubio, lo miró fijamente. Molesto, el hombre miró en otra dirección.

—Esa es la puerta para los mexicanos —dijo, casi disculpándose—. Una vez dentro puede unirse con usted, pero los estaremos vigilando.

Fidelio comenzó a sentirse disgustado. Le hubiese gustado romperle la nariz, sin embargo, resistió la tentación. Luego miró a Aurora.

—Nos vemos dentro —le dijo y caminó en la dirección que el hombre le indicaba.

Una vez dentro no tuvieron ningún problema. Aurora escogió la vajilla y pagó por ella. Fidelio aún estaba disgustado con el rubio y consigo mismo. Se daba cuenta de que reaccionaba a las emociones. Si continuaba así, las emociones terminarían por controlarlo; eso le creó un intenso conflicto interior. "No permitas que nadie te falte al respeto. Eres fuerte, sabes bien que pudiste haber doblegado a ese hombre, darle una lección. De hecho, vuelve y muéstrale quién eres tú", una voz interior le decía. Escuchaba, sin embargo, otra voz, y ésta, con voz suave, le decía: "Estás en control de tus emociones, éstas no te controlan a ti. Lo que has recibido es para ayudar y servir a los demás. No para lastimar a nadie". Fidelio respiró despacio y profundo y al hacerlo se sintió tranquilo, relajado, contento. Observó la belleza y tranquilidad en el azul del cielo, la fresca brisa de la mañana le acariciaba. Cientos de mariposas amarillas, volando hacia el sur, llegaron al pueblo. Fidelio, feliz, pasó su brazo alrededor de los hombros de Aurora. Caminando por la Avenida Mesa daba la impresión de que todos los habitantes de la población tenían algo que hacer durante la mañana. Fidelio se sintió parte de la multitud.

—Parece que todos tuvieron la misma idea que nosotros —Aurora le dijo, sonriente, luego se acercó y pasó su brazo alrededor de la cintura de Fidelio—. Ha sido una hermosa mañana, es una lástima que debamos de regresar.

Fidelio volteó a verla.

—Así es, ha sido una mañana hermosa —dijo.

Disfrutando de la mutua compañía, Aurora y Fidelio caminaron de regreso al restaurante, en donde don Prudencio les esperaba.

—¿Encontraste la vajilla que necesitamos? —le preguntó a Aurora.

—Sí, papá. Me dijeron que la entregan mañana temprano, junto con el resto de la mercancía que ordenaste.

Don Prudencio se mostró satisfecho.

—Excelente —dijo—. Cuando Hipólito lo sepa se pondrá contento.

—¿Quién es Hipólito? —preguntó Fidelio.

—Hipólito es el hermano menor de Villa —Aurora respondió, mirando enojada a su papá—. Papá, ¿por qué te involucras en eso?

—No podemos quedarnos mirando cómo otros pelean por lo que creemos. Todos debemos de hacer nuestra parte —don Prudencio replicó.

Intrigado, Fidelio solamente los miraba. Don Prudencio se volvió hacia él.

—Déjame explicarte, hijo. Sé tú el juez de esto. Hipólito es quien está a cargo de la compra de armamento y munición para la causa, sin embargo, alguien tiene que hacerse cargo de cruzar la frontera con eso. Así es que hemos diseñado un plan para lograrlo.

—Estamos en guerra, supongo que alguien tiene que hacerlo —Fidelio le dijo.

—Ahí tienes, hija —don Prudencio le dijo a Aurora, satisfecho.

—Papá, bien sabes que hay un alto riesgo en lo que haces. Ahora la ciudad está bajo el control de los Villistas, sin embargo, no hay manera de saber con certeza qué bando será el siguiente. Si el enemigo se entera, serás castigado —Aurora le dijo, preocupada.

Don Prudencio se rio, contento.

—Hijita, no hay por qué discutir esto, y mucho menos preocuparnos por ello. Esta lucha la ganarán los revolucionarios; de aquí en adelante nada los detendrá —se volvió hacia Fidelio—. ¿Qué te tal te caería un zotol para entrar en calor?

—Muchas gracias, don Prudencio, pero tengo que reportarme en el hospital. Le agradezco el excelente café que me dio temprano y por permitir que acompañase a Aurora —Fidelio le contestó, devolviendo la sonrisa—. Disfrute de la mañana. Espero que regresemos para cenar. Estoy seguro de que el Dr. Villarreal ya sabe por cuánto tiempo más estaremos aquí; espero que sea un largo tiempo —agregó dirigiéndose a Aurora.

Aurora se acercó y le tomó del brazo.

—Gracias por acompañarme. Espero verte pronto —le dijo casi en un murmullo, con un dejo de tristeza en el tono de su voz.

—Gracias a ti. Ha sido una mañana maravillosa —Fidelio dijo antes de volverse y encaminarse en dirección del hospital.

Al acercarse notó que el Dr. Villarreal le esperaba a la puerta del hospital, disgustado.

—La gangrena nos ha ganado la batalla. A pesar de nuestros esfuerzos, dos de nuestros pacientes han fallecido —le dijo en cuanto Fidelio llegó.

—Aún tenemos mucho que aprender, pero debemos de seguir adelante —Fidelio dijo, también sintiéndose disgustado.

—Me temo que el resto de las noticias no serán de tu agrado tampoco —el Dr. Villarreal le dijo.

—¿De qué se trata?

—La tropa que fue enviada a Ojinaga, el único lugar en el estado que los federales aún controlan, ha sido derrotada. Tenemos orden de salir hacia allá y prepararnos para la próxima batalla. Salimos al oscurecer.

CAPÍTULO XII

Fidelio se unió al grupo que acarreaba el material necesario al vagón convertido en una sala de operaciones ambulatoria. Poco después de la medianoche el tren salió con rumbo a la ciudad de Chihuahua. Fidelio continuó limpiando y organizando todo en el vagón para tener todo listo para recibir a los heridos. Al terminar, exhausto, se sentó en una de las largas y angostas mesas de tratamiento y miró hacia el desierto en la oscuridad. Estaba triste. Aunque su amor y su cuerpo pertenecía a Candelaria, aunque nadie podría llenar su alma como ella lo hacía y nadie podría sustituirla, le agradaba la compañía de Aurora. Mirando a la Luna llena suspiró. El brillo de la Luna y el rítmico movimiento del tren creaban sombras, extrañas imágenes que parecían comunicar algo profundamente triste. Combatía un intenso deseo de llorar; Fidelio deseaba haber tenido tiempo para despedirse de Aurora y su padre. Aunque la noche era fría y Fidelio se cubrió con un sarape, sentía calor, mucho calor; comenzó a temblar y sudar profusamente. No pudo más y, ahogando un grito, lloró. El rítmico movimiento del tren, el sonido de las ruedas rozando las vías, el susurro del viento, crearon una suave y tranquilizante melodía. Arrullado, Fidelio durmió profundamente.

Contenta, sonriente, Candelaria caminó hacia él.

—Fidelio, amor mío, el recuerdo del corto tiempo que pasamos juntos me acompaña siempre, alegra mis días, ilumina mis noches. Dondequiera que miró allí estás tú —se acercó aún más. Fidelio percibía su aliento fresco; al sentir sus labios cerca intentó besarla, poniendo los dedos en su boca. Ella se lo impidió y luego colocó su mano sobre el hombro de Fidelio—. Ahora no, mi amor. Deja que vea mi imagen en tus ojos; déjame sentir el calor de tu cuerpo, olerte; deja que acaricie tu rostro —acarició sus mejillas, sus labios—. Tienes la piel suave, amo cada centímetro de tu cuerpo, tu olor, la forma en que me acaricias. Te pertenezco, eres el primer y último hombre en mi vida. Prefiero morir antes de permitir que otro me toque.

De repente, Aurora se aproximó; sonrió amistosamente a Candelaria y ella, contenta de verla, la abrazó y besó en la mejilla. Pareciera que se conocían de tiempo atrás. Fidelio se sorprendió de que se conocieran. Viéndolas juntas, aunque sorprendido, Fidelio se puso contento e intentó aproximarse. Ellas, sonriendo, se despidieron y desaparecieron.

El tren se detuvo súbitamente y el movimiento despertó a Fidelio. La imagen de Candelaria y Aurora juntas le hizo sentirse animado, lleno de energía. Aunque la noche era oscura, todo lucía luminoso y brillante. El murmullo del viento combinado con el sonido del roce de las ruedas con los rieles entonaba una agradable melodía; pareciera que las sombras de la noche danzaban, celebrando.

—Fidelio, ¿estás despierto? —el Dr. Villarreal le preguntó, entrando al vagón y sentándose frente a él—. Hemos llegado a Chihuahua; se harán las maniobras necesarias para cambiar de carril. Nuestro destino es Ojinaga, pero, dado que las vías no llegan hasta allá, una vez que lleguemos a la estación de San Sostenes tendremos que cambiar todo el material a los carromatos con mulas. Nosotros terminaremos el trayecto a caballo. Anda, tenemos que preparar todo lo que necesitaremos y estar listos para cuando arribemos a San Sostenes.

—Estoy despierto. Comencemos —Fidelio respondió, saltando de la camilla y caminando hacia la puerta.

El Dr. Villarreal le miró con una expresión de sorpresa.

—Aunque es medianoche te ves no sólo descansado, sino radiante y feliz. Apuesto a que tuviste un sueño placentero.

—Así es, fue algo placentero —Fidelio dijo, sonriente—. ¿En dónde comenzamos?

—Empecemos por los vendajes y lo que necesitaremos en el campo de batalla.

Al llegar, el resto del equipo estaba trabajando. Fidelio y el doctor se les unieron. Las maniobras para cambiar de carril dificultaron el trabajo, pero el Dr. Villarreal había entrenado bien a su gente; todos sabían exactamente lo que tenían que hacer. Fidelio se sintió orgulloso de formar parte de ese equipo. El trabajo se volvió sencillo una vez que las maniobras terminaron y el tren estaba en camino. Trabajaron tranquilos y para cuando llegaron a San Sostenes todo estaba listo.

—Apúrense, muchachos. Casi todos los carromatos son para llevar a la tropa, sólo dos para nosotros —el Dr. Villarreal les dijo—. Fidelio, asegúrate de que llevamos lo que necesitamos.

—Casi hemos terminado —Fidelio contestó.

Fidelio se sentía fuerte, feliz, con energía renovada, tan feliz y con tanta energía que, cargando material pesado, empezó a cantar. Todos voltearon a verle, sorprendidos. Fidelio se veía tan contento que todos se contagiaron de su alegría e hicieron coro. Gritos de entusiasmo se escucharon por toda la estación, que reflejaban tal alegría que el resto de la tropa también comenzó a cantar. Un coro multitudinario. La naturaleza contribuyó con relámpagos y truenos, presagiando una tormenta.

Al terminar, el Dr. Villarreal, montado en un caballo palomino y con otro caballo a su lado, se aproximó a donde Fidelio.

—Fidelio, te he conseguido un buen caballo, fuerte y obediente. Tenemos orden de movernos rápido. Debemos de llegar a la hacienda de San Juan antes de que amanezca. Ese es el punto en donde toda la tropa se concentrará.

—Gracias, pero no tenía por qué molestarse, yo podría haber ido en uno de los carromatos —Fidelio dijo.

—Debes de aprender a montar bien. Ten cuidado porque tenemos que ir de prisa y el terreno es difícil. No podemos perder tiempo. Afortunadamente, hay Luna llena y eso lo facilitará un poco —el Dr. Villarreal dijo apuntando hacia el circulo brillante en el cielo azul.

Fidelio montó y de inmediato se dio cuenta de que era un brioso caballo, sin embargo, lo controló sin dificultad. Viéndolo, el Dr. Villarreal sonrió.

—Pronto serás un jinete experimentado —le dijo—. No tenemos tiempo que perder. Iremos tan rápido como podamos, pero tengan cuidado; no quiero que algo se pierda en el camino. Vámonos —golpeó el caballo de Fidelio y dio la señal de avanzar.

Con el golpe, el caballo de Fidelio relinchó y saltó. Fidelio se sujetó bien y controló al animal.

—Fidelio, eres un buen jinete —alguien le gritó desde uno de los vagones.

La noche era fría, el viento, helado, el terreno, difícil, pero, a pesar de ello, Fidelio se sintió cómodo, con calor y disfrutó de la travesía. Su caballo aprendió a obedecerle y se entendían a la perfección, de tal manera que, aun cuando tenían que cruzar arroyos, terreno arenoso, o terreno rocoso, cualquier terreno a Fidelio le pareció fácil. Al amanecer arribaron a la hacienda de San Juan y se unieron al resto de la tropa. El brillo del Sol y el aplaudir de las mujeres al preparar las tortillas para el desayuno, junto con la música de guitarras, daban al ambiente un tono festivo.

Villa llegó un poco después. Fidelio se contagió del entusiasmo que la llegada de Villa causó. Una oleada de optimismo inundó a la tropa. Alguien comenzó a cantar.

—Aquí esta Francisco Villa con todos sus oficiales, han venido a ensillar a las mulas federales —un coro gigantesco repitió el cantar.

Dándose cuenta de ello, Villa se aseguró de que todos lo vieran. Caminó entre la tropa, compartió sus alimentos, charló con todos.

—Les aseguro de que no dejaremos que el coyote nos quite la gallina —les dijo y alaridos de entusiasmo se escucharon por doquier.

Esa noche, estando todos en posición de ataque, Villa habló con la tropa.

—Atacaremos mañana al atardecer. Tienen dos horas para tomar Ojinaga. Sean valientes y avancen siempre. No hay retirada. ¿Están de acuerdo, muchachitos? —aullidos de entusiasmo le respondieron.

Con fuego de artillería por ambos lados, la batalla comenzó a las seis de la tarde. Villistas infiltrados en la población tocaron a rebató las campanas de la iglesia, la señal para iniciar un violento ataque de infantería y caballería combinadas. La defensa fue tibia, pocos federales resistieron; la mayoría, asustados, tiraron sus armas y corrieron en desorden hacia el río. Algunos oficiales federales trataron de detenerlos y obligarlos a pelear. Les dispararon y mataron a algunos, pero, dándose cuenta de que era inútil, se les unieron y trataron de huir. El avance villista continuó de manera sistemática. Pronto, cuerpos de soldados, caballos, burros y mulas flotaban en el río. El agua era de color púrpura. Algunos federales trataron de cruzar nadando, pero la corriente era fuerte y la mayoría murieron ahogados. Al mirar el triste espectáculo, Fidelio rezó en voz alta.

—Padre nuestro que estás en los cielos…

La batalla duró menos de dos horas.

Al oscurecer, Fidelio y su grupo caminaron por el campo de batalla para ayudar a los heridos. La mayoría eran federales. Fidelio ordenó ayudar a todos, independientemente de su afiliación. Uno de los federales lo miró y le dijo "gracias"; llorando trató de besarle la mano. Fidelio retiró su mano para ponerla sobre el hombro del federal herido.

—Eres nuestro hermano, algún día tendrás oportunidad de ayudar a otro que lo necesite —le dijo.

Mirando a su alrededor, Fidelio se sorprendió al ver a un desconocido socorrer a los heridos. Fidelio notó que era un hombre alto, delgado, de tez blanca, con escaso cabello blanco y algunas arrugas en el rostro y las manos. Pronto se dio cuenta de que el hombre ayudaba a los heridos; no sólo les daba agua, sino que también palabras de aliento. «¿Quién es este hombre?», Fidelio se preguntó.

Al día siguiente, Fidelio se enteró de que Villa ordenó respetar a los prisioneros. Aquellos que voluntariamente desearan unirse a las filas de la revolución serían aceptados, el resto quedaba en libertad de marcharse. Al enterarse, Fidelio, orgulloso de formar parte de la División del Norte, comenzó a silbar "la cucaracha", una tonada popular entre la tropa.

Caminando por las calles de Ojinaga, a la distancia vio al mismo hombre de la noche anterior charlando y jugando con algunos soldados, casi niños, vestidos con pantalón y camisa de manta blanca, orgullosos mostraban sus rifles al hombre, quien sonriente y burlón apuntó a una tinaja, que estaba como a cuarenta metros de ellos. Uno de los niños apuntó a la tinaja y disparó. La bala ni siquiera estuvo cerca. El hombre se rio, palmeó al niño en la espalda, tomó el rifle, apuntó y disparó. La tinaja, con el impacto, voló, y al caer pareció bailar. Asombrados, los niños aplaudieron y felicitaron al hombre.

—Cuando apuntas, el blanco es lo único que importa. Ustedes y el blanco, en ese momento, son uno solo, es entonces que jalan del gatillo con suavidad al acercarse —Fidelio escuchó cómo el americano enseñaba a los niños. Al verlo, el hombre le miró de pies a cabeza, sonrió y silbó con admiración—. Joven, eres el mexicano más alto que he conocido, además eres fuerte. Apuesto a que sabes disparar —le dijo, pasándole el rifle.

Fidelio enrojeció; estaba un poco apenado. El recuerdo de haber disparado un arma y matado vino a su memoria y, nervioso, sudó.

—Prefiero no hacerlo —casi murmuró.

El hombre le miró intrigado, frunció el entrecejo y guardó silencio por un momento.

—Comprendo —finalmente dijo.

Regresó el rifle a los niños, sacó algunas monedas de su bolsillo y sonriendo las repartió.

—Amigos, espero que pronto volvamos a platicar —les dijo, despidiéndolos.

Después de que los niños se fueron, el hombre se volvió a Fidelio.

—Te vi anoche atendiendo a los heridos. Creo que sé la razón por la cual prefieres no disparar —hizo una pausa, como pensando—. Es porque has disparado y matado a alguien; te sientes mal por eso. ¿Tengo razón?

—Tiene razón —Fidelio le contestó, avergonzado y un poco intrigado.

—Como te dije, lo comprendo —el americano le dijo sonriendo amigablemente—. Las cantinas aquí aún están abiertas. Encontremos un lugar en donde podamos sentarnos y conversar. Te invito una copa.

Se encaminaron hacia la plaza del pueblo y encontraron una cantina abierta, entraron y encontrando una mesa desocupada, se sentaron.

—¿Qué es lo que tomas? Porque supongo que tomas algo —el hombre le dijo.

—He probado el zotol —Fidelio respondió.

—¿Zotol? —dijo el hombre sonriendo, divertido—. Esa es una bebida fuerte, aunque yo prefiero el whiskey. Tomemos zotol —llamó al mesero y pidió. El mesero trajo una botella de zotol y dos vasos; los dejó sobre la mesa y se retiró.

—Lo primero es que nos presentemos. Me llamo Ambrosio Bierce —el hombre le dijo extendiendo su mano.

—Fidelio Serna —Fidelio dijo tomando la mano del americano.

—Déjame explicarte por qué te he dicho que comprendo que prefieras no disparar un arma —Bierce inició la conversación sirviendo zotol en los vasos para después vaciar el contenido del suyo en un solo trago; hizo un gesto y sonrió—. Esto sí que es fuerte —dijo—. Bien, déjame continuar. Lo comprendo porque lo mismo me pasó hace ya mucho tiempo; fue durante la guerra civil. Yo era muy joven y odiaba la idea de disparar y matar a alguien a quien no conocía. Cierto, ese alguien también trataba de matarme, pero, aun así, es una sensación desagradable. Después o me acostumbré o simplemente ignoré esa sensación. De hecho, sé que he matado a muchos —mirando al suelo frunció el entrecejo y sacudió una lágrima de su rostro—. No te conozco, pero por alguna razón me hace bien el hablar de esto contigo. Nunca lo había hecho. Me molesta la idea de que maté "porque obedecía órdenes". Después de la guerra me convertí en reportero, fui asignado a la guerra nunca declarada en contra de las tribus indígenas y, como tal, fui testigo de masacres en California. Mataron hombres mujeres, niños, la orden era que no quedara nadie vivo. ¿Guerra? Bah, eso fue un exterminio. "El único indio bueno es el indio muerto", decían. Fui testigo de todo ello y guardé silencio. Soy escritor y reportero y guardé silencio. Nunca he escrito sobre eso, es algo de lo que nunca he hablado, hasta ahora —llenó de nuevo su vaso y vació el contenido de un solo trago—. Bueno, basta de hablar de mí. Eres joven y fuerte, pero no quieres disparar un arma. ¿Por qué andas en la bola?

—Porque busco que haya justicia para todos —respondió Fidelio—. Los campesinos trabajan la tierra desde el amanecer hasta el anochecer y reciben parte de su pago con víveres en la tienda de raya. Si necesitan algo más se les da crédito, de tal manera que terminan endeudados de por vida, una deuda que es heredada por sus hijos. Con este sistema, los ricos son los que ganan y los pobres sólo permanecen pobres. Eso debe de cambiar.

Los ojos azules del americano lo miraron burlonamente. Al terminar Fidelio de hablar, el hombre soltó una carcajada, una risa burlona, cínica, casi cruel.

—¿De verdad crees que las cosas van a cambiar?

—Es por lo que peleamos —Fidelio contestó.

—Te creo. Perdona que haya reído. De hecho, esa es la razón que la mayoría de esta pobre gente pelea. Pero tú pareces ser una persona inteligente. Hay algo en ti que te hace diferente, y no es que seas alto. Hay algo en ti que te distingue, es por eso por lo que me intereso conversar contigo —el hombre fijó su mirada en Fidelio—. De hecho, en verdad me doy cuenta de que estás convencido de lo que has dicho —dijo con sonrisa irónica—. Alguna vez yo también fui joven. Alguna vez yo también creí en mejorar las cosas —afuera alguien rasgaba una guitarra y cantaba una triste canción de amor no correspondido. El americano llenó de nuevo su copa y otra vez bebió el contenido de un solo trago; eructó y sonriendo apuntó al vaso vacío—. Esto, de alguna manera, hace que todo se vea mejor —puso sus codos sobre la mesa y, aún sonriendo, miró a Fidelio—. Así es que crees que después de toda esta matanza y desorden las cosas van a cambiar; los pobres peones ya no serán explotados y recibirán un pago justo —sin dejar de sonreír rascó su nariz. Fidelio le escuchaba con atención y se dio cuenta de que este hombre, aunque cínico, era un hombre honesto con una profunda pena interior. Fidelio sorbió un poco de su vaso—. Deja que te diga qué es lo que va a pasar —el hombre continuó—. Algunos, que hasta ahora han sido campesinos pobres, se convertirán en los nuevos hacendados, algunos que hasta ahora han sido ricos terratenientes lo perderán todo. La mayoría de los que luchan para sobrevivir continuarán igual. Lo único que va a cambiar es que habrá nuevos amos —riendo, concluyó. Afuera alguien continuaba tocando la guitarra y cantando canciones de amor.

—Si eso es lo que usted cree; entonces, ¿por qué está aquí? ¿Por qué ayudó a los heridos? —Fidelio le preguntó.

El americano, sin dejar de sonreír, se enderezó.

—Esa es una buena pregunta —respondió—. Estoy aquí porque me gusta estar en acción; todo este desorden es vibrante, me recuerda que aún estoy vivo. Claro, pude quedarme en casa, leer, escribir y pasar el resto de mi vida sentado en mi mecedora, pero eso no sólo sería aburrido, sería una absoluta pérdida de tiempo. Me doy cuenta de que lo que te he dicho que va a suceder como resultado de todo esta lucha y muerte suena cínico, pero, créeme, eso es exactamente lo que va a pasar. Todo terminará en sólo una lucha por el poder. Habiendo dicho eso, esto es emocionante; hace bullir mi sangre, me hace disfrutar de estar vivo y, de cualquier manera, esto es histórico y, siendo parte de ello, aunque sea una minúscula parte, es mejor, mucho mejor, que estar en casa escribiendo sobre cosas que en realidad no me interesan o simplemente esperar por el final de mis días. Prefiero terminar aquí, prefiero morir en medio de todo este desorden. Ese será un magnífico final —fijó sus ojos en Fidelio; había un brillo de simpatía en ellos—. ¿Por qué ayudo a los heridos? Lo hago porque sé lo que se siente estar allí tirado, herido, con dolor y sin esperanza de ayuda; ignorado por los mismos que te mandaron a pelear. Eso es algo que he visto. He participado en combates donde los heridos fueron dejados a pudrirse bajo el Sol; o, lo que es aún peor, comidos por las ratas. No, lo que hago ahora es apenas un pequeño pago por lo que debí de hacer y no hice —en la calle alguien seguía cantando. Bierce, sonriente, sacó un cigarro de su saco, mordió la punta, la escupió y, poniendo el cigarro en su boca, lo encendió. Mirando amistosamente a Fidelio dejó salir el humo de su boca. Hizo un gesto de preocupación—. No sé por qué te he dicho todo esto. Apenas has salido de la infancia, pero hay algo en la forma en que te comportas que te hace aparecer como alguien mucho mayor. Me haces sentir como si yo fuese el niño y tú la persona con experiencia. Eso es extraño, muy extraño —mantuvo su mirada en Fidelio—. Me parece que algún día tú harás la diferencia para muchos. Contarte la historia de mi vida ha hecho diferencia para mí. Es extraño, pero siento como si hubiese dejado una carga muy pesada, como si ahora mi alma, si es que la tengo, ha encontrado la paz.

Contento, sonriendo, Ambrosio llenó su vaso; estaba a punto de beber cuando se oyó un disparo y aullidos salvajes. La música cesó. Una patada abrió la puerta del bar, dando paso a un hombre delgado, de piel bronceada y ojos verdes que abrazaba a dos mujeres. El recién llegado trajo la imagen de un lobo a la mente de Fidelio. Había algo atractivo y al mismo tiempo algo salvaje, cruel y diabólico en él. Los recién llegados caminaron hacia una de las mesas, el hombre casi empujó a las mujeres sobre las sillas para después sentarse con una sonrisa burlona.

—Ese es Rodolfo Fierro, quien está a cargo del transporte por ferrocarril de la tropa villista, uno de los que están cerca del general. Es conocido porque disfruta matar. Donde quiera que se encuentra, su presencia significa violencia; es mejor que nos vayamos ahora —Bierce le dijo a Fidelio depositando el pago por la bebida sobre la mesa.

Al ponerse de pie y caminar hacia la puerta, el hombre volteó a verlos; estaba a punto de decir algo cuando Fidelio se volvió y lo miró de frente. El hombre cerró la boca, como si estuviese confundido, y miró a su alrededor.

—¡Mesero, trae una botella!

Al salir, Fidelio escuchó al hombre gritar.

—Ese hombre es cruel. Él, o alguien como él, será el verdadero vencedor en esta lucha —Bierce le dijo a Fidelio una vez que estuvieron en la calle.

—¿Cómo es que sabe tanto de él? —Fidelio le preguntó.

—Como te dije, soy reportero. Sé cómo obtener información —respondió Bierce—. Bien, mi joven amigo, nuestros caminos se han cruzado por un corto tiempo y valió la pena, por lo menos para mí. Hablar contigo ha puesto en claro lo que deseo hacer por lo que me queda de vida. Adiós, amigo mío, continúa tu camino, aunque aún no sabes a dónde te lleva —sonriente palmeó a Fidelio en el hombro y se fue.

Intrigado, Fidelio lo miró alejarse. De la cantina se escucharon ruidosas carcajadas. El resto de la calle estaba en silencio. En el cielo, zopilotes volaban en círculos; el viento helado olía a putrefacción. Fidelio sintió una pesada carga sobre sus hombros, opresión sobre el pecho y una profunda tristeza.

—Fidelio, te he buscado por todo el pueblo —el Dr. Villarreal le dijo, aproximándose.

—¡Bien, aquí estoy! —Fidelio contestó, contento de verlo.

—Tenemos órdenes de volver a Chihuahua. Marcharemos hacia el sur. Villa planea recuperar Torreón.

CAPÍTULO XIII

Al llegar a Chihuahua encontraron a la población triste, de luto. La gente arremolinada a la orilla de la calle principal despedía a alguien quien, al parecer, en vida fue importante para la población y la revolución. Al frente de la procesión funeraria un taciturno Villa caminaba mirando al suelo, con los hombros caídos y sosteniendo el sombrero al frente de su pecho con ambas manos. Detrás de él la banda militar tocaba una marcha, atrás venían los dorados a caballo, sin sombrero, cabizbajos y controlando el paso lento de sus cabalgaduras. Nubes oscuras y llovizna parecían unirse al sentimiento de la población, inclusive el canto de los pájaros era triste.

El Dr. Villarreal y Fidelio se unieron a la multitud. Todos guardaban respetuoso silencio. Los campesinos, cabeza gacha, sostenían el sombrero frente a sus pechos y se persignaron cuando el ataúd pasó frente a ellos.

—¿Quién era ese hombre? ¿Por qué la población entera lo despide? ¿Por qué está Villa al frente de la procesión? —Fidelio, intrigado, preguntó.

—Se trata de Abraham González, quien, al igual que Madero, en vida fue un hombre rico y educado en el extranjero. También, al igual que Madero, no estuvo de acuerdo con el maltrato dado a los peones y campesinos de parte de muchos de los hacendados. Combatió, en particular, el robo de tierras aparentemente legal. González fue uno de los primeros en unirse al movimiento iniciado por Madero. Amigo de Villa, incluso cuando Villa estuvo fuera de la ley, él fue quien lo convenció de unirse a Madero y apoyó a Villa cuando fue arrestado y enviado a prisión por Huerta. González formó parte del gabinete de gobierno durante la presidencia de Madero. Cuando este último fue asesinado regresó a Chihuahua y se negó a reconocer a Huerta. Sin embargo, para entonces Pascual Orozco era el hombre fuerte en el estado y éste, tentado por el grupo de Terrazas, se unió a Huerta. González fue arrestado y asesinado por la gente de Orozco, acatando las órdenes de Huerta. Sus restos mortales apenas han sido recuperados y ahora Villa le brinda los honores que merece —el Dr. Villarreal, haciendo un esfuerzo para contener el llanto, con un tono triste de voz, le contestó.

—Por el tono de su voz me doy cuenta de que usted le conocía —dijo Fidelio.

—Así es. Fuimos compañeros de la infancia. Juntos exploramos esta región y juntos aprendimos a montar y usar armas. Compartimos muchas cosas y discutimos sobre lo que podríamos hacer para lograr que México saliese del atraso y se convirtiera en un país de progreso y esperanza, en donde el trabajo honesto sea recompensado. Más de una vez, juntos, después de esas discusiones, un poco borrachos, llevamos serenata a nuestras novias. Ambos fuimos a estudiar al extranjero, él para convertirse en ingeniero y yo en lo que soy, cirujano. Al regresar continuamos con las mismas discusiones. Guardo muchos recuerdos de todo el tiempo que compartimos. Él fue de los primeros que se interesaron en pagar salarios justos y se preocupó por mejorar la situación de aquellos que trabajaban para él. La mayoría de la gente le quería y respetaba; sabían que era un hombre honorable. Al defender los derechos de los campesinos se ganó la enemistad de Terrazas, Creel y Limantour, quienes a la sazón controlaban no sólo la economía, sino también la política del Estado. Hombres como González y Madero son quienes le han dado sentido y dirección a esta lucha. Es por ellos que debemos de ganar esta guerra.

—Gracias por decirme todo eso. Me doy cuenta de que González era un hombre de honor. «Nuestra lucha es honorable. El gringo viejo está equivocado. Gracias a gente como el doctor y González el cambio será auténtico, las cosas mejorarán para beneficio de todos», Fidelio pensó.

—El general Villa me ha citado para más tarde —el Dr. Villarreal dijo después de que el funeral hubo terminado—. Tienes el resto del día libre, disfrútalo. Nos veremos en la estación del ferrocarril esta noche. Los preparativos para recuperar Torreón han comenzado, por lo que estaremos ocupados. No será fácil recuperar Torreón y serán muchos los que requerirán de nuestros servicios —el Dr. Villarreal añadió e hizo un gesto como que algo le intrigaba—. Antes de que saliéramos de Ojinaga alguien cercano a Villa me dijo que me esperaba una sorpresa. La inquietud de cuál es esa sorpresa me tiene un poco molesto.

—Seguramente será algo bueno —Fidelio le dijo—. Espero que para esta noche ya sepa de lo que se trata. Por mi parte caminaré por la ciudad; he deseado conocerla desde que salimos de Torreón.

—Te va a gustar. De eso estoy seguro —el Dr. Villarreal le dijo al despedirse.

Caminando por las calles de Chihuahua, a Fidelio le impresionó el que, a pesar de las batallas y el desorden, las calles de la población estaban limpias y todo parecía en calma. Lo que más le llamó la atención fueron las elegantes mansiones, más grandes y hermosas que cualquiera de las que vio en Morelia o Guanajuato. Evidentemente, gente rica, muy rica, vivía en la ciudad. Notó algo que para él fue importante: el contraste entre estas mansiones y las casas vecinas no era tan grande como el que había observado en las ciudades en las que previamente vivió. Continuó caminando hasta que llegó a la plaza en el centro de la ciudad, se sentó en una banca metálica y admiró los edificios de alrededor, la catedral en particular. El viento era fresco y limpio; el cielo despejado mostraba un azul luminoso; los pájaros en los árboles parecían cantar. Fidelio se sintió en paz y, relajado, extendió las piernas; colocó las manos detrás de la cabeza y cerró los ojos. La imagen de Candelaria apareció en su mente. Disfrutando de la frescura del viento, Fidelio respiró profundo y dejó que su cuerpo y su mente disfrutaran del momento.

—¡Fidelio! ¡Hey, Fidelio! ¡Despierta, despierta!

Fidelio entreabrió sus ojos y vio a Enrique acompañado de Pantaleón y Donaciano, sus amigos de la infancia. Este último era quien le llamaba y sacudía del hombro. Los tres le sonreían.

Fidelio, aún somnoliento, pensó que eran parte del sueño. Donaciano lo palmeó en la majilla tratando de terminar de despertarlo.

—¿Estás borracho, Fidelio? Vamos, despierta. Me parece que has estado fumando mariguana.

Fidelio, un poco molesto, abrió los ojos. Sus amigos estaban allí en realidad, no eran parte de su sueño.

—No estoy borracho ni he fumado, sólo cerré los ojos para descansar y disfrutar de la paz del momento —dijo frotándose los ojos. Miró a sus amigos y notó que los tres lucían la insignia de capitán sobre sus hombros—. Me doy cuenta de que no sólo han sobrevivido los combates, sino que han sido ascendidos al grado de capitán. Felicidades, estoy orgulloso de ser su amigo.

—Gracias, Fidelio. Ahora podemos presumir que somos veteranos. El silbido de las balas nos ayudó a vencer el miedo —Pantaleón le dijo sonriente para luego, casi de inmediato, fruncir el ceño—. Sin embargo, hemos visto cómo muchos de nuestros amigos y compañeros han caído. Nos hemos enterado de lo que hiciste cuando encontraste muerto a Prudencio. Has disparado un rifle, has matado a alguien, tú también eres un veterano.

—¡No! ¡No lo soy! —Fidelio replicó avergonzado—. Espero nunca volver a usar un arma y matar.

—Me alegra oírte decir eso —Enrique le dijo—. Eres mucho mejor sanando que disparando.

—Eso es cierto y nosotros lo sabemos. Nunca olvidaré el hombre al que, usando la honda de Enrique, le diste una pedrada en el pecho. Él asegura que gracias a eso su respiración ha mejorado —Donaciano intervino—. Has recibido un don divino y eso es lo único que te debiera de importar.

Al escucharlo, Fidelio sintió opresión en el pecho. Nunca pidió recibir ningún don, a lo único que aspiraba era ser como todos. Fingiendo calma, Fidelio sonrió.

—¿Cómo ha sido que han sido promovidos en tan corto tiempo? —preguntó, cambiando de tema.

Pantaleón se encogió de hombros.

—Obedecimos órdenes, no dejamos que el miedo nos dominara, nuestros compañeros nos siguen y respetan —dijo en respuesta a la pregunta—. Además, creemos que peleamos por una causa justa. Eso ayuda —frunció el ceño, como recordando algo e hizo un gesto de disgusto.

—Algo te disgusta. ¿Qué es lo que te molesta? —Fidelio preguntó.

—He visto cómo hay algunos que no respetan a los sacerdotes y menos a las monjas. He visto cómo oficiales no sólo lo toleran, sino que, a menudo, toman parte en las burlas y juegos. Eso me disgusta. Sacerdotes, monjas e iglesias deben de ser respetadas —Pantaleón respondió—. He escuchado que en algunos lugares han prohibido la celebración de la santa misa y cuando desobedecen los fusilan. Eso es lo que me inquieta un poco en esta guerra. Somos católicos. Espero que no llegue el día en el que tengamos que pelear no sólo porque se celebre misa, sino por el derecho de asistir.

—Es por eso que luchamos, por los derechos de la mayoría. Cuando triunfemos, ese y todos los derechos de la mayoría quedarán protegidos, no tengo ninguna duda de eso —Enrique intervino—. Recuerden que donde quiera que el general Villa está en control la educación de los niños es protegida, las escuelas siempre permanecen abiertas y el sueldo de los maestros mejora. Nuestras maestras fueron monjas; sabemos que muchas de ellas cuidan de los enfermos. Estoy seguro de que tanto Villa como los demás lo reconocerán —agregó.

—Ojalá que tengas razón —dijo Donaciano—. Cambiando de tema, Fidelio, ¿recuerdas al hombre en Camargo? El que ahusaba de los tarahumaras —agregó dirigiéndose a Fidelio.

—Sí, lo recuerdo. ¿Qué hay con él? —Fidelio contestó.

—Recuerdas que te dije que es el hijo de Luis Terrazas, el hombre más rico en Chihuahua y, antes de la revolución, el de mayor poder e influencia en el estado —Donaciano dijo sonriendo—. Ese hombre ha sido arrestado. Parece ser que Villa se enteró de que, antes de huir, Luis Terrazas retiró una gran cantidad de monedas de oro del Banco Minero, y que esas monedas están ocultas en algún lugar del banco. Le han informado a Villa que su hijo, del mismo nombre que su padre, sabe el sitio exacto en donde el dinero fue ocultado.

—Dondequiera que voy escucho algo sobre la riqueza, el poder y la influencia de la familia Terrazas en el estado. Si lo que dices es cierto, lo que está oculto debe de ser una gran cantidad de dinero —dijo Enrique.

—¿Cómo es posible que alguien retirara una gran cantidad de dinero en monedas de un banco y luego lo ocultara dentro del mismo banco? —Fidelio preguntó.

—Eso es fácil si quien lo retira es dueño del banco y del edificio en el que éste se encuentra —Pantaleón le respondió.

—La familia Terrazas es dueña de casi todos los edificios importantes no sólo en la ciudad, sino también en el estado. De hecho, casi toda la tierra, ganado y minerales les pertenecen. Su riqueza es increíble —Donaciano añadió.

—Me tocó formar parte del destacamento que el general Chao llevó para revisar el edificio del banco. Encontramos la caja de caudales vacía. El gerente del banco declaró que don Luis Terrazas retiró el dinero poco antes de que los federales abandonaran la ciudad. Sin embargo, dice no saber si se llevó el dinero porque lo retiró durante la noche, con el banco cerrado, y sólo permitió que algunos de sus familiares lo acompañaran —dijo Pantaleón.

—Todo lo que ustedes dicen es interesante, pero son meras especulaciones hasta que el dinero se encuentre. Si se encontrase, sería excelente para la causa —intervino Enrique.

—Eso es si alguien como Urbina no se lo apodera primero —dijo Donaciano haciendo un gesto de desdén.

—Peleamos en contra del abuso de los hacendados ricos. No puedo creer que uno de los nuestros repita los mismos abusos —dijo Enrique.

—No nos hagamos pendejos —dijo Donaciano riendo.

—Está oscureciendo, vayamos a buscar algún lugar para comer —dijo Pantaleón.

—Yo sé en dónde preparan el mejor pozole del pueblo; está aquí cerca —dijo Donaciano, se volteó hacia Fidelio y le tocó en el hombro—. Nosotros invitamos —le dijo.

El alegre sonido de mariachi inundó la plaza. Un grupo de hombres y mujeres, la mayoría con botella en mano, llegó. Se veían contentos, gritaban, cantaban y aullaban. Al verlos, Fidelio reconoció a quien parecía estar al frente del grupo: Rodolfo Fierro. Éste se volvió y miró en dirección de Fidelio y su grupo. Fierro era un hombre alto, esbelto y sus ojos verdes resaltaban por lo moreno de su piel; sonreía mostrando sus dientes bien alineados. Dos mujeres lo abrazaban. Un hombre rubio, de piel bronceada, se acercó a Fierro. Al verlo, Fidelio sintió una punzada en su estómago y las manos sudorosas. Era el mismo que le tentó en la prisión de Juárez. El hombre le atrajo de nuevo y deseó unirse al grupo. Las campanas de la iglesia repicaron, zopilotes volaban en círculos. El rubio volteó, vio a Fidelio y sonrió, luego tocó el hombro de Fierro.

—Lo conozco —le dijo a Fierro, señalando hacia Fidelio con un gesto—. Estuvimos juntos en la cárcel de Juárez. Invítalo, podría ser interesante.

Fierro sonrió.

—¡Oye tú, muchacho! —gritó dirigiéndose a Fidelio—. Ven, únete a la fiesta. Trae a tus amigos, hay para todos.

—Es mejor que vayamos —Enrique le dijo a Fidelio.

Al aproximarse, el rubio empujó a dos mujeres hacia Fidelio.

—Aquí hay algo que te gustará —le dijo.

Las dos se aproximaron y de inmediato abrazaron, besaron y acariciaron a Fidelio. Besos calientes, húmedos. Una de ellas levantó la camisa de Fidelio y deslizó su mano hasta ponerla entre sus piernas. Aunque sorprendido al principio, Fidelio disfrutó de las caricias, las abrazó y devolvió los besos.

—Bésame así —una de ellas le dijo, besándolo con la boca abierta y empujando su lengua alrededor de la lengua de Fidelio.

—¡Guau! ¡Sí que lo tienes grande! —la que le acariciaba entre las piernas le dijo al mismo tiempo que continuaba acariciándolo y besándolo en el cuello.

Todo el cuerpo de Fidelio se tensó, salivaba. La que le besaba tenía un sabor alcohólico, esto le excitó aún más. Deseaba poseerlas. Una de ellas le ofreció una botella de tequila; Fidelio tomó un gran trago y lanzó un grito, un aullido salvaje, violento. Otros del grupo le hicieron coro. Aullido de lobos. El círculo de zopilotes se aproximó. Los músicos continuaron tocando.

Fierro se detuvo frente a un edificio grande con muros de granito.

—Aquí fue en donde nos llovió oro —dijo riendo, mostrando un puñado de monedas.

—¿Una lluvia de oro? Eso es interesante, cuéntanos cómo fue que sucedió —el hombre rubio le dijo.

—El propietario de este banco es Luis Terrazas, aquí es donde guardaba gran parte de su inmensa riqueza. Sabiendo del triunfo de Villa y que tanto la tropa federal como la gente de Orozco salían del estado, decidió irse. Antes de irse retiró todo el dinero del banco. Villa no cree que, dada la prisa con la que tuvo que abandonar la ciudad, Terrazas pudiera haberse llevado el dinero consigo. Su hijo, pretendiendo colaborar con nosotros, se quedó en la ciudad. Él fue quien nos mostró las bóvedas de seguridad vacías. Villa sospechó que el dinero estaba oculto en algún lugar del edificio y ordenó el arresto de Terrazas para interrogarlo. "Todo lo que me queda es que todos creen que soy rico," Terrazas dijo —Fierro rio, divertido—. La orden era que buscaran la manera de hacerlo hablar sin lastimarlo. Así que Torrado y Madinabeitia vendaron los ojos de Terrazas, lo montaron sobre una mula y una vez fuera del pueblo, bajo un árbol, le quitaron la venda. "Como no sabes nada del dinero no nos sirves. Este es el árbol del que vas a colgar", le dijeron. Al principio, Terrazas no les creyó, pero cuando le pusieron la soga al cuello, asustado les dijo: "Si abren el techo de la bóveda les lloverá oro". Y así fue. Cuando lo hicimos, monedas de oro llovieron sobre nosotros. La mayor parte de ese dinero ha sido para pagar municiones y armamento, pero Villa repartió algo entre nosotros.

—¿Con cuánto se quedó Villa? —uno de los presentes preguntó.

—Ni siquiera una moneda —Fierro contestó.

Mientras Fierro contaba la historia, las caricias entre Fidelio y las dos mujeres subieron de tono; no les importaba que estaban en medio de tanta gente e intercambiaban caricias sin pudor. Enrique se les aproximó.

—Fidelio, contrólate; estamos en medio de la calle —le dijo tocándole el hombro.

—¡¿A ti qué te importa?! —Fidelio le gritó, volviéndose furioso y amenazando abofetearlo.

Observándolos, el rubio sonrió divertido; sus ojos brillaban. El círculo de zopilotes se acercó aún más. Otros caminantes, temerosos, cruzaron al otro lado de la calle.

El sonido de pesuñas acompañado por silbidos se escuchó. Vaqueros a caballo guiaban vacas con rumbo al matadero. Al aproximarse, una de las vacas repentinamente se separó de la manada y embistió con violencia a Fidelio, separándolo de las mujeres. La vaca se le aproximó y se detuvo a su lado, previniendo que alguien se acercara. Con cuidado, casi con ternura, la vaca entonces empujó a Fidelio un poco más y le miró directamente a los ojos. Mirando el rostro del animal, Fidelio se sorprendió al notar que ese rostro mostraba cariño, amor; le recordó la mirada de su madre. Mirándola, Fidelio se avergonzó de su conducta, de gritar y amenazar a su amigo de la infancia. Extendió su mano para acariciarla cuando un disparo se escuchó y la vaca se desplomó, muerta, a un lado de Fidelio. El círculo de zopilotes se aproximó.

—¡Hey! ¿¡Por qué le ha disparado!? —uno de los vaqueros preguntó, disgustado.

—Porque atacó a uno de mi grupo, porque me gusta para hacerla barbacoa y porque me da la gana —Fierro le contestó, volviéndose hacia el vaquero, conservando la pistola en su mano derecha. Complacido, el rubio sonreía.

—El general Aguirre nos ha ordenado llevar estos animales al matadero y repartir la carne entre la población y la tropa. No podemos dejarle la vaca. Nos la llevaremos —el vaquero le dijo a Fierro.

—¿Vas a permitir que éste te falte al respeto delante de toda esta gente? —Fidelio escuchó que el rubio le murmuraba a Fierro. Los zopilotes ahora volaban casi encima de ellos.

—Yo soy el general Fierro. Hay un cambio de órdenes. Este animal se queda aquí —Fierro le dijo al vaquero apuntando la pistola en su dirección.

—Sé muy bien quién es usted, pero yo obedezco las órdenes del general Aguirre —el vaquero le respondió, desmontando y encaminándose en dirección de la vaca muerta. Apenas dio un par de pasos cuando cayó fulminado por un balazo.

—Aquí las órdenes las doy yo —Fierro dijo apuntando hacia el resto de los vaqueros; estos desenfundaron y lo mismo hicieron los que formaban el grupo original de Fierro.

—Como usted ordene, general —uno de los vaqueros dijo—. ¡Vámonos! —agregó y silbó, guiando a las vacas. Los otros le siguieron.

—Aprovechemos ahora y vámonos —Pantaleón le dijo a Donaciano y Enrique, éste movió su cabeza afirmativamente y le hizo una señal a Fidelio, quien se levantó y los siguió.

Distraídos, asegurándose de que los vaqueros se retiraban, nadie les prestó atención; excepto el rubio, quien sonrió cínicamente y movió su mano como despidiéndose de Fidelio. Sus ojos azules eran brillantes. Las campanas de la iglesia repicaron. Los zopilotes formaron un círculo alrededor de la vaca muerta.

—Quiero que sepan que me avergüenzo de haberme comportado como lo hice y te pido perdón a ti, Enrique. No debí de haberte gritado de la manera en que lo hice —Fidelio dijo a medida que se alejaban.

—Como todos nosotros, tú también caes en la tentación —Donaciano le dijo, amistosamente pasando su brazo alrededor de los hombros de Fidelio.

—La verdad es que hay muchas cosas que te hacen diferente al resto de nosotros —Enrique dijo—. Pero también es cierto que, como todos, cedes a la tentación. No lo olvides. No te preocupes por haberme gritado, me doy cuenta de que, habiendo cedido a la tentación, no eras tú quien hablaba

—añadió sonriendo amistosamente a Fidelio. Se aproximaron a la estación del ferrocarril.

—Lo que ha sucedido me hace darme cuenta de que soy como la mayoría. Hay muchas cosas que me tientan, puedo caer fácilmente. Esa vaca fue la que me salvó de caer aún más bajo; ahora lo sé y espero que en el futuro sepa contenerme; espero no volver a caer tan fácilmente. Estoy avergonzado y les agradezco su muestra de amistad y comprensión —Fidelio dijo.

—Somos tus amigos y te respetamos, cuenta con nosotros —Pantaleón le dijo.

—Tenemos que irnos —Enrique dijo—. Debemos de volver a nuestros regimientos y supongo que tú, Fidelio, tienes que reportarte.

—Cuídate, espero que pronto nos veamos de nuevo —Donaciano también se despidió.

Los tres se alejaron.

Fidelio caminó hacia los vagones del ferrocarril. Al llegar, sorprendido, se detuvo. Ahora eran varios los que estaban acondicionados para recibir a los heridos.

El Dr. Villarreal, quien estaba fuera de uno de los últimos vagones dando instrucciones, al notar la llegada de Fidelio, sonriente le invitó para que se acercara.

—¿Qué te parece? Todo un tren convertido en un hospital ambulante. Además, otros médicos han sido contratados, algunos de ellos fueron compañeros míos en Baltimore. Esta es la parte importante de la sorpresa que me tenían reservada.

—Es grandioso. Ahora todos los heridos y enfermos podrán ser atendidos —observó la insignia de coronel en la camisa del doctor—. Veo que le han promovido —le dijo señalando la insignia y sonriente—. Felicidades, se lo merece.

—Muchas gracias —respondió el doctor, orgulloso, tocando la insignia con su mano derecha—. Esta es la menor parte de la sorpresa que me tenían preparada. Ahora cuéntame, ¿cómo estuvo tu día?

Fidelio le contó sobre el encuentro con sus amigos de la infancia y lo ocurrido con el general Fierro.

—Ese es uno de aspectos en la personalidad de Villa que ninguno de nosotros entiende. Villa es abstemio y no tolera que ninguno de sus oficiales beba mientras está en servicio, además, contrario a lo que muchos creen, en lo que respecta a dinero, Villa es honesto. Sin embargo, tolera y mantiene cerca de sí a gente como Urbina y Fierro. Ambos no sólo son borrachos, sino que Urbina es conocido por su ambición des-medida y todos sabemos que Fierro mata por placer. Los dos abusan del poder que Villa les ha dado, pero, aun así, los tolera. Cualquier otro sería duramente castigado si hiciesen apenas la mitad de lo que estos dos hacen —el Dr. Villarreal comentó después de escuchar el relato de Fidelio.

—Ahora conozco a Fierro. He escuchado algo sobre Urbina, pero por lo que usted me dice, hay mucho más de ambos. ¿Por qué cree usted que Villa no sólo los tolera, sino que, además, los mantiene cerca?

—Buena pregunta. Ambos son valientes, aguerridos en combate y lo han demostrado en más de una ocasión. Ambos son líderes y hay muchos que prefieren seguir y obedecer a gente como ellos. Urbina permite la rapina de sus seguidores y eso les agrada. Hay otros a quienes les agrada el instinto asesino de Fierro y su desprecio por la muerte. Villa y Urbina compartieron mucho cuando ambos estaban fuera de la ley. Fierro es experto en ferrocarril. Los dos respetan y obe-decen a Villa, los dos le son leales. Urbina mata para ganar o cuando se siente acorralado. Fierro mata sólo por el placer de hacerlo. Deja que te cuente algo que paso poco después de que, por primera vez, capturamos Torreón. Doscientos oficiales federales fueron hechos prisioneros y encerrados en un corralón de una ranchería de nombre Avilés. Fierro se presentó allí y ordenó que los prisioneros fuesen colocados en un rincón; cuando él diese la señal serían soltados de diez en diez. Fierro tenía pistola en mano y a su lado dos asistentes cargaban otras pistolas. "Si logran brincar la barda quedan libres", les dijo a los prisioneros. Dio la señal y empezó a disparar. De los doscientos, dos lograron saltar la barda.

Fidelio, entristecido, miró fijamente al doctor y guardó silencio por un momento. "Las cosas cambian para quedar como estaban" recordó las palabras del gringo viejo.

El doctor pareció entender el silencio de Fidelio.

—Comprendo que todo esto es difícil de aceptar como parte del movimiento, pero debemos de entender que la mayoría de los que estamos en esto somos gente honesta. Tú y yo lo somos. Peleamos por una causa justa, debemos de luchar para que el cambio al que nosotros aspiramos sea el que ocurra —le dijo tratando de parecer optimista.

—Sí, eso es lo menos que podemos hacer —Fidelio replicó, aún sintiendo una tristeza profunda.

—Ahora descansemos. Pronto marcharemos rumbo a Torreón y capturarlo no será fácil. Todos estos vagones deben de estar listos y hay gente nueva que preparar —el doctor le dijo tomándolo del hombro amistosamente.

—No se preocupe, estaremos listos cuando llegue el momento —Fidelio le dijo golpeando con suavidad la mano sobre el hombro.

El doctor se volvió y se alejó. Fidelio caminó hacia el vagón en el que dormía.

CAPÍTULO XIV

Varias semanas pasaron en paz. Gracias a la vigilancia del gobierno villista, los precios de los víveres bajaron y las escuelas se mantuvieron abiertas, todas las tardes grupos de niños se reunían a jugar en las calles. Fidelio, además de ayudar en el acondicionamiento de los diferentes vagones, contribuyo atendiendo a los enfermos de la población civil; su trato amable y los resultados de sus tratamientos pronto hicieron que el número de quienes solicitaban su ayuda aumentara día con día.

Una mañana, temprano, Fidelio fue despertado por las notas musicales de "La cucaracha." Intrigado, se levantó y al ver por la ventana vio al general Villa acompañado por el general Chao, para entonces gobernador del estado, al frente de una guardia de soldados bien alineados y uniformados. A su lado la banda musical tocaba alegremente. Un tren se aproximaba; alguien importante era recibido. «¿Quién llega en ese tren?», Fidelio se preguntó. Levantando una jarra de agua llenó una palangana, se lavó la cara y las axilas, secándose con un trapo limpio. Se puso una camisa, salió del vagón y caminó en dirección a la estación. La mañana era fría; Fidelio se frotó las manos para entrar en calor.

Al llegar a la estación, Fidelio se alegró al ver al Dr. Villarreal entre los que esperaban. El doctor hablaba con un hombre rubio, delgado y de mediana edad.

—Fidelio, llegas justo a tiempo —el Dr. Villarreal le dijo en cuanto Fidelio se aproximó—. Te presento al Dr. Rauschbaum, un buen amigo y médico personal del general Villa. Hemos estado conversando con respecto al uso de hierbas medicinales y precisamente le hablaba de ti. Quizá puedas ayudarnos a resolver un caso difícil.

—Doctor, me siento honrado de conocerlo —dijo Fidelio, dirigiéndose al Dr. Rauschbaum.

—El Dr. Villarreal me ha hablado sobre su conocimiento del efecto medicinal de algunas hierbas. Uno de mis pacientes tiene una herida infectada que no cierra. Hemos intentado con todo lo que sabemos, pero hasta ahora la herida permanece abierta y maloliente. ¿Sabe usted de algo que pueda ayudar a este hombre?

Fidelio se alegró al percibir que la pregunta era honesta al saber lo difícil que es para la mayoría admitir ignorancia y pedir ayuda. «Este es un hombre sabio», Fidelio pensó.

—Creo que podría usar la flor de árnica, penca de nopal, miel de abeja o, quizá, una combinación de las tres —Fidelio le dijo.

El Dr. Rauschbaum sonrió.

—Gracias. Confieso que había pensado en algo como eso, pero no estaba seguro. Créame que, aunque usted no lo crea, su consejo es apreciado. Trataremos con la combinación —se volvió hacia el Dr. Villarreal—. Mi buen amigo, ha sido un placer conversar con usted de nuevo. Ahora debo de irme, el general Villa me quiere a su lado para cuando le dé la bienvenida al general Ángeles. Ya tendremos oportunidad de charlar algún otro día —miró a Fidelio—. Joven, tenga cuidado, lo que usted sabe como puede atraerle bien, puede crearle enemigos; por lo pronto me alegra saber que alguien como usted ayuda a sanar a la tropa —añadió antes de encaminarse hacia donde Villa y Chao se encontraban.

—Él no es sólo un hombre honesto, sino que además es un excelente médico, muy paciente, sobre todo muy paciente, exactamente la persona que puede tolerar y apaciguar los frecuentes ataques de violencia que atacan a Villa —el Dr. Villarreal le dijo a Fidelio.

—Lo creo, pero me doy cuenta de que, además, es un hombre sabio y humilde —Fidelio respondió—. Me alegra saber que hombres como él luchan por esta causa. Un hombre diferente a esos de quienes hablamos hace poco.

—Comprendo lo que dices. Ese es otro de los muchos aspectos en la persona de Villa. A su alrededor hay hombres de talento, gente buena, así como gente vil y cruel. Quizá Villa sabe canalizar la energía de personalidades tan diferentes —el Dr. Villarreal le dijo.

—Aunque sólo he visto a Villa a la distancia, como la mayoría, me entusiasma pelear bajo sus órdenes. Lo que usted ha dicho tiene sentido. De alguna manera él sabe canalizar nuestra energía para lograr la meta que deseamos —Fidelio dijo—. Pero ¿quién es el general Ángeles? ¿Por qué tanto Villa como Chao están aquí esperándolo? ¿Por qué se le recibe con honores?

—El general Felipe Ángeles es un soldado de carrera y experto en artillería. No sólo Villa, sino que todos estamos contentos de que haya decidido unirse a nuestra causa; llega justo en el momento adecuado. Hemos capturado cañones del enemigo, se han comprado otros y ahora tenemos un experto en el manejo de este armamento. Ángeles ha demostrado ser un hombre íntegro. Cuando la mayoría de los militares de carrera se unieron a Huerta, él se rehusó. Por esa razón fue exilado a Francia y ahora que ha regresado decidió unirse a nuestra causa.

El esperado tren arribó. El general Ángeles salió del último vagón y Villa se encamino a recibirlo. Al llegar, ambos se abrazaron para luego caminar en dirección del general Chao. Viéndolos, Fidelio admiró el porte marcial de Ángeles; por la forma en la que caminaba, Fidelio corroboró lo que el Dr. Villarreal le dijo. Ángeles era un hombre íntegro y honesto. «Si al final de esta lucha hombres como éste están al frente, entonces habrá un verdadero cambio para beneficio de todos», Fidelio pensó. Mientras caminaban Villa y Ángeles, Fidelio recordó otros alrededor de Villa, gente como Urbina y Fierro, al pensar en eso recordó la frase del gringo viejo: "Las cosas cambian para quedar como estaban". «O tal vez peor», Fidelio pensó. Una tristeza profunda le invadió y murmuro una oración.

—Padre nuestro que estás en los cielos…

—Fidelio, ¿estás rezando? —el Dr. Villarreal sonriente le preguntó—. Y si es así, ¿por qué o por quién rezas?

—Rezo para que toda esta lucha, toda esta violencia y muerte, resulte en un cambio que verdaderamente beneficie a la población.

—Tienes razón. Algún día tendremos oportunidad de continuar conversando sobre de eso. Pero hoy lo importante es estar listos para cuando nos movamos hacia Torreón. Todo está listo, sólo esperábamos la llegada del general Ángeles, y ahora que él está aquí, muy pronto, quizá mañana, marcharemos. Se ha agregado un vagón a nuestro tren, lo compartiremos con los actores, camarógrafos y reporteros que han llegado de los Estados Unidos —el Dr. Villarreal le dijo a Fidelio mientras se encaminaban en dirección al tren.

—Camarógrafos, reporteros, actores. ¿De qué está usted hablando? —sorprendido, intrigado, Fidelio preguntó.

—Villa ha firmado un contrato con una compañía americana para que las batallas en las que participe la División del Norte sean filmadas. Ha aceptado que un actor lo interprete en algunas escenas y por eso ordenó que un vagón fuese preparado para ellos. Viajarán con nosotros junto con el equipo necesario. Lo compartiremos con ellos y un par de reporteros.

—¿Es uno de los reporteros un hombre ya viejo? —Fidelio, recordando la conversación que tuvo en Ojinaga con el gringo viejo, preguntó.

—Los dos reporteros que he visto son jóvenes. ¿Por qué lo preguntas?

Fidelio le comentó la conversación con el gringo viejo.

—Ahora que me lo dices he sabido que alguien ha preguntado sobre un escritor norteamericano ya viejo, que, al parecer, ha desaparecido. Hasta hoy creí que eran solo rumores; por lo que dices es verdad que ha estado entre nosotros, pero nadie parece saber más de él. ¿Recuerdas su nombre?

—Ambrosio Bierce, o algo así.

—Con todo la violencia y desorden que ha habido, cualquier cosa pudo haberle sucedido. Quizá estos americanos con quienes viajaremos saben algo de él; tendremos tiempo más que suficiente para preguntarles. Recuerda, partiremos en cualquier momento. Si recuperamos Torreón, el camino hacia el centro de México quedará abierto.

—Estoy listo ahora mismo. ¿Cuál es el vagón en el que viajaremos?

—Es el último vagón del tren hospital. Tengo que presentarme para recibir las instrucciones antes de partir. Te veo mañana, cuídate —el Dr. Villarreal le dijo antes de alejarse.

Fidelio se dirigió hacia el vagón que el doctor le indicó, subió y al entrar se encontró a dos hombres jóvenes jugando cartas, cigarrillos en sus labios. Al entrar Fidelio ambos voltearon hacia él.

—¿Eres uno de los que compartirán el vagón con nosotros? —uno de ellos le preguntó en español, sin retirar el cigarrillo de sus labios.

—Así es —Fidelio contestó, contento al darse cuenta de que no tendrían problema comunicándose.

—Me llamo John Reed, soy reportero; mi compañero es Raoul Walsh, el actor que hará el papel de Villa —sonriendo amigablemente el hombre le dijo a Fidelio—. ¿Cuál es tu nombre?

—Me llamo Fidelio Serna, del grupo de sanidad —Fidelio respondió—. ¿Cómo es eso de que representa el papel de Villa? —preguntó apuntando hacia Walsh.

Ambos hombres sonrieron por la pregunta.

—El general Villa ha firmado un contrato con la "Mutual Company" para filmar una película sobre su vida y las batallas de la División del Norte. Yo lo representaré en la película —Walsh le dijo.

—Me dijeron algo sobre eso —dijo Fidelio.

Al mirar a su alrededor, un objeto ovalado con un agujero en el centro instalado en un rincón del vagón y con un recipiente lleno de agua sobre él llamó la atención de Fidelio. Era algo extraño. Nunca había visto algo así. Intrigado se quedó viéndolo.

Sonriendo, gozando con la mirada inquisitiva de Fidelio, Reed se levantó y jaló de una cadena. Fluuush, agua corrió dentro del ovalo perforado y salió.

—Esto es un mueble para que cuando alguien desee vaciar su vejiga o su intestino no tenga que salir o esperar a que el tren se detenga; lo podrá hacer aquí y simplemente echarlo fuera con el agua.

—¡Eso es algo fantástico! —dijo Fidelio entusiasmado por el prospecto.

—Así es —dijo Reed—. Dijiste que tu nombre es Fidelio. ¿Acaso eres tú el que la gente dice que puede aliviar a los enfermos?

—Sí, ese es mi nombre, y sí, aconsejo y cuido a quienes necesitan ayuda para recuperar su salud —Fidelio le contestó.

—Eres mucho más joven de lo que pensé cuando me contaron acerca de ti y lo que haces. Eres un curandero popular entre la gente. Hay quienes dicen que, aunque apenas has pasado la infancia, demuestras sabiduría. Me alegro de tenerte como compañero de viaje. Estoy seguro de que nos llevaremos bien.

—Este es un país lleno de sorpresas —Walsh dijo poniéndose de pie y tomando su chaqueta. Reed lo imitó.

—Nos tenemos que ir, pero nos veremos pronto —Reed le dijo a Fidelio.

Fidelio se recostó y, cansado, durmió.

Cerros de un color gris con tonalidades azules anaranjadas y verdosas. Nubes de tormenta en el cielo oscuro. Ambiente frío, húmedo, tenebroso. Detrás de los cerros, colores amarillentos, anaranjados y violáceos anunciaban la despedida del Sol. Las calles de la población vacías, puertas y ventanas cerradas. Soldados pateando las puertas. Gritos de terror se escuchaban en una de las casas.

—Fidelio, Fidelio. ¿En dónde estás? —una voz femenina, desesperada, le llamaba.

Carcajadas masculinas. La puerta se abre, hombres uniformados salen; sus rostros rasguñados, los ojos amoratados, las manos ensangrentadas. Parecían coyotes después de comerse a una gallina. Fidelio, a solas, sentado en uno de los vagones del ferrocarril miraba a través de la ventana. Candelaria en un vestido de color rosa entró al vagón.

—Fidelio, amor mío. Cómo te he extrañado, pero ahora que te he encontrado ya nunca te dejaré. Te seguiré dondequiera que vayas, estaré a tu lado por siempre.

Feliz de verla, Fidelio se levantó y caminó hacia a ella con los brazos extendidos para abrazarla.

Un brusco movimiento del tren arrojó a Fidelio fuera del camastro, despertándolo. Miró a su alrededor y se dio cuenta de que el tren estaba en movimiento. La marcha para recuperar Torreón comenzaba.

«¿Qué significa este sueño?», con tristeza se preguntó. Se levantó y por la ventana miró a los otros trenes que se preparaban para partir. Era extraño: había caballos en el interior de los vagones mientras que la tropa viajaba en los techos; en ellos, mujeres preparaban el desayuno para sus hombres. Aroma de café, frijoles y chile perfumaba el ambiente.

—Mujeres siguiendo a sus hombres dondequiera que estos vayan, a menudo cargando a un bebé en sus espaldas. Lo que me impresiona es que esto es un ejército preparándose para la batalla. Miles de soldados acompañados de sus mujeres e hijos. A los ojos de nosotros, extranjeros, pareciera un absoluto desorden. Pero precisamente es eso lo que lo hace extraordinario, hay orden dentro de todo esto. Uno que hasta hace poco era considerado un bandolero común es quien ha logrado poner orden y disciplina. Aun soldados de carrera le siguen y obedecen —dijo Reed mirando sobre el hombro de Fidelio.

A Fidelio, aún intrigado por el significado del sueño, le parecía ver a Candelaria en cada una de las mujeres sobre el techo de los vagones.

—Aunque todos sabíamos que Villa se preparaba para recuperar Torreón, pensamos que esperaría hasta la llegada de la primavera. El telégrafo hacia el norte ha sido cortado y Villa ha ordenado que todos los trenes yendo hacia o viniendo de Ciudad Juárez sean detenidos —Reed continúo hablando a sus espaldas.

Fidelio apenas le escuchaba. Mirando a las mujeres preparando comida para sus hombres sobre el techo de los vagones decidió que, al igual que los soldados, llevaría a Candelaria consigo. Quizá ese era el significado del sueño que recién tuvo. Nunca más se separaría de Candelaria. Sintiéndose cansado, sin decir palabra, se tumbó sobre el camastro y durmió de nuevo. El movimiento del tren le arrullo. Durmió profundamente.

Cuando despertó estaba oscuro, pero había una brillante Luna nueva. El Dr. Villarreal, Reed, Williams, Turner, Walsh y un desconocido estaban sentados alrededor de la mesa, con baraja y vasos de licor sobre ella. Le miraron con expresión divertida.

—Buenas noches —el Dr. Villarreal le dijo riendo—. Espero que hayas dormido bien —añadió.

—Buenas noches —Fidelio respondió.

—Es Christy Cabanne, el director de la película que haremos sobre Villa —Walsh dijo.

Sonriente, Cabanne saludó a Fidelio con un movimiento de cabeza. Fidelio reciprocó de igual manera.

—Miren esa enorme nube de polvo —Reed dijo señalando una de las ventanas del vagón—. Esa nube debe de extenderse por alrededor de cinco kilómetros y debe de tener por lo menos un kilómetro de ancho. Miles de jinetes cabalgan hacia la meta común: Torreón. Va a ser una batalla épica y ustedes la filmarán —Reed dijo dirigiéndose a Cabanne y Walsh.

—Será una gran película. Villa ha aceptado que las batallas serán durante el día —Cabanne dijo con una sonrisa de satisfacción.

—Estarás filmando historia —dijo Reed levantándose y mirando a los jinetes cabalgar—. Filmarás la transformación de un país.

—¿De verdad crees que este país se transforme? —Walsh intervino—. La realidad es que la mayoría de la población es analfabeta. Es cierto que en el norte del país hay un cierto grado de libertad, pero la mayoría está acostumbrada a tener un amo. De una manera u otra siguen a líderes carismáticos. Hasta ahora Villa ha sido el honesto entre todos ellos

—alternativamente miró a Fidelio y al Dr. Villarreal—, pero aun él tiene a su alrededor gente como Fierro y Urbina —finalmente dijo.

—Sí, honestamente creo que somos testigos de algo extraordinario. El hecho es que miles de personas de todo el país se han unido para combatir a Huerta, prueba de que están listos. Villa ha demostrado un enorme interés en mejorar la educación. Dondequiera que ha tenido la oportunidad ha abierto escuelas y mejorado el sueldo de los maestros. Lo hemos visto: dondequiera que Villa aparece hay esperanza en la población —Reed contestó—. De hecho no sólo México, sino el mundo entero, está listo para un cambio radical.

—Usted es un hombre educado. Creció aquí y ha vivido en los Estados Unidos —Walsh dijo dirigiéndose al Dr. Villarreal—. ¿Usted qué opina?

—Comparto la opinión de Reed: el cambio ha comenzado. Peleamos por algo más que el mero cambio de gobierno. Peleamos porque los que trabajan la tierra se beneficien del producto de su trabajo, para que los trabajadores reciban un salario justo, por el derecho que todos tenemos de vivir en paz y no tener que soportar los abusos de los poderosos, para que haya escuela para todos los niños. Sí vale la pena luchar por algo como eso —el Dr. Villarreal respondió.

—¿Y qué hay con esos que han invertido su capital para hacer la tierra productiva, los que invirtieron en poner el ferrocarril? Estos han arriesgado su capital. ¿No tienen derecho a recibir algo a cambio? Ahora perderán todo lo que han invertido —dijo Walsh.

—Ellos invirtieron poque vieron la oportunidad de grandes ganancias; sabían que corrían un riesgo y, de hecho, obtuvieron las ganancias. ¿Qué esperaban pagando salarios miserables a sus trabajadores? —Reed intervino y miró a Fidelio—. Fidelio, ¿tú qué opinas? —le preguntó.

Desde el principio, el giro de la conversación interesó a Fidelio; pensativo miró por la ventana antes de responder.

—No tengo duda de que la nuestra es una causa justa. He visto cómo los mineros en Guanajuato sufrieron para conseguir el sustento para sus familias. Arriesgaron sus vidas día con día, trabajando en la oscuridad con humedad y mala ventilación para extraer el mineral; muchos murieron, dejando a sus familias mendigando por un mendrugo —hizo una pausa mirando a las miles de mariposas de regreso al norte; Fidelio sonrió—. Los dueños, esos que dicen que arriesgaron su capital, alimentaron bien a sus familias, disfrutaron rodeados de confort —se encogió de hombros antes de continuar—. En realidad no hay nada malo con eso, pero me doy cuenta de que ellos tuvieron en sus manos el prevenir toda esta violencia y mortandad.

—¿Cómo? —preguntó Walsh con un gesto de duda.

Intrigados, todos se volvieron a ver a Fidelio.

—Simplemente si hubiesen compartido algo de la ganancia, pagando salarios justos —Fidelio respondió.

Una carcajada general fue la respuesta al comentario de Fidelio.

—Que Dios te bendiga, espero que conserves esa ingenuidad por el resto de tu vida — Reed le dijo riendo—. La avaricia es mucho más poderosa de lo que crees. A los dueños del capital sólo les interesa incrementarlo; consideran inferiores y tontos a quienes sudan y laboran para conseguir el sustento diario. Eso nunca va a cambiar.

—Sin embargo, lo que Fidelio dijo es la verdad. Todo esto pude haberse prevenido de una manera sencilla —el Dr. Villarreal intervino con tristeza en el tono de su voz—. Lo que tú has dicho —agregó dirigiéndose a Reed— también es cierto. Lo sé muy bien, crecí entre los que, por el color pálido de su piel, el dinero que tienen, o porque tienen lo que llaman "pedigrí", se consideran superiores al resto.

—Jesús nos enseñó sobre todo esto, pero no le escuchamos —Fidelio dijo mirando a las mariposas pasar y deseando poder unírseles.

Al escucharlo, el Dr. Villarreal sonrió.

—Aunque hay muchas frases en la Biblia que justifican violencia. Tienes razón, sin embargo, si la humanidad escuchase el mensaje de Jesús, inclusive las guerras en Europa no hubiesen ocurrido; pero también es cierto que la mayoría de nosotros sólo gusta de pretender que somos cristianos.

—¿Quitarles a los ricos para darlo a los pobres? —Walsh preguntó.

Antes de alguien pudiese contestar a la pregunta, un hombre entro al vagón en el que viajaban.

—Estamos llegando a Bermejillo. El tren se detendrá allí. El general Villa planea establecer el centro de operaciones en esa población —les dijo—. Ha ordenado que preparen todo para recibir a los heridos que son transportados desde Mapimi, Tlahualilo y Sacramento. Además, el Dr. Rauschbaum dijo que necesitan planear cómo detener la epidemia de viruela y fiebre amarilla.

—Parece que todos estaremos ocupados —dijo Reed, poniéndose de pie—. Ha sido una conversación interesante —agregó mirando a Walsh—. Por cierto, sí creo que tomar de los ricos es una buena idea; eso es mejor que quitarles a los pobres para dárselo a los ricos —sonriendo le dijo antes de salir del vagón. Los demás le siguieron.

Fidelio y el Dr. Villarreal fueron hacia uno de los vagones del tren hospital en donde les esperaba todo el equipo de sanidad, mientras que Reed, Walsh y Cabanne fueron directo al vagón en el que Villa viajaba.

—Aunque por el momento hay escasez de agua fresca me han informado que hay varios vagones acarreando agua fresca desde Chihuahua, así que eso no debe ser un problema —el Dr. Villarreal dijo, dirigiéndose al grupo sanitario—. Espero que todo esté listo para recibir a los heridos —agregó, dirigiéndose a un joven médico norteamericano.

—Todo está listo. Las mesas de operación están listas y hemos lavado todos los instrumentos —el médico joven le informó.

—Excelente. Como todos ustedes deben de saber, hemos tenido varios casos de viruela entre la tropa. Necesitamos prevenir que se extienda. ¿Alguien tiene alguna idea?—el Dr. Villarreal preguntó.

—En Baltimore uno de los profesores nos habló de un método llamado "variolización" —uno de los jóvenes médicos norteamericanos dijo.

—He oído algo sobre de eso, pero estamos próximos a entrar en combate, me pregunto si será una buena idea exponer a la tropa a la enfermedad —el Dr. Villarreal dijo.

—Sí se puede. Dios nos ayudará —Fidelio intervino.

Todos se volvieron a mirarle, algunos riendo burlonamente. El Dr. Villarreal sonrió.

—La ayuda divina siempre es bienvenida y precisamente por eso iremos adelante con la idea de variolización. Usted queda a cargo de eso. Empiecen de inmediato. Escoja a varios del grupo, muéstreles cómo se hace y adelante —agregó, dirigiéndose al joven médico que propuso la idea.

—Y sobre el otro problema de fiebre amarilla, ¿qué sugieren? —el Dr. Villarreal preguntó.

—Eso no requerirá de la ayuda divina. Todo lo que necesitamos es proveer a la tropa con una mezcla de aguardiente, eucalipto y yerbabuena. Deberán de frotar la mezcla en la piel y eso ahuyentará a los mosquitos —Fidelio sugirió.

—¿Cómo lo sabes? —uno de los presentes preguntó.

—Lo sé —respondió Fidelio encogiéndose de hombros.

—Tanto Batopilas como Parras están muy cerca, allí encontraremos el aguardiente que necesitamos. Prepararemos la mezcla y la repartiremos entre la tropa. Ojalá que no se la tomen en lugar de frotársela —otro de los presentes añadió riendo.

En eso llegaron varios vagones tirados por mulas acarreando a los heridos.

—Empiecen a trabajar. Lleven a esos hombres a la sala de cirugía; Fidelio, ven y ayúdame —el Dr. Villarreal dijo antes de salir.

CAPÍTULO XV

—Tanto Bermejillo como Mapimi y Sacramento han sido tomados. Toda la defensa periférica que Velasco preparó para defender Torreón ha caído, con mínima pérdida para nosotros —el Dr. Rauschbaum le dijo al Dr. Villarreal y Fidelio después de varios días en los que atendieron tanto a los heridos como a los enfermos de Viruela y fiebre amarilla. Los tres descansaban tomando café fresco en uno de los vagones del tren hospital—. Hasta ahora todo ha sido relativamente fácil. Me parece que el general Velasco, encargado de la defensa, lo planeó así sólo para medir nuestra fuerza. Ahora, para tomar Torreón, primero debemos de capturar Lerdo y Gómez Palacio. Eso no será fácil. Villa, como el resto de nosotros, espera una defensa feroz.

—¿Puede decirnos cuál es el plan de ataque? —el Dr. Villarreal preguntó.

—No mucho en verdad. Lo único que sé es que Villa ha discutido el plan con Ángeles. Esos dos se entienden sorprendentemente bien. Aunque Villa no tiene educación militar, Ángeles lo acepta como su superior y afirma que Villa posee una brillante inteligencia militar; no oculta su admiración por él. Es probable que Ángeles sugiera algunos cambios en el plan. De lo que sí estoy seguro es de que el ataque comenzará pronto, podría ser, incluso, mañana. Debemos de estar

preparados porque estoy seguro de que será una batalla sangrienta —el Dr. Rauschbaum contestó y limpió el sudor de su
frente—. Uuff, aún estamos en primavera y el calor ya es casi
insoportable —añadió.

—En esta época del año no es sólo el calor lo que molesta,
sino también las frecuentes tormentas de polvo —el Dr.
Villarreal dijo, sonriendo al tiempo que limpiaba el sudor
de su frente—. Torreón, al igual que Lerdo y Gómez Palacio,
están rodeados de cerros altos y rocosos. Estoy seguro de
que el general Velasco ha colocado su artillería allí. Tiene
razón cuando dice que será un combate sangriento, eso significa que estaremos ocupados.

—De eso pueden estar seguros —el Dr. Rauschbaum
dijo mirando a Fidelio, quien, pensando en que pronto
se reuniría con Candelaria, no prestaba atención a la conversación—. Fidelio, la actividad de tu grupo será importante
en el transporte de los heridos. He estado pensando en que
no deben de esperar hasta después de la batalla para trans-
portarlos; tendrán mejor oportunidad si lo hacemos tan pronto
como sea posible. Eso no sólo salvará vidas, sino que, además,
ayudará a prevenir infecciones. Debemos de prepararlos para
que el transporte sea durante la batalla. ¿Tú qué opinas?

Fidelio, pensando en Candelaria, no contestó.

—¡Fidelio! ¡Hey, Fidelio! ¡Estoy hablando contigo! —el
Dr. Rauschbaum dijo, alzando la voz y pasando su mano
frente a Fidelio.

Fidelio se sobresaltó.

—Perdón, no preste atención. ¿Qué fue lo que dijo?

Rauschbaum repitió de nuevo lo que había dicho. Después
de escucharlo, Fidelio pensó por un momento.

—Por supuesto que se puede. Prepararé al equipo, serán
mujeres y niños.

—¿Mujeres y niños en medio de una sangrienta batalla?
—el Dr. Villarreal, sorprendido, preguntó.

—¿De qué se sorprende? Mujeres y niños han participado en esta lucha desde el principio. Las mujeres harán lo que sea para ayudar a sus hombres, nada les asusta. Estoy seguro de que lo harán con entusiasmo.

—Lo han demostrado muchas veces —el Dr. Rauschbaum dijo—. Prepara tu equipo. Como he dicho, la batalla comenzará en unos cuantos días, inclusive podría ser mañana mismo.

—Tiene ustedes razón. No sé de qué me sorprendo. Sé muy bien que mujeres y niños han participado desde el principio —el Dr. Villarreal dijo.

—Bien dicho. Ahora descansemos un poco, tenemos mucho trabajo por delante —el Dr. Rauschbaum, poniéndose de pie, les dijo y salió del vagón.

El Dr. Villarreal y Fidelio se levantaron y se encaminaron hacia el vagón en el que viajaban. Al llegar encontraron a Reed, Walsh y otros jugando cartas. Ellos fueron hacia sus literas y durmieron.

El 22 de marzo, por la tarde, dio principio la batalla para capturar Gómez Palacio. La infantería marchaba tras de la caballería; la línea de ataque cubría cinco kilómetros de frente. Caminando con la infantería se encontraban Fidelio y los miembros de su equipo de trabajo, divididos en grupos. Los que iban con la vanguardia proveerían el cuidado inmediato: limpiar, vendar la herida y aplicar torniquetes. Otro grupo se encargaría del transporte a la retaguardia, en donde les esperaba un tercer grupo que lavaría de nuevo las heridas, aplicaría miel de abeja y vendaje limpio, además de asegurar los torniquetes para luego transportar los heridos al tren hospital en donde los médicos les esperaban.

Una tarde polvorienta y calurosa, el polvo se acumulaba en los párpados y las fosas nasales. Respiraban arena, la boca estaba seca y al tratar de limpiar el polvo en los labios la poca saliva se convertía en lodo. La orden era avanzar hasta acercarse a la ciudad y, una vez ahí, para prevenir ser blanco fácil de las ametralladoras y la artillería, se dispersarían. La meta era capturar los cerros alrededor de la ciudad. Al aproximarse, antes de que lograran dispersarse, el fuego enemigo les recibió.

—¡Allí está el enemigo! ¡Avancen! —alguien gritó.

La caballería a la vanguardia obedeció y cargaron. La infantería les siguió.

Aunque fueron blanco fácil para las ametralladoras y los cañones, la caballería cargó y la infantería avanzó. Caballos y hombres corrían a campo abierto, lo que favoreció a los defensores. Fidelio corrió junto a la infantería, el silbido de las balas a su alrededor le recordaba el zumbido de las abejas. Vio caer a muchos a su alrededor, lo que le hizo consciente de que el riesgo era mucho más que el de un mero piquete. El sonido de huesos quebrados al impacto de las balas, sangre fluyendo a borbotones por las heridas, brazos, piernas, cabezas volando alrededor, la explosión de las bombas esparciendo polvo, trozos de cuerpos, gritos de dolor, muertos por doquier. «Esto es el infierno», Fidelio pensó. Estando a campo abierto la única alternativa era seguir adelante. Además de tragar polvo al respirar estaba el hedor a sangre, orina, excremento y sudor, hedor putrefacto, hedor a muerte y sufrimiento. Rabia y odio se convirtió en la emoción predominante entre la tropa, el miedo dejó de existir. El deseo era matar o morir. Esa misma emoción embargó a Fidelio y, furioso, tomó un fusil. Al hacerlo vio a sus compañeros de equipo, niños de apenas doce, trece, catorce años, ignorando el peligro y ayudando a los heridos a su alrededor. Al verlos, vestidos con pantalón y camisa de burda manta, huaraches en sus pies, en lugar de cartucheras cargaban jarros de barro, algunos llenos de agua, otros de miel de abeja; tela cortada en listones para ser usada como vendaje llenaba sus morrales. Avergonzado, Fidelio comprendió que su deber era socorrer, no matar. Arrojó el fusil y corrió a auxiliar a un hombre que, herido, cayó a su lado. El silbido de las balas, la explosión de las bombas, significó nada; socorrer a los heridos era lo único que importaba.

El herido era un hombre de edad avanzada; de las múltiples heridas la más grave abrió su abdomen, obligándole a sostener su intestino perforado con ambas manos. Al acercarse Fidelio, el hombre, mostrando sus dientes multicolores, le sonrió.

—No pierdas el tiempo conmigo —le dijo—. Moriré pronto. Ayuda a otros, a jóvenes con esperanza. Muero feliz al pensar que mis hijos y mis nietos tendrán mejor oportunidad en la vida que la que tuve yo. Vale la pena morir por eso —exhaló su último aliento con la vista fija en el cielo.

Fidelio miró hacia arriba. Cientos de patos volaban alineados formando una "V" perfecta.

—Fidelio, se nos acabó el agua —uno de los niños le dijo.

—Orinen sobre las heridas, séquenlas bien, apliquen la miel de abeja y, antes de enviarlos a la retaguardia, apliquen los vendajes. Pediré al equipo de transporte que nos traiga agua cuando regresen; mientras tanto hagan como les he dicho —Fidelio respondió.

Poco después del atardecer las hostilidades pararon. Aunque lograron llegar a las orillas de Gómez Palacio, nada se consiguió. El enemigo aún dominaba los cerros alrededor de la ciudad. Fidelio y su grupo trabajaron durante la noche, ayudando a tantos como les fue posible; cerca de la noche habían transportado a todos los heridos al hospital y los muertos a sus respectivos regimientos para ser sepultados. Fidelio observó que, además de las ratas y zopilotes, había gente tomando lo poco de valor en los caídos. Esta vez no le molestó. «Ellos, al igual que los zopilotes, tienen que buscar la manera de sobrevivir», pensó.

—La defensa es tan fuerte como lo esperábamos. No será fácil derrotarlos, pero te aseguro que lo lograremos —el Dr. Villarreal le comentó a Fidelio una vez que estuvieron de regreso en el vagón—. Hay, sin embargo, buenas noticias. La tropa al mando de Maclovio Herrera ha capturado Lerdo. Esa fue una batalla terrible, muchos cayeron de ambos lados —frunció el entrecejo—. Será mejor que descansemos, mañana estaremos muy ocupados.

Ambos durmieron en sus literas. Reed tecleaba su reporte de la batalla. El sonido del teclado arrulló a Fidelio.

Durante los cuatro días siguientes hubo múltiples intentos para romper las defensas, con mínimos resultados. Aunque en ocasiones parecían tener éxito, el enemigo contraatacó y recuperó la posición. Fidelio, en medio de todos los combates, se acostumbró a las balas zumbando a su alrededor y las bombas explotando cerca de él. A lo que nunca se acostumbró fue a cuerpos despedazados y el hedor a muerte a su alrededor. Admiraba el valor de los combatientes de ambos lados, inclusive respetaba al enemigo. «Deben de creer que su causa es justa», se dijo, dubitativo, a sí mismo. «Pelean para preservar la explotación de los débiles. Eso no es justo; serán derrotados», se respondió a sí mismo.

—Hasta ahora el combate ha sido brutal, ambos bandos tienen grandes pérdidas, pero el general Villa está seguro de que la defensa de Gómez Palacio cederá pronto. Al atardecer atacaremos de nuevo —el Dr. Rauschbaum le dijo a Fidelio y el Dr. Villarreal.

Al atardecer, Fidelio y su equipo avanzaron junto con la infantería. Despacio, dispersos, cruzaron el terreno en donde podrían ser blanco fácil para las ametralladoras y la artillería. Silencio, absoluto silencio; balas no zumbaban a su alrededor, bombas no explotaban junto a ellos. La infantería llegó a la ciudad y al entrar encontraron cientos de cuerpos mutilados, alimento para ratas; perros callejeros, cucarachas y zopilotes, disfrutaban de un festín. El viento dispersó el putrefacto hedor, hedor a muerte, hedor a indiferencia por el dolor ajeno. Sin molestarse en recoger a los muertos ni ayudar a los heridos, los federales se retiraron a Torreón, en donde, al parecer, concentraron la defensa.

—Villa se ha asegurado de que no haya abuso alguno contra la población —Reed les comentó la mañana siguiente.

—No sólo eso, sino que ha ordenado que se distribuya alimento y ropa entre los pobres. A nadie se le niega lo que necesita —el Dr. Villarreal agregó.

—Hay nobleza en ese hombre. Es difícil encontrar un líder militar que se preocupe por el bienestar de la población civil como Villa lo hace. Esta ha sido una experiencia maravillosa, nunca la olvidaré —Reed comentó.

—Ha sido. ¿Por qué lo dices como si fuese algo pasado? —Walsh preguntó.

—Porque esta es mi despedida. Regreso a El Paso —Reed contestó.

—Pero Torreón aún está en manos de los federales, la batalla verdaderamente importante apenas va a comenzar —Turner le dijo. Williams movió su cabeza afirmativamente y ambos miraron a Reed.

—Eso es cierto. Pero, como ya lo he dicho, he visto bastante. Además, como ustedes lo saben, todo lo que escribo debe ser aprobado por la gente de Villa. Deseo escribir libremente sobre lo que he presenciado, sin censura —Reed replicó.

—Haz como quieras. Te deseo lo mejor. Trabajando contigo hemos aprendido —Williams le dijo y Turner confirmó moviendo su cabeza.

Reed paseó su mirada a su alrededor.

—Hasta luego, amigos. Conocerlos y trabajar junto a ustedes ha sido una grata experiencia —sonrió al Dr. Villarreal y por un momento detuvo su mirada en Fidelio—. Algún día reportaremos sobre este hombre —añadió apuntando a Fidelio, dirigiéndose a sus compañeros.

Williams y Turner sonrieron, aprobando.

—Puede que tengas razón. México está lleno de sorpresas —Turner le dijo.

—Velasco ha rechazado la oferta de rendirse para así evitar más derramamiento de sangre —el Dr. Rauschbaum les informó al entrar—. Buenas tardes a todos —añadió—. Por lo pronto, Villa está interesado en alimentar a la población y, al mismo tiempo, dar reposo a la tropa. Pero el plan de ataque está listo. Los federales tienen emplazada su artillería en tres sitios: los cerros de calabazas, la polvorera y el huarache. Si los acallamos, capturamos la plaza. Mientras tanto, hay muchos heridos y habrá muchos más; sí, muchos más. Los federales seguirán peleando; al igual que nosotros, saben de la importancia estratégica de Torreón —el Dr. Rauschbaum continuó, dirigiéndose esta vez al Dr. Villarreal. Miró a Fidelio, extendió sus brazos y lo tomó por los hombros—. Hijo mío, ustedes han hecho un maravilloso trabajo. Gracias a eso cientos de vidas han sido salvadas.

—A quien hay que agradecer es a las mujeres y niños que se ofrecieron como voluntarios —Fidelio dijo sonriéndole.

—Por supuesto que sí, pero aprendieron de ti. Y lo hiciste en muy poco tiempo —el Dr. Rauschbaum le dijo—. Aun el general Villa lo ha notado. Me pidió que felicitara a todo el equipo de sanidad —añadió.

Todos los presentes aplaudieron. Fidelio enrojeció.

Un hombre entró en el vagón y le entregó una nota al Dr. Rauschbaum.

—Descansen ahora. Al amanecer atacaremos —les dijo después de leer la nota.

Antes del amanecer, tres regimientos asignados para capturar los cerros en donde el enemigo concentraba su artillería. Fidelio y su equipo se unieron al regimiento que atacaría al cerro calabazas, un cerro rocoso y seco; apenas crecían algunos arbustos en sus laderas. Desde muy temprano las artillerías discutían acaloradamente. Gracias al general Ángeles, los villistas parecían tener mejores argumentos. A falta de uniformes, para identificarse, los soldados del regimiento en el que Fidelio iba llevaban los brazos desnudos.

Además, muchos de ellos mostraban la imagen de la virgen de Guadalupe en sus sombreros. "Ella nos protege", se decían. La madrugada aún oscura, calurosa y húmeda; miles de mosquitos zumbaban por doquier. "Avancen dispersos", fue la orden antes de comenzar. Apenas habían avanzado unos cuantos pasos cuando los federales iluminaron el cielo con cohetes; sus ametralladoras vomitaron fuego. Cuerpos rodaron y algunos, al impacto de las balas, parecían volar. En la vanguardia, Fidelio sintió el rostro húmedo; líquido rojo y caliente le golpeaba de manera intermitente: sangre roja y brillante. No era su sangre. Una bala dio en el cuello de un soldado junto a Fidelio y su sangre saltaba hacia el rostro de Fidelio. Al darse cuenta, Fidelio intentó detener el sangrado aplicando presión, sin éxito. Angustiado, el hombre abrió la boca y cayó muerto. Fidelio miró a su alrededor: otro soldado recibió balas en el rostro, cegándole, aun así intentó avanzar; las balas perforaron su pecho y cayó rodando, arrastrando en su caída a otros que intentaban ascender. Fidelio sintió coraje, furia, deseo de revancha; tomó un rifle y se disponía a atacar cuando un cohete iluminó el cielo, una vez más, Fidelio vio a los niños de su equipo, camisa y pantalón de manta cruda, morral alrededor del cuello, ayudando a cuanto herido podían; ignoraban las balas zumbando a su alrededor y milagrosamente ninguna les tocaba. «¿Son estos niños ángeles de Dios?», Fidelio se preguntó. Otro grupo de jóvenes, aunque aún casi niños, con experiencia en batallas previas, lanzaron cartuchos de dinamita en dirección de las ametralladoras enemigas usando resorteras. Uno de ellos recibió un balazo en el brazo y comenzó a sangrar. Fidelio corrió a ayudarle, pronto detuvo el sangrado y le envió a la retaguardia. De ahí en adelante todo fue trabajo para Fidelio y su grupo.

Ambos lados pelearon con valentía, ambos pelearon sin compasión por el enemigo, ambos sin mostrar temor. Abrumados por la violencia del ataque, los federales se retiraron. Sintiéndose victorioso, el líder del regimiento, sin planear la defensa, ordenó descansar. Fidelio y su grupo continuaron ayudando y transportando a los heridos. De repente, los federales contraatacaron. Tomados por sorpresa, los rebeldes abandonaron el cerro en desorden. Fidelio y su grupo habían transportado a todos los heridos y, como el resto, retrocedieron.

Poco tiempo después, montado en un caballo negro, sudando, cubierto de polvo, Villa llegó.

— ¿Por qué retrocedieron? ¿Quién es su comandante? —furioso les gritó.

—Soy yo —un hombre con insignia de mayor, dando un paso al frente, contestó.

—¿No entendieron que debieron de defender la posición una vez conquistada? ¡Ni siquiera lo intentaron! ¡Corrieron como conejos asustados! Podría arrestar a todos, pero les daré otra oportunidad —se volvió al resto del regimiento—. ¿Cómo lo quieren? Los fusilo a todos o atacan y recuperan el cerro. ¿Ustedes qué dicen?

—¡Atacamos! ¡Que viva Villa! —gritaron en respuesta.

Villa se volvió al mayor.

—Ya los ha escuchado. ¡Vayan y recuperen el cerro! —miró a Fidelio y a su grupo y les sonrió—. Buen trabajo, muchachitos, sigan cuidando de los heridos. Ojalá que tuviera muchos más como ustedes —les dijo antes de espolear a su caballo y cabalgar a otro lugar de la batalla.

El brutal combate continuó durante cinco días más; hubo un gran número de muertos y heridos de ambos bandos. El equipo sanitario trabajó de día y noche. El Dr. Villarreal arregló que los heridos que requerían atención hospitalaria fuesen transportados a Parral por ferrocarril.

—Entre muertos y heridos hemos perdido casi la tercera parte de nuestra tropa —el Dr. Rauschbaum comentó a Fidelio y el Dr. Villarreal—. Por eso Villa ha considerado suspender el ataque, pero el general Ángeles es de la opinión de que la situación de los federales es peor que la nuestra. Velasco ha propuesto una tregua para recoger los muertos y atender a los heridos. Gracias a que nosotros ya lo hemos hecho, nos hemos rehusado. Ángeles piensa que los federales pronto se rendirán.

Dos noches después.

—Hiciste un buen trabajo al detener la hemorragia en la herida del coronel Robles. Gracias a eso ha vuelto al servicio. Él, como muchos otros, es un hombre valiente —el Dr. Villarreal le dijo a Fidelio mientras descansaban, disfrutando de una taza de café. De repente, la noche resplandeció. Llamas iluminaban la ciudad—. ¡Hay un incendio en Torreón! —sorprendido, el Dr. Villarreal apuntó hacia la ciudad. Una secuencia de explosiones se escuchó y las llamas incrementaron—. Parece que intencionalmente están quemando la munición que les queda. ¿Abandonan la ciudad?

—Así es —el Dr. Rauschbaum le contestó—. Villa ha ordenado no atacar y dejarles salir. Ángeles está de acuerdo, no desean más pérdida de vidas. Mañana ocuparemos la ciudad —el Dr. Villarreal sonrió y sorbió de su café.

Fidelio sintió fuertes latidos en su pecho. «Candelaria, mi amor, pronto estaremos de nuevo juntos. Esta vez será para siempre», pensó.

CAPÍTULO XVI

Aunque todos esperaban que Torreón mostrase las consecuencias de la prolongada y brutal batalla, nadie estaba
preparado para lo que vieron. Al entrar a la ciudad, Fidelio,
como todos los demás, se sorprendió. El espectáculo que
la ciudad mostraba era deprimente; mucho peor de lo que
encontraron en Gómez Palacio. Las calles estaban destrozadas,
sucias, pestilentes. Había cuerpos despedazados, hombres,
mujeres, incluso cuerpos infantiles junto a cuerpos de mulas,
caballos, burros y otros animales; muchos de ellos en estado
de putrefacción. Moscas, ratas, cucarachas y gusanos por
doquier. Cientos de zopilotes, perros, cerdos, peleando con
las ratas por la carne descompuesta. En una amplia mansión, frente de la alameda, encontraron a cientos de hombres,
todos malheridos y sucios, muchos con el cuerpo agusanado;
el piso con manchas de orina y excremento. Una nota clavada
en la pared pedía a Villa que los atendiese. Tan pronto como
fue informado, Villa ordenó a la brigada sanitaria hacerse
cargo del lugar. Aunque Fidelio deseaba buscar a Candelaria
comprendió que su deber era ayudar a los necesitados. De
inmediato, él y su equipo empezaron a lavar los cuerpos y
limpiar los pisos.

—Villa ha ordenado barrer las calles y sepultar a los
muertos. Además ha dictado dos edictos —el Dr. Villarreal le
dijo a Fidelio algunos días después; descansaban al atardecer

sentados en la terraza de la mansión después de atender a los heridos—. En el primero de ellos ordena a la población limpiar la calle frente a sus casas. Si alguna de ellas es encontrada sucia pagarán una multa de diez pesos. Por el segundo edicto, la venta de bebidas alcohólicas queda prohibida. Si alguien es encontrado borracho en la calle será fusilado. Además de eso no permite ultrajes a la población o a los comercios, si alguien es encontrado robando será muerto allí mismo.

—¿Esas órdenes se aplican a Urbina y Fierro? —Fidelio preguntó.

El Dr. Villarreal sonrió.

—Me gustaría que así fuese, pero lo dudo —contestó.

—Doctor, le pido que me conceda licencia —Fidelio dijo después de un momento.

—¿Licencia? Concedida, Ahora todo está en orden y bajo control; nos arreglaremos. ¿Hay alguna razón para solicitarla?

—Sí. Deseo buscar a mi novia.

—Comprendo. Te aconsejo que antes de salir tomes un baño.

Como aún era temprano, Fidelio de dirigió al mercado cercano a la estación de ferrocarril, pero encontró el lugar casi desierto. Los puestos en donde hubo abundancia de frutas y vegetales frescos, los estanquillos en donde servían comida, todos vacíos. Fidelio se encaminó entonces a la estación de ferrocarril. «General Díaz 23, ese es el lugar en donde pasamos algunos días juntos», pensó al caminar. Caminando en esa dirección, contento, Fidelio sintió a Candelaria cerca de sí, tan cerca que casi podía tocarla. Estaba tan contento que parecía danzar al caminar.

«General Diaz 23, este es el lugar». Se detuvo, feliz, y respiró profundo. Observo que la calle estaba limpia y arreglada, sonrió. «El edicto de Villa surtió efecto», pensó. Aunque la pared de la casa fue recientemente lavada, Fidelio aún podía ver manchas púrpuras y hoyos, muchos hoyos, en ella. «La batalla fue brutal», pensó y tocó a la puerta. Un perro ladró adentro. Fidelio tocó aún más fuerte.

—¿Quién es? —una voz de mujer preguntó desde el interior.

—Soy Fidelio. Busco a Candelaria —Fidelio respondió.

—Oh, Dios —dijo la mujer dentro—. Espera un momento, ahora abro —dijo la mujer; la voz sonó angustiada.

Unos segundos después la puerta se abrió y el rostro de la misma mujer que le recibió la primera vez apareció; estaba pálida, angustiada, temerosa.

—Candelaria no está —murmuró, haciendo un esfuerzo para hablar.

—Pero ¿sabe dónde puedo encontrarla? —preocupado, Fidelio preguntó. Sus manos estaban sudorosas.

Sosteniendo la puerta, la mujer le miró. Lágrimas fluyeron de sus ojos. Fidelio se angustio aún más.

—¿Es que está enferma? ¿Ha sido herida? ¡Dígame en dónde está! —Fidelio casi gritó.

—No está enferma. No ha sido herida. Está muerta. ¡Asesinada! —la mujer, angustiada y asustada, casi gritó. Lloraba desconsolada.

Fidelio casi se desplomó. Sus piernas temblaron y sintió presión en el vientre. De repente, todo estaba a oscuras para él.

—¡No! Eso no es cierto. ¡Miente! ¡Dígame en dónde está Candelaria! —gritó a la mujer, sacudiéndola de los hombros, amenazando con abofetearla.

—Es la verdad. ¡Te digo la verdad! —la mujer, sollozando, adoptó una actitud defensiva, poniendo un brazo frente a su rostro—. Fueron los federales. No pudimos hacer nada para defenderla, nada —tristemente puso la barbilla sobre el pecho y cubriendo su rostro sollozó ruidosamente.

Fidelio cayó de rodillas, con los hombros caídos. Miró al suelo y sollozó junto a ella.

—¡Candelaria! ¡Candelaria! ¿¡Mi amor, en dónde estás!? —gritó, levantando las manos al cielo.

Aunque el Sol aún mostraba su esplendor, para Fidelio todo era oscuridad. Alarmados por los gritos y el llanto, gente salió de sus cuartos. Viéndolos llorar comprendieron la razón y algunos también lloraron.

La mujer se levantó y con ternura puso su mano sobre el hombro de Fidelio.

—Ella fue valiente, se defendió, incluso hirió a uno de los soldados, pero prefirió morir antes que ser deshonrada —le dijo con un dulce tono de voz.

Tranquilizándose, Fidelio volteó a verla.

—¿Cómo sucedió? —preguntó.

—Después de que te fuiste, ella se quedó a vivir aquí. En la misma habitación —la mujer le dijo, sonriéndole—. Cada vez que podía hablaba de ti, era feliz recordándote; cantaba y bailaba cada vez que te mencionaba — se detuvo, dubitativa. La sonrisa desapareció; temía continuar.

—Por favor, dígamelo todo. Aunque sea doloroso prefiero saberlo —le dijo Fidelio.

—Ayudaba a la revolución al servir en el puesto de pozole; escuchaba las conversaciones de los militares y observaba el movimiento de las tropas para luego informar a los espías de Villa —un hombre dijo al observar que la mujer no continuaba.

—Alguien informó a los federales; suponemos que fue Dora Iduarte. Ella también vivía aquí y, pretendiendo ser su amiga, trabajaba con Candelaria en el mismo puesto de pozole; era amante de un coronel, uno de los colorados de Orozco. Dora desapareció después de lo que le pasó a Candelaria —la mujer continuó—. Una noche los federales vinieron, comandados por el coronel Silva, amante de Dora.

—Conozco al desgraciado. Es un cobarde. Ascendió mintiendo y acusando a sus compañeros. Corre a esconderse tan pronto como ve a la tropa villista —otro de los presentes intervino.

—Tratando de defenderse, Candelaria se encerró y corrió el cerrojo, pero los federales, a patadas, forzaron la puerta —la mujer continuó después de la interrupción—. "Es suya, hagan lo que quieran con ella", Silva dijo a sus hombres. Candelaria peleó fieramente y, antes de permitir que la violaran, tomó uno de sus puñales y se acuchilló. Sin compasión arrastraron su cuerpo al patio. "Esto es lo que sucede a quienes espían para los rebeldes", el coronel dijo, pateándola antes de salir. Cuando nos aseguramos de que se habían marchado lavamos el cuerpo y lo llevamos a la iglesia de Guadalupe, en donde el padre Segura aceptó oficiar misa después de que le explicamos lo sucedido. La sepultamos en el cementerio municipal.

Fidelio, aún de rodillas, escuchó en silencio. Se levantó despacio, con los puños y la mandíbula apretada y los ojos secos; ninguna lágrima en ellos. Su rostro, sin embargo, mostraba sufrimiento, profundo dolor y tristeza. Miró a su alrededor.

—Gracias a todos —murmuró antes de salir; sus hombros estaban caídos, arrastraba los pies, triste, muy triste. No preguntó sobre el lugar exacto de la sepultura, para él, Candelaria estaba viva, viviría por siempre en su interior.

El nombre del padre Segura vino a su mente. «¿Sería el mismo? ¿El padre Segura de Guanajuato?», se preguntó. Ahora le haría bien, mucho bien, hablar con él. «Es necesario que hable con alguien en quien pueda confiar», pensó. Las torres de la iglesia eran visibles desde donde estaba, se encontraban cerca, a unas pocas cuadras de distancia. Se encaminó en esa dirección. Ignoró a otros transeúntes, pero mostraba tanta tristeza que la gente se hacía a un lado para dejarle pasar, como si comprendieran su sufrimiento.

Una vez en la iglesia, Fidelio caminó hasta el altar, donde se veía la imagen de la virgen de Guadalupe. Cayó de rodillas, dobló el cuerpo y puso sus manos y rostro sobre el suelo. Llorando, dejó al dolor en libertad.

—Madre querida, ¿¡por qué lo permitiste!? ¿Por qué!? —gritó; al escucharlo, las mujeres que rezaban el rosario voltearon a mirarlo, preocupadas e intrigadas.

El grito atrajo la atención del sacerdote en la sacristía y se dirigió hacia donde Fidelio.

—Hijo mío, ¿qué es lo que te pasa? ¿Por qué gritas de esa manera? —le preguntó, arrodillándose a su lado.

Fidelio levantó la cabeza para mirar al sacerdote y, al verlo, casi brinca de la emoción; no podía creerlo. Su viejo amigo y mentor estaba allí junto a él.

—¡Padre! ¡Padre Segura! —Fidelio se levantó y abrazó al sacerdote—. ¿Es usted? ¿De verdad es usted? Dígame que no estoy soñando —le dijo aún sollozando ruidosamente.

—Fidelio, ¿eres tú? —el padre Segura preguntó, también sorprendido—. Sí soy yo, tu viejo amigo, el padre Segura —devolvió el abrazo—. Ahora, dime, ¿por qué estas tan triste? ¿Por qué lloras y gritas de esa manera?

—Ay padre, de verdad que duele mucho —Fidelio le dijo, aún sollozando.

El padre, aún abrazándolo cariñosamente, guio a Fidelio hasta una de las bancas y le sentó.

—Cuéntame. Te escucho, hijo mío —dijo y se sentó al lado de Fidelio.

Fidelio le contó todo sobre Candelaria, cómo se enamoró de ella y cuánto le dolía haberla perdido. El padre le escuchó en silencio hasta que Fidelio terminó su relato.

—Ahora comprendo tu dolor y sufrimiento. Has perdido algo valioso, muy valioso —el padre le dijo al terminar

Fidelio—. Puedo darme cuenta de que tienes rencor y rabia. ¿Qué piensas hacer?

—Quiero vengarme. Este dolor no parara sino hasta que me haya vengado. Encontraré a ese coronel y le haré sufrir. Pagará por lo que ha hecho —Fidelio respondió.

El padre Segura guardó silencio por un momento.

—Hay alguien con quien me gustaría que charlaras —finalmente le dijo, poniéndose de pie—. Vive aquí cerca. Ven conmigo, vayamos a verlo.

Al salir de la iglesia la calle estaba en silencio. Aunque algunos soldados heridos pasaron junto a ellos, Fidelio les ignoró. Caminaron en silencio por una corta distancia. El padre Segura se detuvo y tocó una puerta. Un niño de ojos rasgados abrió la puerta y cuando vio quién era el que llamaba, sonrió feliz y abrazó al padre Segura por las piernas.

—¡Es el padre Segura! ¡Es el padre Segura! —gritó; al escucharlo, otros niños llegaron corriendo y, alegres, también abrazaron al padre, quien, contento, extendió los brazos como queriendo abrazarlos a todos.

—Veo que están bien, mis queridos amigos —les dijo—. ¿Está tu papá en casa? —le preguntó al niño que abrió la puerta.

—Sí, ahora le llamo. Por favor pase y siéntese —le contestó antes de correr al interior de la casa.

Unos momentos después un hombre chino entró a la habitación en donde el padre Segura y Fidelio esperaban.

—Padre Segura, qué gusto verle. Hacía tiempo que no visitaba a esta, su humilde casa —dijo el hombre abrazando al padre.

A Fidelio le impresionó la suavidad con la que el hombre chino se movía. De inmediato se dio cuenta de que se trataba de un hombre honesto con una poderosa fuerza interior. «¿Por qué quiere el padre que hable con este hombre?», Fidelio se preguntó.

—Con toda esta lucha hemos estado ocupados —el padre le dijo al hombre—. Permítame presentarle a un buen amigo; le he conocido desde niño, pero ahora es un hombre y pelea en la revolución —añadió apuntando a Fidelio.

El chino, mirando a Fidelio, puso sus manos frente a su pecho y se inclinó ligeramente en señal de saludo.

—Fidelio, él es Woo Lam Po, un amigo muy querido. Entablamos amistad desde mi llegada a Torreón —esbozó una sonrisa—. Es un hombre con gran fortaleza espiritual, te hará bien conversar con él.

Fidelio, en lugar de extender su mano, se puso de pie y repitió el saludo del hombre chino. Afuera se escuchaban las risas de los niños jugando.

—Por favor, siéntese. Esta es su humilde casa —el chino le dijo a Fidelio—. ¿Desean una taza de té? —agregó.

—Sí, muchas gracias —el padre Segura contestó y Fidelio movió la cabeza afirmativamente.

Woo Lam Po se levantó, se dirigió a otra habitación y habló con alguien en un lenguaje desconocido para Fidelio, luego regresó y se sentó.

Poco tiempo después, una mujer china entró cargando una charola con tazas y un recipiente con té. Sirvió el té en las tazas y las pasó, primero al padre y Fidelio.

—Ella es mi esposa —Woo Lam Po le dijo a Fidelio, quien se puso de pie y repitió el saludo recién aprendido. La mujer respondió de igual manera y salió sin decir palabra.

Fidelio se sentía cómodo, bienvenido. La casa respiraba tranquilidad y calma; una isla de paz en medio de la violencia.

Woo Lam Po miraba a Fidelio amistosamente, era una mirada noble y tranquila.

—Fidelio, dile a Woo Lam la historia que recién me has contado —el padre Segura le dijo.

Sin dudarlo, seguro de que estaba entre amigos, Fidelio contó la historia de amor entre él y Candelaria. Mientras hablaba, Fidelio dejó que las lágrimas fluyeran libremente, sin vergüenza de mostrar sus emociones. El recordar cómo había planeado compartir con Candelaria el resto de su vida le hizo sentir triste y miserable; ahora nada parecía tener sentido para él. Deseaba que alguien le explicara, que justificase su sufrimiento, pero, sobre todo, lo que más deseaba era venganza. Woo escuchó respetuosamente, dejando que Fidelio mostrara sus sentimientos con libertad. Al terminar su relato, Fidelio puso su cabeza entre las rodillas y lloró amargamente.

—¿Por qué? ¿Por qué? ¿Por qué ha pasado todo esto? ¿Por qué Dios lo ha permitido? —casi gritó entre sollozos.

Woo Lam y el padre Segura guardaron silencio. Woo Lam esperó hasta que Fidelio recuperó la calma.

—Comprendo tu dolor y sufrimiento. Has perdido algo muy valioso. Tus planes para el futuro han sido rotos y deseas no sólo una explicación, sino, sobre todo, venganza. Crees que castigando a los que piensas responsables te hará sentir mejor o, por lo menos, que ellos también sufrirán. Sí, la revancha es tentadora —le dijo e hizo una pausa, como pensando.

Intrigado por el tono de voz de Woo Lam, Fidelio esperó a que continuara.

—Salimos de China y cruzamos el océano, ahuyentados por la guerra, el hambre y la escasez. Venimos buscando paz y libertad, un lugar en el que pudiésemos trabajar y disfrutar del fruto de nuestro trabajo, un lugar en el que pudiésemos ver a nuestros hijos crecer sin temor de que fuesen asesinados o llevados lejos de nosotros —Woo Lam continuó mirando a la distancia, escuchando la risa de los niños jugando en el exterior; sonrió e hizo una pausa en su relato. Aunque al hablar Woo Lam no mostraba emoción, Fidelio comprendió que recordar le era doloroso—. Por un tiempo pensamos que habíamos encontrado ese lugar aquí. Un buen número de nosotros eligió este lugar para quedarse. Al principio no tuvimos otro problema que el trabajar duro y nos ayudamos los unos a los otros. Gracias a eso muchos prosperaron, nos mantuvimos unidos y en comunidad. Ahorramos y hasta pudimos crear nuestro propio banco. Pero nuestra prosperidad generó envidia y resentimiento entre los que llegaron antes que nosotros. Somos diferentes, con diferentes costumbres, aun cuando aprendimos el idioma lo hablamos con un marcado acento. Muchos empezaron a odiarnos, nos acusaron de ser los responsables de la pobreza de otros. En septiembre, al celebrar las fiestas patrias, nuestros comercios, junto con los de inmigrantes españoles, fueron el blanco de saqueo y destrucción.

El recuerdo de cómo en Guanajuato y Morelia, en septiembre, los comercios de españoles eran saqueados y vandalizados vino a la memoria de Fidelio. Aunque nunca participó, el recuerdo le avergonzó. Guardó silencio y esperó a que Woo Lam continuara.

—Vino la revolución —Woo Lam continuó—. El cinco de mayo de 1911, en lugar de celebrar la batalla de Puebla, los discursos fueron para acusarnos de la pobreza en la que muchos viven. "Sera mejor que nos deshagamos de ellos", uno de los oradores dijo. El once de ese mes, los maderistas avanzaron en esta dirección y el trece los federales abandonaron la ciudad. Tan pronto como se fueron, la multitud empezó a robar el comercio, sobre todo los de chinos —Woo Lam hizo una pausa, lucía triste, su mirada estaba gacha; cruzó sus brazos frente a su pecho y respiró profundo—. La violencia duró dos días —continuó—. Atacaron propiedades de extranjeros, pero, sobre todo, con odio a los chinos. No sólo atacaron los comercios propiedad de chinos, sino que atacaron sus hogares; muchos fueron arrastrados fuera de sus casas: hombres, mujeres, niños, jóvenes y viejos. Todos fueron atacados. Las mujeres fueron violadas y la edad no le importó a la multitud —Woo Lam cerró los ojos y frotó las manos, haciendo un esfuerzo en no mostrar el dolor que el recuerdo le causaba—. La multitud no tuvo compasión, muchos fueron apuñalados, otros decapitados, para luego patear las cabezas. A otros los quemaron. Algunos fueron atados a caballos que luego azotaron para que corrieran en diferentes direcciones y despedazaran los cuerpos. Alguien tomó a un niño de tres años y azotó su cabeza contra la pared.

Fidelio, con manos sudorosas, veía la escena con claridad. No pudo evitarlo y sollozó. La imagen era demasiado clara, demasiado dolorosa. De alguna manera sentía que él era parte del estúpido monstruo policéfalo; se dio cuenta de que él podría formar parte de esa multitud cruel e insensata. El dolor y la vergüenza eran casi insoportables; lloró sin decir palabra.

—Finalmente, la tropa revolucionaria al mando de Gustavo Madero ocupó la ciudad. Madero ordenó a su tropa disparar a cualquiera que atacase a extranjeros, en particular ordenó proteger a la población de origen chino. Madero puso fin al saqueo y violencia —Woo Lam suspiró y concluyó su relato. Su rostro mostraba calma, una profunda paz interior.

—Pero ¿qué fue lo que hicieron ustedes después de todo esto? Seguramente ustedes pidieron el castigo para los responsables, para quienes incitaron a la multitud —Fidelio dijo, intrigado por la calma de Woo Lam.

—Madero ordenó una investigación y algunos fueron castigados. El gobierno chino también intervino y una disculpa oficial fue dada. Uno de los responsables de incitar a la multitud murió durante la violencia que él mismo provocó. Ahora lo que nosotros deseamos es vivir en paz —Woo Lam respondió.

—Pero ¿es eso suficiente? ¿Qué hay del que asesinó al niño de tres años? —Fidelio dijo, indignado.

—Esa persona está condenada a vivir con su consciencia —Woo Lam dijo—. Buscar revancha sólo crea un círculo vicioso. Responder a violencia con violencia solo incita más violencia. La multitud durante un tumulto es como un monstruo sin razón: actúa sin pensar. Una vez que la violencia pasa, quienes participaron eventualmente sufrirán las consecuencias de sus actos; se castigarán a sí mismos.

—¿Cómo es que puede conservar la calma ante semejante injusticia?

—Una multitud fue responsable. Como ya lo he dicho, la multitud es un monstruo estúpido, no piensa ni razona, sólo reacciona. En la multitud nadie en particular es culpable, sin embargo, todos los que participaron son culpables. Es después cuando cada uno de ellos se da cuenta de lo ocurrido y ven lo que han hecho. Deberán de vivir con ello en su consciencia. Para nosotros el enojarnos no cambia lo ocurrido. El enojo no alivia el dolor ni el sufrimiento, sólo lo empeora.

—Pero en la revolución peleamos para buscar revancha por el abuso cometido.

—Me doy cuenta de ello; buscan cambiar las cosas. A menudo las cosas cambian sólo para regresar a ser lo que eran. En China lo vimos varias veces.

Fidelio había escuchado la misma frase varias veces antes. Confundido e intrigado, Fidelio, sin decir palabra, miró a Woo Lam con respeto.

Woo Lam, sonriendo amistosamente, devolvió la mirada.

—Lo que he dicho no significa ignorar lo ocurrido, sino buscar aprendizaje de ello. Tampoco hemos sido indiferentes, hemos abierto nuestras puertas a quienes piden ayuda; mantenemos nuestros comercios abiertos al público, no ocultamos provisiones y no aumentamos el precio de la mercancía. Esa es también una forma de participar en la lucha y argumentaría que es una forma más eficiente de luchar por lograr igualdad. Admito que hay ocasiones en las que es necesario recurrir a la violencia, pero, aun así, es importante reconocer cuando ha sido suficiente. Me parece que el general Villa lo sabe, pero hay muchos que sólo desean ocupar el lugar de aquellos contra quienes ahora combaten.

Aún confundido, Fidelio no supo qué argumentar. Aunque no comprendía por completo el significado de lo que Woo Lam decía, se daba cuenta de que eran no sólo palabras sabias, sino de que reflejaban la verdad. Al mismo tiempo el deseo de revancha desapareció. Comprendió que hay otra forma de responder a la violencia, una forma que produciría un cambio verdadero.

—Gracias, muchas gracias —dijo sonriendo al padre Segura y Woo Lam Po—. Es tiempo de que me despida. Padre, una vez más ha sido usted un faro de luz para mí; y usted, señor Po, me ha dado una lección que jamás olvidaré. No tengo palabras para agradecérselo.

Woo Lam le miró, puso sus manos frente a su pecho y se inclinó sin dejar de mirarle, sonriendo afablemente. Fidelio, a manera de despedida, le imitó. Al salir Fidelio, los niños continuaban riendo y jugando; rubios, negros, chinos y morenos, todos compartiendo y divirtiéndose.

Caminando con rumbo a la alameda, Fidelio se cruzó con varios hombres mutilados; algunos perdieron una o dos extremidades, muchos perdieron la vista. Aunque socorrió a muchos heridos, sintió como si apenas ahora se diese cuenta del costo de la guerra para muchos. «¿Vale la pena pagar este precio?», se preguntó.

Una vez que arribó a la residencia en donde atendían a los heridos caminó directamente hacia donde estaban sus pertenencias, tomó una mochila y empacó lo poco que tenía.

—¿Qué es lo que haces? —el Dr. Villarreal le preguntó al ver lo que Fidelio hacía.

—Me voy —Fidelio respondió con un tono tranquilo de voz.

—Te convertirás en desertor. ¿Por qué?

Fidelio le miró por un momento.

—Si a eso llega, sí, seré un desertor —finalmente contestó.

El Dr. Villarreal le miró fijamente, con su rostro serio.

—Eres un buen hombre. Debe de haber una razón poderosa para que tomes esa decisión. No te preguntaré sobre eso, pero no serás un desertor, no lo permitiré.

Desafiante, Fidelio sostuvo su mirada.

—¿Va a detenerme? ¿O me hará arrestar? Nada me detendrá. Ya no participaré en esta mortandad.

—No, amigo mío. No te detendré ni te hare arrestar. Lo que voy a hacer es darte un salvoconducto diciendo que has servido con honor —el Dr. Villarreal le dijo, ahora sonriendo—. ¿Puedes decirme a dónde piensas ir?

—Voy a Loma Sola. Antonia, mi hermana, vive allí.

—En medio del desierto. Hay minas en esa región. Buena suerte, mi buen amigo, tal vez algún día nos volvamos a encontrar —el Dr. Villarreal tomó un papel y escribió en él; puso un sello y se lo entregó a Fidelio.

Fidelio tomó el papel, lo guardó y abrazó al doctor.

—Gracias por todo —le dijo y salió; el Dr. Villarreal sólo miró cómo se alejaba.

CAPÍTULO XVII

Un día caluroso en medio del desierto. Los pocos arbustos de mezquite y huizache no brindaban protección contra los ardientes rayos del Sol. Un rebaño de chivas comía gobernadora, hojas de huizache y hasta algunas tunas. Fidelio, sentado sobre una alfombra de ixtle, tocaba la flauta bajo un improvisado techo de ramas secas de mezquite y huizache atadas usando cordeles de ixtle. Un perro dormitaba echado a su lado. El calor no le molestaba, disfrutaba de la paz y tranquilidad del solitario lugar. De repente, el sonido de una cascabel llamó su atención; puso la flauta a un lado y miró en dirección del sonido. Asustadas, las chivas corrieron, algunas brincaron, alejándose del sonido. Una de ellas no fue lo suficientemente rápida. Con la velocidad de un rayo, una serpiente alcanzó a morderla en una pierna trasera. La chiva, asustada, balaba del dolor. La serpiente, preparándose para morder de nuevo, levantó la cabeza, pero antes de que lo hiciese, Fidelio tomó la cabeza de la serpiente, que trató de liberarse, y, al hacerlo, dejo de oír el sonido de su cascabel. El perro ladraba un lado. Fidelio giró la cabeza de la serpiente para mirarla de frente.

—No muerdes a mis chivas. Yo soy su pastor —le dijo para luego soltarla.

La serpiente, deslizándose, se alejó. Fidelio se volvió hacia la chiva que balaba de dolor.

—Calma, amiga mía, comprendo que tienes dolor; deja te examino y encuentro en dónde fue que te mordió. Ah, aquí en tu pierna trasera. Ahora sólo ten un poco de paciencia —Fidelio, acariciándola, le susurró.

La cabra se recostó en silencio y cerró los ojos. Sin dejar de acariciarla, Fidelio se arrodilló a su lado. Con su navaja hizo un pequeño corte en el sitio en el que la serpiente mordió y exprimió la herida, dejando que sangrara. Esculcó en su morral de ixtle y sacó un jarro de barro lleno de un ungüento de color gris verdoso. Tomó algo del ungüento y lo frotó sobre la herida.

—Ahora está lista, amiga mía. El veneno de la serpiente ya no te hará daño —le dijo poniéndose de pie y miró la posición del Sol—. Se hace tarde, debemos de llegar al rancho antes de que oscurezca. Junta las cabras y vayamos a casa —dijo, dirigiéndose al perro, el cual de inmediato se levantó, corrió ladrando y reunió al resto de la manada. La chiva lastimada se levantó y se les unió.

Silbando, contento, Fidelio guio el regreso del rebaño. Se sentía feliz y disfrutaba de la tranquilidad de ser un humilde pastor de cabras. A la distancia, jinetes armados galopaban. Al verlos, Fidelio recordó cuando formaba parte de la brigada sanitaria en la División del Norte. No extrañaba ese tiempo, prefería la compañía de sus cabras, los animales del desierto y su perro. Sin embargo, recordó a sus amigos: el Dr. Villarreal, Enrique y el resto de sus condiscípulos de la escuela parroquial en Guanajuato. Tres años habían transcurrido desde su llegada a Loma Sola. Fidelio deseó que sus amigos hubiesen sobrevivido las batallas en las que seguramente participaron. Un huizache, de mayor altura que el resto, llamó su atención; floreaba tardíamente. Fidelio caminó hacia el árbol, hizo un corte en el tronco y, sacando un jarro de su morral, colectó la goma que fluyó del árbol. Fidelio, además, corto tantas flores como pudo; más tarde, junto con la goma, le servirían para preparar ungüentos que le eran útiles para sanar las heridas de los animales a su cuidado.

—Gracias —le dijo al árbol, acariciando el tronco.

Al continuar caminando, Fidelio recordó cómo algunos meses después de su partida, la División del Norte participó en las batallas de Paredón y Saltillo, batallas cerca de Loma Sola. En aquel entonces estuvo tentado de volver a enlistarse, pero el recuerdo de Candelaria se lo impidió. Después supo de la victoria en Zacatecas y cómo Victoriano Huerta, el usurpador, abandonó el país. También se enteró de la lucha por el poder, que Obregón derrotó a Villa y cómo esa derrota convirtió al otrora poderoso jefe de la División del Norte, de nuevo, en bandolero. Recordando todo esto, Fidelio se preocupó por la persona que le inspiraba mayor respeto: el padre Segura. Aunque en Loma Sola había paz y tranquilidad, se sabía que iglesias fueron convertidas en barracas, algunas en establos. Monasterios habían sido cerrados y las monjas obligadas a salir; muchas fueron violadas. Algunos sacerdotes fueron fusilados, otros, obligados a huir del país. «¿El padre Segura está a salvo?», Fidelio se preguntó.

Al llegar al rancho, Fidelio, ayudado por su perro, guio a las cabras dentro del corral y, una vez ahí, procedió a ordenarlas, tarareando al hacerlo.

—Ah, mira que preciosa leche nos regalan —dijo mirando cómo la cubeta se llenaba del blanco líquido—. Supongo que estarás de acuerdo —añadió, dirigiéndose al perro echado a su lado; éste contestó mirándolo y moviendo el rabo.

Fidelio siguió tarareando y silbando, mientras que el perro meneaba la cola, siguiendo el ritmo de la canción.

—Qué contento estás, Fidelio. Bueno, tú siempre estás alegre sin importar lo que pase. Envidio esa capacidad tuya de estar feliz, aun cuando no haya razón aparente para estarlo —Antonia, su hermana, ahora viuda y sin hijos, le dijo entrando al corral.

—Buenas noches, Antonia —Fidelio le dijo, poniéndose de pie—. Mira qué preciosa y saludable leche nos han regalado; con esto harás un queso delicioso —añadió, mostrando dos cubetas llenas del espumoso líquido blanco.

—Tienes razón, es preciosa; con ella haremos un queso maravilloso y una parte endulzará el café que he preparado —Antonia, sonriente, le contestó, tomando las cubetas—. Don Seve me dijo que vendrá a hablar contigo; parece ser que en la mina San Rafael han encontrado una nueva veta y, por lo tanto, parece que emplearán más gente. Su compadre, don Antonio, el dueño de la mina, le ha pedido que le ayude a conseguir trabajadores. Como don Seve sabe que somos de Guanajuato, y que nuestro padre trabajó en las minas, piensa que tal vez tú estés interesado. Pagan bien, aunque yo sé que don Seve te extrañaría; presume con sus amigos lo bien que cuidas las chivas y cómo el ganado a tu cuidado es saludable y productivo.

—Fidelio, qué bueno que has regresado a tiempo, hay algo que quiero hablar contigo —Severiano Garza, propietario del rancho, dijo al aproximarse. Era un hombre alto, delgado, de complexión robusta, con algunas arrugas en su rostro y de cabello y bigote blancos.

—Don Seve, qué gusto de verlo. Dígame en qué puedo servirle, estoy a sus órdenes —Fidelio le dijo.

Severiano, "don Seve", como respetuosamente sus empleados le llamaban, miró a Fidelio amistosamente y dudó por un momento.

—Fidelio, mi compadre, don Antonio, a quien conoces, me ha pedido ayuda para encontrar gente que desee trabajar en su mina. La paga es buena y la verdad es que es mucho mejor que lo que yo pago. Tu hermana me ha dicho que ustedes son de Guanajuato y que tu padre trabajó como minero, así que pensé que tal vez te interesaría. Aunque, como seguramente sabes, el trabajo en las minas está lleno de peligros. La verdad es que a mí me convendría que te quedaras con nosotros, no hay otro pastor como tú, pero piénsalo y déjame saber tu decisión.

—Gracias por pensar en mí, don Seve. Me toma por sorpresa. Nunca he sido minero, pero precisamente porque mi padre murió en un derrumbe de mina me interesaría en serlo. Por esa misma razón sé que es un trabajo peligroso. Por otro lado, me gusta lo que hago; en este trabajo siempre estoy rodeado de amigos. Sí, lo pensaré y, por supuesto, le haré saber de mi decisión.

—Hoy es miércoles, le dije a mi compadre que le daría una respuesta el fin de semana, tienes hasta entonces para pensarlo —don Seve le dijo para luego mirar en dirección de las cabras y sonreír—. Desde que tú has sido su pastor no hemos perdido una sola; de hecho, el rebaño ha crecido como nunca. Sí, no me gustaría perderte, pero le prometí a mi compadre que si alguno de mis trabajadores decide ser minero respetaría su decisión, tú no serás la excepción. Piénsalo bien, pero recuerda que tienes hasta el domingo —miró a la distancia e hizo un gesto—. Ahí viene otra tormenta de arena; asegura el corral y cierren las puertas y ventanas —esbozó una sonrisa irónica—. Sabemos muy bien que aun así la arena entrará —añadió, extendió el brazo a manera de despedida y se dirigió a la casa grande, con paredes de adobe.

Antonia y Fidelio voltearon a ver la nube negra que se aproximaba, aseguraron el corral y corrieron hacia su cabaña, cerrando las puertas y ventanas. Afuera, el viento silbaba. La arena penetró por debajo de la puerta y por el espacio entre las ventanas.

—Esta es la diferencia con Guanajuato, allá las nubes negras presagian lluvia, aquí lo que llega es arena —Antonia dijo sonriendo, contenta. Fidelio devolvió la sonrisa y se sentó en una de las sillas de bejuco.

El domingo llegó. Los empleados del rancho se reunieron para rezar juntos el rosario y compartir la comida; costumbre iniciada por Fidelio desde su llegada, costumbre que agradaba a Don Severiano. Él, siendo viudo sin herederos, trataba a sus empleados como si fuesen sus hijos y disfrutaba formando parte de la reunión.

—Don Seve, lo he pensado bien y he llegado a una decisión —Fidelio le dijo después del rosario.

Ambos sostenían vasos de limonada con semillas de chía. Severiano sorbió de su vaso para luego mirar a Fidelio con un gesto preocupado.

—¿Y cuál es tu decisión?

—Trabajaré en la mina.

Severiano miró al suelo por un momento.

—Aunque no lo apruebo, respeto tu decisión. No sólo yo te echaré de menos, sino también las cabras y los animales del desierto —hizo una pausa y clavó su mirada en Fidelio; ambos eran de la misma estatura. El gesto de preocupación se acentuó—. Mi compadre me dice que la seguridad en la mina ha mejorado, ha invertido mucho con ese propósito. Pero, aun así, es un trabajo peligroso. Los riesgos son muchos: colapso, incendio, sofocación, incluso inundación. Pero no es sólo eso, hay también el riesgo de enfermedades. Los mineros viven una corta y miserable vida, con serias dificultades para respirar. Además, debo decirte que mi compadre ha aceptado sociedad con ingleses, quienes tal vez no compartan su interés en el bienestar de los trabajadores. ¿Hay algo que te haga cambiar de opinión? ¿De verdad lo has pensado bien?

Fidelio le sonrió, sabía que Severiano le apreciaba y de verdad estaba preocupado.

—Don Seve, aprecio su preocupación. Estoy consciente de los riesgos, que, como usted dice, son muchos, pero es precisamente por esa razón que creo que debo de ir. Lo he pensado bien. Cierto, me gusta ser pastor y cuidar de los animales; aquí he encontrado la paz y tranquilidad que necesitaba, pero es tiempo de cambiar y afrontar la vida. Gracias por todo, Don Seve. Encontrar un patrón como usted ha sido como un regalo de Dios.

—Si estás decidido, ve con Dios. Que te cuide y llene de bendiciones; eres bueno y lo mereces —Severiano le dijo abrazándolo—. Ten mucho cuidado y no corras riesgos innecesarios —añadió, apartándose y tomando a Fidelio por los hombros.

Fidelio pronto se dio cuenta de que el trabajo de minero no sólo era laborioso y pesado, sino que el riesgo era mayor de lo que esperaba. A su llegada fue asignado para ser asistente en el grupo encargado de colocar la dinamita. Su trabajo consistía en perforar la roca para permitir el paso del cartucho de dinamita. El explosivo permitía obtener material y avanzar en la perforación del túnel.

—Fidelio, parece que nunca descansas. Eres el último en salir de la mina; pareciera que te aseguras de que todos han salido sanos y salvos y en la madrugada eres el primero en llegar —She Ling Wong, un minero de origen chino, le dijo a Fidelio con un español quebrado, frotándose las manos para calentarlas.

Aunque estaban en verano, el desierto siempre es frío antes de la aparición del Sol. A la distancia un brillo anaranjado detrás de los cerros anunciaba el principio del día.

—Apenas estoy aprendiendo la rutina del trabajo, así que observo lo que tú y el resto hacen —Fidelio le respondió sonriéndole—. Te ayudaré a preparar las velas y lodo suficiente para cuando lleguen los demás.

Al llegar los mineros usaron el lodo para sujetar las velas en sus sombreros, que, una vez encendidas, iluminaban apenas lo suficiente para liberar los brazos y ejecutar el trabajo.

—¿Quién rayos preparó este lodo y estas velas? —Gerónimo Saavedra, disgustado, gritó, pateando las velas y arrojando lodo al suelo.

Saavedra era un hombre de baja estatura y mediana edad. Tenía algún tiempo trabajando en la mina e influía en el ánimo de otros mineros. De hecho, poco antes de la llegada de Fidelio le eligieron líder del recién formado sindicato. Miró a su alrededor y al ver a She Ling y Fidelio dijo:

—¿Se han creído que con esto van a impresionar a los ingleses? Dejen que les diga que a ellos no les importamos, no simpatizan con los chinos ni con los mexicanos. Todo lo que les interesa es explotarnos. Ellos hacen como que nos pagan, así que nosotros hacemos como que trabajamos. Ese es el arreglo — Saavedra les dijo en dijo en un tono burlón.

—Esa actitud conduce a nada —Fidelio respondió—. Debemos de demostrarles que somos tan capaces como cualquiera, incluso que podemos hacerlo mejor. De esa manera les convendrá escucharnos y así no sólo lograremos que mejoren la seguridad de la mina, sino que también podríamos negociar mejores salarios. Haciendo lo que dices sólo reforzamos la falsa impresión de que somos flojos e indolentes.

Para entonces el resto de los mineros había llegado y, al escuchar la discusión, la mayoría pensó que lo que Fidelio decía tenía sentido; pero algunos, amigos de Saavedra, miraron a Fidelio con rencor.

—Basta de charla —Roberto Eager, un ingeniero americano, asistente del gerente inglés y responsable de procesar el material extraído, comentó—. Se hace tarde y muchos de ustedes no han puesto las velas sobre sus sombreros; asegúrense de hacerlo lo más rápido posible y bajen a la mina. Agradezcan a She Ling y Fidelio por tenerlo listo para ustedes.

Saavedra escupió al suelo y miró a Fidelio con odio.

—Lo lamentarás —le murmuró a Fidelio al entrar a la mina.

La mina estaba oscura y la vela apenas iluminaba lo suficiente para que Fidelio viese lo que estaba frente a él. Las antorchas en las paredes del túnel tampoco iluminaban gran cosa. El ambiente de la mina era caliente, húmedo y un hedor ácido recibía a los mineros apenas entraban. Los rieles en el suelo les ayudaban a orientarse. Fidelio, al igual que el resto de los mineros, sólo vestía pantalón, camisola de manta cruda y calzaba huaraches. Además, cargaba su morral de ixtle, en el que llevaba varios jarros con ungüentos preparados para curar heridas, en caso de ser necesario. Además del calor y la humedad del ambiente, el suelo era lodoso. Fidelio se llevaba bien con todos los miembros de su grupo; sentía que eran un equipo en el que todos cuidaban el uno del otro. Poco tiempo después de entrar en la mina escucharon el relincho de caballos.

—Rogaciano y los caballos nos esperan —dijo Fulgencio, el capitán del grupo—. Fidelio, anda y ayúdale a engancharlos al tren, luego vayan a donde nosotros. Mientras tanto empezaremos a perforar y colocar los cartuchos. De esa manera, para cuando ustedes lleguen, habrá material que transportar.

Guiado por el relincho de los caballos, el brillo de sus ojos reflejando la luz de la vela en el sombrero de Rogaciano, Fidelio caminó hacia ellos.

—Hola, Rogaciano. ¿Cómo están nuestros amigos? —dijo tan pronto como llegó.

—Se estaban poniendo nerviosos, esperan las manzanas que les das cada mañana. Los has acostumbrado —Rogaciano respondió, sonriéndole.

—Aquí tienen, mis queridos amigos —dijo Fidelio, dirigiéndose a los caballos, sacando dos manzanas de su morral y dando una a cada uno. Murmuró algo en sus oídos al tiempo que ponía las manzanas en su boca.

—He entrenado caballos toda mi vida. Cuando intenté hacerlos entrar en la mina la oscuridad les asustó y se resistieron casi con violencia; pero desde que llegaste y murmuras en sus oídos aceptan entrar al túnel sin que la oscuridad les asuste. No sé cómo lo haces, pero ciertamente me alegra que hayas venido, y ellos están felices —contento, Rogaciano le dijo.

Prrruum; una explosión se escuchó, aunque un poco más fuerte que lo habitual. Se concentraron en preparar a los caballos. Otra explosión, esta vez seguida por ruido y gritos de auxilio. De inmediato, Fidelio se dio cuenta de que una tragedia había ocurrido.

—Sígueme con los caballos y el tren —dijo a Rogaciano y corrió en dirección del túnel en el que su grupo trabajaba.

Al llegar al fondo del túnel, Fidelio encontró a varios arrodillados al lado de los cuerpos de compañeros lastimados. Al mirarlos, Fidelio se dio cuenta de que sus heridas eran superficiales. Estaba a punto de preguntar qué fue lo que ocurrió cuando vio a Fulgencio tirado, con una profunda herida en la cabeza, inmóvil, los ojos abiertos y el rostro ensangrentado y cubierto de lodo.

—¡Fulgencio! ¡Fulgencio! —Fidelio gritó corriendo a su lado.

No hubo respuesta. Fidelio puso su mano sobre el cuello de Fulgencio y no encontró pulsaciones. Llorando en silencio, Fidelio cerró los ojos de su amigo, sacó un trapo de su morral, lo mojó y lavó el rostro.

—Luego de que perforamos, Fulgencio batalló para introducir el cartucho. La mecha era mucho más corta. Traté de prevenirle, pero no me hizo caso —Jonás, un minero negro, dijo.

—Dios te ha protegido, Fidelio; si Fulgencio no te hubiese mandado a ayudar a Rogaciano con los caballos, tú hubieras sido quien hubiese perforado y colocado ese cartucho —Marcial, otro de los mineros, le dijo.

El resto de los mineros llegaron, Saavedra entre ellos. Cuando Saavedra vio a Fidelio, la sonrisa de su rostro desapareció, hizo un gesto de disgusto y escupió.

—¡Esto es culpa tuya! —le gritó.

Fidelio sólo lo miró y prefirió ignorarlo. Se puso de pie y levantó el cuerpo inerte de Fulgencio.

—Por favor, sostén sus piernas —le dijo a Jonás y entre los dos llevaron el cuerpo hasta uno de los vagones que Rogaciano llevó.

Fidelio se puso al frente y guio a los caballos fuera de la mina. Los demás le siguieron.

—Padre nuestro que estás en los cielos... —Fidelio empezó a orar, el resto le hizo coro, pero no todos. Saavedra y sus amigos, disgustados, guardaron silencio.

Seis meses después, Fidelio era, gracias al trabajo difícil y pesado desarrollado en la mina, un hombre fuerte y esbelto. Llegó al edificio en donde se encontraba la oficina de la mina. Charles Peabody, ingeniero en jefe y gerente de la mina, le llamó. Peabody era un inglés alto, delgado, rubio y de brillantes ojos azules que lucían enormes detrás de sus gruesas gafas.

—Fidelio, cuando llegaste me preocupé, porque no tenías experiencia como minero, no sólo por tu seguridad, sino también por tus compañeros de trabajo —Peabody le dijo a manera de saludo, en un español correcto, pero con marcado acento—. Además, por supuesto, me preocupé por la productividad de la mina. Sin embargo, muy pronto nos sorprendiste a todos; no sólo aprendiste rápidamente, te convertiste en un experto en el manejo de explosivos y en el transporte del material. Eager me ha contado sobre tu habilidad en el manejo de los caballos en el interior de la mina y, para sorpresa nuestra, la productividad ha aumentado —Peabody clavó su mirada en él, observando la reacción de Fidelio a sus palabras.

Fidelio le sostuvo la mirada y sonrió al notar cómo los ojos de Peabody se veían enormes detrás de las gruesas gafas.

Durante los pasados seis meses, Fidelio aprendió sobre los riesgos que corrían los mineros, por eso impulsó demandas, pidiendo mejoras en la seguridad. Aunque se daba cuenta de que el gerente era honesto en lo que dijo y comprendía la razón de la reunión, esperó a que éste continuara.

—También nos agrada el hecho de que desde el accidente en el que perdimos a Fulgencio no ha ocurrido ningún otro —Peabody continuó, ahora esbozando una amigable sonrisa—. Muchos de tus compañeros comparten tu preocupación por mejorar la seguridad en la mina y, como te habrás dado cuenta, la mayoría de esas peticiones han sido aceptadas; eso incluye el pagar una indemnización a la viuda de Fulgencio. Pero debo decirte que también hay otros que no están de acuerdo contigo y les desagrada el que tú intervengas, en particular algunos que llegaron antes que tú. Probablemente sabes de quién estoy hablando.

Fidelio hizo un gesto. Desde poco después de su llegada se dio cuenta de que algunos se molestaban por su interés en aprender y esforzarse por hacerlo mejor y por mejorar la seguridad. Su resentimiento aumentó cuando se dieron cuenta de que muchos le apoyaban y le brindaron amistad. Aunque le gustaría ignorarlos y concentrarse en su trabajo, sí le preocupaba un poco. Por la manera en la que Saavedra y sus aliados se comportaban, Fidelio sospechó que la explosión que causó la muerte de Fulgencio no fue accidente. Alguien cambió los cartuchos de dinamita. Planeaban algo peor.

—Bien, yendo al grano, la razón por la que te llamé es para dejarte saber que no sólo estamos contentos con tu trabajo, sino que hemos decidido promoverte a capataz —Peabody continuó. Aunque ya sospechaba la oferta, Fidelio se sorprendió un poco y frunció el ceño—. Por supuesto, tu salario aumentará — Peabody dijo al notar la reacción de Fidelio.

—No es el dinero lo que me preocupa —Fidelio dijo—. Es sólo que me ha tomado un poco de sorpresa. Sé que hay otros interesados en el puesto, otros con mayor antigüedad.

—Lo sé. Roberto Eager es quien te propone. A Don Antonio le agrada la idea y, por supuesto, yo lo apruebo. Espero que aceptes.

Fidelio, consciente de la responsabilidad del puesto, no temía a eso; de hecho, ya tenía algunas ideas sobre cómo mejorar la eficiencia del trabajo. Pensó por un momento.

—Acepto. Agradezco su confianza —finalmente dijo.

—Excelente, don Antonio estará contento cuando se lo diga —Peabody dijo, extendiendo su mano. Fidelio la tomó y sellaron el trato con un apretón de manos.

Fidelio no preguntó sobre firmar algún documento, pues sabía que Peabody era un hombre honorable. Pensando que eso era todo, Fidelio se encaminó hacia la puerta.

—Fidelio, casi me olvidaba. Hay algo más que quiero pedirte —Peabody le dijo antes de que Fidelio llegara a la puerta. Fidelio se volvió, preocupado.

—¿Cómo puedo servirle? —preguntó.

Peabody tosió, dubitativo.

—Es un favor que deseo pedirte, algo personal —dijo—. Desde tu llegada te he observado y, aunque no aquí no hay sacerdote ni pastor, has comenzado con algo semejante a un servicio religioso los domingos. La mayoría de los mineros asisten. Eso es lo que me dio la idea de que quizá aceptes ayudarme.

—Dígame, estoy a sus órdenes —Fidelio respondió. Se dio cuenta de que era algo importante para Peabody, algo relacionado con algún familiar.

—Mi esposa se quedó en Inglaterra cuidando a nuestros hijos, dos hombrecitos y una mujercita —Peabody continuó. Un poco nervioso, sacó una botella de whiskey de su escritorio, sirvió un poco y lo bebió—. Disculpa. ¿Un trago? —preguntó, apuntando a la botella. Fidelio movió la cabeza en forma negativa—. Mi esposa ha enfermado, nada serio, pero necesita descanso; se ha ido a vivir con sus padres, pero no hay lugar para todos los niños, así que dos de ellos vienen acá, uno de los varones y la niña. Estarán aquí un par de meses. Lo que quiero pedirte es que si durante tu tiempo libre podrías mostrarles los alrededores.

—Por supuesto que sí. Me encantan los niños —Fidelio respondió

—Bien, gracias. En un par de semanas llegarán a Monterrey. Los recogerás en la estación del ferrocarril allí. Me aseguraré de que Tomás, mi chofer, te lleve en el auto. Agradezco que hayas aceptado.

CAPÍTULO XVIII

Pocas semanas después, al amanecer, Tomás, el chofer negro de Peabody, estacionó el auto frente al humilde jacal que Fidelio ocupaba.

Aunque Fidelio ya había visto el automóvil de la compañía, un Packard de color negro, dudó en abordarlo. El estruendo del motor de doce cilindros le puso nervioso; daba la impresión de que explotaría en cualquier momento. Finalmente, se armó de valor y subió al coche.

—¿Habías estado en un auto antes, Fidelio? —Tomás le preguntó en español con marcado acento inglés—. Me di cuenta de que dudaste antes de abordar —agregó, mostrando su dentadura, que, contrastando con el color de su piel, era de un blanco brillante—. No hay nada que temer, por el contrario, máquinas como esta transformarán al mundo.

—Nunca he estado en un auto antes, de hecho, este es el primero que veo y esta es la primera vez que viajo en uno de ellos. He visto cómo lo conduces, casi como si fuese magia. ¿Dónde aprendiste a conducir?

El terreno arenoso, lleno de piedras sueltas, con múltiples hoyos, hizo que el auto diese tumbos, a pesar de ello, a Fidelio le parecía ir sobre una nube; comparado con ir montado a caballo o viajando en un carromato tirado por mulas, esto era mucho más confortable. Incluso era mejor que viajar en tren. Los asientos de cuero le agradaron, eran mucho más cómodos que los del tren. «Esto es como volar», pensó.

—Aprendí en Inglaterra —Tomás respondió a su pregunta—, pero allá conducía un Rolls Royce. Eso sí que es un verdadero automóvil —agregó, sonriendo.

A Fidelio le agradó Tomás. Aunque era la primera vez que hablaban, era como si lo conociese de tiempo atrás.

—Hablas igual que el señor Peabody. ¿Tú también eres inglés? —Fidelio le preguntó.

Peabody era rubio y Tomás, negro. De hecho, nunca había visto a alguien de color tan oscuro, incluso el color de la piel de Jonás era mucho más claro.

La sonrisa de Tomas se amplió.

—Supongo que soy inglés, aunque nací en Nigeria, un país en el continente africano, pero como mi padre fue llevado a Inglaterra por su patrón crecí en Inglaterra, y fue allí donde aprendí sobre los motores. Por esa razón durante la guerra tuve la oportunidad de manejar los primeros tanques, automóviles con armadura. Después de la guerra trabajé en una mina de carbón en el país de Gales, fue allí donde el señor Peabody me contrató como chofer y mecánico. Él es un buen hombre y mejor patrón, así que cuando me dijo que venía a México y me ofreció acompañarle no dudé en aceptar. Allá, México es un país lleno de misterio, mágico, aunque peligroso. Deja que te diga que me alegro de haber venido; la gente me trata bien, con respeto, me gusta incluso el sobrenombre con el que me conocen. "El negro Tomás" aquí es un sobrenombre amistoso, cordial, además, es cierto; ese es el color de mi piel —Tomás dijo sin dejar de sonreír, feliz, frunció los hombros. Mantuvo la velocidad del coche mientras hablaba.

Fidelio admiró su habilidad para conducir, evitando los hoyos, piedras, hasta animales en el camino. Sin embargo, era la primera vez que escuchaba hablar sobre guerra en otros lugares. «¿Es el resto del mundo violento? ¿Hay dictadores en otros países?», pensó.

—Cuéntame de esa guerra en la que participaste. ¿Cuál fue el motivo? ¿Por qué peleaban?

—¿La guerra? La verdad es que nunca supe cuál era la razón por la que peleamos. Lo que sí sé es que fue una guerra cruel y sucia. Yo tuve la suerte de conducir un tanque, pero la mayoría de los combatientes, en ambos lados, pasaron la mayor parte de la guerra en agujeros sucios, pestilentes, húmedos y contagiosos. Más soldados murieron a consecuencia de enfermedades que los que murieron en combate. "Peleamos por el honor de la patria", nos dijeron —Tomás contestó; por un momento pareció disgustado, pero luego volvió a sonreír—. Conducir en este terreno es excitante, me recuerda la guerra en Bélgica, la diferencia es que el tanque que conducía no necesitaba llantas, aquí ya van varias que estallan —agregó al tiempo que maniobraba para evitar un coyote que perseguía a un conejo. Casi de inmediato se escuchó una explosión. Con dificultad, Tomás evitó que el auto se volcara; divertido, soltó una carcajada—. Allí lo tienes, parece que pedí que una llanta estallara. Me ayudarás a cambiarla.

Una de las llantas delanteras fue pinchada por la punta de la osamenta de un animal.

—Me lleva la tristeza, va a ser difícil cambiarla. Este terreno arenoso está muy flojo —Tomás dijo disgustado, pateando el suelo al mirar la llanta ponchada hundida en la arena; al hacerlo descubrió a una serpiente. Sorprendido, Tomás brincó, asustado.

—Esa víbora es inofensiva —Fidelio dijo en tono burlón—. ¿Cuál es el problema con la llanta?

—Hay que cambiarla, pero para hacerlo es necesario levantar el auto. La dificultad está en el terreno arenoso que no da la firmeza necesaria para colocar el instrumento que lo levante —Tomás le explicó, pateando de nuevo la arena. A la distancia, una ardilla disfrutaba de la escena.

—Creo que te puedo ayudar —dijo Fidelio, miró a su alrededor y juntó varias varas secas de huizache para luego, usando su cuchillo, formar cordones de lechuguilla; los usó para atar las varas de huizache y así formar una sólida plataforma—. ¿Dónde tienes que colocar la palanca para levantar el coche?

—Aquí —Tomás le contestó, apuntando a un sitio próximo a la mitad del auto.

Fidelio se hincó, separó un poco de arena y colocó la plataforma de varas secas en el lugar que Tomás le indico.

—Veamos si esto te da la firmeza que necesitas —le dijo.

Tomás colocó el instrumento sobre la plataforma, que fue lo suficientemente firme para levantar el coche, de manera que Tomás pudo retirar las tuercas que sujetaban la llanta pinchada, pero estaba tan profunda que tuvo dificultad en retirarla.

—Espera un momento —dijo Fidelio y, dándose cuenta del problema, levantó el frente del auto unos cuantos centímetros más—. ¿Es esto suficiente?

—Sí, gracias —respondió Tomás, sacando rápidamente la llanta y colocando el repuesto—. Puedes bajarlo ahora —añadió al tiempo que colocaba las tuercas—. ¡Caramba! No sólo eres habilidoso, sino que también eres fuerte —Tomás dijo una vez que estaban de nuevo en camino.

Fidelio no respondió, sólo admiraba la habilidad de Tomas para conducir.

—La pregunta que me hiciste sobre la guerra me ha puesto a pensar —Tomás dijo después de unos minutos de silencio—. Fue una guerra sangrienta. Miles de hombres murieron y supongo que muchos otros perdieron todo lo que tenían. Nos dijeron que pelearíamos por la patria, por el orgullo nacional, pero al final muchos de los países involucrados terminaron devastados; imperios y reinos desparecieron. Bueno, quizá lo bueno sea que Inglaterra, mi país, es ahora el país más rico y poderoso del planeta. Supongo que eso está bien, pero ¿de verdad valió la pena que miles de hombres jóvenes murieran y que muchos otros terminaran lisiados? —se encogió de hombros—. No sé, quizá no debiera de importarme.

Mirándolo, Fidelio le escuchaba en silencio. "Miles han muerto, mucho más son lisiados". Estas palabras le hicieron pensar y le recordaron las batallas en las que participo. «¿Valió la pena?», se preguntó.

—Si no tienes más preguntas, me gustaría charlar sobre cosas más placenteras —Tomás le dijo, contento, después de un momento de silencio—. Cuando conozcas a los hijos del señor Peabody te agradarán, pero, te prevengo, son incansables y no temen meterse en problemas.

—Eso está bien, me gustan los niños y me gusta jugar con ellos —Fidelio contestó.

—Es más probable que ellos jueguen contigo —Tomás replicó, riendo—. Ahí está el camino de Saltillo a Monterrey, por lo menos eso parece. Una vez que lleguemos, podremos ir un poco más rápido. Aunque tiene muchas curvas, si no tenemos otra llanta ponchada, llegaremos a tiempo para recoger a los niños.

Al aproximarse a las montañas, el paisaje cambió. Fidelio observó que los cactus eran mucho más altos y grandes; semejaban un ejército con los brazos extendidos rogando a Dios.

Al llegar a Monterrey, Fidelio notó que, aunque tenía algunas similitudes con Torreón y Chihuahua, las calles eran angostas y adoquinadas. Había otras diferencias: las calles estaban limpias y, dado que no hubo combates, todos los edificios estaban intactos. Al igual que en Chihuahua y Morelia, le impresionaron los edificios gubernamentales, lo mismo que la catedral. Otra cosa que llamó su atención fue la gran cantidad de largas chimeneas sobre algunos edificios grandes, mucho mayores que todos los que había visto hasta entonces. Fidelio percibía la energía contenida en esta ciudad. Aunque aún era una ciudad pequeña, Fidelio tuvo la impresión de que pronto se convertiría en una de las ciudades de mayor importancia en el país. Recorrieron la orilla del río Santa Catarina; siendo la temporada seca era apenas un arroyo. Mirando hacia arriba, Fidelio admiró el cerro de la silla, símbolo de la ciudad. «Es majestuosa», pensó. Finalmente llegaron a la estación del ferrocarril y Tomás estacionó el coche. Se unieron al grupo que esperaba la llegada del tren.

—Espero que llegue a tiempo —alguien cercano dijo.

—Eso no sucede a menudo —otro comentó en tono sarcástico—. ¡Bravo! Créanlo o no, aquí está. ¡Justo a tiempo! —la misma persona agregó, riendo, sorprendida.

Rugiendo, soplando humo negro, silbando, como presumiendo, el tren arribó.

—Neblina y lluvia es lo que hay en esta temporada en Londres, aquí hace calor; me pregunto si a los niños les agradará este clima —Tomás le comentó a Fidelio al tiempo que sacudía el sudor de su frente—. ¡Allí están! —casi gritó, jubiloso, alzando la mano para llamar la atención de los recién llegados.

Fidelio, quien también estaba incómodo con el calor y tenía su camisa de manta empapada, casi brincó, sorprendido, al ver que los niños que esperaba no eran niños; los que salían del Pullman y caminaban sonrientes en su dirección eran casi de su edad. Un varón joven y una jovencita, ambos de cabello rojizo, ambos bien parecidos, sus ropas un poco empapadas por el sudor.

—Tomás, qué gusto me da verte de nuevo. Te ves bien, parece que México te sienta. ¿Cómo está papá? —el varón dijo, dirigiéndose a Tomás en inglés y extendiendo su mano para saludarlo.

—Es cierto, te ves saludable, Tomás —la joven dijo, sonriéndole y mirando a Fidelio.

El brillo de esos ojos azules causó una corriente que recorrió la columna vertebral de Fidelio; le agradó su cabello rojizo recogido en una cola de caballo.

—Me da gusto verlos de nuevo. Su papá les espera con ansia. Este es Fidelio, mi amigo; su papá le ha pedido que les sirva de guía durante su estancia —Tomás dijo tomando la mano del joven y señalando a Fidelio.

—Gusto en conocerte, Fidelio. Hola, soy Preston —el joven le dijo en español, pero con un marcado acento, extendiendo su mano. Fidelio la tomó, saludándolo. Al contacto de la mano, Fidelio se dio cuenta de que Preston era atlético, en ocasiones rebelde, pero honesto y digno de confianza—. Ella es Victoria, mi hermana —Preston añadió.

—Hola, Fidelio. Soy Vicky para mis amigos —ella dijo, también en español con acento inglés.

El rostro de Victoria se iluminó al sonreír. Al ver esa pícara sonrisa, Fidelio volvió a sentir una corriente recorrer su espalda y, como consecuencia, el vello de los brazos se levantó. Avergonzado, Fidelio esperó que nadie lo notase.

—Traen una gran cantidad de equipaje. Afortunadamente, la cajuela del Packard es amplia; lo podré acomodar —Tomás comentó al ver el equipaje que uno de los empleados del ferrocarril les entregaba—. El carro esta por allá —agregó, encaminándose en dirección en donde estacionó el automóvil.

Durante el camino de regreso, Vicky y Preston admiraron el paisaje.

—Todo se ve tan extraño y diferente a Inglaterra y Gales —Preston dijo—. Nunca había visto este tipo de vegetación, y las montañas todas rocosas, sin árboles. Esta experiencia va a ser muy interesante.

—Pero hace tanto calor —Vicky dijo limpiando el sudor de su frente con un pañuelo de seda—. ¿Tienen caballos? Me gustaría recorrer los alrededores, pero necesitaré alguien que me sirva de guía.

—Fidelio conoce el territorio a la perfección, él puede servirte de guía —dijo Tomás.

—Qué bien, ojalá que pronto se pueda —Vicky comentó volteando a ver a Fidelio.

El auto saltó al cruzar un bordo del camino y Tomás tuvo dificultad en controlarlo para evitar golpear a un par de caballos que saltaron sobre el coche y se alejaron. Preston sonrió y movió la cabeza, admirando y aprobando la habilidad de Tomás para maniobrar el automóvil, y Vicky gritó entusiasmada al ver a los caballos.

—¡Caballos salvajes! Me encanta verlos. Fidelio, tendrás que llevarme al lugar donde esté la manada —dijo saltando de gusto.

Fidelio, escuchándola y viéndola, sólo sonrió.

—Falta poco para llegar —Tomás dijo, sonriente—. Me da gusto de que hayan disfrutado del viaje. Estoy seguro de que su papá estará feliz de verlos.

—Y nosotros estaremos felices de verlo —dijo Vicky saltando de la emoción. Su cabello rojizo brilló al recibir la luz del Sol.

«Pareciera que también hay fuego en los ángeles», Fidelio pensó.

Anocheciendo, Tomás estacionó el auto frente a la casa que Peabody ocupaba, un edificio grande con paredes de adobe rodeado de palmas y huizaches. Gracias a las amplias ventanas y estar orientada de norte a sur, para evitar los rayos del Sol, y la sombra proporcionada por los árboles, la casa era fresca. Peabody, quien probablemente escuchó el motor del auto al aproximarse, les esperaba frente de la casa.

Tan pronto como Tomás estacionó el auto, Vicky saltó y corrió a abrazar a su padre; Preston la siguió y también lo abrazó.

—¿Tuvieron algún problema? —Peabody le preguntó a Tomás en inglés.

—Nada que entre Fidelio y yo no pudiéramos resolver —Tomás contestó.

—Magnífico —Peabody dijo abrazando a sus hijos—. Me da gusto que estén aquí. Encontrarán este lugar diferente a todo lo que han conocido hasta ahora, pero al conocerlo les gustará y lo disfrutarán, como me sucedió a mí. Tomás los conducirá a donde quieran ir —añadió para luego voltear a ver a Fidelio—. Fidelio, hay algo que debo decirte. Parece ser que algunos miembros del sindicato tratan de crear problemas. Se han quejado de que seas tú quien fue promovido a jefe de grupo, ignorando a otros que han trabajado aquí por más tiempo que tú. Nosotros sabemos que escogimos a la persona adecuada para el puesto, pero será una buena idea el que, por lo pronto, al menos, concentres tu atención en el trabajo en la mina.

—Pero, papá, Fidelio me prometió llevarme a ver la manada de caballos salvajes —Vicky intervino.

—Bueno, tal vez pueda hacerlo un fin de semana —Peabody replicó—. Tú, Fidelio, ¿qué opinas?

—Tendré mucho gusto en guiarla un poco después. Por lo pronto me concentraré en el trabajo; no quiero ser la causa de problemas. Si deciden dar a otro el puesto lo aceptaré y le obedeceré —Fidelio contestó—. ¿Hay algo más en lo que pueda ser útil ahora?

—No, gracias. Como dije, el puesto es tuyo, tú eres la persona indicada. Ve a casa y descansa —Peabody contestó.

—Nos vemos pronto, Fidelio, que pases una buena noche —Preston le dijo levantando la mano a manera de despedida.

—Buenas noches a todos —Fidelio dijo.

Fidelio se dirigió rumbo al caserío que la compañía proveía como habitación de los mineros y sus familias. Jonás, Rogaciano, Marcial y algunos otros discutían acaloradamente frente al jacal que Fidelio ocupaba.

—Fidelio, qué bueno que llegaste. Necesitamos hablar contigo —Rogaciano le dijo en cuanto se aproximó—. Saavedra ha difundido el rumor de que tú eres el responsable del accidente en el que Fulgencio murió. Ha tratado de convencer a todos en el sindicato para que se opongan a tu promoción. Afortunadamente, la mayoría sabemos que tú nada tienes que ver con el accidente, pero Saavedra te odia —le dijo con un firme y preocupado tono de voz—. Hemos venido a prevenirte y dejarte saber que nosotros estamos de tu lado. Todos estamos conscientes de que desde tu llegada la seguridad en la mina ha mejorado y, gracias a ti, los salarios han mejorado. Además de eso, has logrado el que nos sintamos orgullosos de hacer las cosas bien; es por eso que Saavedra y su grupo te odian tanto. Antes de que llegaras, ellos nos controlaban. Saben cómo asustarnos. Pero desde que tú llegaste nos hemos dado cuenta de que podemos defendernos. La explosión que mató a Fulgencio era para matarte a ti y asustar al resto de nosotros. Eso lo sabemos bien.

—Dejé la tierra en donde nací porque me disgustaba que tanto mi gente como yo fuésemos tratados como basura. Acá trabajé en varias partes antes de llegar aquí —Jonás intervino—. Don Antonio fue quien me ofreció el trabajo. Él es un buen hombre y desde el principio ha tratado a todos bien, pero Saavedra y su gente se aprovecharon de su nobleza. Cuando llegaron los ingleses impusieron disciplina. Saavedra y su grupo continuaron actuando de la misma manera y eso creó problemas con la administración. Fue entonces que tú llegaste y empezaste a hablar de poner orgullo en el trabajo. Nos hemos vuelto conscientes de nuestros derechos y ese grupo ha perdido fuerza; ya nos ponemos atención a su lema: "Si ellos hacen como que nos pagan, nosotros hacemos como que trabajamos". Pero él aun es el líder del sindicato. Debes de ser cuidadoso, puede que intenten algo en contra tuya. Nosotros seremos tus guardaespaldas de ahora en adelante —mostró su enorme puño para poner énfasis a sus palabras.

—También están difundiendo rumores sobre la relación amistosa que tienes tanto con Eager como con Peabody. Dicen que te dan mordida, que eres su pelele y que te manejan a su antojo, por eso te han promovido. No creemos nada de eso. No sólo nuestras cuotas engordan sus bolsillos, sino que, además, hemos averiguado que ellos forzaron a la administración a pagarles para evitar huelgas. Son corruptos y esperan que nosotros seamos sumisos. Eso se acabó —Marcial intervino con un tono firme de voz.

Fidelio escuchó en silencio.

—El lograr que los trabajadores tuviesen derecho a formar sindicatos fue uno de los motivos por los que peleamos en la revolución —les dijo—. Mientras los sindicatos sean para lograr trato justo, y así mejorar la calidad de vida de los trabajadores, formar parte del sindicato es algo benéfico. No debemos de combatir el sindicato, lo que debemos de hacer es mantener el propósito de la unión. El sindicato debe de mejorar a todos, no sólo a los líderes.

Jonás clavó su mirada en Fidelio. Sus ojos negros brillaban, revelando la intensa emoción interior.

—Tienes razón, esto nos concierne a todos. Me doy cuenta de que, si mantenemos un propósito común, todos saldremos beneficiados. Saavedra y sus amigos sólo buscan el beneficio propio. Hui de patrones que abusaron y explotaron no sólo a mí y a todos los del mi color de mi piel, sino también a otros que trabajaron para ellos, pero o no hablaban inglés o lo hacían con acento. Pero aquí los que se suponen están de nuestro lado y nos representan son los que abusan de nosotros. Hasta ahora lo hemos permitido; eso se acabó, no lo permitiremos más. Ser parte del sindicato es algo bueno mientras sea para el beneficio común, de otra manera sólo tenemos diferentes explotadores.

Al ver el brillo de sus ojos, Fidelio se dio cuenta de que Jonás era un auténtico líder, un líder de causas justas y nobles.

—Gracias por todo, amigos. Por lo pronto debemos de continuar trabajando igual, haciendo lo mejor que podamos. La empresa no es nuestro enemigo; si ellos ganan, nosotros ganamos. Debemos de luchar por lo que es justo. En lo que se refiera a lo que Saavedra y sus amigos dicen de mí, esperaré a que traigan los cargos en la próxima reunión del sindicato. Mientras tanto, lo que necesitamos ahora es descansar. Gracias por su amistad. Nos veremos mañana en la mina. Ahora recemos juntos pidiendo a Dios que guie nuestros pasos.

Todos unieron sus manos, formando un círculo.

A la madrugada siguiente, antes del amanecer, como era ya rutina, Fidelio ayudó a She Ling a preparar lodo suficiente y tener las velas listas para cuando llegaran el resto de los mineros. A los mineros les agradó encontrar suficiente lodo y velas listas para colocar en sus sombreros antes de entrar a la mina. Cuando Saavedra llegó y vio que todo estaba preparado escupió con disgusto, pero, al igual que el resto, tomó lodo y fijó una vela en su sombrero. Luego se volvió hacia She Ling y Fidelio.

—Ustedes dos son un par de traidores. Pagarán caro por lo que hacen —gritó apuntando a Fidelio y She Ling, quienes se limitaron a mirarlo sin responder.

Fidelio se unió al resto de su grupo de trabajo. El resto del día transcurrió sin incidentes. Usando dinamita ampliaron el túnel en donde se encontraba la vena principal y en el proceso encontraron una nueva, mucho mayor. Al oscurecer, caminando fuera de la mina, Fidelio notó que Roberto Eager, a la entrada del túnel, lucía preocupado. Al verlo, Fidelio comprendió que había malas noticias.

—Hemos tenido otro accidente —Eager le dijo en cuanto Fidelio se aproximó—. La carga de uno de los furgones se desplomó sobre She Ling. Lo han llevado a la enfermería. Estamos seriamente preocupados, ambas piernas tienen fracturas expuestas.

Al oírlo, Saavedra y varios de sus amigos sonrieron y se miraron unos a otros. Al verlos, Fidelio notó que los acompañaba alguien más. Aunque reconoció al recién llegado, por el momento la salud de She Ling era lo que le preocupaba.

—Traigan agua hervida, varas de huizache, pencas de nopal e hilo de ixtle —les dijo a los hombres que estaban a su lado—. Jonás, tú me ayudarás —agrego encaminándose rumbo a la enfermería.

Jonás y el resto de los mineros le siguieron. Al llegar encontró a She Ling acostado, cubierto de moretones. Los huesos de ambos muslos estaban expuestos. She Ling gesticulaba de dolor y hacía un esfuerzo para no moverse. Petra, su esposa mexicana, sentada a su lado sollozaba, rezaba y le tomó de la mano.

—Petra, por favor ve y trae el agua hervida que he pedido a los mineros que consigan, trae toda la que puedas. Sabes en dónde guardó la miel de abeja y el aceite vegetal, trae algo de eso también. Mientras tanto, Jonás me ayudará. Con el favor de Dios encontraré la manera de ayudar a She Ling —Fidelio le dijo para luego volverse hacia el resto de los mineros que le siguieron para enterarse de lo que pasaba—. Ustedes, por favor, esperen afuera —les dijo. Una vez que todos salieron, Fidelio examinó a She Ling—. Buenas noches, mi buen amigo. Jonás, tú y yo somos ahora el equipo de trabajo. ¿Estás de acuerdo? —le dijo con voz suave. She Ling movió la cabeza afirmativamente, tratando de sonreír. Bien. Hace mucho calor, ¿no te parece? Apuesto a que te molesta el calor. ¿Te acuerdas como en días como este tú y yo nos fuimos a la cascada que está en Santiago? ¡Cómo disfrutamos del agua fría! ¡Qué agradable era refrescarse! Recuérdalo y cierra tus ojos, imagina cómo entras al agua fría, el agua fría de la cascada en Santiago.

Has estado allí muchas veces, fuiste tú quien me enseñó el lugar. Siente el agua fría ahora. Agua fría rodeando a todo tu cuerpo, el frío lo adormece, adormece todo tu cuerpo —Fidelio habló en tono suave, dulce, tranquilizante, rítmico. She Ling cerró sus ojos y sonrió tranquilamente.

Mientras hablaba, Fidelio le indicó a Jonás que le ayudara a descubrir las piernas de She Ling. Para entonces, Petra llevó todo lo que Fidelio le pidió y salió en silencio. Fidelio, ayudado por Jonás, lavó las heridas en las piernas de She Ling. El tono de su voz era tan suave, rítmico y dulce que incluso Jonás empezó a cabecear. Fidelio le tocó el rostro y le indicó que se mantuviera alerta. Después de lavar las heridas, Fidelio las roció con la combinación de miel de abeja y aceite vegetal. Después le indicó a Jonás que sostuviera a She Ling por las caderas mientras que, sin dejar de hablar, él jaló de las piernas hasta que las fracturas se alinearon. She Ling gesticuló un poco sin dejar de sonreír. Una vez que las fracturas estuvieron alineadas, Fidelio cubrió las heridas con agave, vendó las piernas y, usando las varas de huizache sujetas con el hilo de ixtle, creó un aparato que no sólo inmovilizó las piernas, sino que, además, proporcionó tracción continua, manteniendo las fracturas alineadas.

—Ahora descansa, amigo mío, duerme tranquilamente. De ahora adelante cada vez que yo cante "mariposa, hermosa mariposa, no dejes de venir" te relajarás y descansarás como lo haces ahora. Descansa, descansa, descansa. "Mariposa, hermosa mariposa, no dejes de venir" —Fidelio repitió la melodía—. Responderás sólo a mi voz, a nadie más, sólo a mi voz.

Jonás le miraba asombrado, casi sin creer lo que veía.

—He visto a otros curanderos trabajar, pero ninguno como tú. Dios debe de estar contigo —le dijo.

Era ya tarde cuando Fidelio y Jonás salieron de la enfermería. Había Luna llena y una brisa refrescante aliviaba el calor de la noche. Petra les esperaba.

—¿Cómo está? —preguntó.

—Estará bien —Fidelio le contestó, extendiendo su brazo y tocándole el hombro gentilmente.

La mayoría de los mineros que también habían esperado miraban a Fidelio amistosamente. Sin embargo, Fidelio percibió una vibración negativa. Mirando a su alrededor se dio cuenta de que Saavedra y sus seguidores le miraban con rencor. Alguien susurró algo en el oído de Saavedra, quien, a su vez, susurró a otro de sus acompañantes. Fidelio reconoció al hombre que susurró a Saavedra: era el mismo que le tentó en Ciudad Juárez, el mismo que acompañó a Fierro en Chihuahua. Aunque Fidelio aún le encontraba atractivo ahora sabía que era el enemigo. Se escuchó el aullido de un lobo.

Peabody, acompañado por Preston, su hijo, y Eager se acercó.

—Bobby me ha contado lo del accidente. Casi un año transcurrió desde el último. En este caso, sin embargo, parece ser que alguien cometió un error. Lo investigaremos y, si alguien resulta responsable, será castigado. También haremos todo lo que sea necesario para prevenir que algo como esto vuelva a suceder —Peabody dijo, hablando alto para que todos le escuchasen. Se volvió a Fidelio y le sonrió—. Hemos conseguido que un médico venga de Monterrey para que examine a She Ling. Buen trabajo, Fidelio.

Nubes oscuras cubrieron la Luna, el cielo se oscureció.

—Fidelio es un traidor, enemigo del sindicato. ¡Fuera con él! —uno de los acompañantes de Saavedra gritó.

A la distancia, un lobo solitario aulló.

CAPÍTULO XIX

Durante las semanas siguientes hubo dificultades en la mina. El sistema de bombeo falló y el nivel del agua en los túneles aumentó, lo cual hizo el trabajo difícil y peligroso. El nivel de agua llegaba arriba de las rodillas, obligando a los mineros a trabajar en un terreno lodoso y resbaladizo. Había ratas y sanguijuelas por doquier; encima de todo ello, la humedad hacía difícil mantener el fuego en las velas. El calor dentro de la mina era intenso y el nivel del agua dificultaba el llevar agua fresca a los mineros. A pesar de todas las dificultades, Fidelio y su equipo fueron capaces de perforar la roca, colocar los cartuchos de dinamita y extraer abundante mineral. Cada atardecer, después del turno de diez horas, al salir tenían que lavarse las piernas con agua fresca. Para muchos era difícil remover las sanguijuelas de sus cuerpos.

Saliendo de la mina, Rogaciano se emparejó con Fidelio.

—Fidelio, ¿tienes tiempo? Necesitamos hablar —le dijo.

—Por supuesto. ¿De qué se trata? —Fidelio contestó.

—El sujeto recién llegado, ahora consejero de Saavedra, está esparciendo mentiras con respecto a ti. Dice que eres el responsable del accidente en el que Fulgencio perdió la vida y que, al aumentar la producción, ayudas a la administración a no arreglar la falla en la bomba de agua. La mayoría sabemos que a Saavedra y su grupo sólo les interesa llenar sus bolsillos. Estamos conscientes de que gracias a ti, She Ling y Jonás la seguridad de la mina ha mejorado y que, al aumentar la productividad, nuestros salarios aumentaron. Pero el recién llegado, con su charla fácil y amena, ha logrado que algunos le crean y tengan dudas. La mayoría, sin embargo, estamos de tu lado, pero debes de estar preparado.

—Gracias por lo que me dices, Rogaciano. Aprecio en mucho la confianza que todos ustedes tienen en mí, pero no me preocupa tanto el que me ataquen y difundan falsos en mi contra; lo que me preocupa y me interesa que se resuelva es que se repare la bomba de agua. Ese es actualmente nuestro principal problema; muchos se han enfermado como consecuencia del nivel de agua. La bomba tiene que ser reparada lo más pronto posible. Sé que Jonás ya ha tratado el asunto con la administración; debemos de apoyarlo. En lo que se refiere al nuevo consejero de Saavedra, sé que ese es el enemigo. De alguna manera, llegado el momento, Dios me ayudará —Fidelio replicó.

—La explosión que mató a Fulgencio no fue accidental, como tampoco lo fue lo que le pasó a She Ling. Conocedores de que tú estabas a cargo de colocar los cartuchos de dinamita, estos fueron reemplazados por otros. La idea era matarte. El rubio recién llegado trató de sobornar a She Ling, le ofreció ser el tesorero del sindicato. Cuando She Ling se rehusó, y al comprobar que no es corrupto, decidieron eliminarlo. Simular accidentes ha sido uno de los métodos preferidos por Saavedra y su gente para mantener el control del sindicato.

—Tienes razón. Estoy consciente de los métodos que emplean y tienes razón cuando dices que se necesita un nuevo líder, alguien que se preocupe por el bienestar común. ¿Qué opinan tanto tú como los demás de Jonás?

—Es un buen hombre, pero pensamos en ti.

—Gracias, pero no soy la persona para el puesto. Jonás no sólo es capaz, sino que también es honesto y justo; tiene firmeza en lo que cree. Incluso cuando no tiene por qué involucrarse lo hace porque se ha dado cuenta de qué lado está la justicia. No tengo duda de que él es la persona indicada.

—Me parece que estás en lo correcto. Jonás ha estado con nosotros por más de dos años y durante este tiempo ha demostrado que no sólo es amigable, sino que se preocupa por todos y siempre es el primero en ofrecer ayuda. Conoce de minas y es honesto. Al principio, algunos de nosotros lo vimos con recelo por el color de su piel y porque viene de los Estados Unidos. Todos hemos venido a dar aquí de diferentes lugares y la mayoría también tenemos la piel oscura. Ahora lo conocemos bien. Tienes razón, él es la persona indicada —Rogaciano de detuvo, frunciendo el ceño y preocupado miró al frente—. Allí vienen Eager y Peabody; el médico de Monterrey está con ellos —añadió señalando a los tres hombres que se aproximaban.

—Fidelio, qué gusto saludarte, precisamente venimos a buscarte —Peabody le dijo en español con marcado acento tan pronto como se aproximaron—. Este es el Dr. Fernández, quien ha venido de Monterrey. En cuánto llegó, examinó a She Ling y, sorprendido de lo que encontró, nos preguntó quién fue el que alineó las fracturas y colocó el sistema que las mantiene inmovilizadas con tracción continua. Cuando le dijimos que fuiste tú pidió conocerte de inmediato.

Fidelio, respetuosamente, se inclinó.

—Encantado de conocerlo, doctor. Estoy a sus órdenes —dijo.

El doctor Fernández era un hombre de mediana edad, delgado, baja estatura y casi calvo. Sus ojos de color café claro denotaban honestidad. Sonrió amigablemente.

—Así que tú eres quien inmovilizó las fracturas y aplicó ese sistema de tracción. Aunque obviamente improvisado, es brillante. Usaste lo que la naturaleza a tu alrededor provee. ¿Dónde lo aprendiste? Si quisieras enseñarme a mí, me gustaría aprender —le dijo al tiempo que se limpiaba el sudor de su frente con un pañuelo.

Como siempre que alguien le alababa, Fidelio se sintió confundido y un poco cohibido.

—Aprendí observando la naturaleza. Y sí, tendré mucho gusto en enseñarle.

—Cuando me informaron del accidente y me pidieron que viniera lo hice esperando encontrar a alguien con múltiples fracturas expuestas, y que para cuando yo llegara las heridas estarían infectadas y no habría más remedio que trasladar al pobre hombre a Monterrey, en donde nos veríamos for-zados a amputar sus piernas para salvar su vida —el Dr. Fernández dijo mirando a Fidelio con admiración—. Pero al llegar y examinar al herido me encontré con la agradable sorpresa de que las fracturas no están expuestas, las heridas no están infectadas y cicatrizan normalmente. Parece que se recuperará y podrá caminar de nuevo. No hay necesidad de trasladarlo. Hiciste un trabajo admirable; debe de continuar bajo tu cuidado —se volvió a mirar a Peabody—. Tienen suerte de contar con este joven. A su edad yo estudié algo sobre fracturas en la escuela de medicina y, aun hoy, no sé de alguien que pudiese hacer lo que este joven ha hecho.

—Tiene razón. Nos damos cuenta del valor que tenemos —Peabody replicó.

—Bien, creo que en lugar de estar aquí charlando sobre el paciente será mejor que vayamos y lo examinemos juntos —Fernández le dijo a Fidelio.

—Sí, con gusto, pero concédame un minuto para despe-dirme de Rogaciano, quien es un buen amigo de She Ling y, como casi todos aquí, está preocupado por su bienestar —Fidelio dijo tomando a Rogaciano del hombro—. Con-tinuaremos nuestra charla después —le dijo a Rogaciano, quien movió la cabeza confirmando y, al mismo tiempo, se despidió con respeto y se encaminó en dirección a la choza que ocupaba.

Fidelio y el Dr. Fernández se dirigieron hacia la enfermería mientras que Eager y Peabody fueron a revisar el sistema de bombeo.

—Fidelio, hay lago que deseo comentarte —el Dr. Fernández le dijo a Fidelio después de que examinaron a She Ling y estuvieron fuera de la enfermería—. Lo que te dije es lo que honestamente pienso del trabajo que has hecho, pero creo que es mi deber prevenirte con respecto a esa extraordinaria habilidad natural que posees —hizo una pausa, con gesto de preocupación—. En cuanto se corra la voz, algunos de mis colegas estarán intrigados, pero la mayoría estará envidiosa y celosa. En lugar de aprender de ti te atacarán con violencia. Habiendo dicho esto, creo que debes de continuar haciendo lo que haces. Ahora tú tienes mucho más que ofrecer que nosotros. Estoy consciente de que aún tenemos mucho que aprender, en particular de la naturaleza. Es mucho lo que ignoramos; a la mayoría de mis colegas les cuesta trabajo aceptarlo. Lo que me impresiona de ti es que no presumes, sólo lo haces; de hecho, me parece que lo haces con humildad. Eso demuestra que eres un hombre honesto —sonrió mirando a Fidelio de frente.

Fidelio devolvió la sonrisa; se daba cuenta de la sinceridad con la que el doctor le hablaba. Agradeció su comentario. Recordó al hombre que le explicó cómo tratar la fractura de su madre y siempre una voz interior le guiaba. No, su habilidad no era "natural". De alguna manera alguien le guio desde la infancia. Era como haber recibido un don. Al mismo tiempo comprendió que, si intentaba explicarlo al doctor, éste no entendería; así que, agradecido, sólo sonrió.

—Bien, me despido. No hay necesidad de que regrese. Continúa haciendo lo que has hecho hasta ahora. Has mantenido las heridas limpias y eso ha sido la clave del éxito obtenido. Tengo la sensación de que escucharé de ti con frecuencia. Adiós, cuida no sólo de los demás, sino de ti mismo —el Dr. Fernández añadió, extendiendo su mano; Fidelio la tomó.

Tomás, conduciendo el Packard de la compañía, hizo sonar el claxon. El Dr. Fernández abordó el auto y movió el brazo en señal de despedida. Sonriente, Tomás también movió el brazo, saludando y despidiéndose de Fidelio.

Fidelio, pensativo, contempló al auto alejarse. Le preocupaba un poco lo que el Dr. Fernández le dijo. Desde tiempo atrás le intrigaba el haber recibido ese don. ¿Cuál era el propósito? ¿Por qué a él? Aunque le enorgullecía el ser capaz de hacerlo, a veces le asustaba. Recordó el incidente del río en Juárez. Le ofrecieron riqueza, lujo y placer y eso le tentaba.

—Fidelio. Hey, Fidelio. Quiero hablar contigo —una melodiosa voz femenina con acento inglés se escuchó, sacándolo de sus pensamientos.

Fidelio se volvió y vio que Vicky era quien le hablaba. Su cabello rojizo y su blanca dentadura brillaban. Fidelio la encontró atractiva, seductora, tan atractiva y seductora que tuvo presión en su pantalón, lo que le avergonzó un poco y trató de que no se notara el bulto entre sus piernas.

—Prometiste que me llevarías a donde se encuentran los caballos salvajes —sonriente, observando el efecto que producía en Fidelio, Vicky le dijo.

Sus labios húmedos en forma de corazón le parecieron a Fidelio una fuente de agua fresca con sabor a fresas. Tuvo que hacer un esfuerzo para contener el deseo de saciar su sed.

—No lo he olvidado. Te llevaré este domingo —Fidelio dijo, aún nervioso.

—Excelente, el anochecer es hermoso. Camina conmigo —ella le dijo, poniéndose a su lado y tomándolo del brazo.

—¡Fidelio! ¡Fidelio! ¡Ven rápido! ¡Jonás ha sido apuñalado! —Rogaciano, gritando, se aproximó.

—¡*Oh my God*! —gritó Vicky en inglés, soltando el brazo de Fidelio—. Ve, Fidelio, te necesitan allá —añadió en español.

Fidelio siguió a Rogaciano con rumbo a las chozas ocupadas por los mineros y sus familias. La noche era clara, la Luna llena brillaba esplendorosa. Encontraron a Jonás recostado sobre las piernas de su esposa de origen mexicano, quien le acariciaba con ternura, sollozando. Su vestido empapado con sangre. Jonás tenía los ojos cerrados.

—Jonás, ¿qué pasó? —Fidelio le preguntó, hincándose a su lado.

Jonás abrió los ojos y sonrió.

—Todo ha terminado para mí, amigo mío —le dijo—. Buscando paz hui del lugar en donde nací. Al llegar aquí encontré a esta mujer maravillosa, y gracias a ella encontré la paz que buscaba. Sin embargo, también encontré que el odio, rencor, envidia y explotación suceden en todas partes. Y lo que es peor, los explotadores son los mismos que dicen defender a los humildes, cuando en realidad esos sólo buscan su beneficio. Cuídate mucho, amigo mío. Esa gente te odia y harán cualquier cosa para lastimarte y a todos los que piensan como tú.

—¿Quién es responsable de esto? —Fidelio le preguntó.

—Esta tarde, Saavedra y su gente vinieron a hablar conmigo. Su conducta era amigable, así que acepté escucharlos. Me pidieron que me les uniera. Me ofrecieron dinero y un puesto directivo en el sindicato. Desconfié y rechacé su oferta. Cuando traté de explicarles mis razones, uno de ellos me apuñaló por la espalda. Sin embargo, ten presente que Saavedra es sólo un pelele de ese que pasa como su nuevo consejero; ese es el verdadero enemigo. Saravia es su nombre; desde que llegó ha propagado mentiras y odio. Al llegar habló conmigo y trató de convencerme de unirme a Saavedra. Cuando le dejé saber mi pensamiento sonrió con esa sonrisa cínica y cruel. "Lo lamentarás", me dijo. Bueno, en eso está equivocado. No lo lamento —Jonás se rio burlonamente.

Viendo a su amigo malherido, Fidelio sintió rabia y odio, no sólo en contra de Saavedra, sino, sobre todo, en contra del maligno, que de alguna manera le seguía por doquier. Viendo a Jonás le impresionó lo tranquilo que estaba.

—Deja que mire tus heridas —le dijo.

Jonás le miró sonriendo.

—No creo que tú ni nadie pueda hacer algo al respecto —Jonás le respondió y se volvió para mostrar las heridas en su espalda.

Eran múltiples heridas, todas profundas, y sangraba profusamente. Fidelio comprendió que, efectivamente, no había nada que pudiese hacer para prevenir la muerte que llegaría pronto. Miró hacia arriba. Zopilotes volaban en círculos. Rabia, impotencia y una profunda furia le invadieron. Llorando, apretó la quijada y oró en silencio.

—Fidelio, el Señor es justo. Estoy muriendo, pero mi muerte tiene un propósito. Úsala, aprovéchala, mi buen amigo —Jonás, quien se había enderezado y descansaba de nuevo sobre el regazo de su esposa, le dijo. Miró hacia arriba—. Mira a esas hermosas aves, ellas guiarán a mi alma hasta Él, mi Señor y Creador —añadió, cerrando los ojos, sonriendo.

Su esposa, sollozando, le besó en la frente. Fidelio, entristecido, permaneció de rodillas a su lado. Sollozaba en silencio. ¿Para que servía el haber recibido el don de sanar si no le era posible ayudar a gente buena y noble como lo era Jonás?

—Dios te salve, María, llena eres de gracia… —María del Consuelo, esposa de Jonás, poniéndose de pie y poniendo su mano sobre el hombro de Fidelio, comenzó a rezar.

Las mujeres del mineral le hicieron eco. En silencio, varios hombres levantaron el cuerpo de Jonás y le llevaron al interior de su jacal. Alguien había limpiado la mesa en donde lo colocaron. Sin dejar de rezar, Consuelo abrió un cajón y saco las mejores ropas de su marido; ayudada por otras mujeres limpió el cuero de Jonás y cambio sus ropas. Otras mujeres prepararon café.

—¡Eso es lo que les pasa a quienes traicionan al sindicato! —alguien gritó a la distancia.

Varios hombres, disgustados, se levantaron. Rogaciano les indicó que mantuvieran la calma con un movimiento.

Mientras las mujeres continuaron rezando el rosario, los varones se reunieron fuera, Fidelio junto con ellos. La mayoría de los mineros se encontraba allí, pero era obvio que algunos o aprobaban lo ocurrido o estaban amedrentados.

—Los que no están aquí son cobardes —disgustado, uno de los mineros comentó—. Debemos de aplastarlos, deshacernos de ellos —agregó para luego beber su café.

—Las últimas palabras de Jonás fueron: "Mi muerte tiene un propósito, úsala, aprovéchala, amigo mío" —Fidelio les dijo—. Debemos de entender el mensaje que nos deja. Su muerte debe de motivarnos, debemos de honrar su memoria. Tienes razón cuando dices que debemos de vencer al enemigo, y el enemigo es el maligno, ese es el verdadero enemigo, es a él a quien debemos de vencer —el agudo canto de un búho nocturno se escuchó—. Estoy seguro de que, llegado el momento, Dios nos guiará —Fidelio añadió.

—Desde tu llegada nos has dado el ejemplo. No hablas mucho, pero nos muestras el camino. Realmente no entiendo lo que acabas de decir, pero confió en ti y te seguiré —Rogaciano le dijo.

Un murmullo aprobatorio se escuchó. El búho cantó de nuevo. La Luna llena brillaba, iluminándolos. Sorprendidos, se miraron los unos a los otros. Repentinamente se sentían resueltos, pero con paz interior.

—La reunión del sindicato será dentro de dos días. Debemos de prepararnos —alguien dijo.

—Tienes razón y así lo haremos —Fidelio dijo—. Pero, por el momento, concentrémonos en honrar a Jonás y rezar por la paz de su alma. Hombres auténticos no se avergüenzan de rezar el rosario. Recemos juntos —añadió, extendiendo sus manos hacia los dos hombres próximos a él. Todos juntaron sus manos, formando una cadena—. Padre nuestro que estás en los cielos… —Fidelio comenzó a rezar; todos le siguieron. El búho, a la distancia, cantó y pareció seguirles.

Continuaron rezando por el resto de la noche. Ninguno se separó. Sepultaron a Jonás a la mañana siguiente. Peabody, Eager, Preston y Vicky estuvieron presentes. Saavedra, Saravia y sus seguidores no se unieron a la procesión, pero desde lejos los observaron. Nubes les protegieron del Sol ardiente. Después de sepultar a Jonás, Peabody tomó la palabra.

—Jonás fue un hombre bueno, honesto y justo, un excelente minero. Trabajó bien y es por eso que nosotros también queremos honrar su memoria. Primero que nada, déjenme decirles que, a nosotros, como a todos ustedes, nos preocupa la seguridad en la mina y estamos conscientes de que al fallar las bombas se hace el trabajo aún más peligroso para todos ustedes. Jonás habló tanto con Eager como conmigo y a diario insistió, apresurándonos a reparar la bomba. Aunque no tenía ningún puesto en el sindicato se preocupaba por el bienestar común. En su memoria, la mina permanecerá cerrada hasta que el problema se resuelva. Durante ese tiempo ustedes recibirán su salario como de costumbre —se escuchó un murmullo aprobando. Los mineros, contentos, intercambiaron miradas—. Sabemos que a ustedes les preocupa el bienestar de su viuda y de sus hijos —Peabody continuó—. He hablado con don Antonio y los otros dueños de la compañía; ellos han aprobado que María del Consuelo recibirá lo suficiente para su mantenimiento, junto con sus hijos. Además, mientras ellos tengan buenas calificaciones, recibirán una beca suficiente para pagar por su educación —los mineros aplaudieron—. Queremos que sepan que apreciamos su trabajo y que esperamos que continuemos con trato cordial y de mutuo respeto —Peabody finalizó.

—Aun muerto, Jonás aboga por nosotros —Rogaciano le dijo a Marcial.

—Debemos de honrar su memoria —Marcial respondió.

—Así es. Nos ha mostrado el camino. En la reunión del sindicato le honraremos de nuevo —dijo Rogaciano.

CAPÍTULO XX

Era una mañana caliente, polvorienta, seca y con el cielo despejado; el Sol esplendoroso mostraba todo su poder. Poco a poco los mineros llegaron al improvisado lugar en el que la reunión del sindicato tendría lugar. Un techo rústico de hojas de palma los protegía de los inclementes rayos del Sol. La sombra y una suave brisa refrescaban un poco. Los mineros se sentaron sobre troncos. Había una larga mesa y sillas para los directivos. "La revolución ha garantizado el derecho de los trabajadores a unirse para luchar en contra del abuso de los capitalistas", rezaba el mensaje escrito sobre una manta colocada frente a los troncos usados como bancas por los mineros. Marcial, Rogaciano y otros leyeron el mensaje y sonrieron.

—Hoy agregaremos otra frase: "Y el derecho a prevenir el abuso de nuestros líderes" —Rogaciano le dijo a Marcial.

Fidelio se sentó sobre uno de los troncos frente a la mesa, sonriente, y saludó a quienes estaban cerca. Saavedra y el resto de los directivos entraron y se sentaron en las sillas colocadas para ellos, de frente a la asamblea. Saravia, acompañado de varios hombres que se distribuyeron alrededor de los mineros, llegó un poco después y se sentó junto a los directivos.

—La asamblea se declara abierta —Martin Rodríguez, secretario, dijo—. El único punto por tratar es referente a la expulsión de Fidelio Serna, acusado de traición al sindicato. Todos hemos sido testigos de cómo él trabaja con la administración para bloquear los beneficios que nuestros líderes han obtenido con mucho esfuerzo —un murmullo de desacuerdo se escuchó, algunos abuchearon.

La mayoría de los mineros se miraron unos a otros, disgustados con lo que Rodríguez dijo.

—¿Cómo pueden probarlo? Desde su llegada, Fidelio ha trabajado junto a nosotros. Al contrario que ustedes, que no han hecho otra cosa que buscar su propio beneficio, Fidelio ha logrado beneficios reales para todos —Filomeno, poniéndose de pie y apuntando a los miembros de la mesa, dijo.

Casi de inmediato, dos de los hombres que llegaron junto a Saravia caminaron en dirección hacia donde Filomeno estaba, pero tres mineros se levantaron y se pusieron frente a Filomeno.

—¡Esta vez no podrán asustarnos! —Pánfilo, un joven minero que trabajó junto a Fidelio en el rancho, gritó; un fuerte murmullo lo secundó.

—Quienes se opongan a las decisiones del comité ejecutivo serán sancionados con expulsión y perderán no sólo el apoyo del sindicato, sino que, como consecuencia, perderán el empleo —Martin Rodríguez dijo con tono amenazante.

—¿Quién es el cobarde que apuñaló a Jonás? —Rogaciano preguntó, poniéndose de pie.

—¿Quién lo ordenó? —Pánfilo preguntó.

—Jonás era uno de los que, junto con Fidelio y otros, han trabajado de acuerdo con la administración y, al hacerlo, boicotearon el esfuerzo de nuestros líderes. Aunque era un traidor a los principios del sindicalismo, sentimos mucho lo que le sucedió. Eso será investigado y el responsable castigado como se lo merece. Pero, por el momento, no debemos de distraernos de la razón de esta asamblea; nos concentraremos en revisar los cargos en contra de Fidelio Serna, quien ha demostrado ser el peor de todos los que están en contra del sindicato. De hecho, él es el responsable de los problemas con el sistema de bombeo —Rodríguez dijo con tono firme; Saravia, mirándolo, movió la cabeza aprobando.

Juan Méndez, miembro del comité ejecutivo y seguidor de Saavedra, se puso de pie.

—Todos hemos sido testigos de lo bien que Fidelio Serna se lleva con la administración. Desde su llegada se ha opuesto a los lineamientos del sindicato. Todos hemos visto cómo discute con nuestro líder y cómo Serna ha promovido trabajar duro, lo cual es completamente contrario a la estrategia que hasta hace poco seguimos con buenos resultados —Saravia, con cínica sonrisa, movió la cabeza, aprobando lo dicho por Méndez.

—Cierto, antes de que Fidelio llegara ustedes nos instaban "que pretendiéramos trabajar", de esa manera ustedes pondrían presión sobre la administración. Si algún beneficio se obtuvo con esa política terminó en sus bolsillos, nosotros recibimos nada. Fidelio nos ha pedido que trabajemos lo mejor posible. Haciéndolo así no sólo hemos aumentado la producción, sino que nos hemos sentido orgullosos de nuestro trabajo. Además, trabajando duro y honestamente no sólo ganamos orgullo, sino que lo hemos sentido en nuestros bolsillos y con otros beneficios reales. Cuando las bombas fallaron, ¿ustedes qué hicieron? Jonás y Fidelio fueron quienes hablaron en nombre nuestro. Gracias a gente como Jonás, Fidelio y She Ling es que hubo mejoría real en la seguridad y las condiciones de trabajo. ¡Ustedes lo único que han hecho ha sido llenar sus bolsillos! —Marcial gritó, poniéndose de pie y apuntando hacia los que estaban sentados en la mesa. La mayoría aplaudió, apoyándolo.

Dos de los hombres que llegaron junto con Saravia se encaminaron hacia Marcial y Rogaciano, pero, una vez más, se detuvieron al ver que los mineros alrededor de ellos se pusieron de pie. Desconcertado, Saavedra miró hacia donde Saravia, quien le indicó que guardara silencio y esperara. Repentinamente, el cascabeleo de una serpiente se escuchó. La víbora se deslizó hacia donde Marcial. Asustados, los que estaban en su camino saltaron, alejándose. En ese momento, también repentinamente, un águila apareció, atrapó a la serpiente, voló hacia donde Fidelio estaba y, parándose sobre un poste, tomó la cabeza de la serpiente con su pico. Un intenso cascabeleo, luego silencio. El águila soltó a la serpiente, que cayó al suelo, inerte. Viendo lo ocurrido, disgustado, Saravia golpeó la mesa, se levantó y se marchó.

—¿A dónde vas? —Saavedra le preguntó con voz temblorosa.

Saravia se detuvo y miró a Saavedra.

—Arréglatelas como puedas —contestó; hizo una señal a sus hombres para que le siguieran y se alejó.

—¡Lárguense todos ustedes! —gritó Rogaciano, poniéndose de pie y apuntando a los miembros del comité ejecutivo.

—¡Sí, fuera con todos! ¡Traidores al verdadero sindicalismo! Ustedes no han hecho otra cosa más que enriquecerse a costa nuestra. ¡Lárguense! ¡No los queremos más aquí! ¡Fuera! —alguien más gritó.

—Compañeros, compañeros. Calma. Entiendo que estén disgustados, pero debemos de mantenernos unidos, ese es el único camino que permitirá que el sindicato logre su propósito. De aquí en adelante todo será como ustedes decidan —Saavedra les dijo, intentando tranquilizarlos.

—En eso tienes razón, la unión hace la fuerza. Lo acabas de comprobar. Comenzaremos por expulsar a todos ustedes —Marcial dijo, señalando a todos los de la mesa.

—Así es. ¡Fuera con todos ustedes! —muchos gritaron.

Desconcertado, Saavedra miró a los miembros del comité ejecutivo, deseando que alguno de ellos dijera algo en su defensa.

—¡Fuera! ¡Fuera! ¡Fuera! —los gritos se intensificaron.

Algunos comenzaron a apedrearlos. Asustados, tanto Saavedra como todos los miembros de la mesa directiva se levantaron y corrieron. Notando que huían, los mineros, contentos, aplaudieron, abrazándose los unos a los otros, felicitándose. Deshacerse de ellos fue mucho más fácil de lo que esperaban.

—Guau, todo estuvo muy bien organizado. ¿Quién lo planeó? —alguien preguntó.

Rogaciano y Marcial se miraron, interrogándose.

—¿Fuiste tú? —se preguntaron el uno al otro—. No —ambos respondieron casi al unisonó—. Entonces, ¿quién fue? ¿Fuiste tú, Fidelio? ¿Cuándo lo hiciste?

—No, yo no planeé nada —Fidelio respondió, sonriéndoles.

—¿A ustedes quién les dijo que se interpusieran? Previnieron que nos amedrentaran como otras veces —Rogaciano preguntó a los hombres que se pusieron de pie en defensa de sus compañeros.

—Nos pareció que era lo correcto —uno de ellos respondió, encogiéndose de hombros.

—Tú dijiste: "Esta vez estamos preparados". ¿Por qué lo dijiste? —Marcial preguntó a Pánfilo.

Pánfilo, sonriendo, apuntó al grupo de hombres que se levantaron para defender.

—Al igual que ellos, me pareció que era lo correcto —respondió.

—Tuviste razón cuando nos dijiste: "Llegado el momento, Dios nos dirá qué hacer". Y así fue. Dios no sólo nos guio, yo creo que tanto la serpiente y el águila, que salieron quien sabe de dónde, fueron señales de su presencia. Tú eres un hombre de Dios —Rogaciano le dijo a Fidelio.

Un murmullo de aprobación se escuchó. Todos miraban a Fidelio con respeto.

—No. Yo sólo soy uno más. Como todos ustedes, deseo que haya justicia y hago lo mejor que puedo. Eso es todo —Fidelio replicó, enrojeciendo, como siempre que alguien le alababa.

En cuanto a lo ocurrido, Fidelio también estaba intrigado. «¿Cómo es que todo esto pasó?», se preguntó. Marcial se dio cuenta de que Fidelio estaba tan sorprendido como todos ellos.

—Lo que tenemos que hacer ahora es decidir quién será el nuevo secretario general del sindicato —dijo, levantando la voz y alzando los brazos para llamar la atención. Al oírlo, estando de acuerdo, los mineros se sentaron—. Me siento orgulloso de proponer a alguien que ha luchado por nosotros en muchas ocasiones; todos lo conocemos bien —Marcial continuó, luego de que todos se sentaron, apuntando hacia Rogaciano.

—Sí, tienes razón. Él es la persona que necesitamos —alguien dijo; la mayoría aplaudió, aprobando.

Rogaciano miró hacia Marcial, le sonrió y se puso de pie.

—Muchas gracias, mi buen amigo. Agradezco la confianza que me demuestran, pero honestamente debo decirles que la persona que necesitamos es precisamente Marcial. Él siempre ha demostrado coraje, determinación, siempre ha puesto el beneficio común antes que el de sí mismo. Él es la persona adecuada para el puesto.

—Tanto Rogaciano como Marcial son excelentes candidatos —Filomeno dijo, poniéndose de pie—. Ambos han demostrado, como Rogaciano lo dijo, coraje, determinación y desinterés. Ambos han trabajado poniendo el beneficio común antes que el propio. Hoy, además, han mostrado que pueden trabajar en equipo, por lo tanto, propongo que ambos compartan el puesto como colíderes.

La propuesta fue recibida con aplausos.

—Bien dicho. ¡Ellos serán nuestros líderes! —todos dijeron y se pusieron de pie, aplaudiendo.

Rogaciano y Marcial se abrazaron y, mirando hacia sus compañeros, se levantaron el brazo el uno al otro. Fidelio, contento, aplaudió como todos los demás.

—Parece que es unánime —Filomeno dijo, riendo.

El águila que permaneció erguida sobre del poste levantó el vuelo, alejándose. Como si fuese una señal, Filomeno propuso dar por terminada la reunión.

Al salir, Fidelio encontró a Preston y Vicky, que esperaban fuera, alejados del punto del sitio de la reunión. Ambos sonreían al notar el entusiasmo de los mineros que se retiraban.

—Parece que todo ha salido bien —Preston le dijo a Fidelio en cuanto él, acompañado por Rogaciano y Marcial, se aproximó.— Vimos cómo Saavedra y otros salieron corriendo; se notaban asustados. Se alejaron en el camión que trajeron ayer de Monterrey —Preston añadió.

—Ojalá que hayan podido liberarse de esa gente perversa. Y, si es así, ¿quién es su nuevo líder? —Vicky les preguntó, sonriendo y casi saltando del gusto que le daba el ver a todos contentos; compartía el entusiasmo de los mineros.

—Así es; nos hemos liberado de esa banda de ladrones. Como cobardes que son, han huido. Espero que jamás regresen —Rogaciano replicó.

—Rogaciano y yo compartimos el honor de ser los nuevos líderes —Marcial dijo, abrazando amistosamente a Rogaciano.

—Eso me parece excelente. Aunque he estado aquí por poco tiempo, he tenido oportunidad de darme cuenta del entusiasmo que ponen en todo lo que hacen y su deseo de servir a los demás. Creo que todos saldrán beneficiados —Preston dijo—. Por cierto, he trabajado con Robert Eager en reparar el sistema de bombeo. Creo que hemos encontrado cuál es el problema. Estará reparado en uno o dos días. ¿Les gustaría venir conmigo a revisar las bombas? —Preston añadió.

Contentos con la buena noticia, Rogaciano y Marcial se miraron el uno al otro.

—Sí, por supuesto. Nos has dado una buena noticia. Vayamos a revisar las bombas —Marcial dijo y Rogaciano movió la cabeza, confirmando.

—Nos veremos después —Rogaciano le dijo a Fidelio.

—Sí, tenemos mucho de qué hablar. Nos gustaría que fueses miembro del comité ejecutivo —Marcial dijo, también dirigiéndose a Fidelio.

Los tres se alejaron en dirección al sistema de bombeo, dejando a Fidelio acompañado por Vicky.

—Fidelio, ¿cuándo me vas a llevar a ver la manada de caballos salvajes? Lo prometiste —Vicky le dijo en cuanto estuvieron solos.

—Sí, no recuerdo. Mañana es domingo y no hay trabajo en la mina; si estás de acuerdo, partiremos al amanecer —Fidelio respondió.

Durante el tiempo que fue pastor, Fidelio tuvo amplia oportunidad de observar las manadas de caballos salvajes, abundantes en aquel desierto. Observó sus costumbres y aprendió cómo comunicarse con ellos. Aprendió que cuando se le trata con honestidad, el caballo es un animal de extrema nobleza. Aprendió a domesticarles y, aunque prefería caminar, ahora era un excelente jinete.

Al día siguiente, Fidelio, montando un bayo de color rojizo y guiando a una yegua ensillada, llegó a la casa de Peabody, en donde éste y Vicky ya le esperaban. Preston los acompañaba. La fresca brisa de la madrugada hacía el ambiente agradable. Fidelio disfrutaba de la frescura del rocío, así como el olor de lo que, para muchos, era un inhóspito desierto, pero Fidelio no lo compartía; el lugar estaba lleno de vida por doquier, diferentes especies tanto del reino animal como del vegetal. Los cerros, aparentemente sólo roca, proveían de un suelo nutritivo para la vida. Esa madrugada, Fidelio estaba nervioso. Vicky le atraía y sabía que la atracción era mutua. Al verla rodeada por su padre y su hermano, Fidelio se tranquilizó; tuvo la esperanza de que ellos los acompañarían.

—Buenos días, Fidelio. Bienvenido a esta, tu casa —Peabody le dijo al llegar—. ¿Una taza de café antes de partir?

—Sí, muchas gracias —Fidelio contestó, desmontando—. Me alegra ver que usted y Preston nos acompañarán —comentó, sin embargo, casi al mismo tiempo se dio cuenta de que no había caballos ensillados. La ansiedad retornó.

—Lamento decepcionarte, pero no es así —Peabody le dijo—. Preston encontró que las bombas de extracción requieren de más trabajo. Las partes que necesitamos han llegado. Eager, Preston y yo trabajaremos en la reparación de las bombas el día de hoy. Desde su llegada, Vicky ha esperado esta visita con entusiasmo y tratamos de convencerla en posponerla, pero es igual que su madre, en cuanto decide algo no hay manera de hacerla cambiar de opinión —Peabody, sonriente, abrazó a su hija con ternura paternal.

—Si lo prefiere, puedo conseguir que un par de compañeros nos acompañen. Ellos conocen el lugar tan bien como yo —Fidelio contestó.

—Eso no será necesario —Vicky le dijo, tomándolo del brazo y guiándolo dentro de la casa.

El aroma del café, combinado con el olor del perfume que Vicky usaba, excitó a Fidelio. Apenado, procuró que nadie lo notara; Vicky, sin embargo, lo notó y sonrió.

Después de beber el café, Vicky tomó una canasta con panecillos recién horneados, carne seca, frutas, una botella de agua y otra de vino.

—Lo que sí es seguro es que no pasaremos hambre —le dijo a Fidelio, riendo contenta. Abrazó a su padre y hermano y colgó la canasta de la silla sobre la yegua—. Listo, Fidelio. ¡Vámonos! —añadió, montando.

—Tengan cuidado. Saben bien que muchos animales de presa siguen las manadas, lobos y pumas sobre todo, pero también hay coyotes —Peabody les dijo antes de partir.

—Descuide, tendremos cuidado. Volveremos al anochecer —Fidelio le dijo, montando.

—¡Te reto a que me alcances! —Vicky gritó, espoleando a la yegua y partiendo a galope. Fidelio la siguió.

Peabody y Preston los miraron alejarse, sonriendo para después encaminarse hacia la casa.

Aunque era ya un buen jinete, Fidelio tuvo dificultad en seguir a Vicky, quien era una experta montando y mantenía excelente control del pinto. Viendo cómo Fidelio batallaba para seguirla, ella reía contenta. Pasado algún tiempo puso al trote a su yegua y permitió que Fidelio la alcanzara. Cabalgaron en silencio por unos minutos.

—Aprendí a montar desde niña —Vicky le dijo—, pero sé poco, casi nada, sobre caballos salvajes. Los caballos que he conocido hasta ahora nacieron y crecieron en un establo, por lo que pueden ser entrenados con relativa facilidad. Cuéntame sobre los caballos de aquí. Sé que no había caballos en este continente, sino que los trajeron los conquistadores, pero hasta allí llega mi conocimiento sobre el tema.

—Yo no sabía eso —Fidelio le dijo—. El caballo es un animal noble. En libertad tienden a reunirse en pequeños grupos, inclusive cuando parece que son grandes manadas siempre lo hacen en grupos pequeños, varias yeguas y un garañón por grupo.

—Mmmph, machos dominantes. Eso no me agrada —Vicky dijo, haciendo una mueca, pretendiendo disgusto.

—Aunque es cierto que el garañón tiene el privilegio de montar a las yeguas, su papel es en realidad el de proteger y defender al grupo, asegurándose de que se mantienen unidos, pero la líder es una yegua. Ella es quien toma las decisiones importantes y asegura los lugares en que pastan y beben. Ella es siempre la primera en beber para luego permitir que el resto beba.

—Eso está muy bien. Siempre debería de ser así —Vicky dijo, riendo, haciendo que su montadura bailara. Fidelio admiró su habilidad—. ¿Cómo es que el garañón tiene el privilegio de ser el único en montar a las yeguas? —preguntó.

—Demostrando que es fuerte —Fidelio contestó. Para entonces habían llegado a un lugar elevado desde el cual podían ver casi todo el valle—. Allí están —Fidelio le dijo apuntando hacia una laguna en donde más de un centenar de caballos pastaban y bebían.

Varios garañones en la periferia vigilaban por la posible presencia de predadores, mientras que el resto de los machos jóvenes se encontraban en grupos aparte, como esperando la oportunidad de acercarse a las yeguas.

—¿Cómo llaman ustedes a estos hermosos animales? —Vicky preguntó.

—Mustengos —Fidelio le respondió.

—¿Mustengos? ¿Por qué les llaman así? ¿Qué es lo significa esa palabra?

—Es una palabra del español antiguo. Significa caballos sin dueño.

Un grupo de machos jóvenes cabalgaron hacia donde algunas yeguas bebían a la orilla de la laguna; al frente iba un macho fuerte y ágil. El garañón dominante de ese grupo, un palomino, dándose cuenta de que el movimiento del líder de ese grupo era el de retarle, se interpuso.

—Mira, Fidelio, ¡parece que quieren pelear por las muchachas! ¡Esto es emocionante! —Vicky exclamó entusiasmada.

La yegua que montaba bailó, aparentemente compartiendo el entusiasmo. Fidelio sólo sonrió y observó lo que ocurría. Sabía que la mayor parte de las veces el movimiento del garañón dominante era suficiente para amedrentar a los pretendientes. Esta vez, sin embargo, el potro joven parecía decidido a luchar por la supremacía. Por experiencia, Fidelio sabía que, por lo común, era un grupo de caballos jóvenes los que retaban al garañón. Era la primera vez que uno solo era el que retaba. La yegua líder se volvió, mirando a los dos que pelearían por el derecho de montarla. Los dos machos pateaban el suelo, preparándose para pelear.

Los machos, el cuello erguido, los oídos rectos, apuntando hacia el frente, galoparon, chocaron y al estar cerca se mordieron furiosamente. Eran aproximadamente del mismo tamaño y peso, por lo que la pelea era pareja. El garañón, sin embargo, experimentado, de repente se separó y pateó al potro en el vientre. La violencia del golpe empujó al potro joven, haciéndolo caer y quedando a merced del garañón. El palomino sólo lo miro y se alejó, dando oportunidad al potro de levantarse y alejarse, derrotado.

—Fue una buena pelea. Ese es un noble animal; permitió que el caballo derrotado se marchara. No creo que sería así si el pleito fuese entre humanos —Vicky dijo, el rostro enrojecido por el entusiasmo, gotas de sudor sobre su labio superior.

—El potro joven lo intentará de nuevo. Esa es su naturaleza. Contrario a los hombres, los caballos no pelean para ganar poder, todo lo que quieren es formar parte del grupo. Recuerda que una yegua es siempre la líder. En este grupo, en particular, me dio la impresión de que ella animó al potro a intentarlo —Fidelio le dijo.

—Eso es lo que yo llamo una chica inteligente. Descansemos aquí —Vicky dijo contenta, desmontando y sentándose en el suelo. Fidelio la imitó.

El clima era agradable, fresco y, aunque el Sol ya estaba alto, las nubes proveían una sombra refrescante. El viento jugó con el cabello de Vicky, que danzaba, lanzando brillantes destellos, creando la impresión de que su cabeza estaba rodeada de llamaradas. Viéndola, a Fidelio le pareció aún más atractiva, tan atractiva que se olvidó de los caballos;

sus ojos estaban fijos en el movimiento de su cabellera a la luz del sol. El rostro de Vicky también brillaba, así como sus labios curveados en forma de corazón y su largo cuello. Con cada respiración su blusa se elevaba, mostrando la curvatura de sus senos, su estrecha cintura y la redondez del resto de su cuerpo. Todo alrededor de ella le parecía mágico; no podía creer que fuese realidad. Le pareció que un ser angelical era quien estaba sentada a su lado. Ella se volvió y le sonrió; sus labios le parecieron a Fidelio una fresa jugosa, esperando que alguien la mordiera. No pudo resistir a la tentación y, sin siquiera pensarlo, su brazo se movió, la abrazó y mordió la fruta que se le ofrecía. Como si lo esperara, ella respondió apasionada. Fue un largo y húmedo beso. Ella empujó su lengua, acariciando con ella la lengua de Fidelio, quien respondió de la misma manera. Era la fruta más deliciosa que jamás hubiese probado. Las manos de Vicky levantaron la camisa de Fidelio y acariciaron su pecho para luego dirigirse por debajo de su pantalón y continuar acariciándolo.

—Deja que te disfrute —le dijo susurrando al oído.

Ella besó su cuello, le quitó la camisa y lamió el sudor de su pecho, mientras que su mano continuó acariciando su firme y erecto órgano viril. Fidelio la empujó despacio. Acostándola, levantó su blusa y acarició sus senos firmes para luego besarlos. Ella quitó los pantalones de ambos. Fidelio entonces la montó y penetró su cuerpo. Al sentirlo, ella emitió un quejido.

—Ah, eso está bien, muy bien, mi amor. Mi dulce y adorado mexicano —le susurró al oído.

Fidelio empujó con fuerza, ella gritó del placer. Ambos sudaban profusamente. Su miembro firme y fuerte y su parte suave y plegable eran uno solo, danzaban a un ritmo frenético. Fidelio sintió que toda su energía fluía dentro de ella.

Después, mientras se vestía, Fidelio miró hacia arriba y notó que un puma estaba allí, observándolos. La leona miraba a Fidelio fijamente, con aire de reproche. Parecía decirle: "Fidelio, ¿qué has hecho? ¿Tan pronto me has olvidado?".

Avergonzado, Fidelio no pudo sostener la mirada del puma y miró en otra dirección. Sabía, sin embargo, que la leona no les haría daño.

—Descansemos y disfrutemos del almuerzo —Vicky dijo al terminar de vestirse—. ¡Huy! ¡Dios mío! —gritó, dando un salto, asustada, al darse cuenta de la presencia de la leona que la miraba fijamente—. Fidelio, ¿y ahora qué hacemos? —preguntó con voz trémula.

—Nada. No te asustes. Ella no nos hará ningún daño —Fidelio respondió, tranquilizándola.

—¿Cómo que nada? ¿Y cómo sabes que es hembra? Y si no nos hará daño, ¿qué hace allí echada y mirándonos como reprochando?

—Allí se quedará. Mientras no se sienta amenazada no nos hará daño. He pasado el tiempo suficiente en este desierto y conozco los animales que lo habitan. Tienes razón cuando dices que nos mira con reproche; aunque no lo creas, está celosa de ti y enojada conmigo. Tiene razón en reprocharme. Lo que ha sucedido entre nosotros no debió ocurrir. Lo siento. Es culpa mía.

Furiosa, Vicky se volvió a verlo, sus hermosos ojos azules y verdes estaban húmedos; lágrimas mojaban sus mejillas.

—¿Cómo es eso de que lo sucedido no debió de ocurrir? Para mí fue algo maravilloso, algo con lo que soñé muchas noches. Sí, desde que te conocí he pensado en ello y el deseo aumentó con el trato y al conocerte mejor. No sólo te admiro, sino que estoy enamorada de ti. ¿¡Lo oyes!? ¡Te amo!

Con rostro serio, avergonzado, Fidelio la miró con tristeza.

—Esa es exactamente la razón por la que no debió suceder. No puede ser. No puedo corresponder a tu amor. No puedo amarte a ti ni a nadie. No por lo menos de la manera que esperarías y mereces ser amada. Hay algo más. No puedo explicarlo, pero soy incapaz de amar a alguien en particular. Sí, en cierta manera, te amo; eres hermosa y atractiva. De hecho, aunque no lo creas, te he considerado un ángel llegado del cielo —enojado, furioso, Fidelio miró hacia arriba y levantó los brazos—. ¿Por qué? ¡¿Por qué nos haces esto!? —gritó a las nubes.

—¡¿Qué!? ¿Crees que Dios tiene algo que ver en esto? ¿Que Dios es quien nos quiere separar? ¿Estás loco?

—Más de una vez he pensado que debo de estarlo, pero ahora sé que no es así. Otra cosa. Me he enamorado antes. Ella murió y me hice el propósito de mantenerme fiel a su memoria. La leona está aquí para recordármelo y reprochármelo. Es por esa razón que no es una amenaza para nosotros. Pero aún hay algo más, algo que no alcanzo a comprender. Aunque te he dicho que estuve enamorado y planeaba compartir mi vida con ella, hay algo que no alcanzo a comprender, algo que me llama. Una vez más: no estoy loco. Siento que hay algo que debo de hacer. ¿Qué es eso? No lo sé. Y ese llamado es una parte importante de lo que me impide amarte como lo mereces. No espero que lo comprendas, pero es la verdad.

Vicky, aún enojada, se quedó mirándolo, furiosa. Arrojó lejos la canasta con los alimentos.

—¿Así que lo que ha pasado entre nosotros no significa nada para ti? Pues para mí significa mucho. Incluso estoy dispuesta a pasar el resto de mi vida aquí, en lo que para mí es un país extraño y misterioso. Deseo seguirte a dondequiera que vayas; no me importan las circunstancias. Así es como te amo. Nos guste o no, ahora te pertenezco.

Llorando, entristecido, Fidelio cayó de rodillas; desesperado, abrió los brazos.

—No hay nada que pueda ofrecerte; ni siquiera a mí mismo. Te digo la verdad cuando digo que no sé qué hacer, no sé a dónde voy. Aunque quisiera, no puedo pertenecerte ni aceptarte. No puedo —sollozando, dejó caer la barbilla sobre el pecho.

La leona se aproximó a Vicky, quien se dio cuenta de la actitud amistosa del animal y no se movió. Una vez cerca, la leona acarició con su cuerpo las piernas de Vicky y, luego, tiernamente lamió sus manos, como suplicando comprensión para Fidelio, quien, sollozando, permanecía de rodillas. Vicky se le aproximó, se arrodilló y lo abrazó, besándolo y bebiendo sus lágrimas.

—Fidelio, de alguna manera comprendo. Te amo y, aunque tú no puedas amarme, algo me hace comprender que tú no te perteneces y no puedes pertenecer a nadie en particular. He visto de lo que eres capaz; tienes un don, un don maravilloso y extraordinario, pero aún eso no te pertenece —le dijo.

La leona se les aproximó y se sentó al lado de ellos, protegiéndolos como una madre amorosa. Vicky se levantó, ahora tranquila.

—Será mejor que regresemos. Guardaré como un tesoro el recuerdo de este lugar; de hoy en adelante, cada vez que esté frente de un caballo recordaré este día —le dijo a Fidelio y sonrió, mirando a la leona que, también tranquila, le devolvió la mirada—. Y cada vez que vea un gato pensaré en ti —añadió, acariciando la cabeza del animal.

La brisa agitó el cabello de Vicky, que brillaba al recibir los rayos del Sol. Viéndola, Fidelio se sorprendió al darse cuenta de que le hacía recordar a Candelaria y que la amaba. Una profunda tristeza le invadió. ¿Por qué no le era posible pertenecer a alguien?

Montaron y cabalgaron, dejando que los caballos simplemente trotaran de regreso. Vicky emparejó su yegua con el caballo de Fidelio y le tomó de la mano, sonriéndole tiernamente. Él respondió haciendo una caricia a su mano. Al aproximarse al mineral, los colores púrpuras, violáceos y anaranjados del atardecer le daban un brillo casi mágico; cual joyas, las rocas brillaban al recibir la luz del sol poniente. Las casas de adobe y carrizo también brillaban; todo el campamento parecía flotar, iluminado, dando una imagen pacífica y placentera. Al llegar, la magia desapareció. Soldados rodeaban el campamento.

CAPÍTULO XXI

La mayoría de los soldados estaban alrededor del edificio de la administración y las casas que, respectivamente, ocupaban Eager y Peabody. Los mineros y sus familias estaban alineados fuera del edificio de la administración. Aunque los niños jugaban, el gesto de los adultos era de preocupación y miedo. La Luna llena brillaba en el cielo. Viendo los rostros endurecidos de los soldados, Fidelio recordó a los federales y a los "colorados", seguidores de Orozco, contra quienes combatió cuando formó parte del ejercito villista. «¿Quién triunfó en la revolución?», se preguntó. Los soldados esperaron a que Vicky y Fidelio se acercaran y, una vez que llegaron, uno de ellos se adelantó con el brazo extendido para que se detuvieran.

—¿Cuál es su asunto? —les preguntó.

—Me llamo Fidelio Serna —Fidelio respondió—. Soy uno de los mineros. Ella es la hija del señor Peabody, gerente del lugar.

El soldado los miró detenidamente, en particular a Vicky, quien, disgustada, frunció el ceño; disgustada por la mirada lujuriosa del soldado, que no hacia ningún esfuerzo por disimularlo. Esa mirada a Fidelio le hizo recordar a un coyote a punto de atrapar una gallina. Finalmente, el soldado esbozó una sonrisa, mostrando los pocos dientes amarillentos que le quedaban.

—Sigan adelante, los están esperando —les dijo, haciéndose a un lado.

Enterados de su llegada, Peabody y Preston les esperaban fuera de la casa. Dos oficiales los acompañaban.

—Vicky, Fidelio, me alegra ver que regresan sanos y salvos —Peabody les dijo luego de que desmontaron.

Vicky lucía preocupada, de hecho, estaba asustada.

—¿Qué ha pasado? ¿Por qué están los soldados aquí? —preguntó, corriendo y abrazando a su padre, quien devolvió el abrazo, envolviéndola en un gesto de paternal protección.

—Nada por lo que nosotros debamos de temer —Preston le dijo, acariciando su cabello de manera fraternal.

—¿De qué se trata entonces? —Vicky preguntó, aún preocupada. Peabody y Preston sólo miraron a Fidelio.

—¿Es usted Fidelio Serna? —el oficial con insignia de capitán preguntó a Fidelio.

—Sí. Soy yo —Fidelio respondió.

—Se le acusa de promover manifestaciones religiosas. ¿Cómo responde?

—Es verdad.

—¿Sabe usted que toda manifestación religiosa en público está prohibida? ¿Qué desobedecer podría ser castigado con cárcel o inclusive pena de muerte?

—No, no lo sabía. Esta es la primera vez que lo escucho. ¿Por qué es eso? ¿A quién molesta? ¿Cuál es el peligro de rezar?

El capitán lo miró. Su actitud era amigable, inclusive parecía estar de acuerdo con Fidelio. Se encogió de hombros.

—Soy un militar de carrera. No cuestiono lo que se me ordena, sólo obedezco —continuó mirando a Fidelio—. Durante la revolución fui gravemente herido y, aunque formaba parte del ejército federal, usted me transportó y vio que mis heridas fuesen curadas —hizo un gesto que pretendía ser una sonrisa—. No lo he olvidado. Por lo pronto, dejaremos esto sólo como una advertencia. Pero recuerde: las manifestaciones religiosas están prohibidas. Tenemos órdenes estrictas de detener y castigar a quienes desobedezcan. Deje de promoverlas.

—¿Es posible impedir que el ruiseñor cante?, ¿que el gallo anuncie el amanecer? —Fidelio preguntó.

Nervioso, el capitán escupió.

—Ha sido usted advertido. Si se hubiese tratado de cualquier otro no me importaría lo que le sucediera, encarcelado o muerto, inclusive lo fusilaría aquí mismo. No haré nada de eso por esta vez. No juegue con su suerte. No nos obligue a regresar. La próxima vez el militar a cargo tal vez no esté en deuda con usted. Recuérdelo. Inclusive muchos de los que pelearon con Villa no simpatizaban con usted —se volvió hacia Peabody—. Ustedes también están advertidos. No se permiten las manifestaciones religiosas. Si se repiten, tal vez tenga que contratar nuevos mineros. Podríamos, inclusive, cerrar la mina —miró al teniente que estaba cerca—. Hemos terminado aquí. Que los hombres entren en formación —el teniente lo miró sorprendido, iba a decir algo, pero sólo saludó—. Sargento, ¡aliste a la tropa! —gritó.

—Fidelio, no sólo la tropa esperaba tu regreso —Peabody le dijo tan pronto como los soldados se alejaron.

—¿Quién más? —Fidelio preguntó.

—Tu hermana —Peabody respondió, apuntando hacia Antonia, quien, sonriente, tenía lágrimas corriendo por sus mejillas. Abrazó a Fidelio, besándolo en la mejilla.

—Fidelio, me asusté cuando llegué y supe que los soldados esperaban por ti y el cargo en contra tuya. En el rancho todos estamos disgustados por la prohibición de asistir a misa y rezar en público. Sin embargo, me da gusto el ver que Dios parece protegerte. Él fue quien puso a ese capitán al frente del destacamento; te conoce y, al menos, por lo pronto te han dejado en paz —le dijo, aún con sus brazos alrededor de Fidelio.

—Recuerda lo que aprendimos a orar: "Hágase tu voluntad...". Sólo tenemos que aceptar lo que Él decida —Fidelio respondió.

—He venido a buscarte porque recibiste esta carta. Es de Enrique —Antonia le dijo, entregándole un sobre. Fidelio la abrió y leyó la carta.

—Enrique es ahora el capataz de una hacienda cerca de aquí, en Espinazo. Se ha casado y su esposa le ha dado un retoño, un varón. Enrique me pide que vaya a trabajar en la hacienda —Fidelio dijo después de haberla leído. Se volvió hacia Peabody—. Este hombre fue para mí no sólo un gran amigo, sino casi un segundo padre. Ahora parece que me necesita. Creo que debo de ir.

—Es tu decisión. Si decides irte, te extrañaremos, pero creo que, dadas las circunstancias, tal vez eso sea lo mejor —al escucharlo, Vicky gritó disgustada y corrió dentro de la casa.

Preston y Peabody se volvieron a verla, preocupados.

—Te ha tomado aprecio —Preston le dijo a Fidelio—. Ahora está disgustada, pero de alguna manera se le pasará. Pronto tendremos que regresar a Inglaterra —suspiró—. Cuídate mucho. El haberte conocido y ver lo que puedes hacer ha sido una experiencia extraordinaria. Incluso los médicos de Inglaterra no tienen los resultados que tú obtienes. Es aún más impresionante tomando en cuenta de que tú sólo usas lo que la naturaleza provee.

Un poco abrumado, como siempre le sucedía cuando alguien le alababa por lo que consideraba ser un don inmerecido, Fidelio sólo se encogió de hombros.

—Sólo hago lo que puedo para ayudar. Por favor, despídeme de Vicky —le dijo a Preston para luego volverse hacia

Eager y Peabody—. Aprendí mucho trabajando en la mina. No creo que haya muchos administradores que se preocupen por sus trabajadores como ustedes lo han hecho durante el tiempo que he estado aquí. Por favor, continúen tratándolos como lo que son: gente, gente buena y noble —les dijo.

—Aprendimos de ti que es posible entenderse y encontrar el término medio, en donde encontramos el beneficio común. Eso es algo que nosotros y los mineros te agradecemos —Eager dijo, extendiendo su brazo y colocando su mano sobre del hombro de Fidelio.

Fidelio y Antonia se encaminaron a los jacales. Los mineros, alegres al ver que Fidelio quedó en libertad, los rodearon. Aunque contento, al verse rodeado por sus amigos, Fidelio se entristeció. Por un lado, sabía que hubiese sido posible contribuir a mejorar no sólo la seguridad de la mina, sino también la salud de los mineros y sus familiares; por otro, su amigo de la infancia, quien siempre se preocupó por su bienestar, le llamaba. Comprendió que el momento de partir había llegado.

—Fidelio, nos preocupamos cuando supimos que Saravia y Saavedra te reportaron con las autoridades de Monterrey. Cuando vimos a los soldados pensamos que venían a llevarte —Rogaciano le dijo.

—Muchos de nosotros pensamos en pelear y defender nuestro derecho a adorar a Dios con libertad. Sin embargo, la presencia de nuestras familias nos detuvo. La situación era difícil para todos nosotros —Marcial añadió.

Al escucharlos, Fidelio comprendió que era mejor para todos que partiera; así ellos estarían seguros.

—Gracias por su apoyo, mis buenos amigos —les dijo—. Pero he decidido que es mejor que me vaya. Estoy seguro de que al irme a ustedes los dejarán en paz. Sin embargo, tengan cuidado; Saavedra, o alguien como él, tratará de controlar el sindicato. No lo permitan.

Al oírlo, los mineros, desconcertados y sorprendidos, se miraron los unos a los otros.

—¿Qué es lo quieres decir? ¿Te vas y nos dejas? Apenas hemos expulsado a quienes nos explotaban pretendiendo actuar en favor nuestro. Te necesitamos ahora más que antes. Nos has demostrado que hay manera de conservar al sindicato honesto y cumplir con el propósito para el que fue creado —Filomeno dijo.

—Lo has dicho muy bien —replicó Fidelio—. Te has dado cuenta de que el sindicato es benéfico mientras se mantenga dentro del propósito para el que fue creado; ahora ustedes pueden hacerlo —esbozando una sonrisa, Fidelio se encogió de hombros—. De hecho, ustedes saben mucho más al respecto de lo que yo sé. Dejen que les diga que cuando llegué aquí nada sabía sobre eso. Además, lo sucedido el día de hoy demuestra que si continúo aquí será peligroso no sólo para ustedes, sino también para sus familias. Es por eso que debo de marchar.

—¿A dónde vas? —le preguntó Marcial.

—Cerca de aquí, a Espinazo. Allí ayudaré a otro buen amigo y volveré a ser lo que en realidad soy: pastor de cabras.

Un paisaje árido, completamente seco. Los ardientes rayos del Sol, en lugar de dar brillantez al lugar, le hacían parecer difuso, casi fantasmagórico, como si todo estuviese cubierto por un velo luminoso. Desde la distancia daba la impresión de que los cactos y los arbustos de mezquite flotaban, como si llamas rojizas, anaranjadas, amarillentas y púrpuras cubrieran el paisaje. Todo era una explosión de brillantes colores. El calor era tan intenso que aun las lagartijas preferían permanecer bajo tierra. Algunos arbustos de gobernadora y mezquite, cactos pequeños. Arena, arena firme en algunos partes y, en otras, arena suelta. Arena seca, como si fuese talco, rodeaba las miserables chozas; algunas con muros de adobe. La mayoría, sin embargo, contaban con muros y techos construidos a base de varas de carrizo recubiertas con lodo secado por los rayos del Sol. Aunque para entonces Fidelio estaba acostumbrado a vivir en el desierto del norte de México, este parecía ser el lugar más árido y seco de todos. Al llegar a Espinazo, una diminuta población en medio del desierto, un lugar en donde el ferrocarril hacía escala para abastecerse de agua, Fidelio observó que, además de algunos arbustos, sólo había un árbol de mediano tamaño, un pirul. Alrededor del único pozo de agua se encontraba una charca poco profunda. El único edifico sólido era la casa del dueño de la hacienda.

A pesar de que el lugar era aparentemente hostil, Fidelio tuvo la sensación de que el lugar le daba la bienvenida. Para entonces, Fidelio era ya un experto en los beneficios medicinales que la naturaleza ofrece; se dio cuenta de que podría usar ventajosamente casi toda la aparentemente escasa vegetación del lugar. Así que, de hecho, Fidelio inmediatamente se sintió cómodo, como si hubiese llegado a su hogar. Aunque nunca había visitado el lugar, tuvo la impresión de que estaba familiarizado con él. Sentía que los rayos del Sol acariciaban su piel y una voz le decía: "Bienvenido, te hemos estado esperando".

—Fidelio, mi buen amigo. No sabes cuánto me alegro de verte —Enrique lo recibió, abrazándolo—. Sobre todo me alegra ver que estás sano y salvo. Ha pasado mucho tiempo desde la última vez que nos vimos. Deja que te cuente que, en Torreón, te busqué y me sorprendió cuando me dijeron que te habías marchado. Luego, por casualidad, me encontré con el Dr. Villareal y él me contó cómo fue que te fuiste. Después, en medio de varias batallas, muchas veces me pregunté por ti y cómo la estarías pasando. Afortunadamente, una vez que nos establecimos aquí, recordé que el Dr. Villarreal me dijo que te fuiste con Antonia; es por eso que mandé la carta a su dirección, y ahora estás aquí —contento, tomó a Fidelio por los hombros—. Ahora eres un hombre hecho y derecho, fuerte y saludable.

Feliz de ver a su amigo de la infancia de nuevo, Fidelio sólo le escuchó.

Manteniendo su brazo alrededor de los hombros de Fidelio, Enrique apuntó hacia una joven atractiva, quien sonreía amistosamente a Fidelio mientras balanceaba en sus brazos a un bebé que lloraba a grito abierto.

—Primero que nada deja que te presente a mi mujer, Petra, y nuestro hijo —Enrique dijo.

Petra sin dejar de sonreír a Fidelio, acariciaba al bebé, tratando de calmarlo. Fidelio, devolviendo la sonrisa, se adelantó, extendió su brazo y acarició al bebé, quien respondió a la caricia guardando silencio y extendiendo su brazo hacia Fidelio, sonriéndole. Notando cómo él bebe respondió a la caricia de Fidelio, Petra le miró, agradecida.

—Luego te presentaré a don Teodoro, dueño de la hacienda. Estoy seguro de que simpatizarán —Enrique dijo, acercándose, también contento al ver cómo él bebe respondió a Fidelio—. Desde que te conocí, has mostrado ser alguien diferente; hay algo en ti que te hace especial, como si algo sobrenatural estuviese en ti. Don Teodoro cree en la existencia e influencia de espíritus y cuando le conté acerca de ti me hizo un montón de preguntas; se interesó aún más cuando le dije del don de sanar que tienes y que vendrías. Incluso diría que está entusiasmado por conocerte.

—Don Teodoro está de acuerdo en que, por lo pronto, ayudes a Petra a cuidar de Ulises, nuestro hijo —Enrique continuó—. Además, formarás parte del grupo de pastores. Vamos a que conozcas a quienes serán tus compañeros —añadió.

Marcelino, Prudencio y Jacinto, los otros pastores, recibieron a Fidelio en forma amigable. A Fidelio le agradó el saber que, además de ser pastores, suplementaban su ingreso recogiendo ixtle y candelilla. Deseoso de aprender tanto como fuese posible sobre éstas, les hizo muchas preguntas, sobre todo cómo las cosechaban y las procesaban.

Luego de mostrar a Fidelio el lugar, Enrique le condujo hacia la casa grande, ocupada por el propietario de la hacienda, Teodoro Von Wernich, un inmigrante alemán. Era un hombre rechoncho, rubio, con ojos azules, quien ya los esperaba. Tan pronto como se aproximaron se adelantó y extendió su mano derecha hacia Fidelio.

—Bienvenido —le dijo a Fidelio, estrechando la mano de éste con ambas manos—. Me alegra que hayas aceptado la invitación de Enrique. Puedes creerlo o no, pero he estado esperando la llegada de alguien con habilidad para sanar por algún tiempo. Los espíritus lo anunciaron —sonrió al notar la expresión de sorpresa en el rostro de Enrique. Fidelio sólo sonrió; sentía que todo el lugar le daba la bienvenida, aunque no comprendía la razón para ello. Von Wernich continuó—. Mucho antes de la llegada de Enrique, los espíritus anunciaron que un militar vendría y con él llegaría alguien que convertiría este desierto aparentemente inhóspito en un oasis de esperanza y salud. Así que cuando Enrique me contó sobre tu habilidad para sanar me convencí de lo que los espíritus anunciaron.

Al escucharlo, Fidelio se inquietó por lo que Von Wernich decía, algo extraordinario se esperaba de él y no supo cómo responder.

—Gracias —dijo después de un momento—. Pero yo soy sólo otro pastor. Además de eso ayudaré a Petra en el cuidado de Ulises. Espero que crezca para que sea como su padre, un hombre honesto.

Von Wernich miró a Enrique y, divertido, soltó una carcajada. Se levantó y golpeó amistosamente en el hombro a Fidelio.

—Tal y como me lo dijiste, Enrique, este es un hombre humilde —miró a Fidelio de manera amistosa—. Mientras así lo quieras, trabajarás como pastor, pero algo me dice que no pasará mucho tiempo antes de que tus servicios como curandero sean solicitados. Como todos nosotros, tienes que seguir tu camino. La senda que te espera es importante. Por lo pronto, entremos y disfrutemos de una taza de café.

La casa que Von Wernich ocupaba era espaciosa, con cuartos amplios; el techo era alto y tanto las puertas como las ventanas permitían el flujo libre del aire, de tal manera que la casa era fresca en el verano y, al cerrar las puertas y ventanas, tibia en el invierno. Se sentaron en sillas cómodas y frescas elaboradas a base de una combinación de fibras de bejuco e ixtle.

—Estas sillas fueron hechas a mano por los campesinos de los alrededores —Von Wernich les dijo mientras que una mujer servía café y zotol—. Este zotol también es local; estamos orgullosos de él. Disfrútenlo. Brindo por este maravilloso país. Que la paz y prosperidad lleguen pronto —añadió, levantando su copa.

A su salud —Enrique y Fidelio dijeron, levantando sus copas.

—Don Teo —diminutivo afectuoso con el que sus amigos y los trabajadores de la hacienda lo conocían—, tengo curiosidad, ¿cómo es que usted cree en los espíritus? —Enrique le preguntó.

Un poco sorprendido por la pregunta, Von Wernich se volvió a mirarle, sus ojos lanzaban alegres centellas azules.

—Me alegro de que me lo preguntes —dijo—. Muchos piensan que es algo tonto, casi ridículo; admito que hay quienes han abusado de la credibilidad de la gente y han sacado provecho, pero, créanme, es algo real. Los espíritus rondan y podemos aprender de ellos. En Europa la mayoría de la gente educada lo cree —frunciendo el ceño, hizo una pausa—. Pero es algo que debe de tomarse con respeto, de otra manera se volverán en contra de quien abusa de la confianza de la gente.

Fidelio le escuchaba con respeto; no creía que fuese posible llamar a los "espíritus" a placer, pero estaba de acuerdo en que, aunque no se creyera en ello, era algo que debía de respetarse. Así que guardó silencio.

—Tal vez ustedes me tomen por un crédulo ingenuo —Von Wernich continuó—. Hoy me encuentro aquí, en esta tierra maravillosa llena de magia y misterio; un lugar diferente, muy diferente a la Alemania en donde nací y crecí. Amo ese país, como amé, admiré y respeté al Kaiser. Creía en él como creía lo que me enseñaron en la escuela. Tanto el Kaiser como toda la nobleza en Alemania y Europa lo eran porque ese era el designio divino —frunció aún más el ceño—. El pronombre "Von" significa que soy parte de la nobleza y gracias a eso, y un poco de esfuerzo, ascendí en la burocracia imperial. Gracias a mi posición pude viajar, especialmente a Francia, y fue allí donde por primera vez escuché y aprendí sobre el espiritismo. Al principio lo tomé con escepticismo, pero, créanme, es algo serio. Fue en una de esas sesiones que aprendí que todos los hombres hemos sido creados iguales, que no hay tal cosa como "nobleza hereditaria". También en una de esas sesiones me enteré sobre la inminencia de la guerra y el final no sólo del Kaiser, sino de otras casas reinantes y la desaparición del Imperio austrohúngaro. Afortunadamente para mí, dejé Europa antes de que eso ocurriese —esbozó una sonrisa burlona—. No escapé de la violencia, vine a México en medio de la revolución, pero, por lo menos, aquí espero que el cambio sea para beneficio de la gente común.

—Eso fue lo que muchos creímos al unirnos a las fuerzas de la revolución, pero ahora no estoy seguro de eso. No se permite orar en público, las manifestaciones religiosas están prohibidas; no se permite que el pueblo manifieste su amor hacia Dios. ¿Cómo puede decirse que eso beneficie a la gente común? —dijo Fidelio.

—Tal vez sería mejor que no tocásemos ese tema, Fidelio —intervino Enrique—. Don Teo, ¿es cierto que Madero se postuló como candidato y luego promovió la revolución porque los espíritus le dijeron que él estaba llamado a establecer la democracia en México?

Al escuchar la pregunta, Von Wernich volvió a sonreír.

—Sí, creo que sí. De hecho, conocí a Madero durante una reunión espiritista en París. Debo decirles que Madero es la razón por la que vine a México. El Kaiser tenía interés en el movimiento revolucionario. Mi misión era crear o, por lo menos, estimular un conflicto en la frontera, de tal manera que Estados Unidos no pudiese participar en el conflicto europeo. De cualquier manera, ese plan no funcionó, no como el Kaiser lo hubiese deseado —se rio y se volvió hacia Fidelio—. Enrique tiene razón, tal vez sea mejor que, por lo pronto, no nos involucremos en el conflicto religioso.

Fidelio los miró a los dos.

—Nada impedirá que alabe y agradezca a Dios todos los días —dijo en tono desafiante.

Von Wernich soltó una carcajada, contento, y palmeó uno de sus muslos.

—Esa es la actitud correcta. Eres un hombre de convicción. Me gusta eso y te apoyo —dijo—. Si decimos que es mejor no hablar de ello es sólo por seguridad. Como lo sabes, las paredes oyen.

—Estoy de acuerdo. Deja que te diga que mis convicciones no han cambiado. Rezo a diario, pero lo hago en silencio. Sin embargo, te agradezco que me hayas recordado que debemos defender el derecho a adorar a Dios como lo hemos hecho hasta ahora. Pero, por lo pronto, sólo hagamos el trabajo para el que hemos sido contratados —dijo Enrique.

—Tienes razón. Por lo pronto no deseo otra cosa que ser lo que soy: un pastor de cabras —dijo Fidelio.

—Me parece que, de alguna manera, este desierto te mostrará el camino a seguir. No sólo las cabras necesitan de un pastor —Don Teo dijo, riendo.

CAPÍTULO XXII

Algunas semanas después, Fidelio miró a las cabras a su cuidado y sonrió. Aumentaron de peso, se reprodujeron y, por lo tanto, la manada se incrementó y la producción de leche aumentó. Aunque las cabras se adaptan a cualquier terreno y comen casi cualquier cosa que la naturaleza ofrezca, Fidelio aprendió cómo encontrar los lugares en donde el alimento fuese abundante y nutritivo. Amaba las cabras y disfrutaba de la simpleza en la vida de un pastor. Todo estaba en paz, tranquilo y relajado.

Fidelio se sentó; pensaba dormir la siesta. En eso, Gus, su perro, ladró mirando a las cabras. Fidelio las miró y se preocupó. Una de ellas lucía enferma y se echó. De inmediato, Fidelio se levantó y la examinó. Aunque el Sol brillaba y hacía calor, la cabra estaba fría y su piel seca; respiraba con dificultad y castañeaba los dientes. Fidelio sabía que estaba embarazada y, al examinarla, notó que sangraba. El embarazo estaba perdido. Aunque su proximidad calmaba a la cabra, Fidelio comprendió que el problema era una infección, una infección que podría contagiar al resto. Aunque nada podría hacer para prevenir la expulsión del feto, era preponderante mantenerla separada del resto. Fidelio sabía que, al ser expulsados, tanto el feto muerto como la placenta serían contagiosos. Si permitía que algunos de los animales los comiera, o siquiera los lamiera, serían contagiados y dispersarían la enfermedad. Sabía que era necesario sacrificar a la cabra enferma y quemar su cuerpo, de preferencia antes de que abortara. Todas estas ideas fluyeron por la mente de Fidelio. Tembloroso y llorando, Fidelio extendió sus brazos al cielo, implorando ayuda. El don de sanar recibido era inútil en este caso, nada podía hacer para salvar a la cabra ni a su embarazo. Aún peor, si no hacía lo que era necesario hacer, la infección se propagaría no sólo al resto de la manada, sino al resto de los animales, incluso a los pastores y sus familiares. Fidelio amaba a todas y cada una de las cabras a su cuidado, tan sólo el pensar en lo que era necesario hacer le causó náusea, forzándole a vomitar. Ahora era responsable por el resto de la manada; su deber era prevenir el contagio de la enfermedad, pero no se sentía capaz de hacer lo que era necesario hacer. Abrumado por el peso de la responsabilidad, Fidelio cayó de rodillas, con los brazos abiertos, y, angustiado, gritó; fue casi un aullido salvaje. Amargamente sollozó.

—¿Por qué lloras y gritas de esa manera? —un viejo de piel oscura le preguntó. Iba vestido con pantalón y camisa de manta amarillenta, sombrero de palma agujereado y huaraches de cuero adelgazados por el uso.

—¿Quién es usted? ¿De dónde ha salido? —sorprendido, Fidelio le preguntó.

Quitándose el sombrero para sacar el morral de ixtle que colgaba de su pecho, el viejo mostró su escasa dentadura.

— Soy candelillero y a lo lejos divisé las cabras, así que, con la esperanza de charlar con alguien y compartir el almuerzo, me encaminé para acá. Al acercarme escuché tus gritos y lamentos. ¿Lloras por lo que le pasó a tu cabra?

Aún sollozando, Fidelio asintió con un movimiento de cabeza.

—Está enferma, muy enferma. Ha perdido su embarazo y está a punto de morir; me imagino que ya te diste cuenta de eso —el viejo continuó, aproximándose y colocando su mano sobre el hombro de Fidelio—. También sabes lo que debes de hacer, pero dudas. No quieres hacerlo. Ya te has dado cuenta de que lo que tiene es contagioso y, para prevenir que el resto se contagie, debes de sacrificarla y quemar su cuerpo. Por supuesto, deberás de sepultar las cenizas —el viejo añadió, con mirada y tonos serios—. Sé muy bien lo que sientes. Alguna vez yo también fui pastor. Uno se encariña con los animales a su cuidado, asistes a sus partos y cuando puedes los curas, pero hay ocasiones como esta y, aunque uno sabe lo que debe de hacer, uno duda y no quiere hacerlo. Sé muy bien sobre todo eso —el viejo continuó, sobando cariñosamente el hombro de Fidelio.

Intrigado, Fidelio volteó a mirarlo. Pareciera que el viejo leyera su mente. El masaje le tranquilizó. Viendo al viejo, Fidelio tuvo la sensación de conocerlo, alguna vez le había visto y hablado con él. De hecho, sentía amarlo como un niño ama a un padre tierno y cariñoso.

Fidelio se sentó. Los ojos de café claro del viejo le miraron carnosamente.

—Sabes muy bien que la cabra debe de ser sacrificada. Créeme cuando te digo que ella sabe que ha llegado al final. Además, sufre. Separémosla de la manada —el viejo dijo, como si entendiese lo que ellos querían.

La cabra se levantó y se encaminó hacia un hoyo que, de alguna manera, estaba cubierto por hojas de lechuguilla que floreaban, diminutas y hermosas flores blancas. Al llegar, la cabra se echó. Fidelio la siguió y, al llegar, sorprendido, se volvió hacia el viejo, quien le sonrió; era una sonrisa tranquila y amable.

—Usa tu cuchillo y termina con su sufrimiento —el viejo dijo.

Llorando, Fidelio asintió. Se arrodilló a un lado de la cabra y con un rápido movimiento cortó el cuello del animal. La cabra no emitió ningún quejido, sólo dejó caer su cabeza sobre las hojas de lechuguilla. Fidelio se sorprendió aún más al notar que, al sangrar la cabra, las flores absorbieron la sangre y se tornaron de un color rosa. El viejo se paró a un lado de Fidelio.

—No has terminado —le dijo—. Ahora debemos de juntar hojas y varas secas para quemar su cuerpo; luego debemos de tapar el hoyo. No debemos dejar ninguna tentación.

—Me he dado cuenta de lo difícil que esto ha sido para ti. Has recibido una lección de lo que te espera, de aquello a lo que debes de acostumbrarte y comprender. Pronto te enfrentarás a múltiples ocasiones como esta: enfermedades que no podrás sanar, situaciones en las que sabrás que el final para esa vida ha llegado. Pero, aun en esas circunstancias, tu deber será brindar resignación y esperanza en la transición. Aprende de esas situaciones y también de las que tengas oportunidad de devolver la salud y prolongar la vida. Se esperará mucho de ti y eso no te será fácil. Tu tiempo ha llegado. Estás listo —el viejo le dijo luego de que terminaron de cubrir el hoyo con las cenizas de la cabra enferma.

Intrigado, Fidelio le miró.

—¿A qué se refiere? —Fidelio preguntó.

—Lo sabrás muy pronto. No será fácil. Recibirás amor y gratitud de muchos; también serás atacado e insultado. Serás objeto de muchas calumnias y falsedades. No dejes que nada te aparte de lo que será tu deber. Serás un faro de esperanza. No permitas que las alabanzas se te suban a la cabeza. Aprende de tus aparentes fracasos y haz tanto bien como puedas —el viejo respondió, sacando un pañuelo rojo de su bolsillo y limpiando el sudor de su frente—. Soy viejo y estoy cansado. ¿Tienes agua y algo que comer? —añadió mostrando los pocos dientes que le quedaban al sonreír a Fidelio.

—Sí. Tengo carne seca, queso de cabra, chiles, tortillas y una jarra llena de agua fresca. Tendré mucho gusto en compartir con usted. Pero todavía tengo muchas preguntas sobre de lo que me ha dicho. ¿Por qué yo? Soy feliz siendo pastor.

¿Hay manera de que continúe siendo sólo eso? —preocupado y desconcertado, Fidelio le dijo.

Sin dejar de sonreír, el viejo se encogió de hombros.

—Seguirás siendo pastor, sólo que ahora no sólo serán cabras las que estarán a tu cuidado. Pero puedes elegir. Has recibido un don, el don de devolver la salud. Ahora ya sabes que eso tiene límites. Cómo uses el don depende de ti. Puedes usarlo para enriquecerte, obtener lujos, riqueza y poder. O puedes usarlo para beneficio de muchos, tantos como puedas. De una manera u otra requerirá esfuerzo y trabajo duro; muchas noches de desvelo te esperan. Quizá desees pretender que no lo tienes, pero ya está en ti. Lo tendrás hasta el final de tus días. Te aconsejo que aceptes ser para lo que has sido elegido. Muchas veces lo sentirás como una pesada carga. Estoy seguro de que, cuando eso suceda, sabrás lo que debes de hacer. Ahora, tengo hambre y estoy cansado; por favor, dame algo que comer.

—Ahora le preparo algo —Fidelio dijo, poniéndose de pie y juntando ramas secas para hacer fuego.

Aunque aún preocupado y con dudas, a Fidelio le quedo claro que no había razón para continuar argumentando. ¿Como es que sería un faro de esperanza ahí en medio de ese desierto, entre tanta pobreza? Sin hacer más preguntas, se limitó a preparar la comida.

—Estoy muy cansado. Despiértame cuando estés listo —el viejo le dijo y, colocando su morral de ixtle a manera de almohada, se recostó y se durmió casi de inmediato. Fidelio tomó un sarape y lo cubrió.

Tan pronto como terminó de preparar la comida, Fidelio despertó al anciano. Comieron en silencio. El viejo masticaba despacio, saboreando la comida. A Fidelio le supieron diferente esos simples alimentos que había probado muchas veces, más sabrosos que nunca. A pesar de que comían en silencio, Fidelio se sintió en comunión con el viejo, como si algo más que su cuerpo se alimentara.

—Gracias. He disfrutado de la comida, pero ahora es tiempo de que me vaya. Adiós, mi joven amigo. Ahora estás listo. Sé fuerte y afronta lo que te espera —el viejo le dijo, encaminándose hacia un par de burros cargados con ramas frescas de candelilla.

Fidelio se sorprendió porque no había notado a estos burros. El viejo, guiando a los burros, se alejó murmurando una canción. Fidelio le miró alejarse para luego juntar a la manada y encaminarse con rumbo a la hacienda. A lo lejos, los cerros brillaban al recibir los rayos del Sol.

Al llegar al caserío, lo que llamó la atención de Fidelio fueron varios armones de propulsión manual estacionados sobre las vías del tren. A su lado, varios hombres hablaban con Von Wernich y Enrique, uno de ellos se veía angustiado y a punto de llorar. Aunque a la distancia no podía escuchar lo que decían, Fidelio comprendió que hablaban acerca de él. Un familiar de los visitantes necesitaba ayuda. Al darse cuenta de que Fidelio se aproximaba, Enrique apuntó hacia él. Al ver a Fidelio, el hombre que parecía angustiado, aún llorando, corrió hacia él.

—¡Necesitamos de tu ayuda! —el hombre gritó.

Fidelio se detuvo y dirigió a las cabras en dirección del corral; las cabras guiadas por el perro le obedecieron.

—¿Cómo puedo ayudarle? —Fidelio le preguntó.

—Necesitamos que vengas con nosotros. Pero ¡apúrate, no hay tiempo que perder! —el hombre contestó, casi gritando y empujando a Fidelio en dirección de los armones.

—Espere un momento. Aun no me ha dicho cómo puedo ayudarle.

—Se trata de mi esposa. Es por eso por lo que hemos venido a buscarte. Por favor, ayúdanos —sollozante, el hombre insistió, tomándolo del brazo y apuntando hacia los armones.

—Está embarazada, en parto —Fidelio dijo.

Mirándolo sorprendido, el hombre se detuvo.

—Sí, pero no lo dije. ¿Cómo lo sabes?

—Eso no importa. ¿Cuánto tiempo lleva en parto? —Fidelio le respondió, sonriendo amablemente al hombre.

—Tres días. Dice que ya no siente los movimientos del bebé. Un líquido verdoso corre por sus piernas. Las mujeres que han tratado de ayudarle dicen que mi mujer podría morir. Los pastores nos hablaron de ti, es por eso por lo que hemos venido a buscarte. Apúrate, por favor —el hombre dijo, apuntando de nuevo hacia los armones.

Fidelio comprendió la angustia del hombre.

—Vámonos —le dijo caminando en dirección de los armones.

Treinta minutos después arribaron a una pequeña ranchería con unas cuantas casas de adobe. Tan pronto como llegaron, Fidelio notó que la casa principal era grande, de techos altos y puertas amplias que a la vez servían como ventanas. La casa tenía varias habitaciones, todas limpias con piso de tierra firme y bien barridas. En una de las habitaciones una mujer alta y robusta yacía sobre una cama, con el rostro y el cuerpo empapados por el sudor. Aunque era evidente que sufría, estaba tranquila. Al ver a Fidelio le sonrió.

—Así que tú eres el niño de quien los pastores nos han contado. Espero que puedas ayudarme. He tratado de empujar al bebé, he pujado desde ayer, pero este muchacho carancho no quiere salir. No tuve ningún problema con mis otros hijos; esta vez algo no viene bien. Necesito ayuda.

Fidelio se aproximó y le tomó de la mano mirándola directamente a los ojos.

—¿Cuál es tu nombre? —le preguntó.

—María Zapata de Ríos. Para servir a Dios y a ti —la mujer contestó.

—María, me doy cuenta de que eres una mujer fuerte. Con la ayuda de Dios podré ayudarte. Sé muy bien de que sientes su presencia; Él está aquí con nosotros. Ahora descansa, descansa, descansa. Haz hecho un gran esfuerzo. Tu cuerpo está cansado y necesita descanso, déjalo descansar; deja que tus ojos se cierren. Relaja tu cuerpo, descansa tu mente. Descansa y relájate —sonriendo, tranquila, la mujer cerró los ojos y durmió.

Suavemente, Fidelio palpó su abdomen. Hizo un gesto de preocupación para luego palpar entre las piernas de la mujer; el gesto de preocupación se agudizó. Lo que palpaba confirmaba lo que sintió al examinar el abdomen. Él bebe era grande, no sólo eso, estaba atravesado. Para extraer al bebé tenía que decidir entre abrir el abdomen de la mujer o extraer al bebé en pedazos. Decidió abrir el abdomen.

Volteó a mirar al esposo de la mujer, quien permaneció a su lado.

—El bebé esta atravesado y es grande, muy grande; es por eso que no ha salido. Tendré que abrir su abdomen. Necesito agua limpia, jabón, una botella de vidrio, agujas e hilo de seda. ¿Puede conseguir todo esto?

Sorprendido, el hombre le miró, dudando.

—Sí, lo tenemos. Ahora lo traigo —el hombre dijo después de dudar por un momento.

Una vez que obtuvo lo que necesitaba, Fidelio lavó sus manos, descubrió el abdomen de la mujer y, meticulosamente, lo lavó. Quebró la botella, escogió el trozo más afilado y lo uso para cortar el vientre de la mujer y extraer al bebé. Un varón. Su cuerpo era flácido, sin movimiento, y su piel morada. Tiernamente, Fidelio colocó el cuerpo inerte del bebé sobre la cama para luego proceder a suturar tanto el útero como el abdomen de su paciente. Durante todo el procedimiento, ella permaneció inmóvil con expresión de tranquilidad y paz, sin emitir siquiera un quejido.

—Duerme tranquila —Fidelio le dijo una vez que terminó—. Duerme y descansa. Haz hecho un gran esfuerzo y necesitas descansar. Mañana, cuando despiertes, te sentirás descansada. Por supuesto, te dolerá la perdida de tu bebé y llorarás; eso es natural, eres madre y sentirás el dolor de madre. Ahora sólo duerme y descansa.

—Se recuperará. Ahora sólo necesita descansar. Podrá deambular cuando despierte, pero sin esfuerzo innecesario. En diez días regresaré para retirar los hilos de sutura. Siento mucho que nada pude hacer por el bebé. Ahora hay un ángel en el cielo cuidando de ustedes —Fidelio le dijo al hombre que lo miraba agradecido, con llanto corriendo por sus mejillas.

—Gracias, muchas gracias. ¿Cómo puedo pagar lo que has hecho? —el hombre le preguntó, tomando a Fidelio de la mano y tratando de besarla.

Con suavidad, Fidelio retiró su mano para impedir que el hombre la besara.

—Es a Dios a quien debes de agradecer; Él es quien lo ha hecho. En lo que a mí se refiere, agradeceré que me lleven de regreso.

—Me llamo Manuel Ríos. Aunque quizá no se note, soy hombre con posibilidades. Si lo deseas puedo darte varios caballos ya domesticados o, si lo prefieres, puedo pagarte con dinero —el hombre le dijo, apuntando hacia un corral cercano en el que varios caballos comían.

Fidelio miró a los caballos y luego se volvió hacia Manuel.

—Son hermosos, pero en realidad no tengo necesidad de ellos; tampoco necesito dinero. Como dije, sólo ordené que me lleven de regreso —le sonrió—. Siempre hay una manera de ayudar. Comparte lo que tienes con los pobres —Fidelio añadió.

CAPÍTULO XXIII

—La noticia de que María Ríos sobrevivió sin complicaciones la operación que Fidelio hizo ha corrido por todas partes. Ahora todas las mujeres de la región vienen a buscar la ayuda de Fidelio y está más ocupado que nunca. Es asombroso cómo estos hombres que no permiten que nadie mire siquiera a sus mujeres sean quienes las traen y le piden a Fidelio que él las asista durante el parto. Tanto las mujeres como los hombres se sienten protegidos con su ayuda —Teodoro Von Wernich le dijo a Enrique mientras tomaban café sentados en la terraza de la casa principal durante un placentero atardecer veraniego. Brisa fresca presagiaba lluvia y anunciaba la llegada del otoño.

—Tiene razón. Servicio, inspirar fe y confianza son otras de las muchas cualidades de Fidelio. Por eso es por lo que no niega servir y asistir a las mujeres en sus partos. Además, como usted lo sabe, Fidelio se ha hecho cargo de los pastores, colectores de ixtle y candelilla; todos ellos buscan a Fidelio en cuanto se enferman. Es por eso por lo que el movimiento en el rancho ha aumentado. Fidelio se ha vuelto popular —dijo Enrique y sorbió un poco de su café.

—Como te he dicho, los espíritus lo predijeron; aunque admito que, aun así, lo que sucede me sorprende. Lo que está pasando aquí es mucho mayor de lo que esperaba

—Von Wernich dijo con una sonrisa irónica—. ¿Has escuchado lo que rumoran?

Enrique también sonrió.

—No sé nada sobre espíritus. He conocido a Fidelio desde niños; siempre ha tenido el don de devolver la salud. Sí, he escuchado el rumor que todos repiten. Hablan de un ermitaño quien, hace mucho tiempo, escogió este desierto para adorar a Dios; aparentemente, era curandero. "Tata Santito", le llamaban. Cuenta la leyenda que, ya hace casi dos siglos, predijo que un milagroso curandero llegaría a este lugar, desolado e inhóspito en apariencia.

—Exactamente. Eso es de lo que muchos en los alrededores hablan, y probablemente tengan razón —Von Wernich dijo—. De cualquier manera, he decidido dejar libre a Fidelio para que atienda a toda esa gente que busca su ayuda. Lo menos que puedo hacer es permitir que ayude a los pastores, campesinos y vaqueros, no sólo a los de esta hacienda, sino también a los de las haciendas vecinas.

—Esos no son los únicos, están también los que llegan por tren. Todos ellos buscan que Fidelio les atienda. Va a ser necesario que busquemos la manera de proveer los víveres que necesitarán y un lugar donde puedan alojarse.

—Tienes razón. Si esto continua habrá oportunidad de hacer negocio honestamente —Von Wernich dijo—. Todo ello es bueno y me alegro de ser testigo de ello. Pero hay otra cosa de lo que me gustaría escuchar tu opinión, algo que creo que es importante —agregó en tono y expresión serios.

—Lo escucho, don Teo —Enrique dijo acercando su silla.

—Dije que deberíamos procurar no hablar sobre cómo el gobierno de Calles ha prohibido las manifestaciones religiosas… Si fuese sólo eso tal vez pretender ignorancia sería lo sensato, pero la realidad es que es mucho peor que sólo prohibir las manifestaciones públicas. Las iglesias no sólo han sido cerradas, muchas de ellas han sido convertidas en barracas o en establos. Los conventos y seminarios han sido clausurados; los sacerdotes y monjas son perseguidos, sobre todo los que son de origen extranjero. De buena fuente sé que son muchos los que han sido torturados, fusilados, colgados; las monjas son violadas. Yo no soy una persona religiosa, pero, aun así, no puedo pretender ignorarlo y mirar en otra dirección. Ya una vez en mi vida lo hice y la conciencia me tortura, así que no lo haré de nuevo. Voy a ayudar a escapar a los que son perseguidos por sus creencias. El ver a toda esta gente viajando de lejos para llegar acá me ha dado la idea de ayudar a los perseguidos. Estamos cerca de la frontera; podemos ayudarles.

—Me alegra saber que piensa de esa manera. Es cierto que la jerarquía de la iglesia católica apoyó al gobierno de Huerta, pero la mayoría de nosotros, los católicos, peleamos al lado de la revolución. Obregón y Calles culpan a la Iglesia de muchos de los problemas del país. Aunque acá estamos relativamente en paz, sé muy bien que en muchas partes del país hay tensión y violencia. No sólo los sacerdotes y las monjas son perseguidos, fusilados y colgados; la gente común también es castigada simplemente por asistir a misa. Habrá una nueva guerra civil. Con gusto ayudaré en lo que pueda —Enrique le dijo.

—¿Crees que deberíamos informar a Fidelio de nuestras intenciones? —Von Wernich preguntó.

—Conozco bien a Fidelio. Él siempre está dispuesto a socorrer a quienes necesitan de ayuda; inclusive si eso lo pone en peligro. Sin embargo, en lo que a esto respecta, creo que será mejor que lo mantengamos entre nosotros.

—De acuerdo. Contrata gente para construir alojamientos. Los rentaremos a quienes los necesiten y, por supuesto, los usaremos para alojar a quienes intentan escapar de la persecución —Von Wernich agregó al tiempo que tomaba la jarra con café—. ¿Más café? —preguntó.

—Por favor —Enrique contestó, colocando su taza de barro—. Ahí viene Fidelio —agregó, apuntando en dirección de la puerta.

—Don Teo, Enrique. Necesito decirles algo —Fidelio les dijo en cuanto se aproximó. Vestía ropas simples de manta cruda y calzaba huaraches de cuero.

—¿De qué se trata, Fidelio? —Von Wernich preguntó en tono amable.

—Me temo que no será posible que continúe cuidando de las cabras. A diario llega gente buscando mi ayuda; creo que mi deber es atenderles —Fidelio dijo en tono humilde.

Sonriendo amigablemente, Von Wernich lo miró por un momento.

—Por supuesto, Fidelio. Lo comprendo. Precisamente hablábamos de ti. De ahora en adelante estás en libertad de atender a los que vienen buscando tu ayuda. No tienes ninguna obligación para con la hacienda. De hecho, si hay algo que nosotros podamos hacer para ayudarte... Podríamos poner a gente para que te ayude a recolectar lo que necesites. Enrique se encargará de eso. Además, he dado instrucciones de que la bodega que usamos para guardar la candelilla sea limpiada y preparada para que allí se puedan alojar las mujeres que vienen buscando tu ayuda para el parto.

—Muchas gracias. Eso me ayudará. Pero hay otra cosa que deseo pedirle —Fidelio dijo.

—Veamos. ¿De qué se trata?

—Necesitaré el espacio bajo del pirul; allí es en donde atenderé. También quiero pedirle reservar la charca para allí lavar a los que considere necesario.

Von Wernich movió la cabeza afirmativamente.

—Eso no será problema. Usa no sólo eso, sino lo que tú consideres que necesitas. De hecho, recién hablábamos de levantar algunas chozas para alojar a quienes vengan de lejos y necesiten quedarse.

Agradecido, Fidelio sonrió para luego rascarse la cabeza, como dudando.

—Gracias. Eso será de gran ayuda. Pero aún hay algo más —agregó.

—¿Otra cosa? —Von Wernich preguntó, sorprendido.

Intrigado, Enrique miró a Fidelio.

—Bueno, es que algunos de los que han venido en busca de ayuda son propietarios de un circo. Dios permitió que les ayudase y su salud ha mejorado. Agradecidos, me han preguntado si hay algo que ellos pudieran dar para ayudar a otros. De hecho, tienen algo que me ayudaría en mucho. Un puma. No es en realidad peligroso, casi no tiene dientes y sus garras están limpias. Pero, aun así, me ayudaría mucho — Fidelio dijo, sonriendo.

Von Wernich y Enrique, sorprendidos, casi saltaron de sus asientos.

—¿Un puma? ¿Estás seguro de eso? —Enrique preguntó.

Fidelio le sonrió.

—Sí. Estoy seguro.

—Bien, aunque no veo cómo es que un puma pueda serte de ayuda; si tú dices que lo será, lo creo y por supuesto que lo permitiré. Pero asegúrate de mantenerlo enjaulado —Von Wernich dijo, enfatizando sus palabras con el dedo índice.

—Así lo haré. Una vez más, muchas gracias —Fidelio dijo, sonriendo e inclinándose ligeramente.

—Somos nosotros quienes debemos de estar agradecidos contigo —Von Wernich dijo, poniéndose de pie—. Tu actitud es humilde, pero es a ti a quien la gente acude en busca de ayuda y tú no la niegas. La gente te buscaría en donde quiera que te encontrases; has recibido el maravilloso don de devolver la salud y dar esperanza. No tratas de obtener ventaja de ello. Te admiro y respeto por eso —Von Wernich agregó, abrazando a Fidelio.

Enrique también se puso de pie.

—Así es Fidelio, gracias por todo. Haremos cuanto sea posible para ayudarte —dijo poniendo su mano sobre el hombro de Fidelio.

—Fidelio, son muchos los que te esperan —dijo uno de los peones, acercándose—. ¿Quieres que les digamos que estás descansando y que después las verás? —agregó.

—No. Ellos han venido desde lejos; los atenderé ahora —Fidelio contestó.

Fidelio se encaminó en dirección del pirul, en donde alrededor de cien personas le esperaban. Al acercarse Fidelio, la gente respetuosamente se hizo a un lado. Caminando entre ellos, Fidelio observó sus rostros, muchos de ellos desfigurados por lepra, tuberculosis, desnutrición y enfermedades mentales. Otros con cuerpos deformes. Viéndolos, Fidelio comprendió que un gran número de ellos estaban en la fase terminal de su enfermedad. "A ellos por los menos les ofrecerás esperanza y paz interior", Fidelio recordó que le dijeron. Aunque triste, se dio cuenta de que era algo a lo que tendría que acostumbrarse como parte de su nueva realidad. Aun así, eran muchos a los que sí podría ayudar. «Si tan siquiera puedo ayudar a uno de estos todo habrá valido la pena», pensó. Al pasar Fidelio, muchos extendieron las manos para tocarle. Fidelio lo permitió.

—Cuánto sufrimiento, cuánto dolor. Hay mucho que hacer. Dios me guiará —Fidelio se sentó en una silla previamente colocada y apuntó a un hombre para que se acercara.

El hombre tenía las piernas envueltas con vendajes sucios y descoloridos, tratando de cubrir llagas y úlceras. Fidelio removió los vendajes. Luego tomó un trozo de zabila, lo cortó y, dando un trozo al hombre, lo mandó a que se lavara en la charca, usando la zabila en lugar de jabón. Llegó otro hombre con los pies cubiertos de llagas; Fidelio los envolvió con cáscaras de plátano y colocó un vendaje para sujetar las cáscaras.

—Duerme con ellos. Mañana los cambiaremos. Mejorarás pronto —le dijo.

Una mujer, aún joven, en la tercera década de su vida, se aproximó. Era pálida, muy pálida, con los ojos hundidos, demacrada.

—Mujer, sangras demasiado. Tu menstruación es abundante y dolorosa —Fidelio le dijo en cuanto la vio.

Al escucharlo, la mujer cayó de rodillas, llorando.

—Gracias a Dios que lo sabes —la mujer dijo, tomando a Fidelio de las manos—. He consultado con muchos médicos, he tomado todo lo que me han indicado; algunos incluso me recomendaron que necesitaba sangrar más, otros que tengo la matriz caída. Al final todos me dijeron que no hay nada más que puedan hacer. Tú eres mi última esperanza. Por favor, ayúdame —agregó, besándole las manos.

—Mejorarás. Tu menstruación será normal —Fidelio le dijo tomando un frasco con tintura y dándoselo a la mujer—. Cinco gotas en medio vaso de agua, diariamente, antes de dormir.

—Gracias, niño mío. Dios te ha enviado. Que Dios te bendiga y bendiga a la madre que te trajo al mundo —la mujer dijo, aún llorando y besando la mano de Fidelio.

—Mujer, es a Dios a quien debes de agradecer, no a mí. Él será quien alivie tu sufrimiento —Fidelio le dijo, ayudándole a ponerse de pie.

Fidelio continuó sin descanso. La noche cayó y alguien encendió antorchas. Nadie se fue. Todos esperaron pacientemente a que Fidelio pudiese atenderles. La mayoría eran campesinos, pastores, vaqueros de los ranchos vecinos; otros sólo acompañaban a sus familiares enfermos. Todos tenían la esperanza de recibir ayuda. Muchos venían de las haciendas y los ranchos vecinos; llegaron caminando o montando a caballo. Muchos otros llegaron por tren; entre estos últimos había algunos bien vestidos, económicamente afluentes. Fidelio los trataba a todos igual. Hubo quienes ofrecieron pagar por sus servicios. "Dáselo a los pobres. Nunca ignores a quien te extienda la mano pidiendo ayuda", Fidelio les decía cuando eso ocurría.

Gruesas nubes cubrían el brillo de la Luna, haciendo la oscuridad de la noche aún más profunda; a pesar de ello, Fidelio, alumbrado por algunas antorchas, continuó atendiendo. La gente, sin arremolinarse, esperaba pacientemente por su turno. Al amanecer, Fidelio aún estaba bajo del pirul, escuchando y dando consejo sobre el uso de las hierbas medicinales. Muchos recibieron ungüentos, jarabes y tinturas; todas preparadas por Fidelio. La mayoría, después de ser atendidos, se retiraron sonrientes, agradecidos y confortados. Algunos, aunque confortados, se retiraron tristes. Fidelio no ofrecía falsas esperanzas, sino que repartió comprensión, amor y confort a todos. Muy pocos se fueron decepcionados.

—Para que recuperes tu salud debes dejar de fumar. Come frutas y agrega cebolla y chile a tu dieta. Trabaja duro y honestamente, nunca engañes. Tus acciones deben de estar encaminadas hacia el beneficio común, no tu interés personal —Fidelio le dijo a un hombre que padecía de tos crónica y dificultad para respirar.

Enojado, el hombre miró a Fidelio.

—Viajé desde Zacatecas; desde ayer he esperado pacientemente a ser atendido, ¡para que me salgas con eso! —el hombre dijo en alta voz.

—Recuperar tu salud está a tu alcance, yo sólo puedo aconsejarte. Depende de ti. Si sigues mi consejo te recuperarás; depende del camino que decidas tomar —tranquilo, sin inmutarse, Fidelio le contestó.

El hombre lo miró y, disgustado, se retiró. Fidelio miró cómo se alejaba.

—En verdad les digo que las personas que más pueden hacer por ustedes son ustedes mismos" —dijo, dirigiéndose a las personas que esperaban—. Si ustedes no están dispuestos a hacer la parte que les toca, es muy poco lo que yo podré hacer para ayudarles —añadió.

—Fidelio, el tren ha llegado repleto de gente que viene en busca de tu ayuda —Prudencio, uno de los pastores de la hacienda, le dijo.

—Asegúrate de que haya comida y agua fresca para todos ellos; también debemos de ayudar a quienes decidan quedarse —Fidelio le contestó—. Todos serán atendidos —añadió.

—¿Tienes hambre? Puedo traerte algo de comer —Prudencio ofreció.

—Gracias, sólo tráeme un poco de agua y una rebanada de melón, por favor —Fidelio le dijo.

—Pero has atendido gente sin parar desde ayer y no he visto que descanses o comas. Debes de descansar, aunque sea por un momento—Prudencio le dijo, preocupado.

—¿Cómo puedo irme a descansar cuando hay tantos en busca de ayuda? Mi deber es continuar mientras pueda —Fidelio le dijo, haciendo una señal para que el siguiente se aproximara.

—Ahora traigo lo que me has pedido —Prudencio dijo, encaminándose con rumbo a la casa principal—. Aquí está el agua y el melón que me pediste; además, he traído café fresco y pan recién salido del horno —Prudencio le dijo al regresar.

Fidelio, agradecido, le sonrió. Un poco después dio el pan y el café a un anciano que llevaba tiempo esperando. Bebió el agua y comió trozos del melón, a intervalos, mientras atendía a la gente.

Fidelio continúo atendiendo a la sombra del pirul hasta el atardecer, luego se retiró para preparar ungüentos y tinturas usando hierbas de la región. Tan concentrado estaba que no se dio cuenta de que Von Wernich entró en la habitación.

Von Wernich caminaba con dificultad, casi arrastraba los pies, y hacía gestos de dolor al apoyar.

—Fidelio, ¿estás ocupado? —Von Wernich le preguntó.

En cuanto Fidelio le vio, se dio cuenta de que Von Wernich buscaba ayuda.

—Nunca estoy tan ocupado como para que no pueda atenderlo, don Teo. ¿Cómo puedo ayudarlo?

—Estás muy ocupado y no me gusta molestarte con mis problemas. Desde hace ya algún tiempo he tenido un mezquino en la planta del pie; ha crecido y ahora se ha ulcerado. Te confieso que he consultado con médicos tanto en Saltillo como en Monterrey. Lo único que he conseguido es empeorar y ahora el dolor se ha vuelto casi insoportable y caminar es casi imposible. ¿Crees que puedas ayudarme?

—Muéstreme el pie —Fidelio replicó.

Von Wernich mostró sus pies. Sin decir palabra, Fidelio lo examinó. En la planta del pie izquierdo, Von Wernich tenía varios condilomas infectados y la piel enrojecida y amoratada; había un absceso en el centro.

—Puedo ayudarle —dijo Fidelio—. Cierre sus ojos y vea a un niño en su lugar preferido, seguro, feliz y protegido. Ese niño es usted. Regrese a ese lugar, relájese y disfrútelo. Hace frío, pero usted está cómodo. Disfrute de la brisa fresca; deje que lo acaricie. Hay una fuente en donde se ha bañado muchas veces; sabe que el agua es fría, pero agradable. Ponga sus pies en el agua. Sienta el agua fría en sus pies, los adormece —mientras hablaba, Fidelio tomó un trozo de vidrio filoso y abrió el absceso, luego debridó el tejido enfermo y lavó el pie. Aplicó un ungüento preparado mezclando miel de abeja con extracto de zabila. Cubrió la planta del pie con cáscara de plátano y lo sujetó con un vendaje—. Necesitará ayuda para regresar a casa. Mañana cambiaré el vendaje —dijo a Von Wernich en cuanto terminó.

Von Wernich abrió los ojos y miró su pie.

—Guau, no sentí cuando hiciste eso. Ya no duele.

—Llamaré a Prudencio y Juancho para que vengan a ayudarle. Mañana repetiré el tratamiento.

Durante los siguientes siete días, además de atender a los que llegaban en busca de ayuda, Fidelio cuidó de Von Wernich.

—Fidelio, de verdad que has recibido un don. Ahora camino sin dolor, mi pie ha sanado por completo. Esto es algo de lo que el mundo debe de enterarse. Para asegurarme de que así sea, he escrito a todos los periódicos importantes del país. Pronto no sólo en México se sabrá de lo extraordinario que ocurre en este desierto. De verdad que eres un ángel de misericordia —Von Wernich, agradecido, le dijo.

Al oírlo, Fidelio hizo un gesto de preocupación.

—Don Teo —le dijo—, me alegro de que haya respondido al tratamiento como lo ha hecho, pero no es conmigo con quien debe de estar agradecido, sino con el Señor, de quien he recibido este don. Me alegra el poder ayudar a tantos como pueda, pero prefiero que todo esto quede aquí. No hay necesidad de ponerlo en los periódicos.

—¡Claro que sí! —Von Wernich le contestó—. No sólo mandé la información, sino que, además, he pagado por una página completa para que todos se enteren de lo que has hecho no sólo por mí, sino por todos los que vienen en busca de tu ayuda.

Fidelio hizo un gesto de preocupación.

—No a todos. Son muchos los que sólo han venido a morir aquí —dijo.

CAPÍTULO XXIV

—Entre doscientas y trescientas personas llegan a diario por el tren; eso es sin contar a los que llegan por otros medios de transporte. Viene gente de todos los rincones del país. Muchos otros vienen de los estados fronterizos, Texas, Arizona y Nuevo México; incluso sé de algunos que han viajado desde Cuba — Enrique le comentó a Von Wernich una helada mañana de noviembre mientras observaban a gente desembarcar del tren que llegaba de Saltillo. Para combatir el frío los recién llegados se frotaban las manos.

—Esto es mucho mejor de lo que esperaba —Von Wernich dijo—. Además de agradecer a Fidelio lo que hizo por mí, la razón principal por la que hice publicidad fue la de atraer gente hacia acá. Como lo hemos platicado, eso hace mucho menos riesgoso el venir para los que huyen de la persecución. Una vez aquí, los reuniremos con los que van con rumbo al norte y crucen la frontera. Mis contactos en San Luis Potosí y Zacatecas me han avisado que un grupo de sacerdotes y monjas llegarán pronto. No será difícil reconocerlos, son extranjeros. Quizá vengan en este tren que se aproxima.

—Las cabañas que construimos para rentar a los que necesitan alojamiento fueron ocupadas casi de inmediato. Ahora la gran mayoría de los que se quedan deben de improvisar su vivienda. Han hecho chozas con carrizos, cubriendo los huecos con trapos o con la poca ropa que traen consigo. No soy un experto, pero la acumulación de tanta gente me preocupa. Muchos de ellos tienen enfermedades contagiosas. De buena fuente sé que tanto las autoridades de Monterrey como las de Saltillo están prestando atención a eso —dijo Enrique.

—Sí, eso es algo que también me preocupa. Sin embargo, estoy impresionado por la forma en que Fidelio ha organizado la forma en que presta sus servicios. Ha separado los leprosos, tuberculosos y otros con enfermedades contagiosas en diferentes lugares. Los procedimientos quirúrgicos los hace en habitaciones que se las ha arreglado para mantenerlas limpias, y el área en la que atiende los partos está inmaculada; allí sólo permite la entrada a los familiares. Insiste en mantener la limpieza y pone el ejemplo lavándose las manos con frecuencia. Todos a su alrededor hacen lo mismo. Fidelio ha demostrado ser eficiente en manejar y organizar gente —Von Wernich comentó.

—Cuando formamos parte de la División del Norte, Fidelio organizó y entrenó a los encargados de prestar primeros auxilios y transportar a los heridos. Es un líder por naturaleza —dijo Enrique.

—He escuchado comentarios que Fidelio tiene alma de niño y que nunca ha estado con una mujer. ¿Sabes algo de eso? —preguntó Von Wernich.

—Puedo decirle que, en diferentes circunstancias, Fidelio ahora estaría felizmente casado y criando a sus hijos. Pero no se lo diga a nadie, déjenlos creer lo que quieran creer —contestó Enrique.

Algo entre los recién llegados llamó la atención de Enrique. Von Wernich lo notó y miró en la misma dirección.

Una joven pareja, ambos rubios, descendió del carro de primera clase guiando a un niño ciego de aproximadamente ocho años. La joven pareja parecía sorprendida y desconcertada al mirar la desolación y miseria del lugar. Al mirar a su alrededor, el joven vio a Von Wernich y Enrique y condujo a su esposa y al niño hacia ellos.

—Discúlpeme, señor —dijo con un marcado acento que demostraba que era un inmigrante español—. Venimos desde Veracruz buscando al curandero conocido como "el niño". ¿Es este el lugar?

—Así es, están en el lugar correcto —Von Wernich contestó—. ¿Este niño es la razón por la que han venido? —añadió, apuntando hacia el niño ciego.

—Sí, es por él que hemos venido. Consultamos con varios médicos tanto en Veracruz como en Orizaba, Puebla y la Ciudad de México. Todos nos han dicho que no encuentran la razón por la cual el niño quedó ciego; todos ellos dijeron que no hay nada que puedan hacer para curarlo.

—¿Qué sucedió? ¿Cómo es que quedó ciego? ¿O acaso es de nacimiento? —pregunto Enrique.

—Nunca tuvo un problema de salud. El año pasado arribamos en Veracruz y allí hizo muchos amigos. Al celebrarse la independencia de México, él y sus amigos jugaron con cohetes y otros fuegos artificiales. Uno de los cohetes le explotó antes de que lo arrojase. Fue entonces que quedó ciego. Después de consultar con varios médicos, leí en los periódicos sobre las sorprendentes curas logradas por "el niño"; así es que, con esa esperanza, decidimos viajar hasta acá. Sin embargo, me doy cuenta de que prácticamente todos los que llegan vienen con la misma esperanza. Son muchos —el joven le respondió mirando con tristeza a su alrededor; su esposa, también preocupada, acariciaba la cabeza del niño ciego, quien permanecía tranquilo, como si el ruido de la gente le diese esperanza.

—Como pueden ver, son miles los que vienen. Todos, como ustedes, esperan casi un milagro. Hasta ahora se las ha arreglado para atender a casi todos los que han llegado, pero es imposible saber cuándo llegará su oportunidad —Enrique les dijo.

—No importa, esperaremos. "El niño" es ahora nuestra única esperanza. ¿Hay algún lugar en donde podamos hospedarnos? —dijo el joven mirando a su alrededor.

—Desafortunadamente, no —Enrique le contestó—. La gente que se ha quedado ha tenido que arreglárselas para construir sus chozas. Me temo que tendrán que hacer lo mismo.

La pareja miró a las humildes chozas recién construidas.

—Agradecemos su ayuda. Nos las arreglaremos —dijo el joven y se alejaron.

—Fe es lo que trae a toda esta gente aquí, fe en Fidelio. No es sólo porque lo han leído o escuchado. Fe es el común denominador de toda esta gente. Eso es impresionante —dijo Enrique mirando a la gente que deambulaba entre las chozas recién construidas, muchos buscando un lugar en donde pudiesen construir la propia.

—Tienes razón. Parece ser que a quienes esperamos han llegado —Von Wernich dijo, haciendo un gesto en dirección hacia un grupo de tres mujeres y dos hombres de mediana edad que desembarcaban del vagón de segunda clase. Parecían discutir entre ellos; uno de los hombres apuntaba hacia la casa principal—. Averigüemos —Von Wernich añadió, encaminándose hacia el grupo. Enrique lo siguió—. Me da la impresión de que están confundidos. Quizá nosotros podamos ayudarles —Von Wernich les dijo en cuanto Enrique y él se aproximaron al grupo.

—Por su acento, usted debe de ser a quien buscamos —dijo la mujer de mayor edad en un español con fuerte acento alemán.

—Probablemente tenga razón —dijo Von Wernich, sonriendo—. ¿Cómo podemos ayudarles?

Sin decir palabra, la mujer mostró un rosario que colgaba alrededor de su cuello, oculto entre sus ropas. Von Wernich extendió su brazo para indicarle que lo ocultara de nuevo.

—Los esperábamos. Quizá tengan hambre. Los invito a desayunar a mi casa, a la que ustedes apuntaban.

—Ha pasado algún tiempo desde nuestra última comida —uno de los hombres dijo.

Un gruñido salió del vientre del hombre. Enrique y Von Wernich los encaminaron a la casa en donde el desayuno les fue servido.

—Muchas, pero muchas gracias. Los huevos revueltos con esa deliciosa salsa es la mejor comida que he probado desde hace varios meses —dijo la mujer con el acento alemán. Las otras dos mujeres movieron su cabeza asintiendo. Los dos hombres sólo sonrieron satisfechos.

—Bien, reverenda madre. Debo decir que las gorditas que nos compartieron en el tren también estuvieron sabrosas. Para mí fue algo así como la maná que Dios envió al pueblo judío en el desierto. Dios nunca abandona a sus hijos —dijo uno de los hombres.

—Me alegra ver que están tranquilos y comentan sobre su experiencia con calma, pero, en realidad, ¿cómo hicieron para escapar de la persecución? ¿Qué es lo que está pasando? —Enrique les preguntó mientras llenaba de nuevo sus tazas con café fresco.

El rostro de los cinco se ensombreció. Lágrimas corrieron por la mejilla de una de las mujeres.

—En Pátzcuaro teníamos una escuela para niñas. Un día los soldados llegaron y sacaron a las niñas. Clausuraron el convento y la escuela. Algunos soldados amenazaron con violar a las monjas y a las niñas. Gracias a Dios, el oficial al mando era un hombre honesto y no lo permitió. Sé de otros lugares en donde no fueron tan afortunadas como lo fuimos nosotras —la monja de mayor edad respondió.

—México es un país predominantemente católico, ¿cómo es que esta persecución ocurre? ¿Qué fue lo que pasó? —Von Wernich preguntó.

—Es una larga historia. México no ha progresado como corresponde a su potencial. Peones, campesinos y trabajadores han sido explotados por los pocos que tienen riqueza y poder. La iglesia falló en denunciarlo y reprobarlo. Después del cruel asesinato de Madero, la jerarquía tomó una decisión farisaica; decidió que era mejor mantener el *statu quo* con el gobierno. Aunque tuvieron sus razones, fue un error, un grave error. Sabían cómo fue que Huerta se apoderó del poder. No sólo fue un error, sino que fue un error estúpido, y ahora pagamos las consecuencias. Dio argumentos a esos que culpan a la Iglesia por el atraso del país —dijo el mayor de los dos hombres.

La mujer de mayor edad frunció la frente, disgustada. Las otras dos abrieron la boca, sorprendidas de escuchar que se criticase a la jerarquía de la Iglesia católica.

—Me sorprende escuchar a un sacerdote criticar de esa manera a sus superiores. "Obediencia". ¿No es ese uno de los votos que toman cuando se convierten en sacerdotes? —preguntó Von Wernich.

—¿Obediencia? Sí, así es. Y aunque la decisión de la jerarquía no nos gustó, obedecimos. Sin embargo, eso no previene que no nos demos cuenta de lo que sucede. Venimos de Sonora y Chihuahua. Ahora todo nuestro esfuerzo con los yaqui y rarámuri ha sido anulado. Todo esto pasa cuando aún hay mucho trabajo por hacer. Al mismo tiempo me doy cuenta de la falsedad del gobierno cuando dicen que trabajan para los pobres. En realidad sólo buscan mantener el poder —el sacerdote, disgustado, respondió.

—Desde el tiempo en el que combatimos en contra de Huerta nos dimos cuenta de que muchos bajo las órdenes de Obregón y Calles saquearon las iglesias. En ese tiempo, por lo menos en Sonora, hubo líderes moderados, como Maytorena y Adolfo de la Huerta. Desafortunadamente, Obregón y Calles fueron los que finalmente se hicieron del poder. Zapata fue asesinado por órdenes de Carranza, luego fue Obregón quien ordenó el asesinato de Carranza. Villa, Buelna, De la Huerta, todos los que pudieron ser oposición, han sido también asesinados u obligados a emigrar. Todos los que pudieran ejercer alguna influencia han sido comprados. Ahora, después del asesinato de Obregón, la furia de Elías Calles se ha desatado. Los templos fueron saqueados, destruidos y muchos convertidos en barracas o muladares. Afortunadamente, algunos fueron convertidos en bibliotecas o escuelas. Son muchos los sacerdotes que son fusilados en donde los encuentran. Al venir aquí vimos cientos de cuerpos colgando de los postes del telégrafo —dijo el más joven de los sacerdotes con tristeza—. El odio es mayor en contra de los sacerdotes o monjas de origen extranjero, es por eso por lo que nos vemos obligados a salir del país. Espero que no sea por mucho tiempo; amo a este país —añadió.

—La realidad es que luchamos para deshacernos de un régimen dictatorial simplemente para caer en un régimen aún peor —Enrique dijo con tristeza—. En la lucha me encontré con muchos de mis compañeros de escuela, todos peleamos por justicia social y libertad; me pregunto: ¿qué hacen ahora mis compañeros? Conociéndolos, supongo que se han unido a la rebelión.

—Aunque afortunadamente aquí no hay batallas y la persecución no es tan severa, nosotros formamos parte del movimiento de resistencia a la persecución religiosa y de aquí les ayudaremos a salir del país. Como pronto se darán cuenta, Fidelio comienza todas sus sesiones de curación rezando y pidiendo a Dios. Él sabe que eso puede ser peligroso, pero, aun así, no dejará de hacerlo —dijo Von Wernich.

—Su fama es bien conocida. La jerarquía está enterada y de buena fuente sé que les preocupa. Debido al conflicto con el gobierno prefieren guardar silencio, pero, como ya lo he dicho, les preocupa —el más joven de los sacerdotes dijo.

—En eso creo que tanto el gobierno como la iglesia coinciden; a ninguno de ellos les agrada lo que ocurre aquí

—Enrique comentó—. Hemos recibido noticia de que viene una comisión para inspeccionar las condiciones sanitarias de este lugar.

—Ahora que lo menciona —dijo el joven sacerdote—, ¿qué es lo que realmente sucede aquí? Aunque no soy médico, me he dado cuenta de que no hay esperanza para muchos de los que vienen; además, hay otros muchos que sufren de enfermedades contagiosas. Tantos amontonados en el mismo lugar en donde hay poca agua y las condiciones son insalubres… No se requiere mucho para darse cuenta de que las circunstancias son propicias para iniciar una epidemia que podría ser catastrófica.

—Como nos ha protegido a nosotros, Dios cuida de este lugar. Ahora me doy cuenta de la razón por la que hemos llegado hasta aquí —la monja de mayor edad dijo.

—¿Qué es lo que quiere decir con eso? —Von Wernich preguntó.

—Este niño, como lo llama la gente, es obviamente un regalo de Dios, y Dios es quien nos ha guiado a este lugar para que ayudemos en esta misión. Es por esa razón que nosotras nos quedamos aquí —la monja contestó con firmeza. Las otras dos la miraron sorprendidas.

—Pero ¿se da cuenta del riesgo que corren al quedarse aquí? Usted en particular es extranjera y no hay manera de que pueda ocultarlo —preocupado y sorprendido, Von Wernich dijo.

—No hay nada que ocultar. Si el niño acepta nuestra ayuda es lo que Dios manda y nosotras obedecemos —la monja contestó. Ahora las otras dos sonrieron, aprobando.

—Aplaudo esa decisión. Personalmente, me gustaría quedarme, pero si nosotros que somos sacerdotes nos quedamos sólo estorbaríamos y pondríamos en riesgo la extraordinaria labor del niño, quien entiendo que es una persona humilde —dijo el sacerdote de mayor edad.

—Cierto, Fidelio es humilde; eso es verdad. Lo conozco desde la infancia; siempre lo ha sido y lo que ahora vemos no lo ha cambiado —Enrique comentó.

—Pero, madre, ¿qué es lo que ustedes harían? ¿Cómo es que pueden ayudar en la labor de Fidelio? —Von Wernich, aún preocupado, preguntó.

—Parte de nuestra educación es en el cuidado de los enfermos. Además, en el convento cuidamos de nosotras mismas. Estoy seguro de que el niño encontrará en qué podemos ayudar. Escapar de la persecución no es la razón por la que hemos sido guiadas a este lugar; debemos de ayudar en la labor del Señor.

—Como ya se habrá dado cuenta, no hay donde puedan alojarse; si deciden quedarse tendrán que arreglárselas por su cuenta —Von Wernich le dijo.

—De hecho, ya hay algunas mujeres que ayudan a Fidelio. Estoy seguro de que el agradecerá su ayuda y que ustedes encontrarán que hay mucho por hacer —dijo Enrique—. Cuando deseen las llevaré con él.

—Tanto las hermanas como yo estamos listas para servir. Vayamos ahora —la monja dijo, poniéndose de pie. Las monjas jóvenes la imitaron y lo mismo hicieron los sacerdotes.

—Si no tienen inconveniente, las acompañamos —uno de los sacerdotes dijo.

—Bien, a esta hora Fidelio debe de estar bajo el pirul —Enrique dijo, poniéndose de pie y tomando el último sorbo del café.

Encontraron a Fidelio rodeado por cientos de personas que buscaban su ayuda. Fidelio dirigía el rezo del rosario. Tanto las monjas como los sacerdotes sonrieron y se unieron al rezo.

—Fidelio, sabes muy bien que las manifestaciones religiosas en público están prohibidas. De seguro que alguien lo denunciará ante las autoridades —Von Wernich le dijo a

Fidelio tan pronto como la letanía terminó—. Haciéndolo nos pones a todos en peligro —añadió.

—Lo que sé es que, a través de la fe y la oración, los que pueden sanar lo harán. No hay manera de silenciar la voz del Señor, nuestro Dios —Fidelio respondió.

—Tienes razón, niño de Dios. Sigue adelante con la misión que se te ha encomendado; no dejes que nada te detenga porque Él está contigo —la monja de mayor edad le dijo. Las otras dos movieron la cabeza, aunándose a su superiora.

Fidelio las miró y les sonrió.

—He esperado su llegada desde hace ya algún tiempo. Sí, su ayuda es necesaria y, por supuesto, será agradecida. Ustedes se harán cargo de cuidar a las embarazadas y ayudar en sus partos; además, cuando así se requiera, asistirán en las cirugías. Pero por hoy sólo síganme y presten atención —les dijo.

Von Wernich, Enrique, los sacerdotes y las tres monjas abrieron la boca, sorprendidos.

—¿Cómo es que sabes que vienen a ofrecer sus servicios? —uno de los sacerdotes, tan intrigado como sorprendido, preguntó.

Fidelio se limitó a encoger los hombros, sin responder.

CAPÍTULO XXV

Algunos meses después, una fría mañana de invierno, dos hombres desembarcaron del tren. Brincaban frotándose las manos, tratando de entrar en calor.

—Este debe de ser el lugar. Es más seco, desolado y miserable de lo que esperaba —uno de ellos dijo mirando a su alrededor.

Había cientos de chozas miserables y enfermos sentados frente a ellas, tratando de calentarse con el Sol.

—Sí, este es el lugar. Aquí encontraremos a ese a quien llaman "el niño". Me pregunto si seremos bienvenidos o tratarán de expulsarnos cuando se enteren de la razón por la que hemos venido —comentó el otro—. Ese debe de ser nuestro hombre —añadió apuntando hacia el pirul en donde Fidelio, cubierto por un sayal blanco con un corazón atravesado por una flecha bordado en rojo en el frente, con un mecate de ixtle alrededor de la cintura y descalzo, indicaba a alguien que se aproximara.

—Sí. Así es exactamente como imaginé al niño —contestó el que habló primero—. ¿Qué es lo que hace?

Fidelio había sentado al hombre a quien llamó en un columpio y empujó el columpio tan alto como era posible; pero, al volver el columpio, Fidelio intencionalmente pinchaba al hombre con un trozo de mezquite. Era obvio que eso molestaba al hombre en el columpio, quien, disgustado, volteaba a ver a Fidelio cada vez que lo pinchaba.

—¿Como es que ese hombre no dice algo? —uno de los recién llegados preguntó.

El otro sólo se encogió de hombros.

—Niño, ¡me duele! ¡Deja de hacer eso! —disgustado, el hombre sobre el columpio gritó.

Todos los que estaban alrededor aplaudieron alborozados.

—Aleluya. Aleluya. Alabado sea el Señor —uno de los presentes empezó a cantar un himno de alabanza.

—¿Qué ha pasado? ¿Por qué cantan alabando a Dios? —uno de los recién llegados le preguntó a una mujer en hábito blanco.

—Ese hombre es mudo —contestó la mujer sonriendo alegremente.

—¿Cómo? Dice usted que ese hombre es mudo, pero ahora grita. No lo creo. Debe de ser un truco —desconcertado y enojado, dijo quien preguntó.

La mujer se volvió a verle y le sonrió.

—No es el primero. Otros han venido en condiciones mucho peores; la mayoría de ellos han recuperado el habla. Usted lo ha visto. Poco importa si lo cree o no.

—Disculpe. Tiene usted razón. Aun viéndolo, es difícil de creer. ¿Usted conoce al niño?

—Sí. Soy una de las muchas que hemos venido a ayudar en lo que podamos.

—Me llamo Jacobo Dalevuelta, reportero. Él es Agustín Casasola, fotógrafo. *El Universal,* uno de los periódicos de la capital, nos ha enviado para reportar sobre lo que aquí ocurre. ¿Puede usted llevarnos a conocerlo?

La mujer, quien era una de las monjas, les sonrió.

—Sí, con gusto. El niño ya los espera.

—¿Dice usted que nos espera? ¿Cómo es que sabe que venimos? —Casasola, intrigado, preguntó.

Encaminándose con rumbo al pirul, la mujer se volvió a verlos.

—Solo sé que nos ha dicho que dos hombres vendrán a dar testimonio de lo que aquí ocurre. Ustedes no son los primeros en sorprenderse por sus habilidades. Otros han venido con la intención de "poner en evidencia los trucos empleados", pero es él quien les ha sorprendido. Muchos, después de ver lo que hace, han decidido quedarse y ayudar en lo posible.

Para cuando los dos hombres y la monja se aproximaron, Fidelio apuntó con el dedo a una mujer paralítica; de una bolsa con frutas sacó una naranja y se la lanzó. La mujer la tomó, quitó la cáscara y comió el fruto. Fidelio le sonrió.

—Tendrás que moverte para tomar la siguiente —le dijo.

La monja tocó el hombro de Fidelio para llamar su atención.

—Sí, hermana, ¿de qué se trata? —Fidelio le preguntó.

—Niño, estos dos hombres vienen de un periódico de la Ciudad de México.

Fidelio miró a los recién llegados.

—Sean bienvenidos. Abran sus ojos, vayan a donde gusten, informen de lo que vean. Sólo asegúrense de que lo que dicen es verdad —Fidelio miró a la cámara fotográfica de Casasola—. Tome tantas fotos como desee, pero asegúrese de darme copias. Si no lo hace, ninguna será vista.

—Gracias, niño. Sólo reportaremos la verdad —Dalevuelta dijo. Casasola apuntó su cámara hacia las miserables chozas a su alrededor—. Nos gustaría conversar contigo. Queremos conocer todo en detalle y que nos expliques con exactitud lo que haces aquí —Dalevuelta añadió.

—Ya habrá algún tiempo para eso —Fidelio respondió; en eso vio al niño ciego y sus padres. Fidelio caminó hacia ellos.

Notando que Fidelio se dirigía hacia ellos, la madre del niño ciego se adelantó.

—Niño, que Dios te bendiga. Venimos desde Veracruz en busca de tu ayuda. Nuestro hijo, él…

Fidelio le indicó que guardara silencio.

—No hay necesidad de que me digas qué es lo que le sucede. Ya lo sé y desde ahora te digo que tu hijo recuperará su vista —Fidelio le dijo.

De inmediato, Fidelio procedió a dar un masaje suave sobre los párpados cerrados del niño ciego. Mientras lo hacía, Fidelio miró hacia arriba murmurando algo ininteligible. Luego de algunos minutos, Fidelio se detuvo.

—Estás sanado —le dijo al niño ciego—. Dame tu pañuelo para cubrir sus ojos —agregó, dirigiéndose a la madre del niño ciego—. Mañana, al amanecer, retiren el pañuelo —dijo a los padres del niño ciego luego de que aplicó el pañuelo alrededor de los ojos del niño ciego.

Fidelio volvió su atención hacia la mujer paralítica, caminó hacia la bolsa de frutas, tomó una manzana y la lanzó un poco más lejos que la naranja. La mujer tuvo que moverse para tomarla.

—Vas mejorando —Fidelio le dijo.

Dalevuelta escribió en su libreta y Casasola tomó una fotografía.

—¡Háganse a un lado! ¡Quítense de mi camino! ¡Este niño me recibirá lo quiera o no! ¡Le partiré la madre al que pretenda detenerme! —un hombre joven, alto y fuerte gritó. Avanzó empujando a quienes estaban delante de él. Una pareja de ancianos trató de controlarlo sin éxito.

Fidelio al verlo, le indicó que se acercara.

—¿Qué es lo que pasa, amigo mío? —le preguntó al acercarse el joven—. ¿Por qué empujas así a la gente?

—Mi querido niño, disculpa a mi hijo. Él es el menor de mi familia. Durante toda su infancia fue un niño bueno y cariñoso.

Sin embargo, al crecer se ha vuelto violento y pendenciero; siempre anda buscando pleito, hasta con nosotros que lo queremos tanto. Pareciera que el diablo se ha apoderado de su alma — dijo la mujer que seguía al joven, tomándolo de la mano, quien la apartó con un gesto de disgusto.

—Mamá, no hay nada malo conmigo. Soy fuerte, muy fuerte, y con esta fuerza haré que todos me obedezcan. Nadie tomará ventaja de mí ni de ustedes —dijo el joven con un tono violento.

—Esa fuerza de la que hablas es un regalo de Dios. Debes aprender a usarla en el servicio del Señor, nuestro Dios —Fidelio le dijo.

El joven lo miró sonriendo burlonamente.

—¡Mi fuerza sólo me sirve a mí! —le grito, mostrando su enorme puño a Fidelio.

Fidelio le sonrió.

—No tengas miedo. No hay razón —le dijo.

—¿Miedo? ¿Miedo? ¿Yo? ¡No le tengo miedo a nada ni nadie! Eres tú el que debería tener miedo de mí —enojado, el joven replicó.

—¿Entonces nada te cause temor? Bien, veamos lo valiente que eres —sonriendo, Fidelio le dijo.

—¿De qué estás hablando? —el joven, inquieto y dubitativo, le dijo.

—Si no tienes miedo, sólo sígueme —Fidelio le dijo.

El joven sonrió burlonamente.

—No sólo soy fuerte, soy más valiente que cualquiera. Te sigo al mismo infierno, si eso es lo que quieres.

—No tan lejos. Solo sígueme —Fidelio le dijo, sonriéndole amistosamente.

Fidelio abrió la puerta de la jaula del puma y entró. El joven le siguió y, tan pronto como entró, el puma, con un aterrador rugido, saltó sobre él, derribándolo y poniéndose sobre su pecho.

—¡Aaaay, mamita! ¡Quítenmelo! —el joven, asustado y llorando, despavorido, gritó. Trató de moverse, pero el puma se mantuvo encima de él.

Fidelio se arrodilló justo a un lado del puma y, acariciándole, lo empujó a un lado. Sorprendido, el joven se levantó.

—¿Te asusta el gatito? —Fidelio le preguntó.

El joven, avergonzado, agachó la cabeza.

—Me has dado una lección, temo algo que es más fuerte que yo. Tienes razón. De hoy en adelante sólo usaré mi fuerza al servicio de Dios y para proteger a los débiles. Gracias, niño. De verdad que tú sí eres un hombre de Dios —contestó caminando fuera de la jaula.

Al salir Fidelio, los padres del joven le tomaron de las manos con intención de besarlas. Fidelio se los impidió.

—Es a Dios a quien deben de agradecer. Es Él quien ha escuchado sus ruegos —Fidelio les dijo.

Dalevuelta escribió en su libreta.

Dos mujeres jóvenes vestidas con largos vestidos de manta blanca y con un corazón atravesado por una flecha bordado al frente se aproximaron. Guiaban a dos muchachos cargando una camilla improvisada en la que iba un hombre de mediana edad. Al ver a Fidelio, el hombre le sonrió con tristeza.

—Sé muy bien que no hay nada que puedas hacer por mí, niño. Dios es quien me ha privado del movimiento en mis piernas. Su voluntad debe de ser obedecida. Es así como debo pagar por mis culpas.

Fidelio, sin contestar, descubrió las piernas del hombre, sacó un frasco de aceite de su morral y, vaciándolo sobre las piernas del hombre, comenzó a frotarlas. Al hacerlo, tarareó un himno de alabanza. Las dos mujeres comenzaron a cantar junto con Fidelio: "¡Ay, virgen de esperanza, acude en mi ayuda! Ayúdame a salvar mi alma adolorida por el pecado. Ay, virgencita, ruega a Jesús en mi nombre. Que mi alma sea atrapada por su amor".

—Dios te ha escuchado. Ha visto tu arrepentimiento. Te ha perdonado. Ahora eres tú quien debe de perdonarse; en cuanto lo hagas tus pecados serán perdonados —Fidelio le dijo al hombre después de algunos minutos—. Le daré un masaje de nuevo mañana por la mañana. Asegúrense de traerlo aquí —le dijo a una de las mujeres.

Casasola tomó más fotografías y Dalevuelta escribió en su libreta. Dalevuelta siguió la camilla con el hombre paralítico y le indicó a Casasola que los siguiera para entrevistar al hombre.

—Usted parece ser una persona educada. ¿De dónde viene? —Dalevuelta preguntó al hombre paralítico, quien, sorprendido por la pregunta, sólo miró en otra dirección y sollozó sin emitir sonido alguno.

—Déjelo solo, por favor —dijo uno de los hombres que cargaba la camilla—. Ha sufrido suficiente; no le haga preguntas. Eso sólo logrará aumentar su dolor.

—Está bien. No te preocupes —el paralítico le dijo al hombre que le ayudaba—. Hablar sobre ello quizá me ayude en algo. Dice usted que le parezco un hombre educado y tiene razón. Soy médico de profesión y ejerzo en Torreón —agregó, dirigiéndose a Dalevuelta.

—¿Cómo es que perdió el uso de sus piernas? Lucen fuertes —Dalevuelta le dijo.

—En la escuela jugaba futbol —el hombre respondió, sonriendo con una sonrisa irónica.

—Entonces, ¿cómo es que no puede caminar?

El hombre se estremeció; lágrimas corrieron por sus mejillas. Abrió la boca para contestar, pero sólo pudo balbucear algo ininteligible. Uno de los hombres que le asistía le puso la mano sobre el hombro en señal de apoyo.

—Tranquilo, Pancho. No tienes necesidad de pasar por esto —le dijo.

—Tengo que hacerlo —el paralítico respondió—. Me tocó estar de guardia para cubrir emergencias en el hospital civil de Torreón. El día estuvo tranquilo y decidí aceptar la invitación a una fiesta. Una vez allí bebí más de la cuenta. Cerca de la medianoche me llamaron con urgencia del hospital. Hubo un pleito a machetazos y balazos en una de las rancherías cercanas; varios hombres estaban malheridos. Quise ir, pero había bebido demasiado. Trató de ayudarme el amigo que me invitó al darme una taza de café negro y meterme a la regadera con agua helada. Para cuando finalmente llegué al hospital era demasiado tarde. Tres hombres se desangraron hasta morir. Pude controlar la hemorragia en las piernas de otro, pero se complicó con gangrena. En un vano intento por salvar su vida amputamos ambas piernas. Fue mi culpa. Debo de pagar por ello.

—¿Fidelio sabe algo de esto? ¿Ha usted hablado con él antes del día de hoy? —Dalevuelta preguntó.

—No. Hoy es la primera vez que lo veo. Nunca he cruzado palabra con él.

—¿Cómo es que decidió venir?

—Un colega de Monterrey me comentó que Fidelio salvó las piernas de un minero aquí cerca.

—¿Y cómo se siente ahora después del masaje en sus piernas?

—Ahora puedo sentirlas. De hecho, me siento mejor.

Intrigado. Dalevuelta frunció las cejas.

—Fidelio no tiene educación. ¿Qué opina de lo que él hace?

El hombre miró a su alrededor. Vio a muchos en etapa terminal de su enfermedad.

—Por lo menos ofrece esperanza a esta gente. Eso es mucho más de lo que los que fuimos a la escuela de medicina, si somos honestos, ofrecemos.

—Gracias por contestar a mis preguntas. Ahora debemos de irnos y ser testigos de lo que "el niño" hace.

Dalevuelta se despidió. Él y Casasola se encaminaron en dirección a donde Fidelio atendía a otros enfermos.

La noche llegó y Fidelio, alumbrado por antorchas, continuó atendiendo a tantos como podía. No se detuvo para comer o dormir.

Una mujer asistía a su marido que, pálido con piel seca y huesos prominentes, yacía recostado sobre un costal de ixtle. Sólo el brillo de sus ojos indicaba que aún estaba vivo. Fidelio se arrodilló al lado del hombre y descubrió su abdomen; estaba cubierto por varias cicatrices de cirugías previas. Fidelio derramó un poco de aceite sobre el vientre y sonriendo le masajeó el abdomen.

—Ahora, buen hombre, descansa. Cuando así lo desees, disfruta de estos plátanos —le dijo colocando algunos plátanos a su lado.

—Pero, "niño", él tiene varios días que no puede comer sin vomitar —la mujer dijo antes de que Fidelio se retirara para atender a otro enfermo.

—No te preocupes, ahora comerá —Fidelio le contestó.

Un grupo de soldados, cargando a un militar sentado sobre una silla, empujó a la gente y se aproximó.

—Soy el general Peraldi-Carranza. He oído mucho de ti y vine ignorando el consejo de los médicos que me atienden —el militar le dijo, poniéndose de pie en cuanto se aproximaron—. Llegué hace ya una semana. No me gusta el ser obligado a esperar.

Fidelio le miró con expresión triste.

—Es usted bienvenido si desea quedarse, pero le aconsejo que se ponga en paz con su Creador. Que Dios tenga compasión de su alma; queda poco tiempo. No hay nada que yo pueda ofrecerle —le dijo bendiciéndolo, haciendo la señal de la cruz, y se encaminó en otra dirección.

Fidelio se detuvo para permitir el paso de una procesión funeraria; mujeres vestidas de negro rezaban el rosario. El cementerio, aunque recién creado, lucía gran cantidad de cruces en las tumbas. Cargaban cuatro ataúdes de madera sin tallar. Casasola tomó fotos y Dalevuelta escribió en su libreta.

Fidelio subió al techo de una de las casas de adobe y desde allí arrojó naranjas, manzanas, plátanos y otras frutas a la multitud. Los afortunados que capturaron alguna fruta brincaron entusiasmados.

—Gracias, niño. Ahora mi sufrimiento será menor —gritaban agradecidos.

Al bajar Fidelio, la multitud cantó un himno de alabanza.

El brillo entre amarillento y anaranjado del amanecer encontró a Fidelio aún atendiendo a enfermos. Casasola y Dalevuelta lucían exhaustos siguiendo a Fidelio, quien, al parecer incansable, continuaba.

—¿Cuándo descansas, niño? ¿Cuándo comes algo? Has atendido enfermos desde ayer por la mañana temprano. ¿Es que no te cansas? —Dalevuelta le preguntó.

—Vienen desde lejos en busca de ayuda. Ya habrá tiempo para descansar —Fidelio contestó.

—Puede ser que eso sea cierto para ti, pero nosotros somos gente común. Llegamos ayer después de varios días de viaje; necesitamos comer algo y dormir. ¿Hay algún lugar en donde podamos descansar?

—Enrique, el capataz de la hacienda, encontrará un lugar para ustedes —Fidelio contestó, haciendo una señal a uno de los peones de la hacienda para que se aproximara—. Prudencio, lleva a estos hombres con Enrique. Necesitan encontrar en dónde hospedarse.

Casasola y Dalevuelta estaban a punto de seguir a Prudencio cuando se escuchó una voz infantil que gritaba alborozada.

—¡Puedo ver!

—Aleluya. Alabado sea el Señor —gritaron otras voces.

Intrigados, Casasola y Dalevuelta intercambiaron miradas.

El niño ciego, acompañado de sus padres, se aproximó. La madre del niño ciego, llorando de alegría, se arrodilló y tomó a Fidelio de las manos, besándolas.

—Gracias, niño. Muchas gracias —repetía una y otra vez la madre del niño.

—¿Cómo podremos pagar lo que has hecho por nosotros? —el padre del niño ciego preguntó.

—Es a Dios a quien deben de agradecer y alabar. Él es quien ha devuelto la vista a tu hijo. Siempre ayuden a quien se los pida; es así como pagarán —Fidelio contestó, bendiciéndoles y alejándose para atender a alguien más.

Prudencio indicó a los periodistas que le siguieran rumbo a la casa principal. Tuvieron que esperar para permitir el paso de una procesión funeraria. Dalevuelta observó al hombre a quien Fidelio le dio un masaje en el abdomen disfrutar de un plátano.

CAPÍTULO XXVI

Casi a mediodía, Enrique recibió a los reporteros frente a la casa de reciente construcción, que ahora ocupaba, frente al edificio principal. Aunque temprano por la mañana, hizo mucho frío. El cielo despejado permitió que el brillo del Sol calentara al desierto. Casasola y Dalevuelta se vieron obligados a quitarse las gruesas chamarras; ahora el día estaba caluroso. Niños corriendo tras una pelota y cientos de mariposas a su alrededor daban un toque alegre al poblado.

—Tanto don Teo como yo hemos sido informados de su llegada. Supongo que para ahora se habrán dado cuenta de que Fidelio no oculta nada; les permitirá observar todo lo que hace. Por supuesto, si él los ha recibido, nosotros también les damos la bienvenida. ¿Hay algo que pueda yo hacer para que su estancia sea placentera? —Enrique les dijo.

—Muchas gracias. ¿En dónde podremos descansar? Ha sido un viaje largo y desde nuestra llegada hemos acompañado al niño. Nos gustaría, de ser posible, tomar un baño y dormir —Dalevuelta contestó.

—No creo que don Teo tenga objeción que ustedes se hospeden en la casa principal. Hay varias habitaciones y él vive solo —Enrique les dijo—. Deben de estar hambrientos. Petronila, la cocinera, les preparará algo en cuanto estén ustedes listos.

—¿Sabe usted quién ha instalado esa tienda de campaña? —Casasola preguntó apuntando a una gran tienda militar instalada a un lado de la casa principal.

—Esa es la tienda del general Peraldi —contestó Enrique.

—Ayer el general fue llevado a Fidelio. "Será mejor que se ponga en paz con su creador", fue lo único que Fidelio le dijo —Casasola comentó.

—De alguna manera, Fidelio sabe cuándo el final está cerca. No da falsas esperanzas. El general falleció anoche; poco después de que Fidelio lo vio. Cuando Villa y Carranza aún estaban en buenos términos conocí al general Peraldi y conversamos un poco cuando llegó aquí. Tuve la impresión de que el general era un verdadero patriota y honesto —Enrique dijo con tristeza.

—Es verdad. Lo entrevisté cuando estuvo en la Ciudad de México —Dalevuelta comentó.

—¿Sabe usted en donde será sepultado? —Casasola preguntó.

—Ya llevan su cuerpo rumbo a Cuatro Ciénegas, su lugar de nacimiento, y es allí donde será sepultado —contestó Enrique.

—Al recibir la encomienda de venir aquí estábamos convencidos de que Fidelio era otro de los muchos curanderos charlatanes que abusan de la religiosidad y credibilidad de la gente. Admito que nos ha sorprendido el averiguar que es honesto —Dalevuelta dijo—. Desde que llegamos, ayer por la mañana, lo encontramos dando atención a los necesitados y siguió sin parar durante toda la noche; sigue haciéndolo hasta ahora. ¿Trabaja así todo el tiempo?

—A menudo atiende sin parar durante varios días y noches. "Vienen de lejos. Es mi deber atenderles", Fidelio dice —contestó Enrique—. Pero ustedes deben de estar cansados. Les mostraré sus habitaciones.

Algunas horas después, al oscurecer, Dalevuelta y Casasola, tranquilos después de varias horas de dormir y recién bañados, se reunieron para cenar con Enrique, Von Wernich y dos huéspedes más.

—Amigos de don Teo —Enrique les dijo apuntando a los huéspedes.

Casasola y Dalevuelta saludaron a los dos desconocidos.

—¿El niño aún atiende enfermos? —Casasola preguntó.

—Así es. Él está consciente de haber recibido un don y trata de ayudar a tantos como le es posible. Si por él fuese, nadie tendría que esperar para recibir ayuda —contestó Von Wernich.

—Pero, como todos, tiene que dormir, comer, orinar y evacuar su intestino —dijo Casasola.

Von Wernich sonrió.

—Come algo del sayal con frutas que carga con él o cualquier cosa que la gente le ofrece. Cuando el cansancio le vence, se recuesta dondequiera que se encuentre. Por supuesto, como todos, orina y defeca; sin embargo, debe de ser cuidadoso porque, cuando orina, tratan de beber su orina. Hay muchos que creen que se curarán de esa manera.

—Uuugh, eso es sucio —Casasola comentó.

Mientras hablaban, Dalevuelta, sobándose la barbilla, miraba fijamente a los otros dos huéspedes. Estaba un poco nervioso, como si hubiese algo que deseaba saber, pero no se atrevía a preguntar.

—A riesgo de parecer un huésped incómodo, hay algo que deseo comentar con ustedes. Soy reportero, como ustedes saben; he aprendido que en esta profesión es mejor ser honesto con los que me rodean —dijo, paseando su mirada entre los presentes—. Ustedes dos arribaron en el mismo tren que nosotros, sin embargo, no parecen estar enfermos y puedo decir que no son mexicanos. ¿Qué es lo que los trae a este lugar? —dijo, dirigiéndose a los dos hombres que recién le presentaron.

—Prueben estos huevos con chorizo —Enrique, nervioso, intervino, apuntando al platón que Petronila puso en el centro de la mesa—. El chorizo es preparado aquí por uno de los peones y es excelente; se los recomiendo.

Dalevuelta alzó su mano derecha para indicarle que se tranquilizara.

—No hay necesidad de preocuparse. Aunque no soy creyente y comparto la idea de muchos en el gobierno de que hay razones para culpar a la Iglesia por el atraso de este país, no estoy de acuerdo con la persecución religiosa y la violencia con la que se les ataca. Mi amigo, aquí presente, y yo hemos discutido esto muchas veces. Estamos de acuerdo con el que todos debiéramos de ser libres de asistir a misa o no. De hecho, desde que llegamos, hemos notado que aquí se alaba a Dios continuamente —Dalevuelta sonrió amistosamente a los otros dos huéspedes para luego volverse a mirar a Enrique y Von Wernich—. Me doy cuenta de lo que ustedes hacen. Aprovechando que muchos vienen aquí, ayudan a cruzar la frontera a los que sufren persecución. No se preocupen, no sólo no los denunciaremos, sino que ayudaremos en lo que podamos. ¿Es así, amigo mío? —añadió, dirigiéndose a Casasola.

—Así es. Ayudaremos como podamos —Casasola respondió y sorbió un poco de su café—. Pero, por lo pronto, este huevo con chorizo me atrae. Veamos si es tan bueno como el que tenemos en Toluca.

Todos rieron, ahora tranquilos. Petronila, quien prestó atención a la conversación, sonriendo, sirvió más café. Después de la cena, Von Wernich sirvió zotol.

—¿Es tequila o mezcal? —preguntó Dalevuelta después de sorber un poco.

—Ni uno ni el otro, esto es zotol —Von Wernich respondió—. Aunque, como el mezcal y el tequila, es también un destilado de agave. La forma en que se destila es diferente —añadió, sonriendo orgullosamente.

—Parece estar orgulloso —dijo uno de los sacerdotes.

—Así es. Estoy orgulloso de mi nueva patria y orgulloso de lo que hacemos aquí —Von Wernich respondió.

Dalevuelta miró a los sacerdotes amistosamente.

—Si alguno de ustedes desea contarnos sobre sus experiencias lo agradeceré. Les prometo que nada de lo que digan lo enviaré al periódico. Sin embargo, después, cuando todo esto haya pasado, será una información de importancia histórica. Aun así, si alguna vez decido publicarlo, les aseguro que nunca diré cómo fue que obtuve la información y jamás revelaré el secreto de Espinazo.

El sacerdote de mayor edad suspiró con tristeza.

—El oficiar la sagrada misa y recordar la promesa de nuestro Señor, quien partió el pan y dijo "Este es mi cuerpo", para luego tomar el vino y decir "Esta es mi sangre. Hagan esto en mi memoria"… El no ser capaces de hacer lo que nos pidió ha sido lo difícil para mí —se santiguó con tristeza.

—Estoy de acuerdo con lo que usted ha dicho. Sin embargo, estoy seguro de que algo bueno vendrá de todo esto —el sacerdote joven dijo—. Debemos de reconocer que a menudo la Iglesia ha olvidado que Jesús mostró preferencia por los pobres, que prefirió servirles y no intervenir en la política de su tiempo —dijo el sacerdote joven con énfasis—. Él nos lo advirtió: "Por mi causa serán perseguidos" —miró las miserables chozas que ocupaban los que esperaban la atención de Fidelio—. Lo que sucede aquí es extraordinario. Pareciera que el Señor nos demuestra que aún está entre nosotros. "Lo que hagas por los que tienen poco, lo harás por mí", nos dijo. Ojalá que fuese posible que me quedase aquí —añadió.

—En eso estamos de acuerdo —replicó el otro sacerdote—. Sin embargo, no debemos de olvidar que muchos han muerto defendiendo la religión a la que aman. ¿Viajando en el tren a cuántos vimos colgando de los postes del telégrafo? Cientos, quizá miles, de cuerpos de hombres mujeres, y hasta niños, balanceándose en esos postes. Además, muchas monjas han sido violadas. ¡Eso es una injusticia que justifica la lucha!

—Deben ustedes de admitir que también ha habido muchos sacerdotes que han abusado de su posición. Hay muchas historias de mujeres y menores de los que abusaron. No es sólo el lado político de este problema —Casasola intervino con seriedad.

—Si seguimos con esta discusión no llegaremos a ningún lado. Hay razón de ambos lados. Nosotros nos concentraremos en lo que Fidelio hace y eso es lo que reportaremos. Ha oscurecido y Fidelio continúa atendiendo, eso sí que es admirable —Dalevuelta dijo.

Durante tres días, Fidelio hizo lo posible por asistir a tanta gente como le fue posible. Estaba concentrado en el trabajo y durante ese tiempo no comió ni durmió; por doquier sólo veía gente que esperaba por su ayuda. Muchos de ellos inválidos, desfigurados, sordos, ciegos, mudos; muchos en etapa terminal de su enfermedad; muchos no tenían esperanza de recuperar la salud y Fidelio lo sabía. «Hay tanto por hacer… Debo de continuar. Tantos vienen de lejos con la esperanza de cura o, por lo menos, la esperanza de aliviar su sufrimiento. Cansancio y hambre no significan nada, debo de continuar», Fidelio se dijo a sí mismo al tiempo que frotaba su frente, tratando de combatir el agotamiento.

—Te ves cansado, niño. Debes de estarlo; has trabajado por largo tiempo sin parar. Ven y descansa un poco —uno de quienes le rodeaban le dijo amorosamente.

—Sí, niño. Debes descansar. Come un poco de esta sopa que recién he preparado. Te hará bien. Este hombre tiene razón, te ves muy cansado —una mujer le dijo al tiempo que le ofrecía un tazón con caldo de vegetales. Fidelio lo tomó, se sentó, tomó el caldo y, casi de inmediato, cerró sus ojos y durmió.

Fidelio estaba de pie sobre la acera de un amplio bulevar embellecido por jardines con flores multicolores y árboles frondosos. Modernos automóviles transitaban y hermosas mujeres le sonreían coquetamente al pasar. Un poco avergonzado, Fidelio miró sus ropas. Se sorprendió al notar que vestía un elegante traje de casimir inglés; sonriendo admiró sus brillantes zapatos de charol negro y corbata de seda alrededor de su cuello. Todos a su alrededor vestían con similar elegancia. Bien cuidados jardines rodeaban las mansiones. Fidelio comprendió que de alguna manera ahora formaba parte de la alta sociedad. Ahora era respetado, incluso admirado. Sabiéndose importante, y siendo más alto que la mayoría, enderezó su espalda. Sonriente, caminó por la acera.

Alguien, desde un automóvil que pasaba, le gritó. El lujoso auto se detuvo y un hombre joven, elegantemente vestido con un traje de lino blanco, descendió sonriendo amigablemente.

—Fidelio, mi buen amigo. Volvemos a encontrarnos. Te ves bien y puedo decir que te va mucho mejor que bien. Todos hablan maravillas de tu habilidad para devolver la salud y veo que supiste sacar buen provecho de ello —el hombre se rio, era una risa sonora y vulgar—. Y pagan bien, ¿no es así? —añadió con ironía en su voz.

Aunque Fidelio no lo recordaba, ese hombre no le era totalmente desconocido. Por lo que le decía, estaban en buenos términos. De hecho, desde que decidió salir de Espinazo y establecerse en la Ciudad de México, el dinero fluía en abundancia. Ahora era rico, muy rico, y respetado por todos. Incluso médicos le referían pacientes; por una pequeña suma, por supuesto.

La sonrisa del hombre era agradable, atractiva. Todo en él era atractivo; de hecho, Fidelio lo encontró hermoso.

—Mira, te presento a Leticia. Estarás de acuerdo conmigo en que es hermosa. Encontrarás que es mejor, mucho mejor,

326 • Fidelio y el don divino

que todas las otras que te he conseguido —el hombre le dijo tomando a una mujer bella de la mano y acercándola.

Al verla. Fidelio sintió que algo crecía entre sus piernas. Deseó tenerla entre sus brazos y poseerla.

Sin embargo, le sorprendió el escuchar que había otras mujeres. Sorprendido, Fidelio casi brinca. ¿Otras mujeres? ¿Cuáles? Notando la sorpresa de Fidelio, el hombre volvió a carcajear.

—Vamos, nos conocemos bien. No hay necesidad de fingir entre nosotros —le dijo y acercándose le murmuró al oído—. La disfrutarás. Ella sabe lo que te gusta, y también de todas las otras, pero a ella eso no le importa. Cálmate. No dirá nada. Tu imagen de hombre casto no se verá manchada, sólo que te costará un poco más. Tiene gustos caros. ¿Comprendes?

Fidelio ahora le reconoció. Tentado, tentado por la hermosa mujer y la promesa de placer; tentado por lo agradable que ese hombre le resultaba y el deseo de poseer esa hermosura. Ahora, sin embargo, sintió náusea y disgusto consigo mismo. Ahora veía detrás de la belleza que envolvía tanto al hombre que le hablaba como a la mujer que le ofrecían. Aunque corría un viento helado, Fidelio tuvo calor, mucho calor; estaba sudoroso, con urgencia de vaciar su vejiga. El edificio de una iglesia estaba cerca. Angustiado, Fidelio casi corrió hacia la entrada. La risa burlona del hombre y la mujer le siguieron.

En cuanto cruzó el umbral de la iglesia, tanto la náusea como la urgencia desaparecieron. La calma volvió. Fidelio ahora estaba protegido. Sintiéndose en paz caminó hacia el altar y, al llegar, sollozando, cayó de rodillas. «¿Qué es lo que hecho? ¿Cómo fue que salí de Espinazo? Allá es en donde debo de servir. ¿Cómo pude olvidarme de Candelaria?», se preguntaba.

—Fidelio. Fidelio, amor mío. Estoy aquí, a tu lado. Nunca te he dejado, siempre estaré a tu lado —una voz, la voz de Candelaria, se escuchó; voz tierna y dulce.

Ahora tranquilo, Fidelio se puso de pie y salió de la iglesia.

Saliendo de la iglesia, Fidelio se sorprendió al notar que se encontraba en una pequeña población cercana a Guanajuato. Era de noche. Una procesión, procesión triste, pasaba por la calle. Los hombres, tristes, caminaban con la barbilla al pecho. Hombres, mujeres y niños lloraban. La procesión era larga, muy larga. Hombres cargaban lo que parecían ser cientos de ataúdes con rumbo al cementerio. Los dolientes murmuraban el rosario de manera monótona. Montados sobre caballos blancos, esqueletos con uniforme militar flanqueaban la procesión. Todos caminaban al ritmo de un tambor. La Luna llena iluminaba la noche. Fidelio se hizo a un lado para permitir el paso de los dolientes. «¿Quién es esta gente? ¿Por qué esta procesión? ¿Quiénes son los muertos? ¿Por qué son tantos?», intrigado, Fidelio se preguntó, observando que los dolientes vestían togas de color negro.

—Interesante procesión, ¿no lo cree usted así? —un hombre enfundado en un elegante traje de charro, adornado con botones de plata, le preguntó.

—Sí. Pero ¿a qué se debe? ¿Quién es eta gente? —contestó Fidelio.

Cínicamente, el hombre esbozó una sonrisa.

—Esta procesión es para sepultar a los que murieron luchando para cerrar las iglesias, fusilar a los traidores sacerdotes que reciben órdenes del extranjero y castigar a quienes se oponen a la ley. Sin embargo, lo verdaderamente interesante es que la mayoría de los muertos son aquellos que murieron defendiendo los monasterios y las iglesias, impidiendo que las monjas fuesen violadas; es decir, los que se oponen a la ley —el hombre se carcajeó; fue una carcajada cruel, sádica—. Pero aún hay otros, los que enfermaron y, al no poder pagar, no recibieron atención médica. Eso es lo que hace a esta procesión interesante. Cierto, muchos quizá hubiesen tenido oportunidad, pero debemos de aceptar la realidad: muchos de ellos en verdad no tenían esperanza. Ni siquiera tú hubieses podido hacer algo por esos.

Fidelio notó que ahora vestía unas humildes ropas de manta, como los peones. Miró los ataúdes y deseó haber tenido oportunidad de servirles. Tanto sufrimiento, tanto dolor, tanto por hacer. Con tristeza rezó en silencio.

—Dios está cerca de los que sufren —finalmente dijo.

—¿Dios? ¿Quién es Dios? ¿En dónde está? ¿Si se interesara por los que sufren por qué permite el sufrimiento? ¿Por qué los deja sufrir y morir en la miseria? No. Si es que hay un dios, los ha abandonado. Lo ridículo es que aún en medio de su sufrimiento ellos claman por Él. Eso no sólo es ridículo, es tonto.

—Dios siempre está con nosotros. Cierto, permite el sufrimiento, pero recordemos que Él se hizo hombre y vivió entre los pobres, sufrió con ellos. Nunca nos ha abandonado. Precisamente lo encontramos en cada uno de los que sufren y en los que son castigados por seguirle. Somos nosotros quienes hemos preferido el pretender que no está entre nosotros y fingimos no verlo, aunque lo vemos a diario, aunque se manifiesta en cada amanecer, en cada atardecer. Está entre nosotros, es por eso por lo que claman por Él —Fidelio replicó con firmeza.

Alguien en la procesión cantó un himno de alabanza. El charro se volvió a verlo, sonriente.

—Te expresas bien. Eso, aunando a tu habilidad para sanar, puede enriquecerte. No solo tendrás dinero, sino que serás poderoso. ¿Te interesa? Puedo arreglarlo todo —le dijo con suavidad.

Tentado, Fidelio sintió una fuerte atracción hacia ese hombre. Atracción que conocía bien, sólo que ahora era más intensa. Se vio famoso, inmensamente rico, con toda fuente de placer a su disposición.

—Así es. Está a tu disposición. Todo lo que tienes que hacer es tomarla —el charro le dijo, poniendo su mano con ternura sobre el hombro de Fidelio.

El contacto de la mano causó una extraña sensación en Fidelio; se vio rico, poderoso, rodeado de lujos, con toda clase de placer a su disposición. La tentación era enorme. En eso todos en la procesión cantaron un himno de esperanza, un himno de alabanza. Al escucharlo, Fidelio vio los ataúdes; sintió como propio el sufrimiento de muchos; deseo servirles, sólo ayudar, sin importar si pagaban o no. Comprendió que la riqueza material le era indiferente, sin importancia real. Se alejó del charro.

—Gracias, pero la riqueza es nada sin el Espíritu Santo —le dijo.

Sin inmutarse, como si esperase esa respuesta, el charro continuó sonriendo.

—Todos creerán que Cristo ha venido de nuevo —dijo.

—¡Aleluya! ¡Aleluya! —se escuchó a un coro cantar.

Esto hizo a Fidelio sentirse realmente importante. La tentación era ahora inmensa. Respiró profundo e irguió el cuerpo. La riqueza material ya no le importaba, pero la idea de que él podría ser como Cristo tenía sentido. Después de todo, ¿de quién era la voz que le guio desde la infancia? Ahora lo comprendía, ahora todo tenía sentido. Irguiéndose aún más, orgulloso, levantó su cabeza para decir algo cuando, de repente, una yegua se salió de la procesión y corrió hacia Fidelio, derribándolo. Al caer Fidelio, la yegua se levantó en dos patas con intención de patearlo y aplastarlo. Asustado, incapaz de moverse, Fidelio sólo la miró. Sin que Fidelio se diera cuenta, una mujer salió de la procesión y se paró entre la yegua y Fidelio; al verla, la yegua se calmó y, con cuidado, moviéndose a un lado, bajó las patas y se inclinó frente a la mujer, quien, tomando la rienda de la yegua, se alejó. La yegua, dócilmente, la siguió. Al alejarse, la mujer se volvió; Fidelio notó su rostro desfigurado por lepra. Ella le sonrió y, al hacerlo, las lesiones desaparecieron; ahora era el rostro de un hombre joven y barbado quien le sonreía. Fidelio, su orgullo humillado, se puso de pie y miró al charro.

—Jesús nunca nos ha dejado; está en todos y cada uno de los que sufren. Yo solo soy uno más de sus seguidores —le dijo.

Furioso, el charro escupió con desprecio y se alejó.

Fidelio, tratando de ignorar al quien le sacudía, se movió.

—Fidelio, niño Fidelio, despierta. Hay muchos buscándote.

Fidelio abrió los ojos; miró a los que esperaban.

—Oremos y demos gracias por todas las bendiciones que a diario recibimos —dijo.

CAPÍTULO XXVII

En Monterrey un gran número de médicos, provenientes de Saltillo, Monterrey, Torreón y otras poblaciones cercanas, se reunieron para discutir el fenómeno que ocurría en Espinazo. La reunión fue convocada por el Consejo Sanitario del estado de Nuevo León, bajo la dirección del Dr. Francisco Vela. Entre los asistentes se encontraba el Dr. Villarreal, con quien Fidelio trabajó cuando formó parte de la División del Norte; el Dr. Fernández, quien conoció a Fidelio cuando éste trabajaba en la mina, también estaba presente.

—Lo que ocurre desde hace ya varios años, y continúa hasta el día de hoy, a unos pocos kilómetros de aquí, es no sólo una desgracia para la medicina, sino que se ha convertido en una amenaza para la salud de los habitantes tanto de Coahuila como de Nuevo León. Puedo decir que es una amenaza no sólo para nuestros estados, sino para todo el norte del país, y es, además, una vergüenza para todos nosotros. Hemos convocado a esta reunión para escuchar su opinión y establecer un plan de acción. Les doy la bienvenida en nombre del Consejo Sanitario de Nuevo León. Estoy consciente de que muchos de ustedes han hecho un esfuerzo para estar aquí y lo agradezco. Si alguno de ustedes tiene algo que compartir en el tema a discutir, o simplemente desea dar su opinión, siéntase libre de hacerlo. Estamos abiertos a lo que ustedes puedan decir —el Dr. Vela, de pie, abrió la discusión para luego sentarse detrás de un escritorio colocado al frente de la asamblea.

—¡Lo que usted ha dicho es la triste y vergonzosa verdad! Lo que sucede en ese miserable lugar es más que vergonzoso, es una amenaza. Cientos, tal vez miles, de enfermos con toda clase de enfermedades contagiosas, tuberculosis, lepra, fiebre tifoidea, sífilis, podría mencionar todo el libro, se amontonan en ese caserío insalubre y sucio. No reciben ningún tratamiento conocido; hierbas sucias e inútiles, eso es lo que les dan. ¡Ese lugar y ese charlatán son una desgracia para el ejercicio de la medicina, una vergüenza para todos nosotros y una amenaza para la población en general! —gritó uno de los asistentes, poniéndose de pie y apuntando hacia donde él suponía que Espinazo se encontraba.

—Lo que mi distinguido colega, el Dr. Aguayo, y usted, Dr. Vela, han dicho es la triste realidad; pero, aceptémoslo, ¿qué es lo que podemos hacer al respecto? El populacho cree en él y, por mucho que nos opongamos, viajarán a ese lugar —dijo otro de los presentes, sin ponerse de pie y resoplando con dificultad debido a su gordura—. Lo mejor que podemos hacer es ignorarlo. Esto pasará, como ha sucedido con tantos otros charlatanes. Si los ignorantes eligen creer en sus falsas curaciones, dejémosles. Sólo son gente ignorante, así es el populacho —añadió con desprecio.

—Así es como nos hemos comportado con cientos de curanderos y otros charlatanes itinerantes. Todos sabemos que sólo son un fraude. Es cierto, eventualmente pasan y son olvidados —dijo el Dr. Aguayo, un hombre calvo y de baja estatura—. Pero lo que sucede es ese miserable lugar es diferente. No podemos permitir que esto continúe. Tenemos la obligación de impedir que este farsante continúe con su engaño. No sólo mata a los que acuden a verlo, también nos está matando a nosotros; nuestros consultorios están vacíos mientras que hay miles esperando que el farsante ese les arroje una fruta. ¡Tenemos que detenerlo! —añadió, salivando espuma.

Algunos aplaudieron mientras que los que estaban sentados frente a él sacaron sus pañuelos para secarse la saliva que les salpicó.

El Dr. Villarreal se levantó de su asiento; su cabello era ahora gris y algunas arrugas surcaban su rostro. Paseó su mirada por la concurrencia. Bien conocido por los presentes, con respeto, todos guardaron silencio para escuchar lo que el Dr. Villarreal tendría que decir.

—Comprendo la inquietud de quienes hasta ahora han hablado. Es cierto, ha habido y continúa habiendo quienes abusan de la credibilidad y fe de la gente; aun entre los que supone que ayuden a los enfermos y desvalidos abusan de ellos y los engañan con falsas promesas. Pero analicemos con calma lo que ahora ocurre. ¿De qué estamos siendo testigos? Y, en realidad, ¿cuál es la causa de todo esto? —aunque el tono de su voz era tranquilo y pausado, puso énfasis en las preguntas—. Sabemos muy bien que no sólo nuestro país ha sufrido por la plaga de curanderos itinerantes; estos están por todas partes. Como estudiante de medicina en Baltimore supe de muchos de ellos en esa ciudad. Es cierto: prometen tener la solución mágica de todas las enfermedades. Los que estudiaron en la Ciudad de México saben de uno de los mejor conocidos en nuestro país, el Dr. Merolique. Es cierto que muchos de estos charlatanes, de ambos sexos, abusan de la credibilidad y fe la gente común, pero la verdad es que también encontramos que, con frecuencia, son apoyados por quienes se dicen educados y preparados. Y hay otros que, interesados en ganancia fácil y con bajo riesgo, invierten en promoverlos. Todos sabemos que hay quienes, poseedores de un título válido, claman tener la cura milagrosa de todos los males. Apostaría a que algunos de ustedes compartieron la cena con uno de ellos. Aceptemos la realidad. ¿Qué es lo que en realidad nosotros ofrecemos? Sé de un buen número de médicos que aun hoy en día niegan la teoría celular y dudan que microorganismos son los responsables de las enfermedades contagiosas. Es cierto, nuestra profesión progresa;

durante la segunda mitad del siglo pasado, y continúa en este siglo, ha avanzado a pasos agigantados, pero es apenas ahora que empezamos a comprender las enfermedades. "El tratamiento no importa", Škoda respondió cuando le preguntaron cuál era el mejor tratamiento de la tuberculosis —aspiró profundo, su rostro enrojecido, se irguió aún más antes de continuar—. Hoy en día esa es la respuesta honesta. Enviamos a los tuberculosos a lugares elevados y bien ventilados; hoy en día no sabemos de un verdadero tratamiento para la tuberculosis y lo mismo sucede con muchas otras enfermedades. No tenemos idea de lo que causa cáncer, mucho menos un tratamiento adecuado; no hay tratamiento para la lepra y entre nosotros aún hay quienes creen que desangrar a los pacientes es útil. E incluso hoy en día hay quienes usan sanguijuelas. Fidelio, de alguna manera, ha aprendido de las propiedades curativas de varias hierbas. ¡Hierbas! Nosotros ni siquiera las tomamos en cuenta, mucho menos nos interesa estudiar su potencial. Aceptemos que es mucho lo que ignoramos. Debemos de estudiar con seriedad cualquier posible alternativa para cumplir con nuestra misión. ¿Qué es lo que ofrecemos hoy en día como tratamiento de la sífilis, tuberculosis, lepra y muchas otras enfermedades? Fidelio no es un curandero itinerante, ni siquiera busca pacientes, ellos son quienes lo buscan a él. No pretende saber, ni pretende ser un médico, pero he trabajado a su lado y puedo decirles que conoce mucho mejor la anatomía que muchos de los aquí presentes. No pretende haber encontrado la cura milagrosa, pero conoce las propiedades curativas de las plantas del desierto. Ofrece esperanza, ofrece consuelo, ofrece alivio de su sufrimiento. En realidad, lo que deberíamos de discutir en reuniones como esta es cómo podemos mejorar lo que hacemos. ¿Cómo hacemos para que todos tengan acceso a la salud? Fidelio no es el enemigo, él sólo nos muestra que aún tenemos mucho por aprender.

—¡¿De qué lado estás?! —le gritó uno de los presentes.

—¡Es usted un traidor a nuestra profesión! ¿Cómo puede usted comparar a ese miserable charlatán con nosotros? Fue con esfuerzo que obtuvimos nuestro título; ¡pasamos mucho tiempo en la escuela de medicina! —alguien más gritó.

El Dr. Villareal sólo los miró en silencio. Algunos, amenazantes, se levantaron de sus asientos.

—Compañeros, no empecemos un pleito entre nosotros. Todos tienen derecho a expresar su opinión —dijo el Dr. Vela, poniéndose de pie.

—¡Pero es importante que ese charlatán en Espinazo sea apresado o encarcelado! —gritó el Dr. Aguayo.

—¿Cómo puede pretender que sabe algo si ni siquiera saber leer ni escribir? ¿En dónde aprendió? ¿Quién le enseñó? —preguntó uno de los asistentes.

—Es cierto, Fidelio nunca ha asistido a una escuela de medicina, pero eso no significa que no haya estudiado. Sé muy bien que por varios años ha estudiado los efectos de las plantas, hierbas y minerales. Sé que le ha interesado conocer lo que la naturaleza ofrece. ¿Cuántos de nosotros pueden decir lo mismo? ¿Cuántos de nosotros continúan aprendiendo día con día? Muchos de ustedes, décadas después de su graduación, continúan practicando "como los maestros me enseñaron". La verdad es que muchos de nuestros maestros practicaron, a su vez, durante toda su práctica profesional "como sus maestros les enseñaron". He trabajado con Fidelio y sé bien que piensa y analiza los resultados de lo que hace, aprende de sus errores y fracasos y evita repetir lo que no funciona. Ojalá que nosotros hiciéramos lo mismo.

El Dr. Fernández levantó la mano, poniéndose de pie.

—¿Desea usted decir algo, Dr. Fernández? —el Dr. Vela le preguntó con respeto.

—Así es. Me gustaría expresar lo que es mi opinión —el Dr. Fernández contestó—. Sucede que he conocido a Fidelio y he visto los resultados de algunos de sus métodos. Sé bien que no pretende ser médico, pero, como ha dicho el Dr. Villarreal, conoce los efectos de las plantas. He visto sus resultados y, créanme, ojalá que tuviese su habilidad —sonrió y miró a la concurrencia—. Recordemos al Dr. Neumayer, de quien sabemos que fue un médico titulado con enorme prestigio, pero era un charlatán con título —respiró profundo—. En la Ciudad de México, el Dr. Charles Marceu, médico francés, refiriéndose a Fidelio, contestó cuando le preguntaron, y repito sus palabras de manera textual: "Es necio, en nombre de la ciencia (con lo que sabemos hoy en día), negar los resultados de la fe y espiritualidad", y añadió "dado que mucho en la vida está fundamentado en ilusión o sugestión, nosotros, los médicos, no hemos siquiera tratado de comprender la naturaleza de nuestros éxitos y fracasos. Hay muchos casos en medicina, como en todo, que no tienen explicación. Si hemos de ser honestos debemos de reconocer que muchos han muerto debido a nuestra ceguera e inhabilidad para tratar muchas enfermedades. Queda mucho por aprender". Sucede que concuerdo —el Dr. Fernández concluyó, sentándose.

Muchos de los presentes hicieron gestos de disgusto.

—Me sorprende, Dr. Fernández. No esperaba eso de usted —dijo con tono severo el Dr. Vela.

—La verdad es a menudo incómoda —replicó el Dr. Fernández—. Lo que debe decirse, debe decirse. Aún quiero agregar algo más —dijo, poniéndose de pie y mirando a la concurrencia—. ¿Cuántos de ustedes están dispuestos a dejar la ciudad e ir a un lugar pobre, sucio e insalubre, un lugar como lo es Espinazo? Preferimos seguir en la ciudad. ¿Quién desea ir y ejercer allí? Aunque sea por un corto tiempo —añadió sentándose de nuevo.

Hubo silencio en la sala.

—Dr. Vela, el presidente Elías Calles está de gira por el país. Hay rumores de que planea detenerse precisamente en Espinazo para consultar al niño Fidelio. ¿Sabe usted algo de eso? —uno de los asistentes preguntó luego unos segundos de silencio.

—Hasta donde yo sé, el rumor es cierto —contestó el Dr. Vela.

—Alguien debe detenerlo. Eso sólo hará que más gente vaya a ese lugar —alguien más dijo, preocupado.

—Por supuesto, varios colegas han tratado de disuadirlo; ojalá que les haga caso —el Dr. Vela dijo para luego guardar silencio—. Bien, por lo pronto parece que hemos discutido el tema lo suficiente. Los reportajes favorables en los periódicos de la Ciudad de México, como los negativos de nuestras ciudades, sólo le sirven de publicidad gratuita y lo único que logran es aumentar el interés en ir a ese sitio. Eso también es un problema que tenemos que afrontar. Como probablemente muchos de ustedes saben, hemos intentado actuar judicialmente y hemos logrado llevar a ese charlatán a la corte. Pero, como no alega ser médico, es la gente quien le busca. Él no se promueve, ni siquiera ofrece sanar a nadie; el juez dictaminó que no hay acción legal en su contra. Por lo tanto, debemos de buscar otro camino. Por lo pronto planeo visitar ese sitio y averiguar de primera mano lo que allí sucede. Informaré de lo encontrado en cuanto regrese. Por el momento sólo me queda agradecer su presencia.

Mientras tanto, en Espinazo, Fidelio, de pie sobre el tejado de la casa que Von Wernich construyó para él (usando contribución de gente adinerada a quien Fidelio ayudó sin cobrar), miraba a las miles de personas que llegaron en las últimas semanas. Sabía muy bien que a muchos de ellos tenía poco que ofrecerles, gente con enfermedades en etapa terminal. A ellos sólo podría ofrecerles resignación. Por supuesto, estaban aquellos que decidieron quedarse y recibir su dosis diaria de los brebajes que Fidelio preparaba usando las plantas del desierto y las mujeres embarazadas que acudían a esperar el parto en Espinazo, con la esperanza de que

Fidelio sería quien las asistiese. Pensando sobre eso, Fidelio agradeció la presencia de las monjas, que, huyendo de la persecución religiosa, decidieron quedarse. Ellas ayudaban a las mujeres embarazadas. Fidelio sabía que, afortunadamente, la mayoría de esas mujeres tendrían un parto sin problemas, pero también sabía que habría algunas con complicaciones inesperadas y graves. Hubo algunas que convulsionaron repentinamente; el sangrado era otra complicación frecuente. Era afortunado que las voluntarias respondieron de manera favorable a su insistencia de lavado frecuente y mantener limpio el lugar; eso redujo las complicaciones infecciosas. Aun así, hubo quienes, a pesar de sus esfuerzos, murieron.

Mirando a la multitud, Fidelio se sintió acongojado. «Hay tanto por hacer y es tan poco lo que en realidad puedo ofrecer», pensó. Miró a los alrededores y vio los cementerios apenas creados, con monumentos de reciente construcción; fosas recién excavadas. Fidelio, apesadumbrado, se llevó las manos al pecho, su vista se nubló, sus piernas temblaron; hizo un esfuerzo para no caer y controlar la emoción. La multitud le miraba con veneración y con la esperanza de que, por lo menos, les arrojara frutas (hubo quienes mejoraron al ser golpeados por una de ellas). Notando que Fidelio casi desfallece, se angustió.

—Fidelio, niño, ¿te pasa algo? —alguien gritó, preocupado.

Fidelio los miró y sonriendo abrió los brazos e hizo el gesto de abrazarlos para luego, haciendo la señal de la cruz, bendecirlos. Feliz, la multitud comenzó a entonar un himno de alabanza. Al escucharlo, Fidelio, sintiendo un peso enorme sobre sus hombros, miró a los cementerios. «Nada pude hacer por ellos», pensó. Miró el desierto a la distancia y recordó cuando era un simple pastor de cabras; ahora tenía el recuerdo de la sensación de impotencia y angustia que sintió cuando murieron los que viajaron con la esperanza de que les ayudase, algunos en sus brazos. A pesar de ello, muchos en esos momentos finales le miraron y aun le sonrieron, agradecidos.

«¿Por qué, Dios mío?¿Por qué no dejaste que continuara siendo sólo eso, un pastor de cabras? Ahora hay tanto por hacer, tantos en busca de ayuda; llegan esperanzados y muchos sólo vienen a morir aquí. Es tan poco lo que puedo ofrecer. ¿Por qué? ¿Por qué? ¿Por qué?», se preguntó. Angustiado miró hacia arriba. Era una mañana clara y luminosa, con algunas nubes como algodón flotando en el cielo azul. En las nubes, Fidelio vio la imagen de Candelaria y sintió como si ella tiernamente le acariciase, sonriéndole amorosamente. Al sentir la caricia, Fidelio cerró sus ojos y sonrió, sintiéndose en paz. Amor, profundo amor, amor por todos los que llegaron; amor aun por esos que atacaban lo que hacía. Amor, amor por todos, pero, sobre todo, un profundo amor por Dios, un inmenso amor. «Si es esto lo que quieres de mí, Señor y Dios mío, hágase tu voluntad, no la mía», se dijo a sí mismo.

Fidelio miró de nuevo al recién construido poblado y sonrió. Aunque los recién llegados habitaban en humildes chozas construidas con lo que disponían de la región, había orden en el poblado. Las calles eran lo suficientemente amplias como para permitir el paso de carromatos y, a la vez, permitir a los habitantes caminar con libertad. Cada calle tenía nombre, la población tenía cuidado de asear el frente de sus chozas y, sobre todo, además de orden, vivían en paz. Los habitantes del poblado se ayudaban los unos a los otros y, a la vez que respetaban la propiedad ajena, compartían lo que tenían. «No hay duda. Aunque hay sufrimiento, Dios los ha mirado y les ofrece esperanza; eso es algo que no puedo negarles. Sí, hay mucho por hacer; debo de hacerlo y lo haré», Fidelio pensó. Sonriendo, feliz, se volvió y descendió las escaleras.

El silbato anunció la llegada del tren. Fidelio se encaminó en dirección de la recién construida estación. Fidelio se alegró al ver que entre los recién llegados se encontraba el padre Segura y dos de sus compañeros de escuela en Guanajuato, Pantaleón y Donaciano. Lucían nerviosos, mirando a su alrededor como temerosos de algo. Enrique, quien se encontraba en ese momento en la estación, también los reconoció y contento se encaminó para darles la bienvenida. Fidelio observó que el padre Segura estaba delgado, flaco, como desnutrido. Pantaleón y Donaciano parecían de mayor edad que la que tenían y era evidente que tampoco habían comido bien. Pantaleón lucía una cicatriz en el rostro. Los tres miraban a todos lados, a la defensiva. Fidelio y Enrique, sonrientes, simultáneamente los abordaron.

—Padre Segura, Pantaleón, Donaciano qué gusto volver a verlos —Fidelio les dijo tan pronto como se aproximó, abriendo sus brazos como tratando de abrazar a los tres al mismo tiempo. Enrique abrazó al padre Segura.

—Yo también estoy contento de volver a verlos, feliz de saber que están sanos y salvos. Aquí estarán seguros, nadie les persigue. Como hemos hecho con muchos otros que han venido, nos encargaremos de que lleguen a su destino sin problemas.

Pantaleón y Donaciano no pudieron contener la emoción y lloraron.

—Ahora necesitan descansar y comer algo —Enrique les dijo, preocupado—. Vayamos a mi casa. Mi esposa les preparará algo. Estará contenta de conocerlos. Después de que hayan comido y descansado nos contarán de sus vidas. Fidelio, te esperamos esta noche para conversar.

Esa noche, descansados y frescos después de bañarse, el padre Segura, Donaciano y Pantaleón se reunieron con Von Wernich y Enrique para cenar.

—¿Y Fidelio? ¿Vendrá? —el padre Segura preguntó.

—La verdad es que no estoy seguro —Von Wernich contestó—. Una vez que empieza a atender a la gente no se detiene; a menudo trabaja durante varios días y noches sin parar. Come poco y duerme hasta que el cansancio le vence, dondequiera que se encuentre. Construimos una casa para él, pero casi no la ocupa. Obsesionado, hace un esfuerzo por ayudar a todos, pero, a la vez, sabe que eso es casi imposible; aun así lo intenta. Afortunadamente, en los últimos días han llegado voluntarios a ayudar —hizo una pausa, pensando—. Aunque aún con esa ayuda, es Fidelio a quien la gente busca. Él es quien ha recibido el don de sanar y, créanme, hay muchos que mejoran conque tan sólo se aproxime a ellos.

—Siempre ha sido una persona de bien —dijo el padre Segura—. Dios está con él.

—Sí, lo sabemos desde que éramos niños —dijo Pantaleón y Donaciano movió la cabeza, aprobando.

—Sin embargo, estoy seguro de que encontrará tiempo para unirse a nosotros. Tiene interés en saber de ustedes —Enrique dijo, luego miró al padre Segura—. Sobre todo de usted, padre.

El padre Segura frunció el entrecejo con tristeza.

—Sí. Han sido tiempos difíciles. Dos veces me han llevado al paredón; dos veces, cuando estaban a punto de dar la orden de fuego, Dios envió a un ángel para que detuviera la orden. Aunque sé bien que es peligroso continuar celebrando misa, Jesús nos mandó que lo hiciéramos en memoria suya… Y lo haré, aunque eso sea lo último que haga.

—Persiguen no sólo a los sacerdotes, sino a la gente común que participa en la misa. Muchos de ellos cuelgan de los postes del telégrafo. Nosotros seguiremos peleando para defender nuestro derecho de adorar a Dios —Pantaleón dijo, dando un golpe en la mesa.

—Tienes razón, no dejaremos de luchar —Donaciano dijo.

—Aquí están ustedes entre amigos, pero debo de admitir que aun aquí hay peligro. Sacerdotes y monjas, huyendo de la persecución, llegan aquí. Muchos de ellos, viendo la labor de Fidelio, han decidido quedarse y colaborar. Por esa razón, varias misas son celebradas a diario. Hasta ahora nada ha pasado. Pero debemos de estar alertas —dijo Von Wernich.

—Nos unimos a la revolución para combatir la injusticia; ahora peleamos por nuestro derecho de adorar a Dios de acuerdo con nuestras creencias. Cuando supimos por la prensa sobre Fidelio, conociéndolo, pensamos que estaría ocurriendo precisamente lo que usted nos ha dicho. Es por eso que venimos —dijo Donaciano.

—Como quiera que sea, aquí estarán seguros. Hemos creado contactos que ayudan a cruzar la frontera y así escapar de la persecución. Muchos sacerdotes y monjas han venido. Como don Teo les ha dicho, un buen número de ellos, al ver lo que aquí sucede, han decidido quedarse —Enrique comentó.

Escuchando la conversación, el padre Segura lucía triste.

—Hay algo que me preocupa. Durante la travesía, escuchando lo que la gente piensa, me enteré de que hay muchos que consideran que Fidelio puede hacer mucho más que ofrecer esperanza, que hace milagros. Eso es inquietante —dijo.

—Ahora que lo menciona, es cierto, Fidelio es mucho más que otro curandero. La gente lo considera un santo, incluso hay quienes piensan que Jesús ha retornado. Admito que eso es bueno porque, aunque Fidelio no acepta pago por sus servicios, son muchos los que desean pagar y no hay nada malo en aceptarlo y guardarlo —Von Wernich dijo, sonriendo satisfecho.

—Me cuesta trabajo creer que Fidelio tome ventaja del don que ha recibido —dijo Donaciano.

—Y no lo hace —intervino Enrique—, pero muchos insisten en pagar y eso nos ha ayudado no sólo a construir una casa para Fidelio, que, por cierto, casi nunca usa, sino también para ayudar a los que huyen de la persecución. Gracias a Fidelio, muchos sacerdotes y monjas se han salvado. Además, hemos construido un lugar para que los partos sean atendidos y hemos construido una escuela. Como pueden ver, el dinero ha sido bien empleado. Fidelio, por supuesto, se da cuenta, aunque pienso que tiene sentimientos encontrados al respecto.

—Fidelio ha aceptado que ha recibido un don y, al hacerlo, aceptó la responsabilidad que ello conlleva. Eso le ha generado enemigos. Por mis amistades, tanto en Saltillo como en Monterrey, sé muy bien que hay muchos médicos que lo odian y les gustaría poner punto final a lo que hace. Ya son varias las ocasiones en las que Fidelio ha sido llevado a los tribunales, pero no han podido tocarlo ni mucho menos detenerlo; nunca pudieron probar que Fidelio engaña prometiendo curación, cuando sólo ofrece esperanza y en eso siempre cumple —dijo Von Wernich.

—Del mero hecho han transcurrido casi dos lustros y aún continúa. Habla por sí mismo, promueve rezar en público y sigue adelante; significa que Dios está de su lado —el padre Segura intervino santiguándose.

—Buenas noches a todos —dijo Fidelio, entrando acompañado por otra persona—. Siento mucho no haber podido venir antes, pero hemos estado ocupados —dijo Fidelio señalando a la persona que le acompañaba—. Él es el Dr. Vela, recién llegado de Monterrey, se quedará con nosotros por algún tiempo. Por favor dejen que vaya a donde quiera y sea testigo de todo lo que aquí ocurre —dijo a Enrique y Von Wernich, quienes movieron la cabeza, asintiendo. Enrique sonrió al notar la pistola en la cintura del Dr. Vela.

—Gusto en conocerlo. Por favor, tome asiento y háganos compañía —Von Wernich le dijo al Dr. Vela.

—No necesitará eso aquí —Enrique le dijo al doctor, apuntando a la pistola, sin dejar de sonreír.

—Espero que así sea —replicó el doctor.

—¿Te quedas, Fidelio? —don Teo le preguntó.

—Quizá vuelva más tarde —Fidelio contestó, encaminándose hacia la puerta—. Uno que se considera importante está en camino. Debo de preparar todo para darle la bienvenida —agregó.

Al escucharlo, el Dr. Vela casi brincó de su asiento, sorprendido.

—¿Cómo es que sabe que es el presidente quien viene? —preguntó.

CAPÍTULO XXVIII

Fue un inverno sumamente frío y esa mañana de febrero no era la excepción. Aunque el Sol alumbraba en todo su esplendor, el viento helado penetraba hasta los huesos. Las humildes chozas con paredes y techos de palmas no brindaban protección a sus habitantes. Fidelio recibió noticias desalentadoras en su diaria visita a los enfermos en tratamiento: a pesar de los remedios naturales que les proveía, varios ancianos murieron a consecuencia de problemas respiratorios. Algunos de ellos arribaron sólo como acompañantes de algún familiar enfermo, pero el frío y la falta de habitación adecuada los enfermó. Fidelio sabia, por experiencia, que los ancianos en particular son vulnerables a enfermedades respiratorias durante el invierno, y durante esos meses se aseguraba de proveer brebajes calientes a todos; en particular a esos que tosían o estornudaban. Además, durante el invierno se aseguró de proveer toronjas y otras frutas a los niños y ancianos.

—Siento mucho que no hayamos ayudado a algunos de ellos —una de las monjas que se quedaron como voluntarias le dijo a Fidelio—. Pero, gracias a los remedios que preparas, muchos han mejorado y, más importante, has prevenido que muchos se enfermen. No te desanimes, niño, no hay manera de que pudieses impedir que algunos fallezcan, esa es la naturaleza; así ha sido por siempre. Durante el invierno muchos ancianos y niños mueren. Pero, aquí, gracias a tus remedios, muchos se curan y has logrado que muchos otros ni siquiera se enfermen. La gente piensa que haces milagros, pero me he dado cuenta de que observas, piensas y en realidad estudias lo que sucede; no es milagro lo que haces, es sólo aplicar lo que la naturaleza ofrece.

—Tienes razón, creo que a ti puedo decirte que una voz interior me guía desde la infancia; al principio me angustiaba y no comprendía la razón de ello, pero algo me impulsaba a seguir. Ahora sé la razón de ello. Como todos, he recibido un don, ahora lo he aceptado. Creo que ya he aprendido, hermana. Comprendo que es sólo a través de Él que algo bueno sucede. Él nos hará saber cómo mejorar lo que hacemos —Fidelio le contestó, mirando a la vía del ferrocarril.

—¿Esperas a alguien, niño? —preguntó la hermana Teresa, también dirigiendo su vista a las vías del ferrocarril.

—Así es. Llegará hoy.

—¿Cómo lo sabes?

—Lo sé —Fidelio respondió, encogiéndose de hombros.

—¿Sabes quién es?

—El mismo que ordenó cerrar tanto el monasterio en el que te encontrabas como todos los demás seminarios e iglesias. El mismo que ha ordenado la persecución de sacerdotes y monjas, el que ha prohibido la celebración de la misa y todas las manifestaciones religiosas en público. Esa persona es quien llegará hoy.

—Pero aquí participamos en la santa misa y la gente constantemente canta himnos religiosos, aunque muchos de ellos dedicados a ti. Todas las noches muchos rezan el rosario en grupo y, por supuesto, nosotros lo alentamos —la hermana Teresa le dijo—. ¿No te da temor? Cuando cerraron el convento tuve miedo y es por eso por lo que escapé y llegué aquí con la esperanza de cruzar la frontera. Sin embargo, al llegar aquí y ver lo que Dios hace a través tuyo, me quedé y ahora no tengo miedo. Espero que ese hombre venga en paz.

—Necesita ayuda. Como los demás que vienen aquí, le ayudaremos —Fidelio replicó.

A la tres de la tarde, el tren presidencial "Olivo" llegó a Espinazo. Algunos soldados desembarcaron primero y se alinearon. Después descendió el gobernador de Nuevo León, Aaron Sáenz, seguido por el general Juan Andrew Almazán, uniformado y con el pecho lleno de medallas. Ambos también se alinearon y esperaron. Transcurridos unos cuantos minutos, el presidente, el general Plutarco Elías Calles, descendió; vestía de civil. En cuanto descendió, la improvisada banda musical tocó la marcha de Zacatecas. Fidelio, de pie, sonriente, le dio la bienvenida. La multitud observaba; había miedo en muchos rostros.

—Sea usted bienvenido, señor presidente, esta es su casa. Sean todos bienvenidos —Fidelio dijo, extendiendo sus brazos para incluir a los acompañantes del presidente—. Dios le concederá recuperar su salud, eso es si está usted dispuesto a escucharle.

El presidente se detuvo e, intrigado, miró fijamente a Fidelio.

—¿Cómo es que sabe a lo que he venido?

Fidelio devolvió la mirada y le sonrió.

—Una vez más Dios le concederá devolver la salud si es que está usted dispuesto a recibir su regalo. Abra su corazón y venga conmigo —agregó, encaminándose hacia una choza recién construida.

Con el entrecejo fruncido y la mandíbula apretada, el presidente lo siguió. Andrew Almazán y Sáenz lo acompañaron.

—Ahora, señor presidente, por favor desnúdese y entre a la tina de baño —Fidelio le dijo a Elías Calles dentro de la choza, apuntando hacia una tina recién preparada con agua tibia y hierbas aromáticas.

—¡Esa no es manera de hablarle al presidente! —gritó Andrew Almazán.

—Por esta vez creo que es en mi beneficio si hago lo que me pide. Por favor, esperen ustedes afuera —Elías Calles dijo, dirigiéndose a Sáenz y Andrew Almazán, con un tono de voz tranquilo y confiado. Desconcertados, ellos le miraron y dudaron por un momento para, finalmente, encaminarse a la salida—. Les llamaré si acaso los necesito —el presidente agregó.

El presidente se quitó las ropas y entró en la tina. Fidelio notó las lesiones ulcerosas y nódulos en la piel del presidente.

—El agua está caliente —el presidente dijo al sentarse en la tina.

—Así es, y así es como usted la necesita; espere un poco y la encontrará confortable —Fidelio le dijo mientras preparaba una mezcla de hierbas y miel de abeja; una vez preparada, Fidelio vació la mezcla en la tina.

—Aaaahh, esto me ha relajado —el presidente dijo cerrando sus ojos y hundiendo su cuerpo en el agua.

—Esta mezcla que he preparado ayudará a que se alivie. Usted siente ya el beneficio; sabe que su cuerpo está sanando. El contestar a mis preguntas le ayudará a sanar. ¿Por qué nos persigue?

El presidente abrió los ojos y sonrió.

—¿Por qué persigo a esos que han abusado de la ignorancia del pueblo?

—Estoy de acuerdo con usted en que algunos miembros de la iglesia han abusado, y quizá esos merezcan ser castigados, pero no puede usted negar que se ha hecho mucho bien. Note, por ejemplo, que la educación en Guanajuato y Morelia es impartida por religiosos.

El presidente sonrió.

—¿Tuviste acceso a esa educación?

Fidelio le devolvió la sonrisa.

—Así es. Lo que usted hace es tratar de impedir que la gente adore a Dios como ellos creen que deben de hacerlo. ¿Cuántos han muerto en esta lucha innecesaria?

—Muchos. Eso es cierto. Y muchos más morirán hasta que todas las iglesias y monasterios sean cerrados y no haya manifestaciones religiosas en público. Sin embargo, pueden ser autorizadas en cuanto lleguemos a un acuerdo y la Iglesia quede subordinada al mandato del gobierno —Fidelio vació un poco más del brebaje medicinal preparado.

Afuera la gente entonó un himno religioso. El presidente frunció el entrecejo, disgustado.

—¿Algo como eso? —Fidelio le preguntó, sonriendo al tiempo que vaciaba un poco más de la mezcla que había preparado.

El presidente, ignorando la pregunta, cerró los ojos y se relajó en el baño.

—De alguna manera, esto que has preparado me hace sentir bien. Nunca noté ninguna mejoría con todas las sangrías y menjurjes que me dieron.

—Como le dije al llegar, tanto su cuerpo como su alma sanarán. Sin embargo, para lograrlo, primero debe usted de perdonarse —Fidelio le dijo, tomando una esponja y lavando la espalda del presidente.

Afuera muchos más se unieron al canto del himno religioso.

—Sabes bien que por eso puedo ordenar que este lugar sea evacuado y todo lo que haces aquí termine.

—Lo sé muy bien, pero eso no tiene importancia. No se mueve la hoja de un árbol sin que Dios lo permita. Usted puede pretender que es su decisión. Yo sé bien que, mientras Dios así lo permita, seguiré haciendo la voluntad de mi Señor. Usted ha comenzado a sentir su poder; ha mejorado. Detenga esta persecución. Perdone a los que de alguna manera le hicieron mal, pero, sobre todo, perdónese a sí mismo.

—Señor presidente, en nombre de la comunidad médica le pido disculpas por todo esto. Estoy seguro de que podemos ofrecerle mejor atención, tratamientos comprobados científicamente, no como todas estas hierbas inútiles —dijo el Dr. Vela al entrar en la choza, con respiración entrecortada por el disgusto.

El presidente lo miró y soltó una carcajada.

—Tratamientos demostrados científicamente. ¿Y eso qué significa? Sus colegas ya han tratado de muchas maneras: cremas, ungüentos, píldoras, sangrado. Hay algunos que incluso han propuesto el que me saquen no sólo todos los dientes, sino otros órganos también. Por supuesto, no acepté esto último, pero he tratado todo lo demás. ¿Qué es lo que han logrado? ¡Nada! —gritó furioso, levantándose de la tina; miró a su piel notablemente mejorada. El presidente sonrió complacido—. ¿Ve usted esto? Un simple baño y una conversación han realizado el… —nervioso, no terminó la frase.

—¿El milagro? ¿No es con esa esperanza que vino? —Fidelio le dijo.

El presidente, furioso, se volvió a verlo.

—¿Milagro? ¡Yo no creo en milagros! —gritó.

—Debe de haber algún truco señor presidente," dijo el Dr. Vela, nervioso.

—¿Un truco? ¿Dice usted que esto es un truco? —dijo señalando a su piel casi sin lesiones—. No, no hay truco en esto, ¡pero tampoco es un milagro! ¿Cómo fue que lo hiciste? —le preguntó a Fidelio—. Un simple baño con hierbas y un poco de conversación —miró de nuevo a su piel—. Debes de esperar pago por esto. ¿Qué es lo quieres?

—Así es, señor presidente. Hay algo que quiero pedirle —Fidelio contestó.

Elías Calles, divertido, se rio; era una risa entre cínica y sarcástica.

—Eso es esperado, nadie da algo a cambio de nada. ¿Por qué habrías tú de ser diferente? ¿Qué es lo que quieres? ¿Dinero? ¿Poder? Sólo tienes que pedir lo que desees. Tengo el poder para hacerte rico y poderoso en este país, de hecho, podría hacer de ti uno de los hombres más ricos del país. ¿Quieres poder? También puedo dártelo. Sólo tienes que pedir y te será concedido —satisfecho, se sentó de nuevo en la bañera.

Fidelio sonrió.

—Señor presidente, hay una sola cosa que deseo pedirle —dijo con un tono tranquilo y pausado.

—¡Bien! ¿¡Qué es lo que quieres!? —disgustado, Elías Calles gritó.

—Quiero pedirle que salve su alma —Fidelio le contestó, aún tranquilo.

Tanto el presidente como el Dr. Vela miraron a Fidelio sorprendidos y perplejos.

—¿De qué hablas? —el presidente preguntó.

—Pare esta persecución y esta guerra sin sentido. Pare la matanza de gente por el solo delito de asistir a misa —Fidelio le contestó, mirándole fijamente.

Furioso, el presidente se puso de pie, con las mejillas rojas y la mandíbula apretada. Puso un pie fuera de la tina, mirando a la pistola entre sus ropas. Salió del baño y dio un paso en esa dirección cuando, de repente, se detuvo, miró a su piel y, volviendo a la tina, se sentó en el agua, tembloroso. Las úlceras habían reaparecido.

—Yo no fui quien empezó con todo esto; fueron ellos quienes desobedecieron. Se niegan a aceptar que el gobierno puede y debe de intervenir en nombrar a los obispos. Mientras obedezcan al gobierno podrían haber continuado con sus ridículas ceremonias. Si hubiesen obedecido nada de esto hubiese pasado.

—Sacerdotes han sido fusilados o colgados sólo porque oficiaron misa, muchos inocentes. Mujeres y niños, incluso, han sido asesinados por el delito de asistir a la misa. ¿Cómo puede usted justificar eso? Es usted quien se castiga a sí mismo —Fidelio le dijo con firmeza.

El presidente se irguió, sus ojos estaban enrojecidos, salivaba y sus músculos se tensaron.

—Por hablarme de esa manera podría mandarte al paredón. ¡El presidente soy yo! —empezó a temblar y miró de nuevo a su piel; los nódulos y las úlceras crecieron. Ahora tenía ampollas. La expresión de su rostro cambió.

—Señor presidente, este hombre no es más que otro charlatán. Pare todo esto y vuelva a la ciudad. No va usted a mejorar con este engaño —el Dr. Vela intervino, un esbozo de sonrisa se mostró en su rostro.

Lloroso, Elías Calles se volvió a verlo, luego, con tristeza, miró de nuevo a su piel.

—Lo que usted ve no es otra cosa que la manifestación de lo que sucede en su alma —Fidelio le dijo—. Es su alma la que está enferma. Está en su poder el sanarla, deje de lastimarse a sí mismo. Sane su alma y sanará su cuerpo. Usted puede hacerlo, señor presidente —añadió con un tono suave de voz.

Sollozando, el presidente sumergió su cuerpo en la tina, relajándose. De repente gritó, fue un grito angustioso, triste. Las lágrimas fluyeron libremente.

—Eso es, relájese, deje salir a todas esas emociones negativas —Fidelio le dijo manteniendo un suave tono de voz para luego aproximarse al presidente y frotar su cuerpo con ungüento, murmurando una canción de cuna. Con expresión de calma, el presidente cerró sus ojos.

El general Andrew Almazán, pistola en mano, entró corriendo.

—¡Escuché al presidente gritar! —dijo, apuntando a Fidelio.

—Cálmese, general. Todo está bien —el presidente le dijo y sonrió—. Agradezco que haya venido en mi ayuda, pero no hay motivo para preocuparse. Como puede ver, no hay problema. Puede usted irse, me atienden bien.

Sin saber que decir, el Dr. Vela se mantuvo en silencio. Andrew Almazán volvió la pistola a su funda y se dispuso a salir.

—General, espere un minuto, tengo algo que decirle —Elías Calles lo detuvo.

—Ordene usted —Andrew Almazán replicó, volviéndose y haciendo un saludo militar.

—Es tiempo de que esta guerra estúpida termine. Encárguese de ello.

Tanto el Dr. Vela como Andrew Almazán le miraron sorprendidos.

—Pero, señor presidente, como seguramente se ha dado cuenta, hay monjas y sacerdotes en este lugar. De hecho, desde mi llegada he sido testigo de varias ceremonias religiosas en público —el Dr. Vela le dijo, disgustado.

—Eso es cierto. Desde que desembarcamos me di cuenta de la presencia de extranjeros aquí, sacerdotes probablemente. Me parece que esta ha sido la ruta de escape para muchos de ellos —Andrew Almazán dijo.

—Por supuesto que lo he notado. He escuchado los himnos religiosos, pero no haremos nada al respecto —Elías Calles les dijo con tono firme de voz.

Andrew Almazán miró al presidente.

—Perdone, señor presidente, pero ¿está usted seguro de ello?

—Sí, general. Estoy seguro.

—Se hará como usted ordene, señor —Andrew Almazán replicó con un saludo militar—. Permiso para retirarme, señor.

—Hay algo que debe de quedar claro —el presidente dijo mirando tanto al general como al Dr. Vela—. Esta conversación nunca ocurrió. ¿Está entendido?

—Entendido, señor —Andrew Almazán dijo.

—Bien, general —Elías Calles dijo volviéndose a ver al Dr. Vela y sonriéndole—. Si sabe lo que le conviene, usted nunca escuchó esta conversación —le dijo.

Asustado, tembloroso, el Dr. Vela sólo acertó a asentir con un movimiento de cabeza.

—Pueden retirarse. Deseo disfrutar de este baño —dejó que su cuerpo se hundiera en la tina para luego volverse a mirar a Fidelio—. Tú también puedes salir. Te llamaré si acaso te necesito.

Tan pronto como salieron, el presidente cerró los ojos y hundió su cuerpo en el agua, dejando sólo la cabeza fuera. Murmuró la canción de la Adelita.

CAPÍTULO XXIX

—Todos estamos intrigados. ¿Qué fue lo que pasó entre tú y el presidente? Al irse no sólo se veía contento y satisfecho, sino que, para nuestra sorpresa, ignoró los cánticos y otras manifestaciones religiosos que se escucharon y se realizaron aun cuando todos sabían de su presencia —Enrique le dijo a Fidelio poco tiempo después de que despidieron al presidente y su comitiva y el tren presidencial se alejó.

Además de Enrique, Von Wernich, Pantaleón, Donaciano y el padre Segura estaban presentes.

—Su estado de salud mejoró. Eso es todo —Fidelio replicó, encogiéndose de hombros, sonriente y tranquilo.

—Pero te ves tan tranquilo, como si nada importante hubiese ocurrido —el padre Segura dijo, colocando la taza de humeante café sobre la mesa—. Todos nos damos cuenta de que algo extraordinario ocurrió, empezando con el hecho de que el tren presidencial hizo escala aquí, en medio del desierto, uno de los lugares más áridos del país, en un poblado que hasta hace poco casi nadie sabía de su existencia. Como con casi todos, tú eres la razón de que el presidente haya venido y, aparentemente, encontró lo que vino a buscar. Repito la pregunta que Enrique hizo. ¿Qué fue lo que pasó? Tanto el general Andrew Almazán como los otros acompañantes del presidente notaron la presencia de sacerdotes y monjas en este lugar. Ignorando el peligro que la presencia del presidente y su comitiva representaba, muchos cantaron himnos religiosos y rezaron el rosario. El general Andrew Almazán ni ningún otro hizo algo. Pretendieron ignorarlo. ¿Por qué?

—Tiene usted razón, padre. El presidente encontró lo que vino a buscar. Encontró que la enfermedad que lo trajo aquí estaba en su alma; aceptó la invitación del Espíritu Santo para redimir su alma —Fidelio dijo, aún tranquilo y sonriente. Recorrió con la mirada al padre Segura, Pantaleón y Donaciano—. Y les informo que la persecución religiosa acabará pronto. Seremos libres de servir al Señor sin temor alguno.

—¡Aleluya! En verdad algo extraordinario ha sucedido —dijo el padre Segura, poniéndose de pie—. Alabado sea el Señor —añadió, extendiendo los brazos y mirando hacia arriba.

El resto miró a Fidelio con admiración y respeto.

—Sé bien que no estás bromeando. Lo que has dicho explica por qué ignoraron las manifestaciones religiosas que presenciaron —Von Wernich intervino—. Tus enemigos consideran que eres sólo un curandero más, pero están equivocados; eres mucho más que eso. Dios está contigo y la gente lo ha notado. Me he dado cuenta de que ya hay muchos venerando tu imagen —añadió apuntando hacia las chozas.

Fidelio frunció las cejas y disgustado apretó las quijadas; luego miró a Von Wernich.

—Eso es algo que no tienen razón en hacer —recorrió la mirada entre los presentes—. Ninguno de ustedes debe de permitir esa tontería. Finalmente he comprendido que he recibido un don, pero también me ha quedado claro que no me pertenece; es un don concedido con el propósito de que lo usé para brindar esperanza y alivio al sufrimiento. Yo soy sólo un instrumento, sólo Dios debe de ser venerado;

nadie más —añadió, abriendo los brazos para enfatizar sus palabras.

—Desde el día en el que Enrique te llevó para que aprendieses a ser monaguillo noté que había algo especial en ti, aunque admito que es mucho más de lo que pudiese imaginar. Tienes razón, Dios te ha elegido para que seas su instrumento. Me alegra ver que eres lo suficientemente humilde como para darte cuenta de ello y estoy de acuerdo contigo, sólo Dios debe de ser venerado —dijo el padre Segura, adelantándose para tomar a Fidelio del hombro—. Dios te bendiga, hijo mío.

—Gracias, padre —dijo Fidelio, tomando la mano del padre y besándola—. He aprendido mucho de usted.

—Y yo he aprendido mucho de ti —dijo el padre Segura, besando a Fidelio en la frente para luego regresar a su silla y sentarse.

—La gente canta himnos dedicados a ti; bien sabes que hay muchos que creen que con tan sólo tocarte recuperarán la salud. Hay muchos que tratan de beber tu orina. Ya son muchos los que veneran imágenes tuyas. Pagan incluso por ellas. Es por eso que ya hemos convenido que los que pueden hacerlo contribuyan con dinero, que tú sabes bien que tanto don Teo como yo mismo empleamos de manera adecuada —Enrique le dijo.

Entristecido, Fidelio lo escuchó; pensativo, se sentó y agachó la cabeza.

—Confieso que todo eso es culpa mía. He notado lo que la gente hace y que eso me halaga. Es una más de las trampas que el demonio me tendió. Lo que se supone ser una bendición puede convertirse en maldición, por lo menos en lo que a mí respecta —se puso de pie e irguió el cuerpo, con la cabeza levantada—. Venerar mi imagen es lo mismo que venerar falsos ídolos. Eso debe de terminar —añadió.

Un silbato anunció la llegada de un tren. Nubes negras flotaban sombrías.

—¿Qué deseas que hagamos? —preocupado, Pantaleón le preguntó.

—La verdad es que no sé cómo hacerlo, pero eso de venerar mi imagen tiene que acabar. De lo que sí estoy seguro es que en realidad no soy diferente que cualquiera, no soy especial. Cierto, he recibido un don, pero hay muchos otros que han recibido un don diferente al que yo recibí. Dios se manifiesta en todos y cada uno de nosotros de diferente manera; todos necesitamos de otros. Ahora lo comprendo, Dios me ha guiado hasta ahora y continuará haciéndolo. Por lo pronto debo de atender a los que esperan —salió, encaminándose en dirección al pirul en donde habitualmente atendía.

Al ver a Fidelio, la multitud entonó un himno de alabanza a Dios. Fidelio les sonrió. Cientos de mariposas revoloteaban.

Algo en la estación del ferrocarril llamó la atención de Fidelio. Entre los recién llegados reconoció al Dr. Villarreal, su amigo y maestro, acompañado por Antonia y una monja. Feliz, Fidelio se encaminó en esa dirección. Al aproximarse, Antonia y el Dr. Villarreal lo reconocieron.

—¡Fidelio! —el Dr. Villarreal, feliz, le gritó, agitando su mano. Antonia y la monja también le sonrieron.

—¡Aurora! —Fidelio exclamó, emocionado al darse cuenta de quién era la monja.

Fidelio corrió hacia ellas, ellas también se adelantaron.

—Fidelio, qué gusto verte de nuevo —Aurora le dijo, abrazándolo; su rostro irradiaba felicidad. Contento, Fidelio también la abrazó para luego abrazar a Antonia y al Dr. Villarreal.

Aunque Antonia, su hermana, sonreía, Fidelio percibió que estaba triste. A la distancia, zopilotes volaban en círculos mientras que cientos de mariposas volaban rumbo al norte.

—Ahora eres monja —Fidelio le dijo a Aurora, apuntando hacia el hábito que vestía.

Aurora sonrió, feliz.

—Así es, y todo es gracias a ti. El haberte conocido me ayudó a escuchar el llamado del Señor.

—Pero vestir de esa manera en público te pone en peligro —Fidelio le dijo.

—Sí, estoy consciente de ello, pero no me asusta. Amo a Dios sobre todas las cosas y esa es la razón por la que estoy aquí; deseo servir a quienes necesitan ayuda. En el convento, además de prepararme para ser monja, me prepararon para también ser enfermera. Cuando en el convento se supo lo que aquí sucede, solicité permiso de la madre superiora para venir —Aurora replicó, con el rostro iluminado por la alegría.

—Yo no puedo comprenderlo —el Dr. Villarreal intervino—. ¿Cómo fue que la madre superiora te dio el permiso para venir? Cuando todos saben lo peligroso que es en estos días vestir el hábito de monja en México. Estoy seguro de que aun la madre superiora en el convento de El Paso sabe que México es un lugar peligroso tanto para monjas como para sacerdotes.

—Por supuesto que lo sabe. Dudó mucho en concederme el permiso, pero se convenció cuando le dije que aquí es donde Dios me llama.

La gente alrededor de ellos pidió a Fidelio que les ayudara; alguien jaló de sus ropas. Fidelio se volvió y encontró a una mujer cargando a un bebé que lloraba desconsolado. Fidelio tomó al bebé y, acariciándolo, murmuró una canción de cuna. Él bebé sonrió y, cerrando los ojos, durmió.

—Ahora estará mejor —Fidelio dijo a la mujer, regresándole a su bebé.

—Tienes razón, Aurora. Hay mucho que hacer y tan poco tiempo para hacerlo. Por lo pronto vayan a la casa; Enrique y Don Teo les darán alojamiento. Tendremos mucho que platicar. Esta noche hablaremos —Fidelio dijo a sus amigos, apuntando en dirección de la casa principal.

—Es admirable lo que haces —el Dr. Villarreal le dijo, impresionado por la facilidad con la que Fidelio tranquilizó al bebé—. Al igual que Aurora, he venido con el propósito de ayudar en lo que pueda. El haberte conocido me ha hecho comprender que aún tengo mucho por aprender, como médico y como hombre. He vuelto a la iglesia; ahora asisto a misa y he aprendido a usar el don recibido para asistir a los necesitados. Estoy de acuerdo en que la capacidad de devolver la salud es un don que nos ha sido concedido. Aunque tú y yo lo recibimos siguiendo caminos diferentes, estoy convencido de que es un don divino.

—Espero tener la oportunidad de empezar pronto —Aurora le dijo a Fidelio antes de retirarse.

—Tienes razón, tenemos mucho de qué hablar. Espero que pronto tengamos la oportunidad —Antonia le dijo a Fidelio con tristeza—. Antes de salir, don Antonio me entregó esta carta. Tiene estampillas del país de Gales. Está dirigida a ti —añadió, entregándole un sobre.

Sorprendido e intrigado, Fidelio lo tomó. Tan pronto como sus amigos se retiraron, Fidelio, deseoso de leer la carta, entró en la casa que Enrique y Von Wernich construyeron para él. Una vez dentro, sentándose en una silla de bejuco, ansioso, rompió el sello. Además de una carta manuscrita en español encontró tres dibujos en tinta: un caballo, un puma y su retrato. Después de admirar los dibujos, Fidelio leyó la carta.

"Inolvidable Fidelio:

Ojalá que recibas esta carta, la primera y la única que te escribiré. Quiero que sepas que permaneces, y permanecerás para siempre, como una dulce memoria. Siempre atesoraré tu recuerdo y sé que te amaré por el resto de mi vida. No, no dejes que eso te preocupe; pensar en ti me hace feliz y siempre lo hará. Pero estoy consciente de que es sólo eso, un recuerdo maravilloso.

Un buen hombre me ha propuesto matrimonio y he aceptado. Para cuando recibas esta carta estaré casada. Estoy segura de que seré feliz en mi matrimonio y que seré una esposa fiel a mi marido y a tu memoria. Si alguna vez tengo un hijo le llamaré José; de alguna manera ese nombre me recuerda a ti.

Adiós. Vivirás en mi mente para siempre.

Vicky"

Fidelio dobló la carta y, cerrando los ojos, pensó en las tres mujeres que dejaron huella en su alma. Tres mujeres maravillosas. La imagen de ellas vino a su mente. Agradecido por haberlas encontrado, Fidelio sonrió. Ese recuerdo era, sin embargo, agridulce. Sabía que su verdadera familia eran todos los seres vivos; era a ellos a quienes debía de dedicar su tiempo, pensamiento y esfuerzo.

La memoria de las tres mujeres en su vida le recordó a Fidelio de otra mujer, también importante, su hermana Antonia. Recordó que, al llegar, ella lucía triste. Algo malo ocurrió en el mineral.

Aún preocupado, Fidelio acudió al área de maternidad y asistió en el parto de dos mujeres; de allí se dirigió hacia la sala preparada como sala de cirugía, donde le esperaba la monja Teresa con dos personas a quienes Fidelio liberó de tumores benignos. Una vez que terminó fue hacia donde estaban los pacientes con enfermedades contagiosas y se aseguró de que todos recibieron su diaria dosis de remedios herbales. En todas partes fue recibido con reverencia y gratitud.

—Es a Dios a quien deben de agradecer, no a mí —Fidelio les repetía una y otra vez.

Al terminar se dirigió a la casa principal. Enrique, Von Wernich, Pantaleón, Donaciano, el padre Segura y Aurora, todos sentados a la mesa compartiendo pan de dulce y café recién preparado, también estaban presentes. Todos parecían disgustados y preocupados por lo que Antonia acababa de contarles.

—Cuéntame, Antonia —Fidelio dijo sentándose a la mesa frente a su hermana.

Antonia, limpió la lágrima que corría por su mejilla.

—Poco tiempo después de que te fuiste de la mina, tanto don Antonio como los ingleses la vendieron. Los nuevos dueños no estuvieron de acuerdo con los beneficios otorgados a los mineros y los suspendieron. Tanto el señor Peabody como el señor Eager fueron despedidos casi de inmediato… —haciendo un esfuerzo por no romper en llanto, hizo una pausa—. Por supuesto, Marcial y Donaciano protestaron y amenazaron con huelga. Los nuevos dueños contrataron a un individuo de nombre Saravia, un sujeto atractivo, bien parecido y que aparenta dulzura, pero es en realidad un individuo malévolo. Poco tiempo después de su llegada, Marcial fue encontrado muerto. Dijeron que se atragantó con un hueso, pero hay rumores de que fue envenenado. A pesar de ello, Donaciano y el resto de los mineros fueron a la huelga. La respuesta fue violenta. De Torreón llegó un destacamento de soldados al mando de un coronel Pérez Silguero, un hombre conocido en esa ciudad por su crueldad. Casi tan pronto como llegaron, rodearon la casa de Donaciano y lo acribillaron junto con toda su familia. Alegaron que Donaciano les disparó primero. Todos en el mineral saben que Donaciano nunca tuvo armas. Los mineros fueron obligados a regresar y ahora Saavedra es de nuevo el líder del sindicato minero.

Apesadumbrado por la noticia, Fidelio miró hacia el suelo y se frotó la frente.

—Las cosas cambian para quedar como estaban —dijo.

Furioso, Pantaleón dio un puñetazo sobre de la mesa.

—Parece que peleamos por nada. Todo está como estaba; diferentes patrones y explotadores, eso es todo.

—Tristemente, eso que dices es cierto —el Dr. Villarreal intervino—. Como antes de la revolución, quien ocupa la presidencia tiene un poder absoluto. Él es quien escoge a los que ocupan casi todos los puestos de gobierno: gobernadores, alcaldes, diputados, jueces. El único requisito es que lo obedezcan. Además de eso, la razón por que hemos pasado por esta guerra religiosa que recién hemos vivido fue porque, además, desea tener a la Iglesia bajo control del Estado. De alguna manera, el presidente se ha dado cuenta de que no lo conseguirá y es por eso por lo que accedió a firmar un tratado con la Iglesia.

Fidelio, con la cabeza gacha, los ojos cerrados, frotando su frente con la mano derecha, los escuchaba. Una profunda tristeza le embargaba. Afuera la multitud cantaba himnos de alabanza dedicados a él. Rodeado por gente que le amaba, Fidelio se sentía solo.

—Madero, Zapata, Carranza, Villa y muchos otros líderes durante la revolución han sido asesinados; ahora los que muestran oposición al gobierno o están muertos o han sido comprados. Debemos de aceptar que como resultado de la revolución en la que peleamos sólo se ha conseguido cambiar de dictador. Pagando a los que se supone que supervisan, los nuevos explotadores pueden hacer lo que quieran. Las compañías petroleras, por ejemplo, mantienen su propio ejército, con el beneplácito del gobierno —el Dr. Villarreal continuó—. Pero debo de añadir que, a pesar de lo que he dicho, hay un cambio positivo en la forma de pensar de muchos. El pueblo demostró que tiene un límite en lo que tolera; eso me da la esperanza de que, algún día, el sueño democrático de Madero se convierta en realidad. Debo de admitir que hay más escuelas y expresiones de arte accesible a todos.

—Amén a eso —dijo el padre Segura.

—Cambiando el tema… Con respecto a lo que haces, Fidelio, el Dr. Vela, al regresar a Monterrey después de su estancia aquí, ha sido entrevistado por la prensa de la ciudad.

Como no logró demostrar que engañas ya no te acusa de ser un charlatán; ahora dice que eres un hombre bien intencionado, aunque ingenuo, que pretende ayudar a los necesitados. En realidad, lo que ha sucedido es que has logrado que muchos se den cuenta de que hay necesidad de proveer asistencia médica accesible a las mayorías. Gómez Morin, amigo mío, un auténtico revolucionario y con influencia en el gobierno, se ha interesado y planea crear un sistema nacional de salud. De alguna manera, el presidente también se ha interesado. Gómez Morin me ha preguntado si es que estaría interesado en colaborar y por supuesto que lo haré; no soy el único, hay muchos más deseosos de hacerlo. Lo que aquí sucede ha contribuido en mucho —el Dr. Villarreal intervino.

—A pesar de todo, algo bueno ha de ocurrir. Rezaré para que lo que usted dice, doctor, y que ahora es sólo una esperanza, se convierta en realidad —dijo el padre Segura—. Para algunos, como el Dr. Vela, por ejemplo, lo que aquí sucede es difícil de entender. De hecho, es difícil de entender para la mayoría de nosotros; no parece razonable. Afuera hay alrededor de treinta mil personas en medio del desierto, en un lugar del que hace poco tiempo muy pocos sabían que existía. Y, gracias al hijo de un minero, un pastor de cabras que recibió el don de sanar, miles han venido.

Afuera, la multitud continuaba cantando himnos religiosos, muchos de ellos himnos de alabanza dedicados a Fidelio.

—Muchos de ellos sólo vienen a morir aquí —Fidelio dijo, poniéndose de pie; luego miró a Antonia—. Donaciano y Marcial eran gente noble y buena; estoy seguro de que Dios los ha recibido. Nada sucede sin que Dios lo permita; no nos corresponde a nosotros cuestionar lo que sucede. Supongo que es por eso por lo que nos ha dado libertad para elegir —paseó su mirada entre los presentes—. Por lo que a mí toca, debo hacer buen uso del don que he recibido, don que no me pertenece —miró hacia afuera—. Es a ellos a quien pertenece —añadió, dirigiéndose a la salida.

—Fidelio, espera un momento —Aurora dijo, corriendo y poniéndose a su lado—. Quisiera acompañarte. Como he dicho, deseo ayudar tanto como me sea posible.

Fidelio le sonrió.

—Seguro, vayamos.

CAPÍTULO XXX

Aurora y Fidelio atendieron sin parar hasta la madrugada del siguiente día.

—Aurora, te agradezco que hayas permanecido a mi lado durante todo este tiempo. Me alegro de saber que has decidido venir y contribuir en tanto como puedas. Me doy de cuenta de que tu interés en ayudar es sincero. Me alegra ver que, además de ser monja, has recibido entrenamiento para ser enfermera. Estás en el camino correcto; a donde quiera que vayas no sólo serás de gran utilidad y bien recibida, serás amada. Ahora debes descansar, la madre Teresa y las otras voluntarias continuarán ayudándome —Fidelio le dijo.

—Descansaré cuando tú lo hagas —Aurora le contestó.

Fidelio la miró y le sonrió.

—Yo estoy acostumbrado, pero tú no lo estás. No tiene sentido que exageres. Ve y descansa, lo necesitas. Regresa cuando hayas descansado.

—Pero ¿y tú cuándo descansas? Hemos trabajado durante toda la noche sin parar. No puedes continuar así. Cierto, toda esta gente espera que la atiendas, pero te necesitan fuerte y sano —Aurora le dijo. Preocupada, se volvió a la madre Teresa—. Por favor, madre, ayúdeme a hacerle entender que, como todos, él también necesita descansar.

La madre Teresa le sonrió.

—Créeme, lo hemos intentado —le dijo con un suave tono de voz.

—Ve y descansa, Aurora. Serás de mayor utilidad una vez que lo hayas hecho. Cuando regreses, tú y la madre Teresa ayudarán al Dr. Villarreal aquí mismo —Fidelio le dijo.

Una mujer cargando una olla con caldo se aproximó a Fidelio.

—He notado que han trabajado toda la noche. Debes de tener hambre, niño. Por favor toma un poco de este caldo que he preparado para mi familia. Agradeceremos que aceptes compartirlo con nosotros —le dijo con tono entre tierno y humilde, a la vez que servía el caldo con vegetales en un plato.

—Muchas gracias. Me vendrá bien, —Fidelio le dijo; tomó el plato y, sin usar la cuchara que le ofrecían, bebió el caldo para luego masticar los vegetales.

—Como puede usted ver, madre, a menudo se comporta igual que un niño. Lo que ve sucede casi a diario: durante horas atiende a tantos como puede, come lo que le ofrecen y duerme donde quiera que el cansancio le vence. Don Teo y Enrique han construido una casa para él, pero casi nunca la ocupa —la madre Teresa le dijo a Aurora—. Usted debe de estar cansada, vaya y descanse; somos un buen número de voluntarias. Hay mucho por hacer, le aseguro que usted será útil. No intente mantener el paso que él mantiene, nadie puede mantenerlo —añadió.

—La madre Teresa tiene razón, Aurora. Ve y descansa —Fidelio le dijo, levantándose y eructando, luego sonrió—. Ese caldo estaba delicioso —dijo, sobándose el vientre.

—Está bien, iré y descansaré. Volveré en cuanto lo haya hecho, de verdad que deseo ayudar en todo lo que pueda.

—La acompaño. Yo también necesito descansar —dijo la madre Teresa.

Fidelio se volvió y se encaminó hacia el pirul cuando una joven pareja lo abordó; ambos bien vestidos.

—Notamos cómo disfrutaste de ese caldo que te dieron —el varón de la pareja se dirigió a Fidelio—. Recién llegamos ayer, pero ya hace algún tiempo que observamos lo que sucede en este lugar. El interés es no sólo en México, sino que varios otros países también están interesados. Muchos dicen que eres santo, un enviado de Dios, hay incluso quien piensa que eres Jesús mismo. Son muchos los que veneran tu imagen, nosotros entre ellos. Hemos venido porque pensamos que todos deben de enterarse de ello. Pensamos que, gracias a ti, una nueva Iglesia puede aparecer; es algo extraordinario. Nosotros somos ricos, muy ricos, conocemos a otros tan ricos como nosotros, también interesados y dispuestos a invertir. Para demostrar que nuestras intenciones son buenas, hemos donado una cantidad de dinero con el administrador de la hacienda —el joven le dijo, mostrando su bien alineada, limpia y brillante dentadura.

Fidelio escuchó al tiempo que los contemplaba. Ambos eran atractivos, rubios, con ojos de un color entre verde y azul y su piel suave parecía porcelana. En particular, la mujer le pareció hermosa; le recordaba a Vicky, pero con mucho mayor sensualidad. La bien conocida sensación de algo creciendo entre sus piernas volvió. Su presencia emanaba una contagiosa energía. Le atrajo lo que el hombre dijo: ser el creador de una religión. Una Iglesia nueva y diferente. La idea de que Cristo hubiese resucitado en él le hizo sentirse no sólo importante, sino superior, muy superior, al resto; también daba sentido a por qué recibió el don de sanar. Jesús expulsó a los demonios y devolvió la salud para demostrar que el Padre estaba en él. Fidelio miró el hábito que vestía y al pueblo pobre y miserable a su alrededor. Al igual que Jesús, Fidelio escogió dedicar su vida al servicio de los pobres; al igual que Jesús, Fidelio no buscó retribución por devolver la salud. Sí, quizá era cierto que Jesús estaba en él. Fidelio se irguió. Finalmente, todo se aclaraba para él.

—Gracias por venir hasta acá. Apreciamos en mucho lo que puedan hacer en beneficio de todos —Fidelio les dijo.

Sonriente, el hombre extendió su mano y tocó el hombro de Fidelio. Al contacto de la mano, una onda cálida recorrió el cuerpo de Fidelio. Esa sensación le hizo sentir fuerte, enérgico, poderoso. Fidelio miró de nuevo al poblado a su alrededor. Miró a sus pobladores, tenía poder sobre de ellos, el poder de devolver la salud a muchos de ellos. La mujer se acercó a Fidelio y, abrazándolo, pegó su cuerpo al de él. Ese cuerpo era caliente, calor que hizo a Fidelio desearla, fundirse con ella.

—Hay algo poderoso en ti, algo que me atrae —la mujer susurró a su oído—. Te he deseado desde el momento en que supe de ti y lo que haces. Aun a la distancia pude sentir tu poder, poder maravilloso que me hace desearte. Tienes el poder de obtener lo que desees, todo está a tu alcance, incluso yo. Tómame cuando quieras, cuantas veces quieras; será un honor para mí —continuó susurrándole, al tiempo que lo acariciaba.

Fidelio la deseó, deseó el calor de su cuerpo, fundir ese cuerpo con el suyo. Se sintió mareado, borracho de deseo y pasión. En las alturas, zopilotes volaban en círculos alrededor de ellos. De repente, un hato de cabras apareció, corriendo y balando furiosamente. Una cabra, mayor que las demás, se apartó del rebaño y a toda velocidad arremetió a Fidelio, derribándolo. La cabra se paró encima de él y, enojada, baló. Su aliento era agradable, como yerbabuena. Sorprendido, Fidelio miró a la cabra y vio los negros ojos de Candelaria fijos en él. La cabra le miró por un momento para luego volverse a mirar a la pareja recién llegada. Fidelio siguió su mirada y miró a la pareja, pero esta vez vio a un par de ancianos de piel arrugada y colgante, como cirios de pascua derritiéndose. Al verlos, avergonzado, Fidelio comprendió que una vez más cedió a la soberbia. Ahora quedaba realmente claro que él sólo era un humilde pastor quien, sin merecerlo, recibió un don, un don que en realidad no era diferente al don que el padre Segura y muchos otros recibieron: el don de servir a los demás. Era un don por el que debería de responder, don que le fue prestado y no le pertenecía. Agradecido, acarició a la cabra, que, balando, volvió al rebaño. Avergonzado, Fidelio se levantó y miró a la pareja. De nuevo vio una pareja joven y atractiva, pero no atractiva para él. Fidelio sabia quiénes eran y lo que buscaban. Sin despedirse, con sonrisa sarcástica, la pareja se alejó; sabedores de lo que le tentaba. Nubes oscuras cubrían el cielo, relámpagos iluminaban al poblado. Los zopilotes continuaron volando en círculos alrededor de la pareja mientras de que cientos de mariposas rodearon a Fidelio.

Mientras caminaba, Fidelio notó que, por primera vez, muchos arrojaban flores a su paso, mientras tanto, otros caían de rodillas e inclinaban la cabeza. Aunque Fidelio, disgustado, les dijo que no lo hicieran, continuaron haciéndolo. Fidelio percibió la influencia negativa de la pareja. «Se engañan, adoran falsos ídolos», entristecido, pensó.

Un poco más adelante, Fidelio vio al Dr. Villarreal, al padre Segura y la madre Teresa que, disgustados, discutían y agitaban un papel con una imagen impresa.

—Estos papeles muestran tu imagen, Fidelio —el padre Segura le dijo tan pronto como estuvo cerca, mostrándole la imagen de Fidelio haciendo la señal de bendecir—. Ayer desembarcó una joven pareja; parecen ser ricos, muy ricos. Desde que llegaron empezaron a repartir alimentos y estos papeles impresos con esta imagen. Ellos aseguran que venerándola les concederás el milagro que pidan —el padre añadió.

—Además de eso, otros llegaron con ellos y venden tu imagen y veladoras milagrosas, según ellos. Muchos las han comprado, casi se han agotado, y, al parecer, en el tren de hoy recibieron otra remesa —intervino el Dr. Villarreal—. Me entristece el ver que alguien ha encontrado la forma de hacer negocio con lo que has logrado aquí.

—¡No deben de adorar falsos ídolos y esta imagen es uno de ellos! —disgustado, Fidelio casi gritó, arrebatando el papel de la mano del padre Segura y rompiéndolo—. Sólo Dios debe de ser adorado —Fidelio añadió.

—Amén —el padre Segura, la Madre Teresa y el Dr. Villarreal contestaron a coro.

—Pero, ahora que esto ha comenzado, va a ser difícil detenerlo. ¿Qué podemos hacer? —dijo la madre Teresa.

—Debemos de hacerles entender que, como cualquier otro, cedo a tentaciones y sólo soy un ser humano con debilidades, al igual que todos —replicó Fidelio.

—Fidelio, la verdad es que eres diferente. Has recibido el don de devolver la salud, eso lo sabemos todos —el Dr. Villarreal dijo. Tanto el padre Segura como la madre Teresa asintieron.

—Aun así, debemos de hacerles entender que sólo soy un instrumento en manos del Señor. Dios, no el instrumento, es quien debe de ser venerado. Sólo soy una suave ola en el océano del amor divino. Venerar alguien como yo es como confundir un simple rayo de luz con el Sol, y, comparado con Dios, el Sol no es más que un grano de arena en la inmensa majestad de la obra divina.

—Eso que dices es la verdad —dijo el padre Segura, extendiendo su brazo para tocar, cariñosamente, el hombro de Fidelio—. Sin embargo, ahora debemos de ver la realidad. La gente cree lo que cree y el maligno ha encontrado la manera de aprovecharse de ello. Con eso es con lo que lidiamos.

—¡No puedo ni seré parte de ello! —Fidelio dijo con énfasis—. Ustedes pueden hacer mucho; usted como médico, usted como enfermera y usted como sacerdote. La fe es lo que logra que los enfermos recuperen la salud; fe en Dios, no en su instrumento. Es cierto, de alguna manera he sido guiado a aprender los efectos medicinales que la naturaleza provee, pero esos efectos siempre han estado ahí para que alguien los encuentre. Otros los han usado mucho antes que yo. La gente debe de entenderlo —miró a la multitud de chozas, la mayoría miserables, a su alrededor. Miró los recién habilitados cementerios y suspiró—. Miles han venido sólo para morir en este lugar. Todo lo que pude ofrecerles fue un poco de paz espiritual. Son tantos los que necesitan ayuda, tantos —aunque triste, sonrió y miró al Dr. Villarreal—. Lo que usted nos comentó ayer es la respuesta. Hace falta un plan para responder a la necesidad de tantos. Es muy poco lo que yo puedo ofrecer. Lo que aquí sucede es sólo un sueño del que pronto despertaremos. Todo esto terminará pronto, muy pronto.

—¿Qué es lo que dices? —Aurora, que alcanzó a escuchar lo que Fidelio dijo, preguntó—. Espero que no atentes contra ti mismo.

Fidelio se volvió a verla y le sonrió.

—No, por supuesto que no. «Alguien se encargará de eso», pensó.

El Sol desapareció detrás de nubes oscuras y una llovizna comenzó, Los zopilotes volaron en círculos y una mariposa se posó sobre el hombro de Fidelio.

—¡Fidelio! ¡Fidelio! ¡Buenas noticias! —Enrique gritó cuando él y Von Wernich, sonrientes y contentos, se aproximaron; estaban tan contentos que parecían bailar al caminar.

Al verlos, Fidelio, entre disgustado y entristecido, se sonrojó. Viendo sus rostros comprendió la razón de que estuvieran tan contentos.

—Seguramente ya te has enterado de la maravillosa pareja que ayer desembarcó del tren —Enrique le dijo cuando él y Von Wernich estuvieron junto a ellos—. Son tan hermosos como generosos. Esta tarde, cuando los conocimos, nos dijeron lo impresionados que están con lo que has logrado. En particular, les agrada la idea de que la gente venere tu imagen. Dicen que eres un santo, un reformador. Están seguros de que una nueva versión de la Iglesia ha aparecido. Están tan entusiasmados con la idea que nos han ofrecido un donativo muy generoso para promoverla. Te sorprenderás cuando te diga la cantidad que han ofrecido. ¡Cien mil pesos! ¿Puedes creerlo?

—Imagínate lo que podremos hacer con ese dinero —Von Wernich intervino—. Y aún hay mucho más por venir. ¡Es maravilloso! Esta será la mejor y más hermosa hacienda en el norte de México.

Fidelio hizo un gesto, simulando una sonrisa.

—Hasta ahora nos las hemos arreglado. Estoy de acuerdo en que hay necesidad de ayuda, y la hemos recibido gracias al esfuerzo de los voluntarios y, por supuesto, también gracias a quienes, sin pedírselo, han contribuido. Reconozco que recibí un don, un don extraordinario, el don de aprender, pero no es un regalo que me pertenezca, pertenece a todos. Es por eso por lo que he insistido en agradecer a Dios. Sólo Dios debe de ser venerado, nadie más; mucho menos una imagen mía. Hasta ahora hemos usado lo que hemos recibido para proveer servicio; servir es la misión. No vendemos nada; nadie se ha enriquecido. Pero ahora hay quien ha visto la oportunidad de convertir lo que es un servicio en un negocio, y con tristeza veo que ustedes han cedido a la tentación. Nada que sea proporcionado con el propósito de lucro será aceptado. Devuelvan a esa pareja lo que han dado.

El rostro de Enrique y Von Wernich enrojeció; estaban sorprendidos y disgustados por lo que Fidelio dijo.

—Pero imagina lo que podríamos hacer con ese dinero y la ganancia que se obtendría. La gente ya cree y compra las impresiones; eso es importante. Inclusive nos han mostrado la maqueta para el templo que planean construir; es hermoso —Von Wernich dijo.

—Piensa en lo que ya hemos recibido, y hay más, mucho más en camino. Nos lo han asegurado. Además, debo decirte que, en el poco tiempo en el que ellos han estado aquí, las cosas han cambiado. Ya hay algunos que dicen haber sido contagiados por ti y ahora comparten el don de devolver la salud; hay quienes les creen, entre ellos yo mismo —dijo Enrique.

Entristecido por lo que escuchó, Fidelio suspiró. «Han caído en tentación. Dios los bendiga y los perdone», pensó.

—De lo que ustedes hablan no es obra de Dios. Cierto, hasta ahora hemos aceptado donativos voluntarios, donativos que nunca fueron solicitados, pero que fueron usados para servir. No aceptaremos nada con diferente propósito, mucho menos con la intención de obtener ganancia.

Enrique y Von Wernich intercambiaron miradas.

—Estás equivocado. Espero que no te arrepientas —Enrique le dijo.

—Cierto. Ese dinero nos será útil; no lo devolveremos —Von Wernich dijo.

Ambos se encaminaron en dirección de la casa principal. A la entrada, la joven pareja, luciendo brillante ropa blanca, les esperaba. «Les agradezco todo lo que han hecho. Dios los bendiga. De mi parte, los perdono por lo que van a hacer», Fidelio pensó.

Con mirada triste, Aurora observó cómo Enrique y Von Wernich se aproximaban a la rubia pareja.

—Fidelio, mereces todo el respeto y admiración del mundo. Lo que has logrado en este lugar, en la mitad de un desierto inhóspito, es maravilloso. Sin embargo, debes de recordar que sólo eres un hombre más. Sabes muy bien cuánto te aprecio, y es por esa razón que insisto en decir que sólo eres un hombre más. Cierto, tienes la habilidad de devolver la salud, pero eso es un regalo de Dios —le dijo.

—Aurora tiene razón —dijo el padre Segura—. No caigas en la tentación que te ofrecen.

El Dr. Villarreal movió la cabeza, estando de acuerdo con lo que el padre Segura y Aurora decían.

—Estoy consciente del privilegio que me ha sido concedido y, al mismo tiempo, me he dado cuenta de que no soy el único. Todos hemos recibido algo de Dios. Yo, como cualquier otro, necesito de los demás. Nadie es una entidad solitaria en este mundo. Sería un tonto si tratara de sacar ventaja de lo que me ha sido dado. Si acaso, sólo soy un instrumento más en manos de Dios —dijo Fidelio con voz firme.

—Pero ahora debes de tener cuidado. Ambos saben que no compartes sus planes y te has convertido en un estorbo para ellos —el padre Segura le dijo.

—Me doy perfecta cuenta de eso. Sin embargo, el proceso ha comenzado. Este sueño maravilloso debe de terminar antes de que se convierta en pesadilla —Fidelio dijo, sonriendo y encogiéndose de hombros. Se volvió hacia el Dr. Villarreal—. Hay muchos aquí que se beneficiarán con su experiencia en cirugía; la madre Teresa y Aurora le ayudarán. Hay muchos otros esperando. Ayudemos a tantos como sea posible —dijo y se encaminó en dirección al pirul.

Caminando rumbo al pirul, Fidelio observó a Enrique y Von Wernich en animada conversación con la joven pareja. Enrique apuntó hacia la multitud de chozas y el hombre movió la cabeza, como aprobando lo que Enrique decía. Viéndolos, Fidelio sonrió. Era evidente que hablaban sobre él; sabía que ya no tenían uso para él. Ahora tenían a su disposición el grupo de los que alegaban que el espíritu de salud entró en ellos. Fidelio comprendió que él sólo era un estorbo para sus planes. Como deshacerse de él era lo que discutían.

Fidelio atendió durante dos días y noches sin detenerse; al tercer día se sintió cansado y hambriento. Un niño, a quien nunca había visto, se acercó.

—Señor Fidelio, mi mamá ha notado que usted ha trabajado sin parar y cree que usted debe de estar cansado y hambriento; me manda a que le entregue este caldo que ha preparado para usted —Fidelio miró al niño, sus mejillas estaban sonrosadas, sus ojos verdes brillaban, sus pestañas eran largas y vestía pantalón y camisa limpias, blancas, pero con extraños tonos entre púrpura y verde.

El caldo lucía apetitoso y nutritivo. A la distancia, Enrique, Von Wernich y la joven pareja observaban.

—Gracias y, por favor, agradece también a tu mamá —dijo Fidelio tomando el plato de caldo.

El niño sonrió.

—Gracias a usted. Mi mamá estará contenta al saber que usted ha aceptado el caldo que le ha preparado con tanto cuidado —dijo y se alejó corriendo, en dirección de la casa principal.

Cansado y hambriento, Fidelio se sentó. El caldo despedía un aroma tentador; prometía un excelente sabor. El plato aún estaba tibio. Con el aroma, su vientre gruñó, su boca salivó. Se preparó a probarlo.

—¡Fidelio! ¡No lo pruebes! —Antonia le gritó, acompañada por Aurora y la madre Teresa, quien se aproximaba caminando con rapidez.

—Ese caldo fue preparado por esa mujer —Aurora le dijo moviendo la cabeza hacia donde estaban los dos jóvenes rubios—. Me inspiran desconfianza. La primera impresión que dan es placentera; tienen buenos modales, son bien parecidos, hermosos en realidad, pero usan su atractivo para decir a la gente que es a ti a quien deben de venerar, no a Dios. Eso no es correcto.

Fidelio sonrió.

—Me he dado cuenta de que, aunque físicamente bellos, sus intenciones no son buenas ni nobles. Tampoco me inspiran confianza, pero debo de admitir que un proceso irreversible ha comenzado. Mientras yo camine por este mundo, ellos se fortalecerán. Mi misión se acerca a su fin y es mejor que lo acepte.

—Pero si tomas ese caldo les habrás facilitado lo que desean: deshacerte de ti. Todo lo que has logrado aquí se perderá —dijo la madre Teresa.

—No. Está usted equivocada, madre. Lo que hemos hecho aquí ya ha dado fruto. Hemos logrado que otros se vuelvan conscientes de la necesidad de servicio. Hay quienes, como nos lo dijo el Dr. Villarreal, se han dado cuenta de que es necesario proveer de asistencia médica y social a los más necesitados. Algo se está haciendo; no tiene importancia si en apariencia me derrotan. No pueden vencer a Dios. Lo que ellos buscan es sólo que adoren imágenes. No seré parte de ello.

—Tienes mucha razón, pero no permitiré que tomes esa porquería —Antonia dijo tomando el plato con caldo y arrojándolo lejos.

Fidelio le sonrió con cariño.

—Gracias por preocuparte de mí. Siempre has sido una hermana maravillosa. Te quiero mucho, pero lo que va a suceder, va a suceder. De cualquier manera, por lo pronto, no tiene importancia —dijo Fidelio sacando una moneda de su morral, una moneda americana, y se la dio a Aurora—. Cuídala mucho, por favor. Tenerla me recuerda que la vida es pasajera; es como un sueño.

Aurora tomó la moneda y la guardó.

—Gracias. Siempre la tendré cerca de mí.

—Gracias por todo. Ahora, si me lo permiten, estoy agotado —Fidelio les dijo, recostándose y cerrando los ojos. Se durmió casi de inmediato.

—Necesita descansar —dijo la madre Teresa—. Dejémoslo dormir. Nosotras también debemos descansar —le hizo una señal a una mujer para pedirle un sarape y, tan pronto como lo recibió, cubrió a Fidelio con él y se alejaron.

Verdes jardines, rosas, tulipanes, orquídeas, flores multicolores y frutos maduros colgaban de los árboles frondosos.

Nubes rosáceas y violetas flotaban lánguidamente en el azul del cielo. Fidelio y Candelaria, sentados muy cerca el uno del otro, descansaban en el jardín. Candelaria acariciaba el cabello oscuro de Fidelio.

—Fidelio, me siento tan feliz de que finalmente estemos juntos —Candelaria le dijo tomando su mano, acariciándola para luego besarla.

Sonriente, Fidelio se volvió a verla.

—Aunque tu imagen nunca me abandona, extrañé mucho tu compañía. El amor que me has dado es el regalo más maravilloso que Dios pudiese haberme dado. Esta vez nada nos separará.

Candelaria se aproximó y sus labios se unieron en un apasionado beso. Feliz, aún cansado, Fidelio descansó su cabeza sobre su regazo y durmió profundamente.

Al abrir los ojos, Fidelio se encontró con Enrique, quien, sonriendo, sentado a su lado, le observaba. «De vuelta al sueño», Fidelio pensó con tristeza. Se puso de pie y observó cómo la multitud rodeaba a varios hombres ataviados con sotanas casi idéntica a la que él vestía. La construcción de un mausoleo, semejante a una iglesia, comenzaba. Fidelio se volvió a Enrique.

—Mi buen amigo, pareces preocupado. ¿Qué es lo que te inquieta? —le preguntó.

El cielo se oscureció; estaba cubierto por oscuras nubes de color púrpura. Relámpagos anunciaban una tormenta e iluminaron el poblado.

—Estoy avergonzado —Enrique le contestó, mirando hacia otro lado.

—¿De qué estás avergonzado? —Fidelio preguntó, sentándose y mirando atentamente a su amigo.

—Me di cuenta cuando esa joven mujer preparaba el caldo para ti… Conozco sus intenciones y, aun así, no hice nada.

Me han ofrecido, y he aceptado, enviar a Ulises, acompañado por su madre, a estudiar a los Estados Unidos. Ellos cubrirán todos los gastos. De hecho, partieron ayer. Incluso les han comparado casa. Por favor, perdóname.

—Sé muy bien cuáles son sus intenciones. Sé también lo que te han ofrecido. No tengo nada de que perdonarte, pero eres tú quien debe de perdonarse.

Relámpagos iluminaron el cielo. Sopló un viento húmedo y caliente.

—Nos hemos conocido desde la infancia. Durante este tiempo he llegado a amarte y respetarte. Cuando nos conocimos, era yo quien guiaba y tú me seguías. Ahora los papeles se han invertido, ahora eres tú quien ha madurado y crecido para ser el líder que todos admiramos. El respeto y el amor que siento por ti ha aumentado. Hoy en día, todo lo que deseo es que todos te reconozcan. Eres un líder natural. La Iglesia que ellos proponen te pondrá en el sitio que mereces —Enrique le dijo

—El amor y el respeto son correspondidos de igual manera. Pero tanto tú como yo sabemos que la Iglesia en la que crecimos y servimos es la Iglesia que sigue las enseñanzas de Jesús. No hay necesidad de una nueva iglesia y adorar falsos ídolos.

—Pero piensa en todo el bien que podríamos hacer con lo que ingrese. Estoy convencido de que esa es la razón por la que recibiste el don de sanar. Son muchos los que creen que Jesús está en ti. Además, ya hay varios hombres y mujeres que dicen haber recibido al espíritu que te inspira. La gente cree en ellos y están donando mucho. Fidelio, es tanto lo que podríamos hacer.

—Jesús nunca nos ha dejado. De hecho, siempre ha permanecido cerca. No dejó duda de en dónde podemos encontrarlo. "Cada vez que alimentes al hambriento, cuando des de beber al sediento, es a mí a quien lo haces". Está en todos ellos —Fidelio dijo apuntando al poblado.

Enrique frunció el ceño.

—Quizá tengas razón —dijo, evitando mirar a Fidelio—. Pedí a la cocinera que te prepare un caldo. Estoy seguro de que está bien preparado. Puedes estar seguro de que no se ha agregado nada que pueda perjudicarte. Aquí lo tengo. Espero que lo disfrutes —agregó, mostrando una vianda que puso a su lado.

Fidelio lo tomó.

—Gracias —dijo, sorbiendo un poco del caldo—. Está delicioso. Una vez más, muchas gracias. De verdad que tengo hambre —agregó, tomando más del caldo—. Estoy cansado. Terminaré el caldo y luego dormiré.

Una leve llovizna comenzó. Los relámpagos aumentaron.

Fidelio terminó el caldo, puso la vianda a un lado, se recostó y cerró los ojos.

—Descansa, mi buen amigo —dijo Enrique, lo cubrió con un sarape y, sollozando, con hombros caídos, se alejó.

Relámpagos iluminaron todo. El desierto sediento bebió el agua que las nubes le ofrecían. El cielo tenía un color azul brillante y algunas nubes flotaban lánguidamente. Había manzanos y otros árboles frutales por doquier; rosales y laureles en los alrededores. Al verlo, Fidelio, feliz, se encaminó en esa dirección. Al aproximarse, Candelaria, alegre, corrió a recibirlo.

—Fidelio, amor mío, por fin estamos juntos —le dijo, abrazándolo, y, tomándolo del brazo, lo guio en dirección del jardín.

—Así es, dulce amor mío. Ahora estaremos juntos por la eternidad —Fidelio le dijo, rodeando con su brazo la cintura de Candelaria.

www.ingramcontent.com/pod-product-compliance
Lightning Source LLC
Chambersburg PA
CBHW070308040726
47501CB00018B/388